字烛文照未来

TopBook

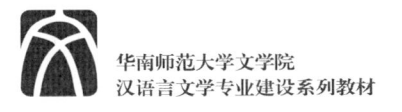

华南师范大学文学院
汉语言文学专业建设系列教材

中国当代文学思潮

1978—2020

凌 逾 主编

陕西新华出版 陕西人民出版社

图书在版编目(CIP)数据

中国当代文学思潮：1978—2020／凌逾主编． —西安：陕西人民出版社，2023.7

ISBN 978-7-224-15007-0

Ⅰ．①中… Ⅱ．①凌… Ⅲ．①文艺思潮—研究—中国—1978-2020 Ⅳ．①I209.7

中国国家版本馆 CIP 数据核字（2023）第 132138 号

责任编辑：韩　琳　凌伊君
封面设计：佀哲峰

中国当代文学思潮　1978—2020
ZHONGGUO DANGDAI WENXUE SICHAO　1978—2020

主　　编	凌　逾
出版发行	陕西人民出版社
	（西安市北大街 147 号　邮编：710003）
印　　刷	陕西隆昌印刷有限公司
开　　本	787 毫米×1092 毫米　1/16
印　　张	20.75
字　　数	260 千字
版　　次	2023 年 7 月第 1 版
印　　次	2023 年 7 月第 1 次印刷
书　　号	ISBN 978-7-224-15007-0
定　　价	78.00 元

如有印装质量问题，请与本社联系调换。电话：029—87205094

目　录

绪论　中国当代文学新思潮研究的思考与探索　　1
　　第一节　为什么中国文学思潮与文学史研究如影随形?　　3
　　第二节　中国当代文学思潮研究有何特点?　　8
　　第三节　当代文学思潮论述如何拓展?　　13

第一章　启蒙主义文学思潮　　23
　　第一节　如何叙述曾经的伤和痛?　　27
　　第二节　为什么要写改革?　　33
　　第三节　为什么文学要寻根?　　39

第二章　西化的现代与先锋文学思潮转型　　47
　　第一节　现代主义思潮如何转型?　　49
　　第二节　先锋文学思潮如何转型?　　55

第三章　新写实文学、新历史主义文学思潮　　63
　　第一节　人们为什么抛弃了理想主义?　　65
　　第二节　如何重新书写日常?　　69
　　第三节　新历史主义"新"在哪里?　　83

第四章　生态文学思潮　　97
第一节　中国生态文学是古代天人合一传统的延续吗？　　100
第二节　中国生态文学是对西方生态理论与文学的套用吗？　　110
第三节　中国生态文学就是批判环境破坏现象吗？　　119

第五章　新人道主义文学思潮　　131
第一节　谁是底层？　　133
第二节　新人道主义文学思潮特色何在？　　136
第三节　如何重审新人道主义文学思潮？　　149

第六章　女性主义文学思潮　　155
第一节　"女性"如何被重新发现？　　157
第二节　女性主义文学思潮怎样流变？　　159
第三节　女性主义文学思潮有何特征？　　169
第四节　女性主义文学思潮面临何种困境？　　173

第七章　儿童文学思潮　　179
第一节　儿童文学为何重兴？　　181
第二节　儿童文学如何书写？　　190
第三节　怎样反思儿童文学？　　198

第八章　港澳台文学思潮　　201
第一节　20世纪80年代以来的台湾文学呈现怎样的多元化格局？　　203
第二节　20世纪90年代以来台湾文学的大众化思潮有哪些独特之处？　　211
第三节　为什么20世纪80年代以来香港文学的多元共生思潮表现更明显？　　214
第四节　香港成熟的都市文学为何得益于其"混杂性"的文化空间？　　215

第五节　为何21世纪以后香港会兴起文化/文物保育运动？　　219
第六节　为什么要关注香港各类消费性文学？　　221
第七节　"澳门文学"是何时提出的？　　224
第八节　现代主义诗潮在澳门文坛有何回响？　　226
第九节　澳门文学为何走向跨界传播？　　227

第九章　"海丝路"文学思潮　　231

第一节　当代"海丝路"文学思潮缘何而来？　　233
第二节　当代"海丝路"文学思潮有何艺术特征？　　237
第三节　如何评价当代"海丝路"文学思潮？　　244

第十章　网络文学思潮　　249

第一节　网络文学是如何发生的？　　251
第二节　网络文学有哪些类型？　　252
第三节　为什么网络文学大多有固定"套路"与"人设"？　　260
第四节　如何看待网络文学中作者与读者的关系？　　262

第十一章　文学的影视改编思潮　　267

第一节　启蒙：文学再经典化为何需要影视改编？　　270
第二节　市场：文学影视改编如何走向个人化与世俗化？　　273
第三节　资本：影视改编如何进入文化工业体系？　　277
第四节　网络：如何以跨媒介思维理解文学IP的改编？　　280

第十二章　跨媒介文艺思潮　　289

第一节　为什么跨媒介文艺思潮会兴起并快速发展？　　291
第二节　为什么跨媒介以跨艺术与后经典叙事学为根基？　　293
第三节　为什么跨媒介与学科跨越密切相关？　　296

第四节	为什么跨媒介与新媒介技术息息相关？	298
第五节	跨媒介文艺有哪些形态与特色？	304
第六节	如何实现跨媒介创意？	313
第七节	跨媒介文艺思潮有何意义？	321

【绪 论】
中国当代文学新思潮研究的思考与探索

华夏文化源远流长，传承渊深，皆因中国文字与文学深有向心力和凝聚力。中国五千余年历史悠久，又属于诗与文的国度，自古以来，文学论和历史论都极发达。近世西方思潮观念涌入东方，落实到中国土壤后，与中国文学思潮融合势所必然。自改革开放至今，中国新时期各种当代文学思潮此起彼伏，尤其是21世纪后，全新文艺思潮勃兴。为此，我们需要探究中国当代文学思潮论与文学史论如何并驾齐驱；中国当代文学思潮研究如何从时段史、地段史、主题史、文体史走向跨界史、文化根性研究；前沿论述为何更突出跨媒介学、人工智能后人类学、生态学、翻译史、汉学史、世界华文文学、丝路文化史、跨文化、融界史等思潮，新科技时代的审美主潮如何更加多元化这些议题。

第一节
为什么中国文学思潮与文学史研究如影随形？

中国现代文学思潮研究兴起于20世纪初，但是成为潮流则在20世纪后期。21世纪后，随着网络数码、人工智能等高科技飞速发展，各种文学思潮更是风起云涌，呈现出蓬勃发展气象。文学思潮和文学史研究关系密切，如影随形。文学史是大概念，讲究大而全，包含了文学现象、作家作品、文学运动、理论批评等一切文学活动的历史。文学思潮是小概念，讲究细而微，探究特定作家作品催生的思想潮流。两者作为总论和分论，互为补充。文学思潮的兴衰起落是文学史的常见现象，研究文学思潮的发展变化，能从总体上发现和把握文学的特性及发展规律，更深刻地理解文学和时代的关系，文学思潮的起伏递嬗推动文学史发展，因而文学思潮研究是文学史研究的题中之义。

什么是思潮？梁启超《论时代思潮》精辟地阐述："凡文化发展之国，其国民于一时期中，因环境之变迁与夫心理之感召，不期而思想之进路同趋于一方向，于是相与呼应汹涌如潮然：始焉其势甚微，几莫之觉；寝假而涨——涨——涨，而达于满度；过时焉则落，以渐至于衰熄。"[1]诚如其言，有"思"才成"潮"。思潮指某一时期某一地方流行的思想倾向和趋势，代表某一阶级或阶层反映当时社会政治状况的有较大影响的思想潮流，如社会、政治、文学、当代思潮等。文学思潮是特定历史和区域内作家团体中形成的共通文学思想和创作方向，是得到许多文学家和理论家的认同而形成的思想倾向和潮流，与文学流派运动、状态现象、创作方法、文体风格等密切相关。

首先，文学思潮与社会思潮相关，是社会心理和情感的表征，社会潜意识的潜滋暗长蔓延成某种症候，以象征化符号来宣泄，直接反映政治、经济矛盾运动，成为社会气候的"晴雨表"。近代中国社会有激进主义、自由主义和保守主义思潮；现代社会的五四思潮狂飙突进，摧枯拉朽。思潮又可称为社会舆论、思想、风气、潮流，有潮水般的流动性、潮涨潮落的阶段性，滚滚思潮乱假真，不随代变即陈人。思潮变幻不定，不断升级换代。老来悟道应嗟晚，放眼风前路已新。考艺思前辈，明经愧后生。社会思潮在速朽与不朽之间形成了拉锯战，有历史性、区域性、群体性、功利性、变异性、症候性。

其次，文学思潮与文艺思潮相关，是在特定历史条件下以思想家的理论倡导和创作指引，促成某种文艺观念有广泛影响并形成思潮流变，与时代的经济、政治、哲学、道德乃至自然科学思潮等整体文化都有关联。文艺思潮是经济变革、政治斗争及社会思潮的派生物。"凡'思'非皆能成'潮'，能成'潮'者，则其'思'必有相当之价值，而又适合于其时代之要求者也。凡'时代'非皆有'思潮'，有思潮之时代，必文化昂进之时代也。"[2]欧洲近世有各种文艺思潮：14—16世纪文艺复兴思潮、16—17世纪古典主义

---

[1] 梁启超：《清代学术概论》，上海古籍出版社2005年版，第1页。
[2] 梁启超：《清代学术概论》，上海古籍出版社2005年版，第1页。

思潮、18 世纪的新古典主义和启蒙运动、18 世纪末至 19 世纪初的浪漫主义、19 世纪 30 年代的批判现实主义、20 世纪初的现代主义思潮等。在同一文艺思潮影响下又有各种文艺倾向和流派，占主导地位的成为主潮，表现在文艺创作、文艺批评、文艺理论、文艺研究等方面。

中国现当代文学界批量著史，同样兴盛于改革开放后，著述丰硕，名家荟萃，如王瑶、张炯、杨义、童庆炳、洪子诚、钱理群、谢冕、黄修己、黄子平、陈平原、陈思和、张福贵、温儒敏、吴福辉、陈晓明、丁帆、南帆、范伯群、戴锦华、张中良、王晓明、樊星、李今、孔范今等均有中国现当代文学的史论著作，宏观著史见证了中国当代文学史的研究实力（见表 1）。

表 1　中国当代文学史研究论著表

论者	论著名	出版社	时间
张钟、洪子诚	《当代中国文学概观》	北京大学出版社	1986
金　汉	《新编中国当代文学发展史》	杭州大学出版社	1997
张　炯	《中国新文学史》	海峡文艺出版社	1999
洪子诚	《中国当代文学史》	北京大学出版社	1999
陈思和	《中国当代文学史教程》	复旦大学出版社	1999
陈思和	《新时期文学概说（1978—2000）》	广西师范大学出版社	2001
洪子诚	《中国当代文学史·史料选（1945—1999）》	长江文艺出版社	2002
陈思和	《中国当代文学关键词十讲》	复旦大学出版社	2002
温儒敏、赵祖谟	《中国现当代文学专题研究》	北京大学出版社	2002
王庆生	《中国当代文学史》	高等教育出版社	2003
南　帆	《二十世纪文学批评 99 个词》	浙江文艺出版社	2003
孟繁华、程光炜	《中国当代文学发展史》	中国人民大学出版社	2004
程光炜	《中国当代文学研究（1949—1976）》	河南大学出版社	2005
温儒敏等	《中国现当代文学学科概要》	北京大学出版社	2005
刘　俊等	《中国现当代文学研究导引》	南京大学出版社	2006
雷　达等	《中国现当代文学通史》	甘肃人民出版社	2006

中国现当代文学史编撰多以时代为经，以思潮、文体为纬，多涉及思潮研究。席扬论著《文学思潮》指出，"文学思潮作为一种'问题类型'和对有关文学的各类现象——包括'史性'现象、现状的现象等方面进行研究的思维方式，早在五四前后的中国文学研究过程中已得到运用，这当然是与'破旧立新'的时代转折所需要的宏大思维格局取向存在着密切关系。不过，作为普遍使用的学术观察方式，严格来讲，在我国是从20世纪80年代才开始大规模流行"[1]。改革开放后学界涌现出不少文学思潮著作，成为风潮（见表2）。

表2 中国现当代文学思潮论著表

论者	论著名	出版社	时间
何西来	《新时期文学思潮论》	江苏文艺出版社	1985
朱寨	《中国当代文学思潮史》	人民文学出版社	1987
艾晓明	《中国左翼文学思潮探源》	湖南文艺出版社	1991
许志英、丁帆	《中国新时期小说主潮》	人民文学出版社	2002
陆贵山	《中国当代文艺思潮》	中国人民大学出版社	2002
方维保	《当代文学思潮史论》	长江文艺出版社	2004
李扬	《中国当代文学思潮史》	上海社会科学院出版社	2005
张光芒	《中国当代启蒙文学思潮论》	上海三联书店	2006
刘卫国	《中国现代人道主义文学思潮研究》	岳麓书社	2007
陈晓明	《中国当代文学主潮》	北京大学出版社	2009
云德、仲呈祥	《新时期文艺思潮概览》	中国文联出版社	2016
张永清	《新时期文学思潮》	中国人民大学出版社	2017
洪治纲	《中国当代文学思潮十五讲》	浙江大学出版社	2017

以上文学史和思潮研究的论著均为精品佳作。目前中国当代文学史多

---

[1] 席扬：《文学思潮理论、方法、视野：兼论20世纪中国文学思潮若干问题》，上海三联书店2009年版，第1页。

以时间、地点、作家、文体为序搭建结构,几乎都论及文学思潮研究。思潮专著论述中国当代文学思潮各有不同,但都有文学史的影子,多以发展脉络为序,较少以文体为结构线索。何西来的《新时期文学思潮论》区分出现实主义、人道主义、伤痕反思等思潮,敏锐捕捉中国当下社会的文学现状,例证丰富,解读细致,凝练精准,该书所用思潮术语基本是定调,被后书反复引用。朱寨的《中国当代文学思潮史》末章提及新时期思潮。许志英、丁帆主编的《中国新时期小说主潮》框架体例广阔,关注伤痕反思、知识分子现代性话语、知青情结、寻根和女性写作、新写实与现实主义冲击波、晚生代小说、战争小说、爱情小说、历史叙事、作家文化心理的嬗变,后几章有与众不同之处。陆贵山主编的《中国当代文艺思潮》从文艺理论角度论述思潮,理论色彩浓厚,从社会文化、文学理论、创作实践等角度全面梳理,并论及各种文艺思潮的正面和负面影响,多受西方话语影响,具体论证则以中国文艺为根基,强调在地性。李杨的《中国当代文学思潮史》谈人道主义、启蒙主义思潮、后现代主义、现实主义冲击波等,认为文学既受政治影响,也受创作主体影响,作家的内耗机制和意识的自我缠绕导致中国文学发展的反反复复。陈晓明的《中国当代文学主潮》论述自成体系,深有理论特性和后现代性,系统论述自1942年以来的文学主潮形成及变革历程,第九至十九章细致剖析伤痕反思、朦胧诗、改革文学与知青文学、应对西方潮流的现代派与寻根派、先锋派及其后现代性、新写实与晚生代、女性主义文化与美学意向、转向语词与叙事的第三代诗人、新时期话剧、散文与儿童文学、多元分化与后文学、乡土叙事的转型等议题,强调前沿意识。洪治纲的《中国当代文学思潮十五讲》系统梳理中国当代文学发展的主要精神脉络,细化论述各种文学思潮形成的缘由、过程、特点、意义和局限,展示中国当代文学发展的内在逻辑结构及其变化缘由。此外,还有吴秀明的《中国现当代文学史与生态场》、许怀中的《鲁迅与文艺思潮流派》等论著。诸位方家对于中国当代文学思潮的研究各有所擅。

第二节
中国当代文学思潮研究有何特点？

中国当代文学史研究从时段史、地段史、文体史走向综合文化史研究，文学思潮研究史转向文化根性研究，突出主题学、人类学、媒介学等研究，关注中外文化交流，如赵稀方从"小说香港"①走向"期刊香港"②，从探究后殖民理论转向论述媒介对文学场的因应影响，视野广阔，多元转型。大体说来，当代文学思潮研究有五个层面的突出特点。

第一，时间打通的"重写中国文学史"思潮研究，同样始自20世纪80年代。1985年，黄子平、陈平原、钱理群在《文学评论》第5期刊文《论"二十世纪中国文学"》，提出打通中国现当代文学研究。1988年，陈思和、王晓明等在《上海文论》发起"重写文学史"讨论。这些讨论反拨50年代以来文学史过浓的意识伦理分析，追求文学审美还原。2011年，王德威在复旦大学以"重写'重写文学史'"为题讲学四天，指出当代文学史不是历史，本就变动不已，要不断重写、重构文学的学术框架。21世纪前后，打通现当代文学研究的"二十世纪文学史"论著渐增（见表3）。

表3 20世纪文学史论著表

论者	论著名	出版社	时间
王一川等	《二十世纪中国文学大师文库》	海南出版社	1994
孔范今	《二十世纪中国文学史》	山东文艺出版社	1997
谭桂林	《20世纪中国文学与佛学》	安徽教育出版社	1999
钱谷融主编	《中国现当代文学作品选》	华东师范大学出版社	1999

---

① 赵稀方：《小说香港》，生活·读书·新知三联书店2003年版。
② 赵稀方：《报刊香港：历史语境与文学场域》，三联书店（香港）有限公司2019年版。

续表

论者	论著名	出版社	时间
王庆生主编	《中国当代文学作品选》	华中师范大学出版社	1999
严家炎	《二十世纪中国文学史》	高等教育出版社	2010
王晓明	《二十世纪中国文学史论》	东方出版中心	2003
黄修己主编	《二十世纪中国文学史》	中山大学出版社	2004
张福贵	《文学史的命名与文学史观的反思》	北京大学出版社	2014

2014年，张福贵反思现有中国现当代文学学科中文学史的命名，主要从主题论角度重述文学史观的发展阶段、价值与逻辑缺陷、思想和学科建构，结合具体文本的叙述语言和空间诗学等对文学史观理论进行详尽解读。

第二，空间打通的跨区域整体研究。中国当代文学思潮研究更强调打通文化地理空间，跨区域文学和文化融合已成为研究新思潮。北师大刘勇有国家社科基金重大项目"京津冀文脉谱系与大京派文学建构研究"。粤港澳大湾区文学和文化研究兴起，如蒋述卓、左鹏军、贺仲明、吴承学、程国赋、陈剑晖、谢有顺、江冰、王廉、凌逾等主攻岭南学、岭南文学与文化互证、中外粤籍文学批评史、新岭南文化、大湾区城市群文化等议题。近期还兴起新南方写作论。港澳台文学早已纳入中国现当代文学版图。严家炎的《二十世纪中国文学史》下册有两章专论台港文学。黄万华的《中国和海外：20世纪汉语文学史论》更是力求打通研究中国及海外华人社会的中文写作，指出20世纪汉语文学特性在于生命整体意识和天、地、人观念，边缘成为文学史的活力所在，该书从五四文学谈到当代文学，论述海外火种引发的新文学分流，论及海外对于五四新文学的迎合和背反、大众传媒和五四文学，论述世界战争文化格局中的中国文学、战时红色经典构建起点等议题，视野广阔，立论扎实。此外，贺仲明的《中国大陆与台湾乡土小说比较史论》、吴秀明的《江南文化与跨世纪当代文学思潮研究》、吕正惠和赵遐秋的《台湾新文学思潮史纲》、罗璠的《中国文艺思潮与湖南文学》等都是立足地方、打通区域的文学文化思潮研究论著。

第三，现代性与后现代性思想打通的思潮研究。陈晓明深度思考现代与后现代理论错综复杂的关系，如新近出版的八卷本《陈晓明文集》中，就有《无边的挑战——中国先锋文学的后现代性》《德里达的底线——解构的要义与新人文学的到来》《后现代的现代性》《无法终结的现代》均以此为题，几乎每十年出一部著作来深度阐释。他指出，后现代不是对现代的全面悖反，而是彼此有似是而非的重复或者反复；现代性与后现代性既有顺序关系，也有逆推、撤退、倒流的独特现象；现代与后现代"以互相折叠、纠缠、挪用、颠倒和再生产的方式发生作用的，唯其如此，文学的那种生长存在的韧性才显得难能可贵"[①]。陈晓明专研后现代主义，论述1980、1990年代后文学特别得心应手，行云流水，尤其关注前沿思潮，论及网络文学、科幻文学，统称之为"后文学"。其论著以后现代性、现代性、历史化作为主线来把握当代文学史和文学思潮，理论根基深厚，论述全面丰富，史料翔实，文本解读极为精细。

第四，中外语言打通的翻译文学思潮研究。翻译文学多为中英、中俄、中日、中韩等各国语言互译。翻译，是中国当代文学走向世界的重要渠道。中国现当代作家作品被不断翻译、借纸质媒介传播到海外。翻译助推莫言、刘慈欣分获"诺贝尔文学奖"、科幻艺术界"诺贝尔奖"的"雨果奖"。向国外译介的作家还有鲁迅、余华、陈忠实、贾平凹、刘震云、苏童、毕飞宇、王安忆、张洁、铁凝、史铁生、阎连科、韩少功、阿来、麦家、冯唐、迟子建、残雪、毕淑敏、池莉、张抗抗、格非、白先勇、张翎、虹影、西西、也斯、葛亮、路遥、孙犁、丁玲、沈从文、林语堂、巴金、茅盾、老舍、赵树理、曹禺等。20世纪50年代中期，苏联掀起翻译中国文学热潮，译作发行量大增。然而，自20世纪90年代初苏联解体后，中译俄文学转入低潮。自2002年起，中国更加意识到要全面"走出去"，积极支持中国文学乃至文化在国际的

[①] 陈晓明：《后现代的现代性》，《陈晓明文集（第2卷）》，广东人民出版社2013年版，第27页。

传播，中译俄文学作品又连续出版，可见国际国内形势语境对于文学文化传播的重要影响。2009年，杨义主编的《二十世纪中国翻译文学史》一套六卷，60余万字，百花文艺出版社出版，含连燕堂"近代卷"、秦弓"五四时期卷"、李今"三四十年代·俄苏卷"、李宪瑜"三四十年代·英法美卷"、周发祥等"十七年及'文革'卷"、赵稀方"新时期卷"，该书系整体刻画中国20世纪翻译思潮流变路线图，全面扎实研究文学翻译实质、阐述翻译理论构建、论述翻译的综合价值和传播影响，省思中国文学如何从传统情态中脱胎而出，走向世界化和现代化，并充实丰富中国现代精神文化谱系。孟繁华、程光炜的《中国当代文学发展史》也有专章论述外国文学翻译。

第五，中外文化传播打通的外来史家著史风潮兴起。不仅国内学者，海外华人、汉学家也加入中国现当代文学研究行列，如瑞典马悦然等。德国顾彬的《二十世纪中国文学史》论当代文学占三分之一篇幅，专章分析台港澳文学，论及"机场文学"颇新颖，今世作家们总等候在机场，漂洋过海、离乡怀乡，捕捉到了独特的时代风潮。早期汉学家多研究中国古代文学史如费正清、龙夫威、宇文所安、史景迁、顾立雅等。新时期的海外研究中国当代文学史和思潮论著渐增（见表4）。

表4 海外论中国现当代文学史论著表

论者	论著名	出版社	时间
韩尼胥	《中国新文学：1978年和1979年间的作家和他们的短篇小说》	布罗克迈尔出版社	1985
李欧梵编	《普实克中国现代文学论文集》，基础为普实克1980年《抒情诗与史诗》	湖南文艺出版社	1987
马立安·高利克	《中国现代文学批评发生史》	社会科学文献出版社	1997
王德威	《想象中国的方法》	三联书店	1998
夏志清	《中国现代小说史》	复旦大学出版社	2005
李欧梵	《中国现代作家的浪漫一代》	新星出版社	2005
顾 彬	《二十世纪中国文学史》	华东师范大学出版社	2008

续表

论者	论著名	出版社	时间
杜威·佛克马	《中国文学与苏联影响（1956—1960）》	北京大学出版社	2011
王德威	《哈佛新编现代中国文学史》	四川人民出版社	2022

当代文学研究从内部史研究逐渐转向外部史研究，海内外学者关注中国当代文学的海外传播研究，如季进自2008年起主编"海外中国现代文学译丛"15种，还有《李欧梵季进对话录》、与王德威合作《文学行旅与世界想象》、与曾一果合作《陈铨：异邦的借镜》，选取跨文化交流名家进行深入的个案研究。

上述五大思潮特点明显体现出中国当代文学及其研究谋求走向世界的意图。中国学术界和创作界合力助推。陈平原、陈思和、洪子诚等大批学者都提出"中国文学的世界性因素"议题，强调各国文化平等交流，而不是简单的单向性输入与接受关系，"考察不同文化背景下的国家之间如何面对共同的世界性因素，做出相似或者不同的反馈，这反映了当前国际关系下的文化及文学比较的意义"[1]。为展现世界中的中国现当代文学，2017年哈佛大学王德威主编《哈佛新编现代中国文学史》，集美、欧、亚三大洲143位学者和作家之力完成161篇文章，依编年排序，从晚明文学、《镜花缘》到想象2066年的未来科幻小说皆有论述，以此证明中国当代文学思潮既与世界思潮合流，也不失中华民族性。王德威研究有世界视野，探讨全球华文文学思潮驾轻就熟。中国当代文坛一直热切关注诺贝尔文学奖潮流走向，2012年莫言获得诺贝尔文学奖，振奋国人文学心。2013年，北京师范大学国际写作中心成立，邀请莫言任主任，张清华任执行主任；2023年举办盛大的十周年庆典活动，秀出了可喜的成绩：已有莫言、余华、苏童、欧阳江河、西川五位专职作家和贾平凹、韩少功、阿来、格非、毕飞宇、张炜、迟子建等十数位驻校作家，培养了大批新锐作家，成为有影响力的文学交

---

[1] 陈思和：《中国当代文学关键词十讲》，复旦大学出版社2002年版，第233—293页。

流与文学教育平台,举办国家学术交流、金砖国家文学峰会、与牛津大学合作等活动,在文学国际交流和文化合作方面开辟新路,建树卓著。近几十年来,中国文学与东南亚、日韩、北美、欧洲、大洋洲、南美洲、非洲等世界华文文学的互动日益密切,与世界各语种的文学接轨交流日益频繁,迎接全球化挑战,助推中国文学走向世界,掀起了中国文学世界化的新思潮。

第三节
当代文学思潮论述如何拓展?

综上所述,当代文学史和思潮论等各类书籍已是汗牛充栋,若是论述1978年至今的中国当代文学思潮,可谋求在以下几个层面有所突破。

第一,问题意识与世界性思考。首先,可以具体的研究问题贯穿,引导讨论当代文学思潮的理论问题,问答研究法利于以问激趣,也利于破除成见,挖掘新思路。其次,在学界公认的当代文学重要思潮基础之上,突出研究21世纪以来的网络文学、粉丝文化、海丝文学、影视改编、跨媒介文艺等思潮,这在已有文学思潮史论著中较为稀见,希冀能给人新的启示。再者,在跨文化交流层面,过去着力于"引进来",现在致力于"走出去",从大量译介学习模仿西方思想潮流,转为尝试建构中国本土的体系潮流,并将中国作品推向世界。"西学东渐"是近现当代文学发展绕不开的时代背景。中国文学在中西融会、碰撞甚至是抗拒间逐步走向成熟。我们希冀以世界性的眼光,在中外文化的对照中捕捉独具"中国性"的文学思潮,在对各种思潮的论述中突出在地性、本土性、中国性,尝试揭示中国当代文学思潮在世界文学中的独特意义、地位和价值,为世界文学思潮研究贡献中国话语、中国审美、中国精神与中国想象的新可能性。

第二,关注当下性和前沿性。当下性并不意味着要成为时髦观念的图解,亦不是对政策亦步亦趋的阐释,而首先指价值观的现代化、精神图景的现代化，同时，也意指形式和内容的与时俱进。当下性不是空泛名词，而应纳入对当下社会、文化的思考，融入论述分析与阐述中，以锐利眼光透视时代症结。在时间层面，因已有研究在1949—1977年文学思潮的论述方面已极丰富且多有定论，因此本书将研究时段定为1978年后，并将21世纪后20年间的文学思潮纳入考察对象。一方面尊重学界经典研究成果与文学史定论，在前人丰硕的基础上进行整合；另一方面也融入了撰稿者个人的治学视野、立场与方法。论述"新人道主义思潮"，既论述对于被侮辱被损害的底层群体的同情与理解，同时也警惕新人道主义思潮所暗含的困境与危机，作家陷于"道德理想主义"，存在"代言人"情结，将"终极关怀"和"道德批判"作为最终旨归，而"底层"的泛滥化、概念化、模式化，也会使底层文学内蕴的精神矿藏枯竭。论述启蒙主义文学、现代主义文学、女性主义文学思潮、儿童文学等思潮，注重社会发展与文学嬗递之间的深层互动，以有机式、嵌入式的论说，呈现中国当代文学思潮蕴含的介入社会的力量。生态文学思潮诞生于工业文明背景之下，源于人类对自然环境破坏的忧思。全球新冠病毒肺炎疫情三余年后，人类在"寂静的春天"中更关注生态环境状况，疫情暴露出人类文明的生态局限和生态弊端，也带来人类中心主义与生态中心主义的激烈论战。这促使人们意识到天人合一和谐发展的中国思维利于推进"人类命运共同体"[①]。在生态文明成为中国的治国战略与重要发展目标的背景下，考察生态主义思潮，分析"社会批判的文学书写""自我忏悔的心灵书写""自然审美的精神书写"三种书写形态，立体动态呈现中国生态主义文学思潮的审美与精神价值，作家们接续传统文化资源，通过建立人与自然的和谐关系，在审美意义上重新恢复人们对于生态环境的依恋与敬畏。将中国文学与世界文学互动纳入考察范围，关注当代文学如何因应大航海时代、大航空时代的发展，21世纪海上丝绸之路深度推进催生出海洋文学、"海丝路"文学思潮，揭示独属于海洋文化、海洋文学

[①] 张云飞：《疫情背景下生态主义思潮的五个焦点议题》，《人民论坛》2021年第3期。

的审美特质，呈现海洋物象意象、情感叙事、海陆意识，"海丝路"文学彰显出民族性与世界性，既是中国式审美的现代新变，也是多元文化与西方强势扩张下的文化坚守，扩展当代文学的版图，实现文学疆域的拓殖。

第三，尝试文学和文化空间的融合打通。当代思潮研究日益从国内研究拓展至东南亚、欧美大洋洲等地文学研究，转向世界华文文学研究；转向海内外区域文学互动交流史、文化史研究等。20世纪80年代前后，内地的港澳台文学研究日渐兴盛。1978年《花城》创刊号发表曾敏之的《港澳与东南亚汉语文学一瞥》；1993年杨义的《刘以鬯小说艺术综论》发表于《文学评论》第4期；其后，杨义的《中国现代文学流派》、黄修己的《20世纪中国文学史》将港澳台文学纳入中国现当代文学视野。当代港台文学研究以史论、作家论、作品论为主，如袁良骏的《香港小说史》，刘登翰的《香港文学史》，黎湘萍的《文学台湾》，艾晓明的《从文本到彼岸》，施建伟、应宇力和汪义生的《香港文学简史》，王剑丛的《香港文学史》，王宗法的《台港文学观察》，潘亚暾、汪义生的《香港文学概观》，何慧的《香港当代小说史》，曹惠民主编的《台港澳文学教程》《台湾香港文学论文选》，王剑丛、汪景寿的《台湾香港文学研究述论》，潘亚暾主编的《台港文学导论》，林承璜的《台湾香港文学评论集》，陈辽主编的《台湾港澳与海外华文文学辞典》，古远清的《香港当代文学批评史》《香港新诗史》《从陆台港到世界华文文学》《当代台港文学概论》等，硕果累累。新时期后，赵稀方的《小说香港》、刘俊的《从台港到海外：跨区域华文文学的多元审视》、黄万华的《百年香港文学史》、陈子善的《一瞥集：港澳文学杂谈》、白杨的《文化想像与身份探寻：近五十年香港文学意识的嬗变》《台港文学：文化生态与写作范式考察》、计红芳的《香港南来作家的身份建构》、王艳芳的《异度时空下的身份书写：香港女性小说研究》、凌逾的《跨媒介叙事——论西西小说新生态》《跨媒介香港》等论著从后殖民文化、跨媒介文艺、女性主义、整体论等角度切入，研究思路出现了新变化。

2002年，中国世界华文文学会成立，在曾敏之名誉会长、张炯名誉会长、饶芃子会长、王列耀会长、张福贵会长等领导下蓬勃发展，队伍日益壮大。关于世界华文文学的术语界定，其实一直都有诸多说法。有些学者认为，外籍华人的外语和华文创作，不属中国当代文学序列，而侨居海外的国人在海外的华文创作，属于当代中国文学。有些学者则认为，只要是以华文创作的文学作品，都属于中国当代文学。但不管如何定义，世界华文文学从多个角度来展开研究，结出了累累硕果。自2012年起，学会主编世界华文文学学会的优秀成果集《世界华文文学研究文库》，第一辑由花城出版社出版，目前已出版3辑，为每位入选学者出一部自选集，有曾敏之、张炯、饶芃子、陆士清、陈公仲、刘登翰、杨匡汉、王晋民、汪景寿、王列耀、方忠、刘俊、朱双一、许翼心、赵稀方、曹惠民、黄万华、黎湘萍、潘亚暾、白舒荣、袁勇麟、杨际岚、刘小新、古远清、计璧瑞、蒲若茜、陆卓宁、吴奕锜等，从作品个案分析到文学现象到思潮理论，论述主题丰富，论述地域广阔，论述角度多元。国家社科基金重大项目方面，有饶芃子的"百年海外华文文学研究"、刘俊的"华文文学与中华文化研究"、赵稀方的"香港文艺期刊资料长编"、王列耀的"东南亚华文文学史料专题研究、分类编纂及数据库建设"、方忠的"华文文学与人类命运共同体研究"、凌逾的"香港当代报章文艺副刊整理与研究（1949—2022）"等课题。世界华文文学与中华文化研究日益壮大，从边缘走向主流，大有学科建制之势。

　　论及港澳台文学思潮，可汲取前人研究成果，进一步推进论述。在空间层面，当代文学研究早已不再将台港澳文学另外造册，更注重论述中国大陆和台港澳地区的跨越地域的文学思潮互动和互振。立足港澳台三地的文学场域，阐述1978年以来与大陆有所不同的文学思潮脉络，从纵横向维度挖掘多元共生的鲜明地域特色。纵向来看，探讨20世纪八九十年代以来港澳台三地文学思潮与此前相比有何继承发展，如何走向多元化和大众化思潮趋向。横向而言，思考现代、后现代和后殖民主义思潮如何使港澳台都市文学突出自身的独有特点，揭示这些思潮在大陆和港澳台之间的往来，建构充满张力、动态变化的文学发展图景。聚焦港澳台文学怎样在跨学科和融媒介趋势影响下走向跨界思潮传播，提升港澳台文学的可持续发展动能，在相互促进中实现世界华文文学的新发展，进而夯实中华文化海外传播的根基。

第四，强调文化思潮研究的转向。当代文学由文学思潮转向文化思潮研究，已成为当前研究的鲜明趋势。研究华文文学与中华文化的大陆学者有张炯、饶芃子、杨匡汉、黄万华、彭志恒、刘小新、费勇、陈贤茂、方忠、刘登翰、江冰、黄育聪、陈持等，关注中华文化如何影响华文文学，聚焦于天人合一、中国意识、忧患意识、祖先崇拜、家族意识、文化认同等课题，如林毓生研究"中国传统的创造性转化"。其他地区的华文文学研究突出主题学和女性文学研究，以及台港澳百年文学史、近50年文学意识嬗变、汉语新文学等研究，如饶芃子、刘登翰、杨匡汉、袁良骏、赵稀方、曹惠民、王列耀、朱双一、刘俊、陆士清、古远清、方忠、袁勇麟、刘正忠（中国台湾）、梅家玲（中国台湾）、卢玮銮（中国香港）、黄维樑（中国香港）、陈国球（中国香港）、宋明炜（新加坡）、王润华（马来西亚）、朱寿桐（中国澳门）、郑炜明（中国澳门）、吴志良（中国澳门）等。

近年来，港台地区研究现代文化、后现代文化的论著增多，如李欧梵的《寻回香港文化》（2003出香港和内地版），吴俊雄、吕大乐、马杰伟等的《香港·文化·研究》（2005），罗贵祥的《杂唛时代：文化身份、性别、日常生活实践与香港电影1970s》（2005），洛枫的《世纪末城市：香港流行文化》（1995）、《盛世边缘——香港电影的性别、特技与九七政治》（2002），也斯的《香港文化十论》（2012），骆颖佳的《后现代拜物记——消费文化的批判及信仰反省》（2002）等。台湾后现代主义研究成果丰硕，如廖炳惠的《解构批评论集》（1984）、《形式与意识形态》（1992）、《回顾现代：后现代与后殖民论文集》（1994），罗青的《什么是后现代主义》（1989），路况的《后现代主义及其不满》（1990），张小虹的《后现代/女人：权力欲望与性别表演》（1993），简瑛瑛编的《认同·差异·主体性：从女性主义到后殖民文化想象》（1997）等。文学研究日益边缘化后，转而向文化取暖取经，以求转型壮大，增添新活力。海内外当代文学与文化研究蓬勃发展，自成体系，这类研究已成为热潮。

第五，关注跨媒介新思潮的转向。中国当代文学的跨媒介思潮兴起，除翻译为外国语言、借纸质传播之外，传播更快、范围更广的其实是从广播、影视到网络的跨媒介传播，这是中国当代文学向全球传播的重要渠道。

当代文学被反复选入跨媒介化行列，如余华、苏童、李碧华、琼瑶、梁凤仪、朱天文等人的作品。话剧影视改编的名作名片剧增，如1987年张艺谋改编莫言小说为电影《红高粱》一炮而红获得国际声誉，其后有《秋菊打官司》《活着》《一个都不能少》《我的父亲母亲》《英雄》《满城尽带黄金甲》《金陵十三钗》《归来》等影片。此外还有如钱锺书的《围城》、张爱玲的《倾城之恋》《色·戒》《红玫瑰与白玫瑰》、许地山的《春桃》、李碧华的《霸王别姬》《青蛇》、陈忠实的《白鹿原》、白先勇的《孽子》《游园惊梦》、赖声川的舞台剧《暗恋桃花源》等，尤其是金庸的《鹿鼎记》《射雕英雄传》《笑傲江湖》等所有武侠小说都被反复改编，高达上百部影视作品。作家与影视编剧跨界的也越来越多，从老一辈的张爱玲，到中生代的阿城、张贤亮、王朔、梁晓声、李碧华、琼瑶、倪匡、亦舒、朱天文，再到青年一代的郭敬明、韩寒等。善于改编文学作品的知名导演不断增加，如谢晋、张艺谋、冯小刚、陈凯歌、姜文、侯孝贤、王家卫、吴宇森、徐克、王全安等。尤其是冯小刚改编王朔、刘震云等的作品为电影、电视剧，如《甲方乙方》《手机》《北京人在纽约》《大腕》《唐山大地震》《一九四二》等。当代网络名家后浪推前浪，如少君、蔡智恒、慕容雪村、今何在、唐家三少男、天蚕土豆、我爱吃西红柿、九把刀男等人的作品亦纷纷被改编。中国当代文学经广播、影视、话剧、网络、电子游戏等新媒介转媒、转译、再造后，更有轰动传播效应。大陆学界将网络文学视为重点编码与调用的"数据库消费"文化产品，不断复现的叙事要素背后折射着更隐微的社会阅读心态和特定阅读社群所共识、共享的认同感、归属感，揭示平台、作者与读者在商业机制下的大众阅读型构。因此要关注网络数码媒介对于当代文学的重要影响，如网络文学IP再造、跨界改编等，分析跨媒介文艺等新现象、新思潮如何从边缘日益走向主流。

自1978年起，改革开放唤醒了文学多元发展的春天，几十种文学思潮此起彼伏，也带来了思潮研究、文学史研究的繁荣。《中国当代文学思潮（1978—2020）》研究的具体思潮包括：改革开放后的启蒙主义、新写实文学、现代主义、先锋文学、新人道主义、女性主义文学、新历史主义文学、生态文学、儿童文学、通俗文学、网络文学、"海丝路"文学、港澳台文学、跨媒介文艺等思潮。文学思潮研究既是对文学史研究的补阙与深化，也是对它的纠偏和重建。在某种意义上，新的文学思潮研究就是新的文学史研究，发现、提炼新文学思潮的过程正是重建、反顾文学史的过程。当代文学思潮的问题永远"说不尽"，正如文学史研究，永远敞开着、行进着、更生着……新思潮研究要避免过于缠绕的理论概念，以细腻的文本解读，深入浅出的论述，方便读者感知文学现场，品味文学经典，把脉思潮律动，注重史料整理、脉络梳理，在纵横把握中走向"历史地看，比较地读"，通过对历史的再语境化，还原历史论争场域，打开闭合的文本空间，以满足读者与时俱进的阅读需求。中国新时期文学思潮论述在现有研究基础上进一步采取新思路来拓展，秉承当下性，注重文学和文化空间的融合打通；文学思潮与时代携行，新科技时代的审美主潮将更加多元化，尤其是智脑时代到来，文学思潮的跨学科、融媒介的趋势更加突出；注重文化研究和跨媒介转向，深入探索人类学、生态学、网络科技、跨媒介学、翻译史、汉学史、丝路文学、世界华文文学与跨文化空间的打通等新议题。

作为教材，本书可用于大学中文系的选修或必修课。教学对象首选本科学生，当然也可以是硕士、博士生。全书十二章，每章节论及具体思潮的定义、产生原因、发展流变、具体特色、影响意义等内容。教学时，每章节可讲授一至两次课。每章包括四部分内容：正文论述、学习重点、讨论思考（供课前预习、课中讨论、课后复习的思考问题）、拓展阅读。本书与其他当代文学思潮教材有承接之处，也凝聚着各章撰写者现阶段的研究心血。希冀能满足 21 世纪大学课堂与时俱进的教学需求。本书主编凌逾作为召集人，组织华南师范大学、上海交通大学、华南农业大学、广州大学、澳门科技大学、广东药科大学、徐州工程学院等高校的 12 位教授、博士后和博士一起参编教材，团队成员咸立强、龙其林、张颖、刘秀丽、刘潇雨、徐诗颖、张宇、任一江、霍超群、张衡、骆江瑜等鼎力襄助，参与撰写工作，具体分工如下：

绪论	凌　逾
第一章　启蒙主义文学思潮	咸立强
第二章　西化的现代与先锋文学思潮转型	霍超群　张　衡
第三章　新写实文学、新历史主义文学思潮	刘秀丽
第四章　生态文学思潮	龙其林
第五章　新人道主义文学思潮	张　宇　任一江
第六章　女性主义文学思潮	张　宇
第七章　儿童文学思潮	骆江瑜
第八章　港澳台文学思潮	徐诗颖　霍超群
第九章　"海丝路"文学思潮	张　衡
第十章　网络文学思潮	刘潇雨
第十一章　文学的影视改编思潮	张　颖
第十二章　跨媒介文艺思潮	凌　逾

当代人著当代史、论当下文学思潮，其实殊为不易。因为不识庐山真面目，只缘身在此山中。本教材谋求把握当前的时代脉搏，切准思潮风口，当然也难免力有不逮或者挂一漏万。因为论难一概。因为不同的视角与坐标，会看到不同的风景。因为先知先觉还是后知后觉，也会影响判断。本书为集体写作，各位论者都是相关专业的行家，群策群力出智慧，熔铸了集体的智慧。当然，也难免会出现差错、失衡之处，敬请方家不吝赐教，欢迎

学生们反馈学习教材的心得和建议，留待我们后续修改，多谢大家！此书策划有幸得到华南师范大学文学院院长段吉方教授的指导，领导们大力支持教材系列出版，陕西人民出版社的关宁副总编和韩琳编辑付出了大量的时间和精力，诸位参编者在百忙中抽出时间辛勤写作，特此致谢。

◎作者简介

凌逾，华南师范大学教授，博士生导师。高校千百十人才工程省级培养对象。中国社科院博士后，中山大学比较文学博士。主要研究方向为中国现当代文学、比较文学与世界文学、世界华文文学、跨媒介叙事和融界文化等。出版书籍《融媒介：赛博时代的文学跨媒介传播》《跨界网》《跨媒介香港》《跨媒介叙事》《跨媒介：港台叙事作品选读》《跨界创意访谈录》6部，在海内外重要学术刊物发表论文150余篇。国家社科基金重大项目首席专家，任国社基金重大项目的子课题负责人2项，主持国家社科基金重点项目与后期资助项目各1项。主持省级、校级科研和教学项目10余项。中国世界华文文学学会副秘书长。中国中外文艺理论学会文化与传播符号学分会理事。广东青年社会科学工作者协会常务理事。华南师范大学粤港澳大湾区跨界文化研究中心主任，主持学术公众号"跨界经纬"（原名为"跨界太极"）。

【第一章】启蒙主义文学思潮

本章将伤痕文学、反思文学、寻根文学与改革文学思潮统称为启蒙主义的文学思潮，积极参与并推动了这些文学思潮的主要是知青作家，或者说多少有过上山下乡插队经历的作家们。作家张贤亮认为伤痕文学、反思文学这样的一些"标签"并非必要，他所自豪的不是写伤痕或反思，而是"我是启蒙作家之一"①。启蒙是新时期作家共同追求的文学理想。所谓启蒙，就是光明照亮黑暗、文明改变愚昧。如果被启蒙者不能独立思考和使用自己的理智，就意味着启蒙的任务没有完成。本章之所以命名为"启蒙主义文学思潮"，是因为启蒙的精神在特殊的年代里一度迷失不见，启蒙的历史任务没有完成。现在重新召回启蒙的精神，继续完成未竟的启蒙的历史任务，是谓复归。复归，简单地说就是回到"五四"，赓续"五四"新文化运动的精神脉络。陈思和主编的《中国当代文学史教程》名之以"'五四'精神的重新凝聚"②，李杨的《中国当代文学思潮史》第八章"启蒙主义文学精神的嬗变"③，从1919年5月4日和1976年4月5日开始叙述。"五四"新文化运动以降，人们曾多次举起"新启蒙"的旗帜，以"新启蒙"自命的运动大都试图想要超越"五四"，唯有"文革"后出现的新时期文学明确地要求回归"五四"，并将启蒙的重心重新落在了"反封建"这个问题上。

人们在叙述"文革"结束后出现的系列文学现象时，大都注意到了新时期文学与"五四"文学的相似之处，这种相似既是"五四"经验经典化的客观表现，又是新时期文学与文化刻意建构的结果，也是作家们自觉探索时出现的跨时代共名现象。所谓刻意建构，指的是"文革"后人们对"五四"新文化传统的重新梳理和建构，通过这种建构使得新时期文学接续了"启蒙"与"革命"的现代文学传统，这也是历次运动中受到打击的知识分子重新归来后"正名"的一种方式和途径。这种跨时代的共名体现在政治、经济、

---

① 马国川：《张贤亮：一个启蒙小说家的八十年代》，《我与八十年代》，读书·生活·新知三联书店2011年版，第97页。

② 陈思和主编：《中国当代文学史教程》，复旦大学出版社1999年版，第189页。

③ 李杨：《中国当代文学思潮史》，上海社会科学院出版社2005年版，第125页。

文化等各个领域，诸如工商业的崛起、走向世界的渴望，以及建构普世价值观的追求等。在小说创作方面，最明显的便是"救救孩子"的呼声与两代人价值观冲突的表现。鲁迅在《狂人日记》中疾呼："救救孩子……"在《狂人日记》的结尾，"救救孩子"后面使用的标点符号是省略号；刘心武在短篇小说《班主任》的结尾写道："救救被'四人帮'坑害了的孩子！"①揭出病苦，引起疗救的希望，这是两个时代文学共同的追求；因社会时代的变化，也表现出种种的不同。《班主任》明显借用了《狂人日记》里"救救孩子"的思想表述，却将省略号替换成了感叹号。从省略号到感叹号，广场上呐喊的声音被强化了。《活动变人形》中的倪吾诚给孩子倪藻买了鱼肝油，却在孩子身上看到了传统的遗留，以另一种方式发出了"救救孩子"的声音。

在特殊的年代里历尽苦难的知识分子们，有些表现出理想幻灭后的彷徨，有些则表现出更加灿烂的理想主义情怀。王蒙的《我在寻找什么》、梁南的《我不怨恨》等文字，为我们理解那代人的浪漫主义情怀打开了一扇窗口。梁南在《我不怨恨》中写道："至今我没有怨恨，／没有；我爱得是那么深。"那时代的人们大都有一种理想主义的情怀，历尽劫波志不改，苦难的深重恰好构成了对理想的考验，而历史则验证了坚持的价值和意义：正义必胜！理想主义情怀的具体表现不尽相同，有的理想在过去，有的理想在当下，有的理想却放在了未来。重述"五四"，通过神圣化"五四"掀起的新时期启蒙主义思潮，内在地也就蕴含着反思"五四"的因子，换言之，便是回归"五四"的浪潮也带来了超越"五四"超越自身的思想要求。

---

① 刘心武：《班主任》，《人民文学》1977年第11期。

第一节　如何叙述曾经的伤和痛？

随着"四人帮"的倒台，"文革"正式宣告结束，颠倒的乾坤有待重整，受难的人们迫切渴盼正义之光照亮每一个黑暗的角落。文学在那时候成了普通人触摸光明的最方便快捷的方式和途径。作家们通过文字叙述曾经的伤和痛，无数在黑暗中摸索前行的心由此架起沟通的桥梁，这也为重建民族共同体的想象奠定了基础。伤痕文学和反思文学在那个特定的历史时期表现出了超乎人们想象的力量，与政治携手度过了一段蜜月期，共同开启了通向新时期文学的大门。

1978年8月11日，上海《文汇报》发表了复旦大学中文系学生卢新华的短篇小说《伤痕》。小说叙述"文革"期间，初中生王晓华的母亲被"四人帮"定为"叛徒"，出于对组织的信任，她毅然与母亲划清界限，响应国家号召参加了"上山下乡"运动。"文革"结束，母亲平反，王晓华在组织的劝导下回到家中，却发现病重的母亲已经离开了人世。该小说引起了强烈的社会反响。"9月2日，北京《文艺报》召开座谈会，讨论《班主任》和《伤痕》，'伤痕文学'的提法开始流传。"[①]伤痕文学得名于《伤痕》，却并不意味着先有《伤痕》而后才有伤痕文学。有人认为，"（中国大陆）自1976年10月以后，文学作品方面以短篇小说最为活跃，最引起大众的注目的内容，我称之为'Hurts Generations'，就是'伤痕文学'，因为有篇小说叫作《伤痕》，很出风头，这类小说的作家，回忆他们在'文革'时所受的迫害，不单是心灵和肉体的破坏，还造成很大的后遗症……我把这一批现在还继续不断受人注意、讨论的文学，称为'伤痕文学'。"[②]明显

---

① 陈思和主编：《中国当代文学史教程》，复旦大学出版社1999年版，第189页。
② 叶穉英：《"伤痕文学"和"反思文学"浅探》，《大陆当代文学扫描》，台湾东大图书股份有限公司1990年版，第5页。

将伤痕文学的出现上溯至1976年。现在，人们一般将刘心武的小说《班主任》作为伤痕文学创作的发端，而将《伤痕》视为伤痕文学最具代表性的作品。伤痕文学发展的高潮期是1978年至1979年，下限一般被视为是1984年。这是狭义上的伤痕文学概念，广义上的伤痕文学，仅就表现"文革"带来的"伤痕"而言，其文学表现一直都有，至今仍延续不绝。

早期伤痕文学的创作既吻合了政治上控诉"文革"、揭批"四人帮"的需要，也打开了普通人诉说个人悲伤的闸门。经过了"文革"那段非常时期，每个人都有自己的伤与痛，控诉与揭批都必然要涉及社会的阴暗面，一时间揭示社会阴暗面的文学创作在文坛上泛滥开来，几乎所有的作家或多或少都参与了伤痕文学的创作。控诉与揭批最重要的目的是追求正义，而不是为艺术而艺术，这也就使得许多伤痕文学的创作在艺术上显得有些粗糙。"一个人有满肚子话，当务之急是把话倾倒出来，而不是考虑怎样更凝练，更恰当，更讲究，一言千金，余味无穷。激情的作用往往胜过技巧的效果，这是特殊的历史时期和社会状况所决定的。"①冯骥才的这段话，正是对伤痕文学创作整体特点的概括。冯骥才自己也是伤痕文学创作的代表作家，他的中篇小说《创伤》，因题目与《伤痕》接近，改为《铺花的歧路》后出版，人民文学出版社当时在和平宾馆专门为此开了作品研讨会。此外，影响较大的伤痕文学创作还有郑义的《枫》、孔捷生的《在小河那边》、刘圣宇的《神圣的使命》、苏守平的《罗浮山血泪祭》、刘克的《飞天》、沙叶新的《假如我是真的》、吴强的《灵魂的搏斗》、李陀的《愿你听到这支歌》、叶辛的《我们这一代年轻人》、陈国凯的《我该怎么办？》，以及白桦、彭宁的电影剧本《苦恋》等。

伤痕文学创作的热潮很快触发了社会上有关"歌德"与"缺德"问题的讨论。1979年4月15日，广东省委宣传部副部长黄安思在《广州日报》

---

① 冯骥才：《小说创作的一个新倾向》，《新时期作家谈创作》，人民文学出版社1983年版，第493页。

发表《向前看呵！文艺》，将《于无声处》《班主任》等作品视为"向后看的文艺"。同年6月，《河北文艺》刊发李剑的《"歌德"与"缺德"》，认为揭露社会阴暗面写伤痕就是"缺德"，恶毒攻击社会主义。[1]有些人将伤痕文学看成是20世纪五六十年代"暴露文学""写阴暗面"文学现象的重演。李剑等人的思想观点没有被人们接纳，伤痕文学的控诉却不得不正视各种指责的声音。"人们毕竟敢发牢骚了，这也还算是好事。"[2]过于强烈的控诉与揭露被看成是偏颇的话，作家们也在调整文学表达方式，以便能保留最低限度的"发牢骚"的权利。总之，在各种力量的共同作用下，作家们开始从倾吐伤痕控诉罪恶转向追溯伤痕的根源，于是在1979年有反思文学的兴起。

1979年2月，茹志鹃的《剪辑错了的故事》发表于《人民文学》第2期，这篇小说被认为是反思文学的发轫之作。小说呈现了"左"倾浮夸风给党和人民带来的巨大危害，又通过回忆的形式呈现了甘书记在革命战争时期大公无私的奉献精神，以现实与历史的鲜明对照思考了干群关系等历史问题。小说中，纯朴的农民党员老寿站在山顶上呼喊："回来，党的光荣！回来吧！"鲁彦周的《天云山传奇》、李国文的《月食》、从维熙的《大墙下的白玉兰》、韦君宜的《洗礼》、张一弓的《犯人李铜钟的故事》等小说创作也都表现了干群关系的紧张。通过历史与现实的对比反思干群关系，从干群关系的角度反思社会问题，将一些问题归罪于某些党员党性的丧失，这类反思小说的创作最见深度，创作成就也较好。从感伤的伤痕倾诉到理性的反思，有些作家的创作摆脱了简单的归罪模式，走向了忏悔的文学，其中，巴金的《随想录》代表了新时期文学创作中人之忏悔所能达到的深度。

反思文学与伤痕文学并无本质上的区别，无论在选材还是故事叙述的方式上，两者都很相似，这也是我们将两者放在一起合论的重要原因。当然，

---

[1] 黄树森：《自家酿的苦酒——评李剑的〈醉入花丛〉及〈谁酿的苦酒〉》，《手记·叩问（下）》，花城出版社2001年版，第846页。

[2] 王蒙：《活动变人形》，人民文学出版社1987年版，第16页。

没有本质的区别并非没有区别。反思文学之"思"容易使人联想到"思想"和理性，伤痕文学中的"伤"则与"感伤"或"伤感"联系起来，甚或进一步与创作者的阶级立场相联系，"我们所喊出的是人民群众高昂的正义呼声，还是低沉的、迷惘和绝望的哀鸣？……是无产阶级坚忍的战斗精神，还是自暴自弃的脆弱感情？"[①]《伤痕》初稿以窗外"墨一般漆黑"开头，编辑认为有影射嫌疑，非要改成"远的近的，红的白的，五彩缤纷的灯火在窗外时隐时现"[②]，即便如此，一些人还是觉得伤痕文学欠缺正能量，觉得人们若是一味沉浸在过去的伤痛中不能自拔，人生的路就会越走越窄，又或者简单地以"左"反"左"的现象，而不能揭露出更深切的"痛创"，[③]又觉得越来越同质化的伤痕诉说慢慢变得有些祥林嫂化了。所有这些都对伤痕文学的发展构成了限制。以情动人不是伤痕文学的缺陷，诉之于情却不能使读者动情，这才是有些粗糙的伤痕文学让人不能满足的重要原因。在某种程度上，反思文学的出现就是人们想要走出伤痕文学的努力。

无论是知青作家群体，还是"归来"的老作家们，随着生活境遇的变化，慢慢地大都选择了将自身经历的伤痛视为炼狱，走向理想需要经历的考验。此外，在一些知青作家那里，他们返城后的各种遭遇，并不比上山下乡时好多少。知青上山下乡时拿工资，浑身带着都市文明的气息，在乡下人面前就是上等人，"当地的农民都不太敢惹知青"[④]。王安忆的《岗上的世纪》、李健的《丛中笑》等小说写到了女知青与农民间的性与婚姻，落难女知青的叙述里自觉不自觉地带有对农民的轻蔑。王安忆的小说《本次列车终点站》揭开了知青回城后生活的反思之旅。小说通过陈信回到城市后的生活与过去生活的对比，提出了当时社会环境下回城青年的社会责任与人生态度问题，颇有成长小说的味道。梁晓声的《今夜有暴风雪》、叶辛的《蹉跎岁

---

① 戚方：《时代·作家·思想家》，《文艺报》1980年第4期。
② 卢新华：《〈伤痕〉得以问世的几个特别的因缘》，《学术中国·古今》2008年7月。
③ 朱寿桐：《深切痛创的虚假愈合——"伤痕文学"重评》，《时代文学》1996年第6期。
④ 叶兆言：《过年》，《失去的老房子》，陕西人民出版社1998年版，第48页。

月》等小说都叙述了迫切想要逃离乡村的知青故事，大部分知青回城初期的生活很艰难，对回城的知青们来说，下乡的伤与痛都已经成为过去，迫切需要解决的是当下的生活难题。此外，反思文学的理性态度与探索精神，成了人们走出感伤和忧郁的良药。随着伤痕文学的落幕，让人惊异的是"那种知识分子自发的现实批判激情也慢慢开始减退了"①。

伤痕的叙述必然带来谁之罪的追问，伤痕文学的叙述大都将罪责定在了"四人帮"身上，或用"忠奸对立"的传统文学模式归罪于混进革命队伍里的坏人。谁之罪的追问与揭批，往往带来揭黑幕的创作倾向，过多过度的黑暗容易使人丧失信心，造成信仰危机。"现在有一种说法，我们的国家出现了危机，一个叫信仰危机，一个叫信心危机，一个叫信任危机。"胡耀邦认为"文革"后的中国面临的不是危机，而是"恢复了生机！充满着生机！"②如何认识伤痕，如何叙述伤痕，不仅是文学创作者个人的事情，在当时关系到社会文化的转型及国家想象的重塑。感伤与危机相连，理性与生机相连，感伤者让人觉得缺乏信心，一些反思文学的创作充满生机，因为反思文学的创作常常塑造睿智者的形象，能够看透历史的迷雾，或将苦难的经历化成了必经的炼狱阶段。《归来者之歌》《重放的鲜花》等书名，可以表达反思文学蕴藏着的理想主义色彩。反思文学蕴藏的思想逻辑，无非就是将颠倒了的世界重新颠倒了过来，这使伤痕文学、反思文学在话语表达模式上与"文革"时代话语藕断丝连，表现出社会转型期的话语特征。

依据小说内容，反思文学可以划分出以下几种类型：

（1）政治反思，代表作家作品有王蒙的《蝴蝶》、茹志鹃的《剪辑错了的故事》、方之的《内奸》、李国文的《冬天里的春天》等。王蒙创作的《蝴蝶》《布礼》《相见时难》《光明》系列小说中的男主人公在政治上皆蒙冤受辱，而女主人公都能给爱人以精神支持，爱情的忠贞成为小说伦理叙事的核心，

---

① 陈思和主编：《中国当代文学史教程》，复旦大学出版社1999年版，第194页。
② 胡耀邦：《剧本创作座谈会上的讲话》，《红旗》1980年12月13日。

成为小说中人物进行政治反思的精神支柱。此外，王蒙在1982年至1983年间创作的《在伊犁》系列小说，带着浓郁的个人生活经历的反思意味，小说对新疆风物的描述和少数民族文化生活的表现，被看成是"为以后的'文化寻根'派小说开了先河"①。

（2）文化反思，代表作品有古华的《芙蓉镇》、张洁的《爱，是不能忘记的》、邓友梅的《那五》和《烟壶》等。

（3）民族性反思，代表作品有高晓声的《李顺大造屋》《"漏斗户"主》《陈奂生上城》《陈奂生专业》《陈奂生包产》等。高晓声创作了以陈奂生为主人公的系列小说，呈现了中国农民的纯朴善良及根深蒂固的局限性，写出了阿Q精神的现代遗传。

（4）苦难反思，代表性作品有张贤亮的《灵与肉》《启示录》《绿化树》《男人的一半是女人》等。张贤亮创作的以《绿化树》为代表的系列小说，叙述了思考马克思主义的下乡知青与不识字的农村妇女之间发生的故事，道德拯救为苦难反思蒙上了一股理想主义的温情面纱，然而，肉体与灵魂的双重救赎及城乡关系的错位思考，使得苦难的反思成了知识分子自我超越自我神圣化的桥段。张贤亮小说着意表现和反思的是章永璘等落难知识分子们的苦难，马缨花、黄香久等被下乡知青抛弃的农村女性则是传统农民诚实纯朴等美德的代表。当苦难成为主人公自我超越自我完成的必要经验时，苦难就获得了自身的价值和意义，"上山下乡"运动自然也是如此。张贤亮的反思小说创作因此也在不同的读者那里有了不同的解读。若是放在从伤痕文学到反思文学发展的历史进程中来看，张贤亮的反思小说创作无疑进一步淡化了伤痕文学的控诉功能。

---

① 陈思和：《当代文学中的文化寻根意识》，《文学评论》1986年第6期，第25页。

第二节　为什么要写改革？

　　将改革与文学两个词汇合在一起用于命名一种文学现象，始于"文革"结束之后。改革文学是中华人民共和国文学中最为重要的文学现象之一，各种当代文学史著作都会叙及。文学论著对"改革文学"的叙述和认识日渐清晰，被视为"改革文学"领军人物的蒋子龙却不愿意自己的创作被冠以"改革"之名。"'写改革的？'什么样的作品是写改革的？什么样的作品又不是写改革的？改革是怎么一回事？作家怎样来表现它？实话实说，这一大串问号令我瞠目结舌，我一个也回答不上来。"蒋子龙更愿意读者们把这些小说称作"思考小说"。① 改革文学最初是小说在社会阅读接受中自动被赋名，随后这一赋名被文学史论著吸纳。

　　文学是生活的反映。现实主义的文学不仅是社会生活的客观反映，还能表现出社会发展的内在趋势。作家不是预言家，但真正的作家总是站在人民的立场上，书写人民的心声，于是也就把握到了历史发展的跳动的脉搏。为什么要写改革？因为改革就是当时的社会现实，是社会发展的内在趋势，也是亿万人民共同的心声。只有改革才能解决社会的当务之急，"我们目下的当务之急，是：一要生存，二要温饱，三要发展。"② 天大地大填饱肚子最大，改革就是要解决生存、温饱和发展的问题，而首先就是要填饱人民的肚子。改革文学一出来就赢得满堂彩，最重要的原因就在于这些作品与时代发展的脉搏共振，赢得了从上到下绝大多数人的喜欢。如果说伤痕文学、反思文学侧重表现的是过去，叙述的是曾经的故事，揭示当下苦难生活的根源，那么，改革文学侧重表现的则是当下的人应该怎么做，怎样才能解

---

　　① 蒋子龙：《蒋子龙文学回忆录》，广东人民出版社2017年版，第41、43页。
　　② 鲁迅：《忽然想到（五至六）》，《鲁迅全集》第3卷，人民文学出版社2005年版，第47页。

决当务之急。改革文学在某种程度上就像赵树理的问题小说，以揭示问题解决问题为创作的重要追求，这揭示问题强调的不是揭黑幕诉伤痕，而是如《小二黑结婚》一样对原型故事进行适当处理，带有某种社会引导功能。

1979年7月，蒋子龙的短篇小说《乔厂长上任记》发表于《人民文学》第7期，这一般被认为是改革文学的发轫之作。1981年4月6日，张洁完成了长篇小说《沉重的翅膀》，在《十月》杂志第4、5期连载，并在同年年底由人民文学出版社推出单行本。《沉重的翅膀》是改革文学最厚重的收获，标志着改革文学的创作进入了一个新的阶段。1983年至1984年，一大批表现改革题材的文学作品涌现出来，形成了改革文学创作的高峰期。

改革文学的概念界定，有广义和狭义两种。最狭义的改革文学，指的就是"文革"后20世纪80年代初期出现的工业题材的改革小说，这也是现行中国当代文学史著作较为通用的概念界定。最广义的改革文学，指的是中华人民共和国成立以来所有以改革为题材的文学创作，这里的改革包括社会主义改造与改革开放。人们对改革文学题材、体裁和时间等方面的限定不同，改革文学的概念也就随之发生相应的变化。我们这里所说的改革文学，特指由《乔厂长上任记》发轫的、盛行于20世纪80年代初期反映社会改革的文学现象，代表作家作品除了张洁的《沉重的翅膀》等之外，还有蒋子龙的《燕赵悲歌》、张锲的《改革者》、水运宪的《祸起萧墙》、邓刚的《阵痛》、张贤亮的《龙种》、李国文的《花园街五号》、熙高的《一矿之长》、柯云路的《新星》、王润滋的《鲁班的子孙》、张炜的《古船》、贾平凹的《浮躁》、孔捷生的《普通女工》以及钱石昌、欧伟雄的长篇小说《商界》等。

时代性、在场性是改革文学创作的主要艺术特征，这主要表现在两个方面：首先，改革文学表现的内容与改革活动的同时性；其次，改革文学的创作者对于所表现的改革活动的亲历性。改革文学是在场性的文学，在场性指向当下，又不仅仅局限于当下，而是植根于过去，放眼于未来。当人们的视线贯穿过去与未来，在历史的长河中审视当下，既可以产生悲观与虚无的思想，也可以孕育理想与希望。改革文学创作中不能说没有绝望与虚无的审美倾向，但是占据主流的却是理想与希望，而且越早出现的改革文学创作中呈现出来的理想化色彩就越明显。从本质上说，理想化是对历史发展必然性的准确把握和文学呈现，唯有真正能够把握历史发展必然性的理想化，才构成文学创作中真正的理想化色彩，否则便是做梦的文学，带上了浓郁的媚俗的色彩。

表现农业题材的改革文学表现了改革开放在农村社会触发的震荡，将笔触伸向了普通农民，激动人心地描写了一代农民因政策改变而勇敢地挺直腰杆站起来做人的故事，也承继了批判国民性的现代乡土文学传统，揭示了普通农民身上的局限性。这类改革文学的代表性的作家作品如何士光的《乡场上》、贾平凹的《鸡窝洼人家》、高晓声的《陈奂生上城》、路遥的《人生》等。

路遥的《人生》在《收获》杂志1982年第2期、第3期连续刊出之后，随后在中央人民广播电台播出，而后又被改编成电影。《人生》叙述了一个青年学子高加林对都市生活的痴迷般的向往，让人联想到巴尔扎克笔下的外省青年拉斯蒂涅。与《陈奂生上城》相比，《人生》更能代表即将开始的波澜壮阔的都市化进程的文学起点。如果说高加林是农村成长起来的新人形象，那么传统农民形象的代表是高玉德、陈奂生和冯幺爸。《乡场上》里的冯幺爸，过去因为穷得吃不上饭，生活上离不开能提供返销粮的曹支书和在食品供销站工作的罗二娘家，活得从来都没有尊严感，与《人生》里的高玉德相似，奉行的生活信条都是"人活低了，就要按低的来"。实行家庭联产承包责任制后，冯幺爸家的经济情况才得到了根本的好转。罗二娘联合曹支书逼迫冯幺爸做一场纠纷的见证，意图诬赖民办教师任老大的妻子，忍无可忍的冯幺爸最后做了公道的见证，揭穿了曹支书和罗二娘们虚伪的面目，高声宣告只要国家政策不变，他有的是力气，什么也不怕！什么也不怕自然只是文学理想，当冯幺爸的孩子想要像高加林一样走出农村的时候，就会发现什么都不怕只是空话。但是，小说并不叙述和思考冯幺爸站起来之后又怎样，只是以诗一般的语言叙述冯幺爸站起来的那一刻带给人们的震撼："这一切是这样突如其来，大家先是一怔，跟着，男男女女的笑声像旱天雷一样，一下子在街面上炸开，整整一条街都晃荡起来。"用"雷声"形容人们的笑声，这笑声既是正义的胜利，也是社会新时代到来的宣告，旧秩序在这笑声中也就走向了崩溃。农村改革的雷声已经响起，作家们愿意描写因改革而出现的新鲜事物，让理想的光芒照亮这块苦难深重的大地。于是，我们看到了《鸡窝洼人家》里两个家庭的重新组合。相熟的两对青年男女回回与烟峰、禾禾与麦绒组成了两个截然不同的小家庭，向往外面世界的是禾禾与烟峰，安分守己做农活的是回回与麦绒，他们的人生因改革的到来而有了改变的机会，最后四个年轻人选择了离婚重新组合家庭，而四个人都因改革或多或少有了改变，农村社会传统的伦理关系因改革的到来而悄然发生了变化。

表现工业题材的改革文学主要将笔触伸向了国企改革，成功地塑造了一大批改革者、开拓者的形象。改革者大都是男性，身高、长相都不差，性格坚忍不拔，勇于牺牲，敢于承担责任。这些改革者形象的塑造代表了新时期"人的觉醒"，"正是人的觉醒，唤来了作为民族强者的改革者形象系列"，这些改革者"往往寄寓着时代的理想人格，反映出作家的现代意识水准"。乔光朴、傅连山、丁猛、龙种、刘钊、李向南等都是雷达赞赏的"铁腕"强者。"他们大都能够横向借鉴世界先进管理方法，大都勇于向旧世界、旧观念宣战，大都有坚强意志、锋芒个性，大都有敢于决断的魄力，大都紧紧握住手中的权柄"，虽然有"人治观念"这样"一种阴影笼罩着这些人物和作家"，[①]但是这些改革者身上体现出来的无所畏惧的英雄魄力、头角峥嵘的个性，使他们赢得了"开拓者"的称号。

伤痕文学延续了革命文学的传统，英雄在故事结尾处往往都英勇牺牲了，如《神圣的使命》里为彻查白舜冤案的老公安王公伯，在真相即将大

---

① 雷达:《民族灵魂的发现与重铸——新时期文学主潮论纲》，《文学评论》1987年第1期。

白之时，倒在了公安局裴副局长制造的车祸里。改革文学里的改革者们带给读者以光明和希望，这希望在社会层面上表现为改革局面的打开，在个人层面上则是得到最有魅力的女性们的青睐。对于男性来说，对他们的价值的肯定，有时候优秀女性的选择远比事业上一时的成败更有说服力，更容易让读者们接受隐含叙事者通过优秀女性的选择表露出来的价值判断。《新星》里的主人公李向南集各种优良品质于一身，自然给人鹤立鸡群的感觉，而小说的叙事也采取了各种办法强化人们的这一阅读感觉。《新星》开篇李向南攀登古塔时，陪伴他的是"一个瘦削驼背的看塔老头"。一个是充满朝气的年轻人，一个是老年人；一个高瘦清癯，一个瘦削驼背。相互映衬之下，李向南的形象无形中也就显得高大起来。但是，这个高大不是生人勿近高高在上的样子，而是接地气的高大，就像顾小莉评价的那样，"属于那种劳动型的知识分子"。胡小光对李向南将自己调出县委办公室，调到政策研究室当副主任非常不满意，特地写了一副满带牢骚的对联。上联"得道多助"，下联"失道寡助"，横批"看你清醒不清醒"。李向南看了之后，同康乐两个人将对联贴在了自己办公室门口，并将其视为对自己工作的警醒。胡小光和李向南都是年轻人，胡小光的小肚鸡肠与李向南的雍容气度形成鲜明对照。当然，最重要的对照式叙述，是对李向南与其他县领导工作能力和态度的对比。李向南"在一天之内亲自解决了十四个积压案件"[①]，这与积压案件上其他各位签字的领导行事拖沓躲避责任的作风形成了鲜明对比。小说大量地运用对比性叙述，赋予了男性改革者以非常大的魅力，这种魅力使男性同事佩服，连反对阵营里的人都被吸引，如胡小光就从最初的反对者最后变成了李向南的忠实拥趸。

改革者形象一般来说都是领导。因此，改革者形象的塑造也可以视为"吏治"问题的文学表现。维安谈到电影《当代人》（黄蜀芹导演，潇湘电影制片厂1982年出品）时说："这部影片所描写的虽然只是一个农机厂

[①] 柯云路：《新星》，人民文学出版社1985年版，第9、50、82页。

如何选择新厂长的事件，却触及到我国社会生活中一个困扰我们多年的重要问题：干部路线和选择接班人的标准问题。"文章由前进农机厂厂长王开济对接班人的选择，进而将其联系到整个改革的大业与四化建设的成败。维安对《当代人》的接受与解读正是对改革文学整体接受与解读的缩影。接班人问题才是改革者形象塑造背后触及的政治核心问题。维安感慨干部任用政策与实践不尽一致，"表面说是'听党的话'，实际却是'听我的话'。因而唯我是从、家长武断、裙带关系、师徒翁婿、拉帮结派的不正常现象就在所难免了"①。《沉重的翅膀》《新星》《小厂来了个大学生》等改革文学都在不同程度上表现了上述问题。

无论是农村题材还是国企改革题材，改革文学的创作大多都着眼于国家政策改变带来的新变化，侧重表现的是既定条件下农民或改革者个人能力的发挥，改革的成败往往被设置为改革的力量与保守势力间的较量，忠奸对立、清官模式成为小说叙述最常见的选择，希望寄托于领导者的个人能力，维护个人尊严的要点在于不看人脸色而能填饱肚子，救世主思想与传统小农意识弥漫于早期改革文学的创作中，"悲剧不在于作品描写了如是呼唤青天老爷的'改革'，而在于作家本身以崇高的敬意赞颂着这种'改革'，他的英雄主义实在不过是传统公案小说里的江湖侠义或者儒官的清廉自美。从中可以看出，'改革'文学对于政治变革理解之肤浅、所受传统封建文化之累的难以拨反"②。从"文革"走来，普通国人急迫需要解决的是温饱问题，陈义过高的改革理想显然不太现实。

许多改革文学家承担起改革宣传员的职责，接续现代问题小说创作的精神传统，看似历史的退步，退回到曾经的起点上，但也未必没有自觉的选择与承当。祥林嫂有关灵魂有无的发问固然要思考，而给祥林嫂一个稳定的工作机会似乎更重要。冯幺爸们要求的只不过是靠自己的力气能吃饱

---

① 维安：《一个有现实意义的银幕形象——〈当代人〉中的王开济》，《大众电影》1982年第3期，第7页。

② 万同林：《反思文学、改革文学的再评价》，《文学自由谈》1989年第4期，第41页。

肚子，孙少平们努力争取的只不过是去漆黑的煤洞挖煤的机会。更多的工作机会，填饱肚子的权利，这是改革文学揭示出来的最迫切的社会现实。至于伤痕文学的感伤，又或者反思文学的反思，都是有了工作、填饱了肚子之后才能继续做的事情，从另外一方面来说，倾诉伤痕、反思既往在某种程度上也是为了能够得到工作、填饱肚子。温铁军将知识青年上山下乡视为"城市产业资本向农村转嫁危机"的结果，毛泽东逝世后，"上山下乡"运动推行不下去，城市里有大量的待业青年，下乡的知识青年又在返城，"20世纪70年代后期的国家负债和赤字压力下仍然过度投资城市工业，势必导致1979—1981年经济危机及萧条相继发生"[①]。从经济危机和大萧条的角度审视改革文学，才能更深切地理解其表现形态及审美蕴含。

第三节 为什么文学要寻根？

梁小斌在1980年创作了现代诗《中国，我的钥匙丢了》，开篇一句就是："中国，我的钥匙丢了"，而后"我想回家"，"我沿着心灵的足迹寻找，那一切丢失了的"。"丢失""寻找"与"回家"是这首诗的核心词，也是那个时代极具象征意义的审美意象。在某种意义上，寻根文学就是在寻找归家的路，或者说是想要找到能够打开中国的那一把钥匙。文学为什么要寻根？寻根首先意味着有根在，只是因为某些原因又迷失了，所以才需要去"寻"。从社会文化的层面来说，乾坤重整，改革起航，这必然激发人们从哪里来到哪里去的追问，于是有寻根的要求。在文学的层面上，人们迫切地需要摆脱假大空的语言，回归语言的本质，重塑人类诗意栖居的家园，故而寻根也是文学独立性追求的表现。

1989年，季红真提出寻根文学"最早的潮汛则要追溯到汪曾祺发表于

[①] 温铁军等：《八次危机》，东方出版社2012年版，第86、98页。

《新疆文学》一九八二年二月号上的理论宣言，《回到民族传统，回到现实语言》"[1]。2014年，季红真撰文指出，"'寻根文学'的序曲可以追溯到八十年代初。1980年《北京文学》第10期的小说专号上，颇费周折地低调发表了汪曾祺的《受戒》，引起了出乎意料的轰动"[2]。将伤痕文学"最早的潮汐"出现时间又往上推了两年。陈思和认为："当代文学创作中的文化寻根意识最早体现在朦胧派诗人杨炼的组诗里，包括他在1982年前后写成的《半坡》《诺日朗》《西藏》《敦煌》和稍后模拟《易经》思维结构写出的大型组诗《自在者说》等。"在小说领域，"则是起于王蒙发表于1982年到1983年之间的《在伊犁》系列小说"。也将寻根文学的起点放在了1982年。1983年后有贾平凹的《商州初录》、阿城的"三王"（《棋王》《树王》《孩子王》）、李杭育的《最后一个渔佬儿》等作品出现。1984年12月，《上海文学》杂志社、浙江文艺出版社、杭州《西湖》杂志社等在杭州举办"杭州会议"，正式提出了文化寻根问题。1985年，韩少功发表《文学的"根"》，"第一次明确阐述了'寻根文学'的立场"[3]。韩少功在文章中提出，"文学之根应深植于民族传统的文化土壤里，根不深则叶难茂"。文学要"寻根"，要"去揭示一些决定民族发展人类生存的根"[4]。随后，阿城的《文化制约着人类》、郑万隆的《我的根》、李杭育的《理一理我们的"根"》、郑义的《跨越文化断裂带》等文章参与讨论，扩大了寻根文学的声势。同年，《文艺报》展开了关于文学寻"根"问题的讨论，发表了周政保的《小说创作的新趋势——民族文化意识的强化》、仲呈祥的《寻"根"，与世界文化发展同步》、王东明的《文化意识的强化与当代意识的弱化》、刘纳的《"寻根"文学与文学"寻根"》等文，进一步推动了"寻根热"，而1985年也被称为"寻

---

[1] 季红真：《文化"寻根"与当代文学》，《文艺研究》1989年第2期，第69页。
[2] 季红真：《寻根文学的历史语境、文化背景与多重意义——三十年历程的回望与随想》，《文艺争鸣》2014年第11期，第24页。
[3] 陈思和主编：《中国当代文学史教程》，复旦大学出版社1999年版，第278页。
[4] 韩少功：《文学的"根"》，《作家》1985年第4期，第4页。

根年"。

寻根文学始于1982年，盛于1985年。1986年，李欧梵在德国举办的"The Commonwealth of Chinese Literature"研讨会发言中提出：中国大陆当下有两种文学：寻根文学和现代主义文学①。然而，又过了一年的时间，寻根文学的发展便从"亢奋"走向了"虚脱"。②寻根文学的创作实践和理论主张都有一个从自发到自觉、从边缘到中心的发展过程。究竟何为"根"？寻根文学的倡导者们人言人殊，王安忆则说："那种寻根运动，很抽象。到底什么是文学的'根'？俚语？风俗？还是野史？我创作时根本没有想到去'寻根'。"③陈思和将"根"解释为民族力量和民族文化，"与其说他们选择了文化，毋宁说是文化选择了他们。在新时期的社会主义建设过程中，人们迫切需要在现代科学发展的基础上重新认识民族力量，重新挖掘民族文化的生命内核，以寻求建设现代化的支撑点"④。以现代科学重新发掘和认识民族力量、民族文化，人们所持态度大致可以划分出三种类型：第一种类型是文化认同型。认同的当然是优良的文化传统，如阿城的《棋王》中老庄思想代表的自由精神，莫言的《红高粱》呈现出来的原始生命力充沛的民间精神。第二种类型是文化批判性。原始的并不都是好的，民间亦是泥沙俱下的世界，劣根性的遗传更是让人绝望，韩少功的《爸爸爸》、王安忆的《小鲍庄》是这种类型的代表。所有不能归入前两种类型的创作，我们都将其列为第三种类型，可简单称之为含混型或混沌型，如扎西达瓦的《系在皮绳上的魂》等。

寻根文学的创作者们大都有过上山下乡的经历。韩少功在《文学的"根"》

---

① [斯洛伐克] M.高利克：《中国当代文学中的寻根与身份认同》，谢润宜译，《东南学术》2003年第4期，第130页。

② 王东明、张王飞：《寻根文学：从亢奋到虚脱》，《文艺评论》1987年第3期，第49页。

③ 王安忆、斯特凡亚、秦立德：《从现实的人生体验到叙事策略的转型——一份关于王安忆小说创作的访谈录》，《当代作家评论》1991年第6期，第29页。

④ 陈思和：《当代文学中的文化寻根意识》，《文学评论》1986年第6期，第25—26页。

中写道："我曾经在汨罗江边插队落户",郑万隆在《我的根》中写道："我怀恋着那里的苍茫、荒凉与阴暗"。韩少功将上山下乡看成寻根文学作家群体的条件。"他们都曾离开都市和校园——这往往是文化西方最先抵达和覆盖的地方,无论是以苏俄为代表的红色西方,还是以欧美为代表的白色西方;然后来到了荒僻的乡村——这往往是本土文化悄悄积淀和藏蓄的地方,差不多是一个个现场博物馆。交通不便与资讯闭塞,构成了对外来文化的适度屏蔽。丰富的自然生态和艰辛的生存方式,方便人们在这里触感和体认本土,方便书写者叩问人性与灵魂。"[1] 上山下乡的青年们与乡土中国最古老的部分相遇了,这是空前规模的知识青年"到民间去"和"到乡下去"的实践。城乡两个世界的穿梭与碰撞构成了寻根文学创作的基本生活经验,传统、民间、自然生态这些因素从知青作家们的笔下流淌出来,成为日后当代文坛流行的民间书写、生态文学创作等文学现象的先声。寻根文学在某种程度上也是知青自我调适和再精英化的尝试与努力,"寻根是专属知青作家们的一项文学活动,是知青作家们源于内心困惑和解放自我的文化尝试。"[2] 年轻的知青作家与中老年的"复出"/归来作家不同,他们的青春热血挥洒在了偏僻的山村或边疆,回到城市后,不像"复出"/归来作家那样有相当的职位或待遇等着恢复,就业困难的城市对他们并不比插队的乡村对他们更好,他们想要发出自己的声音,就需要寻找属于自身的话语方式,在文坛上开辟属于自己的道路。将上山下乡的经历成功地转换成寻根,这是知青作家群体最成功的文学尝试。

寻根文学重新发现了中国的民间文化,寻根文学的作家们竭力发掘地域文化素材,从神话禁忌到民风民俗,从自然环境到方言俗语,从服装饮食到器皿工具,无所不包,这是中国文学创作里最用心的集体性的地方志展示。贾平凹的"商州系列"(《商州初录》《商州又录》《商州再录》)、

---

[1] 韩少功:《寻根群体的条件》,《上海文化》2009年第5期。
[2] 贺仲明:《"归去来"的困惑与彷徨》,《文学评论》1999年第6期,第123页。

李杭育的"葛川江小说"系列(《葛川江上人家》《最后一个渔佬儿》《沙灶遗风》《船长》)、乌热尔图的"大兴安岭系列"(《七叉犄角的公鹿》《琥珀色的篝火》)、郑万隆的"异乡异闻系列"(《老棒子酒馆》《空山》《野店》《火迹地》《陶罐》)等,皆有意建构一个文学上的地方世界。此外,还有张炜的芦青河、莫言的高密、汪曾祺的高邮等,在当代文坛地图上都点亮了属于自己的文学世界角落。季红真这样叙述寻根文学的版图,"及至1984年,人们突然惊讶地发现,中国的人文地理版图,几乎被作家们以各自的风格瓜分了。贾平凹以他的《商州初录》占据了秦汉文化发祥地的陕西;郑义则以晋地为营盘;乌热尔图固守着东北密林中鄂温克人的帐篷篝火;李杭育疏导着属于吴越文化的葛川江;张炜、矫健在儒教发祥地的山东半岛上开掘;阿城在云南的山林中逡巡盘桓……"①地方志的展示与区域文化的发掘开启了对大一统中国的新的想象模式,重新打开了中国文化的丰富性和多样性,这里面包含着矛盾与冲突、琐屑与狭隘,呈现了高尚与卑劣共生的真正的民间世界。如果说中华民族真正的精神是有容乃大,寻根文学中丰富多元的地方色彩正是这种精神的体现。

1982年,哥伦比亚作家加西亚·马尔克斯获得诺贝尔文学奖,他的《百年孤独》译成汉语后,深深震撼了莫言等人。福克纳、马尔克斯等外国文学作家对寻根文学创作的影响不容忽视,除了莫言,韩少功、李杭育、张炜、王安忆、阿城等都谈到过来自国外文学的影响。此外,程光炜提出还应该"把'作家出访'作为寻根文学'外部研究'的一个立足点",王蒙、莫言、张炜等寻根文学作家们的国外出访经验,使他们更换了"另一种理解文学和创作文学的眼光。这种眼光就是按照国际惯例和标准评价国内文学,它的目的之一是从这种评价体系中'理出'一个自己的'文化之根'"②。文化寻根的外来影响不再只是被动接受作品的哺育,还源于中国国家积极主

---

① 季红真:《历史的命题与时代抉择中的艺术嬗变——论"寻根文学"的发生与意义》,《当代作家评论》1989年第1期,第13页。

② 程光炜:《在"寻根文学"周边》,《解放军艺术学院学报》2011年第1期,第13页。

动参与世界文化盛宴的内在诉求。文学的世界性与地方性似乎存在相辅相成的关系，在走向世界文学的过程中，在批评中国太传统的20世纪80年代，文学创作上却树起了文化寻根的旗帜，传统文化被重新发现，照亮地方性民族性的乡土文学创作也得到了重视。就此而言，寻根文学一方面接续了现代乡土文学创作的传统，一方面与福克纳、马尔克斯等作家代表的世界文学接轨，沟通了文学创作的地方性与世界性、传统性与现代性，既是面向国内市场的文学创作，也开始有意识地探索走向世界市场的可能性。这种类型的文学创作或多或少超越了"寻根"标签的拘囿，获得了更为广阔的发展空间，取得了更高的创作成就。

寻根文学探寻传统文化之"根"，目的不是复古，而是求新。求新而转向中国传统文化，无形中也就与时代的欧化浪潮拉开了距离。李杭育研究江浙民间文艺，韩少功搜罗苗族历史文献知识，他们歆羡的并非羲皇上人式的生活，追溯民族文化渊源的目的不是恢复已经过去了的生活方式，而是以现代意识剖析民族传统文化，从民间文化、原始文化中汲取有益于现代化的因素。曹禺的《北京人》中人类学家袁任敢对"北京人"的推崇，可视为20世纪中国文化寻根的先声。在世界文学视野里反思民族问题，陈思和将其概括为以下三个方面的意义："一、在文学美学意义上对民族文化资料（包括古代文学作品、古代宗教、哲学、历史文献等）的重新认识与阐扬；二、以现代人的感受世界去领略古代文化遗风，诸如考察原始大自然，访问民间风格与传统；三、对当代社会生活中所存在的旧文化因素的挖掘与批判，如对国民性或民族心理深层结构的深入批判等。"[①] 寻根文学既重新发掘了积极入世的儒家文化、恬淡超脱的道家文化、神奇瑰丽的地方民间文化，也批判地呈现了文化里的痼疾。优良的文化之根与愚昧落后的劣根都被寻根文学"寻"了出来，两者很可能纠缠在一起，甚或本为一体，优劣只是人站在各自立场上看到的不同面向。从人类文化发展的历程来看，

[①] 陈思和：《当代文学中的文化寻根意识》，《文学评论》1986年第6期，第27页。

优良的文化之根固然有助于重树国人的文化自信，而能正视文化劣根性也是文化自信的一种表现。如果能超越简单的优劣之别，文化寻根就为文化自信打开了更宽阔的一道门。

一些寻根小说作家受到拉美魔幻现实主义的影响，创作手法上传统和现代相融合，结合象征、神话、寓言因素，以全新的方式叙述生活场景和人物情感。李杭育笔下的葛川江就是一条虚构的江，其他作家笔下的地方世界也多亦真亦幻，那是一个超验的和"虚构"的世界，摆脱了习以为常的生活逻辑，打开了小说切入现实、进入历史的新途径，使小说摆脱了反映论的束缚，在文化和人性领域里获得了广阔的开拓空间，为新历史主义小说的出现奠定了基础。

◎学习要点

1. 关键术语：伤痕文学、寻根文学、改革文学。
2. 理论基础：改革开放、知青上山下乡、文化。
3. 重要观点："文革"结束，"右派"平反，知青回城，文学为人们倾诉伤痕、伸张正义提供了渠道。倾诉令人伤感，正义得到伸张却令人欣欣鼓舞。作为现实生活的反映，文学应该如何叙述曾经的伤和痛？如何帮助人们走出历史的阴影？如何接续现代与传统以便重塑国人的自信心？伤痕文学、反思文学、改革文学、寻根文学怎样进行不同的探索？

◎思考讨论

1. 如何看待"伤痕文学"引发的"歌德"与"缺德"问题？
2. "寻根文学"与知青上山下乡的经验之间存在怎样的关系？

◎拓展阅读

1. 马国川：《我与八十年代》，读书·生活·新知三联书店2011年版。
2. 王建平：《重返八十年代》，北京大学出版社2009年版。

3. 曹文轩：《中国八十年代文学现象研究》，人民文学出版社 2010 年版。

4. 孟繁华：《1978：激情岁月》，山东教育出版社 2002 年版。

5. 贺桂梅：《新启蒙知识档案：80 年代中国文化研究》，北京大学出版社 2021 年版。

◎作者简介

咸立强，2005 年博士毕业于复旦大学中文系，随即任教于华南师范大学文学院。现为华南师范大学文学院教授，主要从事中国现当代文学、20 世纪中外文学关系研究。

【第二章】
西化的现代与先锋文学思潮转型

第一节 现代主义思潮如何转型?

一、中国现代主义思潮的发展脉络是怎样的?

西方现代主义,根据布雷德伯里和麦克法兰的说法,是指1890年至1930年间的世界性文学思潮,遍及芝加哥、纽约、伦敦、巴黎、柏林等"拥有咖啡馆、卡巴莱、刊物、出版商和美术馆的城市"[①],具体的派别包括自然主义、象征主义、印象主义、后印象主义、立体派、旋涡派、未来主义、表现主义、达达主义和超现实主义等。现代主义不仅是一个"美学事件",而且有助于"最深刻、最真实地了解我们时代的艺术状况和人类处境的倾向"[②]。它与西方文明的现代化进程是分不开的。工业革命、资本主义意识形态和科学技术为欧美带来了"现代化",也带来了反映这一历史现实的现代主义文学。这种"反映"的方式既可以是正面的,也可以是负面的,而且每个国家、每个城市接受的时间和语境都不尽相同,因此现代主义被看作"一种奇特的混合物":"它既歌颂技术时代,又谴责技术时代;既兴奋地接受旧文化秩序已经结束的观点,同时面对这种恐怖情景又深感绝望;它混合着这些信念:既确信新的形式是逃避历史主义和时代压力的途径,

---

① [英]马尔科姆·布雷德伯里:《现代主义的城市》,马尔科姆·布雷德伯里、詹姆斯·麦克法兰编:《现代主义》,胡家峦等译,上海外语教育出版社1992年版,第76页。
② [英]马尔科姆·布雷德伯里、詹姆斯·麦克法兰:《现代主义的名称和性质》,马尔科姆·布雷德伯里、詹姆斯·麦克法兰编:《现代主义》,胡家峦等译,上海外语教育出版社1992年版,第13页。

又坚信他们正是这些东西的生动表现。"①

在中国新文学的草创阶段，现代主义是以"新浪漫主义"的名头出现的。一般认为，李金发是在中国文坛最早实践"象征派"的诗人，与他时期相近的还有后期创造社的穆木天和王独清，他们均追求"纯粹诗歌（The pure poetry）"②。自20世纪20年代末到30年代中期，沉浸在现代派诗艺的代表诗人有戴望舒、卞之琳、何其芳、李广田等，前者与友人创办《现代》杂志（1932）和《新诗》月刊（1936），后三者被称为"汉园三诗人"，出版诗集《汉园集》（1936）。在小说方面，心理小说和"新感觉派"也与现代主义关联较大。到了20世纪40年代，冯至出版的《十四行集》被看作"另一个新的现代主义诗潮产生并走向成熟的信号"③；被誉为"沉思者"的"中国新诗"派诗人群体则为中国现代主义诗歌提供了智性与玄思的面向。台湾的现代主义诗歌萌芽于日据时期的风车诗社；1953年，纪弦创办《现代诗》杂志，1956年宣布成立"现代派"，旗帜鲜明地提出"现代派宣言"六大信条；而后涌现的"蓝星诗社"和"创世纪"诗社尽管诗学理论与"现代派"不尽相同，但他们仍是在现代主义的框架下提出自己的诗观，如洛夫、叶维廉等人推崇的"既谬仍真"的情境即是对欧洲"超现实主义"注重"潜意识"的本土改造。香港文学的现代主义运动，一般认为始于1956年创刊的《文艺新潮》④。此后，香港译介现代主义诗歌及理论的刊物还有：1950年代的《人人文学》《中国学生周报》《热风》《学友》《大学生活》《诗朵》《文艺新哨》《新思潮》；1960年代的《香港时报·浅水湾》《好望角》

---

① ［英］马尔科姆·布雷德伯里、詹姆斯·麦克法兰：《现代主义的名称和性质》，马尔科姆·布雷德伯里、詹姆斯·麦克法兰编：《现代主义》，胡家峦等译，上海外语教育出版社1992年版，第32页。

② 穆木天：《谭诗——寄沫若的一封信》，吴思敬主编：《中国新诗总系·理论卷》，人民文学出版社2009年版，第115页。

③ 孙玉石：《中国现代主义诗潮史论》，北京大学出版社1999年版，第282页。

④ 详见洛枫：《香港早期现代主义的发端——马朗与〈文艺新潮〉》，《诗双月刊》1990年第2卷第8期。

《水星》《海光文》《明报月刊》《盘古》等,以及 1970 年代的《70 年代》《海洋文艺》《文林》《诗风》《大拇指》《罗盘》等[①]。70 年代末兴起的"朦胧诗派"/"新诗潮"则被看作现代主义思潮在中国大陆的复归。

二、现代主义思潮为何在"新时期"复归?

这股思潮大行其道的一个表现便是大量讨论"现代派"的文章同时涌现:"仅在一九七九至一九八〇年这段短短的时间内,国内介绍西方现代派文学的文章就有四百多篇、专著十余种。这些介绍从哲学、文艺理论、文学作品各个方面汇合成一股洪流冲击着传统的理论格局。"[②]而解释这股思潮兴起的原因,可从以下两个方面展开思考。

其一是理论进入得"恰逢其时"。"文革"结束初期,对于"文革"时期的文学性质的指认,是二元对立的,即"文革"时支持什么,"文革"后便反对什么;但对于"十七年文学"的看法,则相对含糊。随着思想解放运动的深入发展,文学界倾向于将"十七年文学"和"文革文学"都看作政治意识形态下的产物,它们只有程度上的差别,并无本质区别。"十七年文学"和"文革文学"被认为是"非文学"的,因为所谓的"社会主义现实主义",并不符合漫长岁月中人们对于"文学"的看法。文艺界在反思这两段文学史时,希望此后的文学能够回到文学自身的传统,换言之,20 世纪 30 年代逐步形成、最终独尊的左翼文学传统,在 20 世纪 80 年代初期受到了前所未有的挑战。然而,单纯的"反对"是苍白且无力的,除了直白地呐喊,人们仍需借助理论的工具。当时文化界译介的重点,在于 20 世纪的西方文论和文学创作,其中,柏格森的非理性主义哲学、心理时间、崇尚直觉等理论阐述、尼采的天才观及其个人狂放不羁的传奇人生、弗洛伊

---

① 犁青主编:《香港新诗发展史》,人民文学出版社 2014 年版,第 313 页。
② 朱寿桐主编:《中国现代主义文学史》(下),江苏教育出版社 1998 年版,第 854 页。

德的心理分析学说、基尔克郭尔的孤独论、海德格尔的死亡哲学以及萨特对人的荒谬的关注等哲学思想纷纷涌入国门,成为"他山之石"。这些理论家的理论系统到底如何不是最重要的,重要的是中国文艺界采取"拿来主义"的态度的背后折射出了什么。可以看出,他们都特别强调人的主体性和非理性,关注人内心隐秘、沉潜的意识,以及强调人的存在本质。无疑,这些理念和"十七年文学"以及稍后的"文革文学"中的文学观念是截然不同的,因为在后者看来,文学作品中的"人"只有"阶级性",若讲"人性",则是资产阶级的堕落玩意。与此同时,文艺界也大力引进西方现代主义的代表人物的作品,如波德莱尔、王尔德、马拉美、叶芝、梅特林克、乔伊斯、艾略特、卡夫卡、海明威、福克纳等,他们都在新时期的中国文艺界留下了或深或浅的痕迹。

其二是国门开放以后感知到的"滞后感"和"边缘心态"。五四时期,中国新文学已经历过"把各先进国所通过了的过程很迅速地反复地一遍"[①]的追赶阶段,人们如饥似渴地引进西学,恨不得在很短的时间内消化这些"先进"的文化。有意思的是,这种心态在20世纪80年代"复归"了,不过这一次,他们的文化坐标除了"先进国"文学以外,还有五四新文学传统和海峡对岸的台湾文学。在当时的创作者看来,新中国成立后的文学无论是创作观念还是创作实绩,都是文学史的一种倒退,文学的道路不是越走越宽,而是越走越窄,文艺争鸣始终围绕政治立场打转,而没有真正切入核心的文学问题,正如谢冕借这股"新诗潮"所反思的那样:"新诗在走向狭窄。……这是受我们对于新诗发展道路的片面主张支配的。片面强调民族化群众化的结果,带来了文化借鉴上的排外倾向。"[②]因此,有学者呼吁"恢复新诗

[①] 这里参考了郑伯奇概括第一个十年中国新文学的发展进程的说法。详见郑伯奇:《现代小说导论(三)》,见蔡元培等:《中国新文学大系导论集》,良友复兴图书印刷公司1940年版,第145页。

[②] 谢冕:《在新的崛起面前》,姚家华编:《朦胧诗论争集》,学苑出版社1989年版,第11页。

根本的艺术传统"①,这个"传统",其实就是五四新文学开创的"人的文学"的传统。可见,在80年代的文化语境中,人们比较的对象不纯然是"外来的"文学与文化,也有萌蘖于"本土"但却中断了的脉络。此外,"台港文学"作为中国大陆改革开放的文化产物,也给革命史框架下的中国现当代文学史造成冲击。1979年,《上海文学》第3期刊出美籍华人作家聂华苓的小说《爱国奖券——台湾轶事》以及张葆莘的评介性文章《聂华苓二三事》②;紧接着,《当代》第1期发表了白先勇的《永远的尹雪艳》;同年4月,曾敏之在《花城》创刊号上发表《港澳与东南亚汉语文学一瞥》,以书信体的形式介绍了中国香港和马来西亚的文学活动。尽管一开始,大陆文学界将台湾文学定位为"怀乡文学",窄化了台湾文学的丰富性,但人们通过阅读这些作品,还是能感受到其中的异质性。台湾地区在20世纪50年代后期已开始推崇现代主义,从新诗到小说到戏剧,无不沾染现代主义的风采,这让初涉台湾文学的学者感到震惊和困惑。由是,一种强烈的追赶意识应运而生。在具体的表述上,可以发现其时的文论多用断裂性色彩明显的词语,比如"突破""创新"以及更具代表性的"崛起"。更有甚者,将"现代性"与现代化联系在一起,认为"我们将实现社会主义的四个现代化,并且到时候会出现我们的现代派思想情感的文学艺术。前两年里,现代化的呼声较高,我们的现代派也露出了一点儿抽象画、朦胧诗与意识流小说的锋芒,随着责难声和经济调整的八字方针提出来,眼看它已到了尾声了"③,可见这种民族忧患意识之深切。

---

① 孙绍振:《新的美学原则在崛起》,姚家华编:《朦胧诗论争集》,学苑出版社1989年版,第14页。

② 钱虹:《从"台港文学"到"世界华文文学"——一个学科的形成及其命名》,《学术研究》2007年第1期。

③ 徐迟:《现代化与现代派》,何望贤编:《西方现代派文学问题论争集》(下),人民文学出版社1984年版,第399页。

三、现代主义思潮影响下的文学创作表现如何？

在这一背景下，人们更容易理解20世纪80年代初期涌现的许多与"现代派"有关的文学论争、文学现象和文学作品。人民文学出版社于1984年出版了上、下两册《西方现代派文学问题论争集》，集子的最后附有《关于西方现代派文学问题讨论文章目录索引（1978—1982）》。有意思的是，在"出版说明"中，编者指出论争集的出版"初衷"是要"在文艺战线，清除和防止精神污染"，因此那些大胆的评论，常常被当作"批判的对象"选入集子中。而几乎是同一时间，许多介绍西方现代派文学思潮的论述纷纷涌现，比较重要的有袁可嘉的《欧美现代派文学概述》、冯汉津的《象征主义诗歌》、赵毅衡的《意象派简介》、朱虹的《荒诞派戏剧评述》，等等。在文学体裁方面，首先破格的应是承续四五运动精神的"新诗潮"。1978年12月，北岛、芒克等人创办民刊《今天》。此后约两年的时间里，他们共出刊物9期和《今天文学研究会·文学资料》3期。《今天》发表新诗、小说、随笔和评论等，其中以新诗影响最大，后来成为"朦胧诗"代表人物的北岛、舒婷、顾城、江河、杨炼等均在《今天》发表过诗歌作品。这些年轻的诗人当时被认为是"崛起的一代"，"标志着我国诗歌全面生长的新开始"[1]。在小说方面，有王蒙的一系列意识流小说（如《布礼》《春之声》《蝴蝶》《夜的眼》）和张洁的心理小说《爱是不能忘记的》等。客观说，这些论述和作品都显得较为粗糙，现代技法的使用也过于陈旧，但强烈的现实批判性是这些作家更想强调的东西。在戏剧方面，出现了所谓的"探索戏剧"。五四以来，中国现代戏剧走的主流路子是易卜生的现实主义戏剧，尽管曹禺曾试验过部分现代主义色彩的戏剧，但在现实的语境下，这些试验就如昙花一现。

---

[1] 徐敬亚：《崛起的诗群——评我国诗歌的现代倾向》，姚家华编：《朦胧诗论争集》，学苑出版社1989年版，第247页。

此外，一些青年作家受西方现代主义中的非理性精神的影响，聚焦人物性格中的叛逆因素，他们对主流价值观采取主动的游离和质疑，私人生活狂乱而浪漫，如刘索拉的《你别无选择》和徐星的《无主题变奏》中的小说人物。残雪则擅长模糊现实与梦境的界限，用一种极度变形的笔法构建一个怪异冷峻的世界，颇有波德莱尔"恶之花"的意味。这些创作使得现代派小说获得了一个更为"前卫"的命名：先锋派。

第二节 先锋文学思潮如何转型？

一、当代中国先锋文学思潮何以产生及发展？

如何定义20世纪80年代在中国兴起的先锋文学思潮？不难看出，以思潮流派的发展脉络为切入点重建和深化现代文学研究在80年代之初已形成共识[1]。先锋，本义是指行军作战时的先遣部队，有领头者的意味，在词义的引申作用之下，具有前卫、现代的意味。在西方文化语境之中，可以作为一个表达对小说之可能的、具有实验意义的探索性概念。先锋文学思潮起初是中国现代主义文学发展过程中的一脉支流，深受卡夫卡、加缪、萨特、博尔赫斯、乔伊斯等一系列作家创作的影响。先锋文学思潮最初源于一小群自我意识十分强烈的艺术家和作家，根据"不断创新"的原则，既勇于打破公认的规范和传统，又善于在实践中不断创造新的艺术形式和风格，并且大胆引进被忽略的、遭禁忌的题材。他们向传统文化的教条和信念发起挑战，使得受传统影响的读者颇受震撼。

---

[1] 温儒敏、李宪瑜、贺桂梅、姜涛等：《中国现当代文学专业学科概要》，北京大学出版社2005年版，第192页。

中国当代先锋文学思潮为何诞生于这一时期？要理解中国当代先锋文学思潮，需关注彼时文学发展的现实语境。一方面，70年代末至80年代初，中国当代文学寻求变革，亟须有一股新力量来推波助澜；另一方面，在思想解放之初，仍存有一些过分保守老套的甚至是被模式化的客观现实主义范式，使得一点小小的变革和挑战都变得寸步难行。这一时期，伴随着商品经济的日益勃兴以及对外交流视野的逐步打开，中国当代文学的创作观念也发生着重大转变，其对于艺术方法、创作题材的追求也变得愈发多元。也就是说，先锋文学思潮的诞生基于70年代末、80年代初种种思想的多元碰撞，在正反两股条件的交替作用之下应运而生，并很快在当时的思潮流派之中崭露头角、彰显出卓尔不群的特色。值得注意的是，在1985年前后，中国当代小说创作的创新意识及相关实践积极高涨，几乎都在同一时期成"爆发""喷涌"之势，尤以寻根、先锋等文学思潮见长。

先锋文学思潮如何在20世纪80年代的中国本土得以产生并继而发展？在80年代兴起的这一文学思潮，最早体现于作家在实践方面的努力。张清华认为1985年的"新潮小说"可称为先锋的肇始者，为后续先锋思潮的发展起到了强有力的推动作用。1988年10月，《文学评论》与《钟山》杂志在无锡联合举办了"现实主义与先锋派文学学术研讨会"，在这次会议上，"先锋派小说"作为一个学术概念正式得以确立，所涵盖的作家也渐渐集中在余华、孙甘露等人身上。陈晓明在《先锋的隐匿、转化与更新——关于先锋文学30年的再思考》一文中开宗明义，"20世纪80年代中后期出现的中国当代先锋派小说无法套用西方现代主义意义上的先锋派概念，但它在中国特殊的语境中依然可以定义为先锋派"[①]。先锋思潮涵盖多种艺术形式，在当代中国主要以小说闻名。80年代兴起的先锋小说，开始即巅峰，不仅在文坛掀起了一场大胆前卫的"艺术风暴"，而且激发起人们对于存在主义、

---

① 陈晓明：《先锋的隐匿、转化与更新——关于先锋文学30年的再思考》，《中国文学批评》2016年第2期，第39—46、125—126页。

后现代主义等多种哲学问题的思考。

二、先锋文学思潮影响下的文学创作表现如何？

与中国传统文学思考怎么展开故事、丰富情节有所不同，先锋文学思潮之下的作品更专注于如何写以及怎样进行叙述的实验，尤其是注重对包括后现代主义文学思潮在内的西方现代主义作品的借鉴模仿。先锋文学思潮对于文体的创新、艺术的虚构以及叙述方法的多元性等方面格外重视，有基于此，在格外注重叙述的前提之下，结合不同作家具体创作实践，诸多作品各有亮色，先锋文学作品在风格上亦呈现出和而不同的效果。

马原于1984年推出小说《拉萨河的女神》，在彼时引起极大反响，其将小说的叙述方式第一次摆在了如此明显的地位，顺着作者独到的笔触，读者在层层深入的同时，也就不可避免地"落入"马原精心设计的"叙述的圈套"之中。在中国当代文坛之中，故事叙述的形式开始变得格外重要。而后马原先后推出小说《冈底斯的诱惑》《康巴人营地》以及《大师》《西海无帆船》等作品，非传统、片段化的叙述形式佐之以别具一格的异域风情，使得作品个性化色彩异常鲜明，在现实与虚构之间的强烈落差，使得小说反映出来的意义难以与社会现实或人性道德进行紧密挂钩。马原的作品对彼时的文学界产生了一定的冲击，亦彰显出先锋文学思潮影响之下的创作与实践之力度。

在其之后，洪峰、孙甘露、余华、格非、叶兆言、残雪、扎西达娃、苏童、北村、莫言纷纷在创作中一展"先锋色彩"。其中，20世纪80年代就读于华东师大中文系、后留校任教的作家格非在当时被称为"中国的博尔赫斯"，从这一时期他的作品中，不难看出博尔赫斯的文风，可见受影响之深。他的作品晦涩、玄奥，充满神秘气息，多采用具有知识分子背景的主人公在深思、回忆、凝视之中开展叙述，故事的推进变得扑朔迷离。而残雪落笔混淆梦境与现实之间的界限，其笔下的主人公往往带有一丝精神病患者般的神经质和过度敏感,加深对于体验的描写,打造出一个处处诡异的奇幻世界。从具体的作品可以看出,此时的先锋小说在很大程度上得益于存在主义的启示,彰显出面对当下生存情状的寻索,善用寓言方式书写人的生存状态,如余华的《现实一种》、残雪《山上的小屋》,等等,都与卡夫卡、加缪、萨特式的存在主义寓言有共通之处;而马原的《虚构》、格非的《褐色鸟群》,则在艺术风格上更加接近博尔赫斯的特色。又如余华《现实一种》中的兄弟残杀、《鲜血梅花》中的人肉待价而沽,将超越现实意义上的可怖之景蕴于平淡冷静的叙述之中,显现出一种惊人的、血腥的"冷酷",以血肉模糊、亲情人情伦理全然不再的彻底冰冷,展现出文字强烈的震撼力;而孙甘露的小说专注于幻境之虚构,专注于梦境、幻象以及瞬间感觉的提炼,中国传统文学中的宏大叙事模式被逐步消解,营造出一种神秘浪漫的氛围。与之同时代的洪峰、马原、格非、叶兆言等作家,特别是著名的"马原式的叙事圈套"为人所熟知,则体现出先锋作家更善于调动语言的艺术,彰显出语言形式试验的味道。可以看出,先锋思潮的文学创作颠覆中国文学既有的创作理念,其策略性、异质性的特色使之大胆地向传统的主流文学创作思潮进行挑战,一步步从"边缘"走向"中心";其试验性、游戏化的特征更为明显。这些均大大丰富和拓展了中国当代文学思潮的内容与形式。

三、先锋文学思潮有何发展困境?

持续关注先锋文学思潮的发展走向,不难发现其在 20 世纪 80 年代后期逐渐陷入了一定的困境之中。一是,从这一思潮的发展趋势来看,在先锋思潮的影响推动下,不仅出现了崭新的艺术方法论,也借由一系列的作品创作展现出对生活世界的认知,展现世界的异乎寻常之处。因此,在先锋文学思潮影响下,诸多创作多专注于形式主义的书写,并致力于以此替代对历史和现实的直接书写。但先锋文学思潮的"神秘面纱"到 90 年代初期已经显示出难以为继的疲态。这一文学思潮并非没有深度的建构，而是深度不足、难以支撑其对于最终精神目的之追寻。陈晓明就曾在《无边的挑战——中国先锋文学的后现代性》中对先锋派文学的"虚假的深度"[①]有过专门的论述，也就是说，先锋思潮的关键特点在于现代主义追求超越此在的存在，而"超越性"经常变成对不可知的"彼岸世界"的期待，寻找精神归宿的现代艺术最后残留的永远不可企及的希望之乡。因此，当他们试图从形式试验的高地撤退时，就要直接在现实的土壤上进行深度的重建，迫不得已要回归现实主义，复活故事、人物。也就是说，先锋有其开新路之勇，亦有其独特的哲学思考，但在精神上所要做出的建设有太长的路要走，反而使这一思潮在发展的过程中逐渐暴露"短板"，使其终究未能抵达彼岸目的地。

二是就作家风格的转变而言，既有来自"60后"一代作家自身的先锋文学创作的自我演化、转型和创新，又有着来自"70后"一代新作家对前辈先锋文学的模仿学习、借鉴和突围。进入90年代，先锋文学开始消解与走向大众化，先锋小说的作家们发生质变，这些曾热衷于先锋实验的作家们大多已回归传统，曾经辉煌于文坛的先锋浪潮已悄然落幕，但这并不表示这些作家不再创作，只是改变了原先与大众疏离的叙事立场，进入平民化的叙述层面。在总结过去以形式的创新为标志的先锋文学思潮终结的原因时，我们可以看到，这一退潮现象不仅与先锋作家的分化有关，更与90年代以降文化全球化的独特语境紧密相连。

三是就读者的接受程度来讲，这种困境主要源于语言形式的过度实验以及叙事迷宫般繁杂的文字陷阱。譬如，余华的小说《世事如烟》以数字为主要人物命名，显得神秘玄妙；又如孙甘露创作的以数十封信件叠加的形式进行叙述的小说《信使之函》、格非的《褐色鸟群》等先锋文学作品也

[①] 陈晓明：《无边的挑战——中国先锋文学的后现代性》，广西师范大学出版社2004年版，第196页。

充溢着较强的形式实验气息，暴露出意义建构的短板以及读者接受的困境。在阅读中经历了反反复复的震撼、惊叹、思索之后，读者一度被"叙事的迷宫"所束缚；这类作品逐渐失去了最初的魅力，转而"让位"于其他题材、形式的作品，这就意味着在高潮之后，迎来"先锋"的退化、无力与苍白，批评界对于先锋文学作品的态度亦发生转变，其前卫性、潮流性的地位已经逐渐被新的创作潮流所超越了，甚至有些作品过度消耗语言的热情，导致语言本身的意义已经变得无足轻重，创造力也陷入了贫乏泥淖之中。

四、怎样看待先锋文学思潮的意义及影响？

先锋文学思潮的后续发展如何？21世纪后，"前度先锋今又来"。如余华的长篇小说《兄弟》以及《第七天》广受非议；苏童继《米》之后，又推出《河岸》《黄雀记》，格非则推出包括《人面桃花》《山河入梦》《春尽江南》在内的"江南三部曲系列"，马原则有大部头的《牛鬼蛇神》，北村也有《安慰书》等长篇小说问世。但值得注意的是，这批作家的创作风格已然有了显著的变化，不再一味追逐形式的实验，而是更多地转向现实主义的复归。如果说在20世纪80年代初期，先锋派作家当时对经典现实主义的历史性逃离是历史发展的必然要求，那么其在21世纪以来的种种表现则又彰显出对于形式实验的逃离。纵观先锋文学思潮，其数度"叛逆与逃离"，又再次"重现与归来"。

如何评价先锋文学思潮的意义及影响？不可否认，先锋派文学对中国当代文学的发展起到不可或缺的作用，开一时之风气，创丰硕之作品。中国当代先锋文学思潮及其系列创作在近40年来的发展进程中彰显出审美嬗变、时代之变、精神之变，而在这其中，一直不变的是永恒的"先锋精神"，即求新、求变的异质性精神维度的追寻。从这个意义上，先锋文学带给我们一种永恒的"异"，异于常规、敢想敢做，在"常"中之"异"中彰显当代文学充满生机与活力的饱满状态。与此同时，不应忽视的是，先锋文学思潮在发展过程中所暴露的弊端和它的作用一样突出。前期沉浸于后现代主义的形式试验，而到了后期又步入另一个极端，已经从冷酷、血腥、魔幻，逐渐走向了日常与现实缝隙之处的裂痕性、破碎性、后现代性的后先锋写作。一如陈晓明在《众妙之门——重建文本细读的批评方法》中所强调的：在"当代文学史上，先锋派作家借助现代主义思潮，几乎是突然间逃离了'文革'的历史和当时的社会现实。但是他们的逃离是不得不做出的选择。因为他们本来就不在历史中"[①]。

无论是80年代中国当代文坛兴盛的现代主义文学思潮，还是这其中别具一格的先锋文学思潮，思想上的争鸣展现出这个时代的作家及批评家们的开阔视野和自觉追求，同时，得益于历史的机缘巧合及时代发展的热潮，文学思潮与创作亦在一定程度上呈现出当代文化语境中的种种鲜活色彩，于"解构""消解"之中竞相出彩，却也在叙述的种种实践之中逡巡迂回，不可避免地滑向形式的疲惫。

◎学习要点

1. 关键术语：现代主义、先锋文学思潮。

2. 理论基础：西方现代主义。

3. 重要观点：20世纪80年代之初，伴随着现代主义和先锋文学思潮的兴起，当代文学创作呈现出多元化特点，在西方作家的影响之下，这一时期的文学思潮注重形式的实验、艺术的虚构以及创新的探索，给当时的创作者及阅读者们带来了巨大思想冲击和独特审美体验，使得彼时文坛呈现出生机勃勃的色彩。

[①] 陈晓明：《众妙之门——重建文本细读的批评方法》，北京大学出版社2015年版，第338页。

◎思考讨论

1. 20世纪80年代现代主义思潮复归的原因、表现及影响。
2. 如何理解先锋的困境与自我转型？

◎拓展阅读

1. 何望贤编：《西方现代派文学问题论争集》，人民文学出版社1984年版。

2. 陈晓明：《无边的挑战——中国先锋文学的后现代性》，广西师范大学出版社2004年版。

3. 洪治纲：《守望先锋——兼论中国当代先锋文学的发展》，广西师范大学出版社2005年版。

4. 程光炜主编，谢尚发编：《寻根文学研究资料》，百花洲文艺出版社2018年版。

◎作者简介

霍超群，南京大学博士，澳门科技大学国际学院讲师，研究领域：台港澳暨海外华文文学。

张衡，广东药科大学讲师，文学博士。在学术刊物发表论文20余篇，主要研究方向为粤港澳文学文化、中华医药文化、大学美育等。广东省普通高校人文社科重点研究基地"中华医药文化传承创新与人类文明新形态研究基地"成员。

【第三章】
新写实文学、新历史主义文学思潮

20世纪80年代中后期,伴随着大众文化的兴盛和后现代主义的兴起,精英文化的启蒙意愿与宏大理想日益被民间的世俗化、功利化追求所取代。在文学层面表现为理想主义的退场与宏大叙事的衰微以及文学创作中公共话语的式微,作家和读者都厌倦了长期在广播电视里听到的那种带有强烈意识形态色彩的公用语言,世俗生活、个人生活获得了表达、宣扬的机会,私人话语、个人话语也逐步取代公共性的、启蒙性的话语,成为80年代中后期文学创作的语言品格。文学这时候还呈现出边缘化的特质,即把政治、权力、中心等本来加诸文学身上非本质的东西抽离出去,解放出来。新写实文学、新历史主义文学在此背景上生长出来,成为这一时期最重要的文学思潮。

第一节　人们为什么抛弃了理想主义?

20世纪80年代中后期是市场经济体制的探索时期,市场逐步取代计划,在经济生活中发挥着越来越重要的作用。在以经济生活为中心的时代,社会结构也发生相应变动,社会思想变得特别活跃。这时,启蒙思潮衰退,整个社会告别理想主义走向世俗化的大众文化,文学从社会生活的中心走向边缘,宏大叙事衰微,私人话语崛起。人们为什么抛弃了理想主义呢?

一、市场经济体制的探索与社会转型

从20世纪70年代末期开始,为找寻经济改革的目标模式,从国家层面到民间实体进行了各种探寻,在市场与计划两极的不停拉扯中逐步向市场迈进。1978年十一届三中全会的召开,标志着我国走上改革开放的道路,国家的工作重心转移到经济建设上来。1979年,邓小平首次提出社会主义也可以搞市场经济的论断。1979年至1982年,是"计划经济为主,市场调节为辅"

的时期。1983 年至 1986 年，是"有计划的商品经济"时期。应该说，1986 年及以前的国家经济，仍然是计划为主，政策话语中计划始终在市场之前，好在现实的经济活动已然逐步纳入商品经济的发展轨道。在 1987 年之后的政策层面市场终于走到计划的前列，1987 年中央提出"国家调节市场，市场引导企业"理论，1992 年十四大正式确立"我国经济体制改革的目标是建立社会主义市场经济体制"。

经济体制改革必然带来相应的社会结构变动。社会结构的各个要素具有很大的流动性、过渡性和不稳定性："城乡之间、地域之间、行业之间、经济层面与社会层面之间、物质层面与精神层面之间，都会出现发展的不平衡和不协调。最后，功能分化的加强和持续，社会流动的增加，社会晋升渠道的多样化，这些都使人们的身份和角色处在一种变动的状态。""在结构转型和体制转轨同步进行的情况下，结构冲突、角色冲突与体制摩擦、机制摩擦、利益摩擦等互相交织在一起，互相牵制，增加了结构转型的难度，也使情况更加复杂化。"[①]李培林认为这种变动状态表现为各个层面的模糊性，个人和组织丧失原有的角色认知和角色认同，在这种破旧立新的交替时期，冲突与摩擦不可避免，而社会思想也变得活跃起来。

二、启蒙思潮的衰退与大众文化的兴盛

20 世纪 80 年代以来，随着改革开放政策的全面实施，各种域外文化思潮不断涌入国内，中国社会逐步从过去单一的文化格局迈向多元状态。其中精英文化、大众文化和后现代文化三者之间相互激荡，成为当时最主要的文化样态。尽管战争年代民族救亡的思潮一度对启蒙思想形成压倒性的优势，但自五四运动以来，倡导开启民智、改造国民性的启蒙思潮始终是重要的社

---

① 李培林：《另一只看不见的手：社会结构转型》，《中国社会科学》1992 年第 5 期，第 8 页。

会思潮，80年代前期的思想界，启蒙思潮仍然体现得十分明显，即使在70年代"文革"期间以朦胧诗为代表的地下文学中，启蒙思潮作为一种潜流依然显示出强劲的影响力。

到了80年代中期，国家对市场经济体制的探索不断深入，受社会经济形态发展的影响，精英文化越来越遭受到大众文化的猛烈冲击。大众文化是指"在工业社会中产生，以都市大众为其消费对象，通过大众传播媒介传播的无深度的、模式化的、易复制的、按照市场规律批量生产的文化产品"[①]。大众文化在中国的迅猛发展，得益于两个基本条件的成熟。一是市场经济的发展促成了都市的繁荣和大众群体的兴起。在改革开放政策的引导下，伴随着国际资本陆续涌入中国，中国社会已初显市场经济的活力，世俗化的趋势日益加剧，业已成型的大众阶层对待文化的态度具有鲜明的消费主义的特征。二是大众传媒网络的形成，"开放后的中国努力与世界市场接轨，迅即被融入市场化的全球性大众传媒网络之中，这样，西方的大众文化产品在很短的时间内就涌入中国，强有力地刺激了中国大众文化的兴起和发展"[②]。在这两者的共同作用下，20世纪80年代中期以后，以世俗性为特征的大众文化彻底动摇了精英文化在原有社会文化结构中的地位。精英文化的影响力衰落、控制力锐减，到了90年代，精英文化更加边缘，一部分退入高校成为象牙塔中的文化，另一部分与大众文化相互融通。

在大众化挤压并逐步取代精英文化的过程中，西方的后现代主义对当代中国文化的影响至关重要。后现代思潮是欧美社会危机和精神异化的反映，是晚期资本主义适应科学技术革命需要的产物，它的核心主张是反理性主义。在后工业社会时期的欧美国家，人们的生活彻底地市场化、商业化了，文化也完全淹没在市场之中，文学艺术作品成为商品，按照本雅明的观点，文化人"像游手好闲之徒一样逛进市场，似乎只为了四处瞧瞧，实际上却是想找

---

① 陈刚：《大众文化与当代乌托邦》，作家出版社1995年版，第22—23页。
② 陈刚：《大众文化与当代乌托邦》，作家出版社1995年版，第34页。

一个买主"①。伴随着中国逐步迈入工业化社会，日趋全球化的经济发展环境下，中国的文化格局也深受这种思潮的影响。

三、宏大叙事的衰微与文学的边缘化

20世纪80年代中后期，伴随大众文化的兴盛和后现代主义的兴起，精英文化的启蒙意愿与宏大理想日益被民间的世俗化、功利化追求所取代。这一时期的文学也呈现出与此前不一样的生态。新时期文学初期，伤痕文学、反思文学与改革文学都密切回应时代关切的问题，依然是顺应着宏大叙事的文学路径发展，具有强烈的改造社会的启蒙意愿。寻根文学续接了前面各种文学思潮的启蒙精神，试图在更深远和广阔的文化背景上，探寻民族文化的渊源流变与现代重建。而深受个人主义影响的先锋文学有意识规避寻根文学及之前各种文学思潮的宏大叙事取向，努力挣脱意识形态话语的束缚，注重形式创新，试图创造纯文学的空间。

宏大叙事的衰弱也体现在文学创作中公共话语的式微，作家和读者都厌倦了长期在广播电视里听到的那种带有强烈意识形态色彩的公用语言，因此，世俗生活、个人生活获得了表达、宣扬的机会，私人话语、个人话语也逐步取代公共性的、启蒙性的话语，成为80年代中后期文学创作的语言品格。在现实层面，重新发掘世俗生活的意义并将其不断张扬，在历史层面，抛弃集体和政治的眼光，用个人主义的视角去解读、阐释历史。

另一方面，这一时期的文学呈现出日益鲜明的边缘化特质。文学边缘化的说法在八九十年代之后被广泛使用。它的一个重要标志就是在全国范围内出现文学期刊订户锐减、文学出版物销量巨幅下滑的现象。80年代中期以前，地方性的文学刊物动辄十几万的发行量，重要文学作品的起印数都在万册以

---

① [德]本雅明：《发达资本主义时代的抒情诗人》，张旭东、魏文生译，生活·读书·新知三联书店2007年版，第53页。

上。从 80 年代中期往后到世纪之交，至网络文学的勃兴，又至全民微信时代，伴随着时代变化的是文学报刊订阅量一次次锐减，全国最具权威的文学报刊订户仅十余万份，一般纯文学刊物好的也不过三五千份订阅量，如果把其中包含的图书馆订阅和广告合作企业订阅去除掉，个人订阅量更加微少。市场规则的建立与通俗文学的复兴是文学期刊面临的两大困境，"从 90 年代后期开始，一些文学期刊因经济上难以维持而改刊或倒闭。文学期刊遭遇到商业大潮的冲击、市场规则的挑战"①。文学期刊的命运表明文学不仅不再处于中心位置，甚至已被多数人排除在自己的生活之外。

吴义勤认为对于文学的"边缘化"，既无须把它视作文学的衰落，为文学和文学家特殊权利的丧失而倍感失落，也无须以"边缘""另类"自我标榜，把文学的边缘化当成文学发展和解放的产物。不应该将文学的边缘化看作是文学在市场经济时代的被动牺牲，而应看作是"文学从非常态回归常态的一个自然而然的过程"②，边缘化是把政治、权力、中心等本来加诸文学身上非本质的东西抽离出去，是对文学本身的解放和减负行为。

第二节　如何重新书写日常？

在大众文化兴起的背景之下，在传统现实主义、先锋文学和自然主义的多重影响之下，新写实文学兼收并蓄而又扬弃创新，它以小说为最重要的文体，在诗歌、散文和戏剧等各文体方面获得长足的发展。如何重新书写日常？这是新写实要面临的首要问题。新写实文学主张回到生活现实、还原生活

---

① 白烨：《既要甘于坚守，又须勇于拓展——文学期刊应对新挑战之我见》，《光明日报》2016 年 7 月 29 日。

② 吴义勤：《多元化、边缘化与 20 世纪 90 年代中国文学的价值迷失》，《南方文坛》2001 年第 4 期，第 40 页。

本相，在写作中创作主体情感态度零度介入，消解人物性格，强调心理的真实。

一、背景与发展历程

（一）背景：文化转向与多种文学思潮的碰撞

改革开放以来，"以经济建设为中心"的口号，在国家层面是一个十分具体的社会政治纲领，在民间层面，它也结结实实成为中国普通民众的具体生活信念和价值坐标。经济结构的变革促使中国人的精神生活产生了相应的深刻变动，民众在价值取向和精神追求等方面迅速发生变化，整个中国社会在文化层面上也几乎同步地进行了精神追求的分化重组。正如新写实文学的代表作家池莉所言："物质无情地操纵着意识形态的变化。人们的物质条件一旦改变，生活环境一旦改变，所处的阶层一旦改变，思想和观念很快就发生了相应的变化。"[①]最显著的就是中国社会从启蒙思潮为标志的精英文化向多元层面转换，越来越多的人放弃了精英文化所憧憬的道德理想主义，他们不愿意像知识分子那样继续沉溺于由宏大的理想主义、现实批判和文化反思为核心的精神世界，而被强烈的物质渴望所吸引，纷纷关注自身的经济利益和世俗的生存现实。他们放弃了崇高性与精神性，追求世俗化的文化形态和生活态度，追求带有商品经济属性的大众文化。走向世俗、走向大众的这种社会转型与文化转向，成为新写实文学生成的社会背景。

而新写实文学也是在各种文学思潮的激荡中兼收并蓄而又扬弃创新，整合出自己的理论主张与文学追求。一是来自传统现实主义的影响。1985年前后出现了以纪实小说和报告文学为主要体裁的纪实文学热潮，它的"纪实"手法对新写实文学的影响值得关注。纪实小说以小见大、管中窥豹地展示现

[①] 池莉：《信笔游走》，《当代电影》1997年第4期，第86页。

代都市生活，揭示普通人的生存与心境，给人强烈的真实感。例如张辛欣、桑晔的《北京人——一百个中国人的自述》，这部小说没有叙述人语言，通篇都是被采访者的独白，因此也常被作为口述史和报告文学看待，这种技法与后来新写实小说的创作强调"创作主体的消隐"无疑有着异曲同工之妙。报告文学在1980年代有两次热潮，一次是70年代末80年代初，以徐迟的《哥德巴赫猜想》为代表，是彼一时期启蒙话语的体现，而1985年后是第二次热潮，特别是1988年被称为报告文学年，《阴阳大裂变》（婚姻问题）、《中国的"小皇帝"》（独生子女问题）、《北京失去平衡》（生态问题）、《京华建筑沉思录》（住房问题）、《世界大串联》（出国热潮）等报告文学作品，在题材上有着巨大的拓展，力图对社会生活的各个领域进行全方位的透视、对各个层次的人物风貌进行集中的展示。纪实文学的兴起与广受欢迎一方面说明了大众对"当下生存状况"的关注，对表现普通人的世俗生活题材的热爱；另一方面"纪实"的艺术手法的接受也对"新写实"形成自己的文学理念与审美原则产生了潜在的影响。

二是先锋文学作为新写实文学萌芽的重要背景，先锋派至少在三个层面上影响了新写实。第一，"先锋派最基本的意义，或广义的定义可以这样理解：为文学共同体的解难题活动充当前卫的实验者。"[①]先锋派引导新写实去反思传统现实主义的审美观念和价值体现。第二，新写实主要的哲学基础是存在主义思想，新写实作品一个重要主题是当代人生存困境的呈示，而存在主义是先锋派大行其道时广泛吸纳的诸多西方文化哲学思潮及艺术流派之一。第三，新写实提出的"零度叙事""反崇高""拒绝主流意识形态""反映现代人的生存困境"等文学主张，也明显地受到先锋派的启示。

三是自然主义影响着新写实的写作方法。自然主义的"写实"与新写实的"写实"在精神内核与艺术手法上有相通之处：在主题和题材上，二者都

[①] 陈晓明：《关于九十年代先锋派变异的思考》，《文艺研究》2000年第6期，第4页。

关注下层群众的悲欢离合，表现底层人民物质上的贫苦和精神上的烦恼，揭露生活中的丑陋与人生的惨淡，展现生活的原生态；在创作方法上，二者都强调文学对于现实生活的精确描绘，要按照生活的本来面目进行客观真实的呈现；在环境与人物塑造上，二者都强调凡人小事和生活细节的描写，喜欢日常叙事，避免传统现实主义典型环境中典型人物的塑造；在语言和叙事上，二者都采用平淡、公正、客观的叙述语言，多采用全知叙事视角，但又避免叙述人的感情色彩和价值判断。

（二）发展历程：多文体发展

新写实文学的登场帮助文学摆脱了长期受制于意识形态的局面，对于中国人日常生活的深度表现，逐渐发展为新写实作家们一种意识上的自觉。在处理日常生活的时候，他们前所未有地进入日常生活价值层面进行挖掘，日常生活本身所蕴含的价值和意义获得巨大的彰显。新写实文学涌动于1985年左右，以1986年为契机，创作发端于1987年前后，成熟于1989年，在90年代仍势头不减。新写实小说是新写实文学的主干文类，最能体现新写实文学的发展历程和重要成果。新写实文学的发展历程，大概可以分为如下几个阶段。

1. 前文本累积阶段。首开声气的是王蒙的"在伊犁"系列小说，这些创作于70年代末80年代初的小说对新疆人民平凡生活的散文化呈现一度受到广泛关注，既是对传统现实主义文学思潮的反拨，也是对现实主义理论的丰富与发展。其后是纪实文学热潮，张辛欣、桑晔的《北京人》、贾鲁生《中国丐帮大扫描》等作品，通过非典型化的写作，在纪实文学领域实现了对英雄的解构。刘心武的长篇小说《钟鼓楼》、李树阳的话剧作品《左邻右舍》赓续了老舍话剧《茶馆》的平民写作，在小说和戏剧领域实现了生活化和平民化的写作。

2. 新写实小说的第一阶段。从20世纪80年代后期到90年代初期，是新写实小说的发端、发展阶段。这一阶段的新写实小说作品中，对城市普通市民的庸常人生和日常生活进行"原生态"的刻画是作家展示的侧重点，作家们将自身的叙述视点下沉到世俗生活中，并赋予这种生活以特殊的审美价值。这一时期的代表作品包括池莉的"人生三部曲"（《烦恼人生》《不谈爱情》《太阳出世》）、刘震云的《一地鸡毛》《单位》《官人》《官场》等。其中，1987年池莉的《烦恼人生》在《上海文学》第8期刊发，刘震云的《塔铺》在《青年文学》第7期刊发。

新写实小说曾经存在不同的命名，如"写生存本相的现实主义小说"（雷达的《探究生存本相，展示原色的魅力》）、"后现实主义小说"（王干的《近期的"后现实主义小说"》）、"新现实主义小说"（张德祥的《近期小说的后现实主义倾向》）。《钟山》杂志1989年第3期推出"新写实小说大联展"，提出将在多元化的文学格局中着重提倡新写实小说，同年10月，《钟山》与《文学自由谈》联合举办"新写实小说"的讨论会，至此，"新写实小说"这一称谓获得普遍认可。

池莉的"人生三部曲"中，《烦恼人生》以轧钢厂操作工人印家厚一天的生活经历，详尽地展现出城市普通市民所面临的生活困境和无尽烦恼。池莉的小说委婉细致、清纯流丽，刻画冲动、热情、幼稚的年轻人在日常生活的磨砺中无可奈何的眷恋与感伤，既有普通人日常生活的无奈，也写出了市民生活的温馨之气。

刘震云这一时期的小说主要展示权力如何支配人的全部生活，在权力摆布、愚弄、惩罚人物的各个环节中形成"反讽"，进而揭示日常琐事令人震惊的事实中显著的权力意识。《塔铺》讲述了塔铺镇中学几个青年男女准备参加1978年高考的故事，展现的是农村普通青年为改变贫困命运而奋斗的心酸。《一地鸡毛》"在写日常生活的种种困窘，以及琐碎生活细节侵蚀个人意志和热情的同时，刻画了主角是如何在世俗权力网络的运作中被任意摆布的。刘震云揭示了这样一个事实：没有权力的生活不得不是一出卑琐的滑稽剧"①。

3. 新写实小说的第二阶段。大致从20世纪90年代初期到90年代中期，这是新写实小说走向成熟的阶段。这个时期的写作中，作家们把叙事的重心由现实中的普通人生活拓展到历史中的小人物生活，从日常生活的原生态呈现转向历史叙事的深度挖掘，试图从类的层面与史的层面概括日常生活对于人的潜在价值，因此，一些作品也常被归入新历史主义文学看待。这一时期的代表作有池莉的《你是一条河》《预谋杀人》《凝眸》，刘恒的《狗日的粮食》《白涡》《贫嘴张大民的幸福生活》等。作家对日常生活做一种自然主义的呈现，以不做任何主观评价的平行式叙述姿态，"压制到'零度状态'的叙述情感，隐匿式的或缺席式的叙述"②，表现出一种刻骨的真实。

这一时期的新写实小说在叙事的世俗性倾向上更加突出，重视小说故事的完整性和可读性。比如池莉的中篇小说《预谋杀人》中着重故事的悬念设置和紧张气氛的营造，王腊狗不断获得杀害丁宗旺的机会，而丁宗旺一次次化险为夷，激发了读者的阅读欲望。

刘恒是新写实中自成一格的作家，他的小说《狗日的粮食》《伏羲伏羲》《白涡》体现了作家对人生存的基本欲望（食、性、权力等）的关注，流露出人很难摆脱欲望陷阱的宿命感。刘恒的这些"悲剧性故事却总是流宕着一种欢乐的情趣，正是把悲剧故事的各个具体环节扭曲成喜剧的情境，那种'苦中作乐'的讽喻或黑色幽默构成刘恒的显著风格"③。《伏羲伏羲》体现出刘恒在把握一种生活状态时所达到的游龙走丝的那种精细，生存的困窘、性的极度压抑、人性的扭曲、生命过程的卑微在伦理禁忌的束缚中演变成一个抑郁至极的乱伦故事。

4. 新写实文学思潮的余绪与其他文体的发展。新写实文学思潮从新写实

---

① 陈晓明：《中国新写实小说精选》，甘肃人民出版社1993年版，第306—307页。
② 陈晓明：《中国新写实小说精选》，甘肃人民出版社1993年版，第10页。
③ 陈晓明：《中国新写实小说精选》，甘肃人民出版社1993年版，第220页。

小说开始，并在新写实小说这里蔚为壮观，继而形成一股长盛不衰的潮流。1980年代后期出现的新体验小说、新状态小说、新市民小说以及潘军、余华为代表的后期现代主义小说，丁当、沈浩波为代表的后现代主义诗歌，都是这股潮流的浪头。余华的《活着》《许三观卖血记》、潘军的《独白与手势》、李亚伟的《中文系》、韩东的《有关大雁塔》，都是从现代主义走向写实的代表性作品。新写实话剧与小说兴起时间同步，代表作有《寻找男子汉》《古塔街》《十五桩离婚案的调查剖析》《大雪地》《留守女士》等，戏剧矛盾冲突的缓解、淡化，戏剧背景环境的当下性，戏剧人物形象的平民化、情绪化，是新写实话剧的特点。

80年代后期的影视与节目也呈现出新写实的特质，纪实类栏目强调客观、公正的视角，《东方时空》所标志的电视纪实新闻、《9·18大案纪实》等纪实电视剧相继出现。《无人喝彩》《秋菊打官司》《一个也不能少》《没事偷着乐》等"新写实影片"强调冷静的观察与细致的体验，重在呈现普通人的日常生活、烦恼困扰、心态心境，也显示中国电影从哲学思考向世俗人生的转换。90年代的散文也有新写实的趋向，"大众散文""通俗散文""生活散文""小女人散文"等不同名称的背后，体现出"世俗化""平民化"的特点。散文内容大多取材原生态的世俗生活和人生困境，散文观念上反崇高、反中心、反典型，美学原则上平实冷静多元零碎，都可见出新写实文学思潮的影响。

二、思想内涵与艺术特征

关于新写实小说与经典现实主义的关系问题，仍然存在一定的分歧。陈思和认为新写实小说对于文学史上占据主导地位的现实主义文学观念的消解起到至关重要的作用；陈晓明认为新写实主义得益于西方现代主义的东西，要远远大于经典现实主义；孟繁华则强调新写实小说与传统的现实主义并不是对立关系，其文学精神仍然在后者的大范畴之内；汤学智也持类似观点："新写实文学本质上是对现实主义的一种新的深化和发展，其成功之作在人民性、真实性、开放性、艺术性上都有有益的开拓和启示。"①南帆则二者得兼，"新写实主义一方面与现代主义保持了密切的血缘联系，另一方面又对现实主义加以修正"②。无论如何，在评价新写实文学的思想内涵和艺术特色的时候，必然地以传统现实主义作为参照。

（一）回到生活现实、还原生活本相

新写实文学在背离两个传统的前提下实现了回到生活现实。其一是对十七年文学所确立的"典型环境中的典型人物"这一传统的背离。彼时对现实主义文学的创作目的、原则、手法都有权威的表达，文学创作的根本任务是再现典型环境中的典型人物。文学的真实性不是来自生活本身，而是来自对生活的加工、改造和提炼，获得比生活本身更典型、更集中的文学真实。文学要表达的"现实"也是指按照当时的中心任务，配合特定的政治需要，对人民群众具有宣传、教育功能的某一方针政策的艺术表现。这种艺术真实带有鲜明的功利性。新写实文学瓦解、颠覆了这种创作原则，它的刻板、僵硬的叙述方式也为新写实所厌弃。其二是对五四传统的疏离。新写实有意识地疏离五四以来带有激情和浪漫特征的个人主义人文思潮，放弃五四以来知识分子作家（新时期前期的知识分子作家亦然）一贯坚持的批判、介入和干预生活的精英的启蒙姿态，主张还原生活本相，消解创作中的主观倾向性，表现小市民群体平庸化的、世俗化的生活现实。

陈晓明认为这种回到生活现实的选择背后是集体想象的失落。他判定新写实主义的历史起点是在热衷集体想象和乌托邦冲动的寻根文学所终结的地方开始。新写实拒绝提供集体想象，返回到个人化的写作，对新写实作家

---

① 汤学智：《新写实：现实主义的新天地》，《文艺理论研究》，1994年第5期，第64页。
② 南帆：《新写实主义：叙事的幻觉》，《文艺争鸣》1992年第5期，第39页。

的归类的困难就在于这里：新写实的个人化特色非常突出。新写实剥离遮蔽在生活上的附属物，回到生活的现实层面，他们还放弃了文学上的乌托邦冲动，力图还原生活的本相。《风景》等作品在新写实文学中的特殊意义，就在于作家们呈示当代生活最粗鄙的状态时，把小说拉回到本相和事实的这个原始起点。

要还原生活的本相、展示生活的原生形态，新写实文学在创作方法上仍然是以写实为主要特征。作家们抱着真诚的态度，直面现实生活中一些自成单元的琐碎小事。如刘震云的《一地鸡毛》中，小林的生活被妻子坐班车、孩子上幼儿园、岳父过生日等琐碎的小事困顿，小人物真实的生存状态在琐事中呈现出来。池莉的《太阳出世》在一个看似有着宏大喻旨的标题背后讲述的是一对平常的新婚夫妻琐碎的日常生活：结婚当天丈夫赵胜天打架被打掉一颗门牙，坐飞机度蜜月因李小兰怀孕而夭折，怀孕后身体和事业双双受罪、婆媳矛盾、孩子没人带，生活的不易和生活的快乐都如此实在。

（二）情感态度零度介入

新写实摒弃了含有强烈政治色彩的创作原则，对于生活中的事实，不论事件大小，影响程度如何，也不论事件性质的好歹，都力图对它们做客观而冷静的叙述。创作者是隐匿式的、缺席式的，不在事件上加诸主观的评判，做出价值和意义的判断，也不去引导、评判小说中的人物，而让事实来展示人物。这样，拒绝和背弃了一切加诸生活事实、生存本相之上的东西，力求复原出一个未经权力观念解释、加工、处理过的生活的本来面貌。池莉、刘恒等作家在这方面尤其突出。如《烦恼人生》中池莉在描述印家厚一天的生活流时，态度上冷静沉着，作家不去指点印家厚如何行动，而是让人物自己动起来。《伏羲伏羲》被王干拿来与白先勇的《玉卿嫂》对比，认为白先勇的倾向流露非常明显，而"刘恒始终与人物保持着距离，但下笔又是贴着人物写，他叙述的视角不是全知全能的，叙述的视角随人物的视角而转换，贴着人物而远远地疏离人物的情感,看上去不免有些冷漠或者有些狠,所以是零度叙事的典范"①。

新写实所写多为底层人物,在对人物的日常琐事进行原生态还原时,作者们并没有刻意地去呈现底层人艰辛与不易的一面,而是客观地展示生活与人生的方方面面,一种"艰辛的尴尬"的原生状态。艰辛不是叙述的主要对象,而是作为背景,人物的勾心斗角、人性的复杂也是偶露峥嵘,对比影视作品中常将底层人叙述得苦大仇深从而引起观者的悲愤感,或者叙述底层人的灾难深重从而引起读者的悲悯感,新写实拒绝悲剧性,没有悲天悯人的情感流露,王干将之概括为"从情感的零度开始写作"②,即情感的零度介入。比如杨争光的《老旦是一棵树》,在写娶不起儿媳妇的穷人老旦、靠贩卖妇女生活富足的赵镇和被贩卖的女子环环的时候,并没有情感上的高低偏颇,性的苦恼、贫困的农村生活原本可能走向的悲悯与崇高都被充满戏剧和荒诞意味的黑色幽默消解了,留下杨争光的瘦硬奇崛。

(三)消解人物性格

既然对人生的原生态呈示时避免写作者的情感介入,随波逐流成为新写实文学中的人物主要的生活状态。在机械般的生活流中,生活中琐碎而随机的事件构成生活长河的动力,人本身的精神气质非常薄弱,人往往随着生活的波动而动。由于新写实的人物大多来自底层,物质的困窘为代表的权力匮乏状态是他们生活的常态,物质的不满足常常对人物的精神状态呈现压倒性的力量。如刘恒的《狗日的粮食》中,粮食对杨天宽媳妇"瘿袋"就是最重要的事物。二百斤谷子的粮食是"瘿袋"的价格,六个儿女的名字也是粮

---

① 王干:《刘恒与新写实》,中国作家网,http://www.chinawriter.com.cn/n1/2023/0808/c404030400052692.html。
② 李兆忠:《旋转的文坛——"现实主义与先锋派文学"研讨会纪要》,《文学评论》1989年第1期,第24页。

食名称,"瘿袋"为了养育儿女不顾羞耻偷扒粮食,最后也因为丢失购粮证而死,一切都是为了粮食,而人只留下"瘿袋"这个生理特征,本能的需要是超越性、压倒性的,"瘿袋"的精神气质退化了,刘恒写了人最基本的生存条件和要求,写了存在决定意识的普遍真理。

新写实作品中人物的主体意识普遍较弱。如刘恒的《伏羲伏羲》,象征父权的杨金山肉体萎靡丧失了生殖力,有着硕大生殖器的杨天青在精神上先是畏缩后来直接垮掉,杨家两个男人的缺憾体现出男权的力不从心和男性文化的彻底衰败。如李锐的《厚土》系列,用"反叙述"的写作法则追求一种客观化的绝对真实效果,人物的自我意识被压制到最低限度,作品中简单粗粝的生活样态具有一种物质化的力量。"这里虽只有物象、事件和行为,行走的人们也像物体一样移动,他们的目的与动机似乎无关紧要,要紧的仅仅是现时的这种客观化存在。连那些情感记忆也变得物象化,李锐自我抑制式的写作却写出了一种抑制状态中的倔强生活。"[①]

(四)强调心理真实

新写实文学作品强调心理的"真实",避免作家情感的介入后,作品中还原的生活真相是属于人物的个人化的真实,叙述的细节上带有更多个性特征的感情色彩。刘恒的《白涡》看起来讲述的是男主人公周兆路与下属华乃倩发生婚外情和担任副院长的故事,但在这个物理叙事的同时,小说用大量的篇幅以周兆路为中心展开心理叙事,每一步情节的推进都伴随着细腻真实的心理推进,每到情节的关键节点,心理叙事的篇幅往往远大于情节叙事,所以这部小说的写实,既是知识分子现实生活的写实,更是知识分子心理世界的写实。现实生活所展示的新的理由、旧的道德全无作用,周兆路没能从与华乃倩的婚外性刺激中获得幸福,也没能实现官位提升后人的自由洒脱,

---

[①] 陈晓明:《反抗危机:论新写实》,见程光炜主编:《新写实小说研究资料》,百花洲文艺出版社2018年版,第189—190页。

他的心理越来越沉重，所以雷达称这部小说是一部精神悲剧。

储福金是新写实作家中对女性小知识分子的心理性格洞察得细致入微的一位，发表于1992年的《与其同在》属于新写实的流风余韵，仍可以视作新写实文学强调心理真实的代表作。厌恶庸俗而离婚独居的齐雅真处于"平静/骚动，寂寞/喧哗，压抑/反压抑"心理状态的临界值，小山子的破窗而入打破了齐雅真心理的蒙蔽状态，"使叙事从主体的心理学时空向客体的文化学层面位移"，小山子"始终怀着乡村对城市的陌生感和敌视进入齐雅真的生活，他是个冷静的旁观者，一个疯狂的复仇者，他对齐雅真的虐待乃是乡村对城市实施的一次心理学折磨""齐雅真杀死的不是一个来自乡村的偷儿，而是她超越现实的全部愿望，是现代城市对现代乡村的彻底拒绝"。[①]

三、意义与局限

（一）意义

20世纪八九十年代，是中国社会迈向城市化、市场化的历史转折时期，新旧体制的碰撞产生了大量新鲜的日常生活和现实问题，成为新写实文学的重要表现内容。新写实文学使写实的方法重新成为文坛的主流，为日常生活的书写缔造了一个辉煌的范例，其积极作用和重要意义主要体现在如下几个方面：

在精神内涵方面，新写实"使生活现象本身成为写作的对象，作品不再去刻意追问生活究竟有什么意义，而关注于人的生存处境和生存方式，及生存中感性和生理层次上更为基本的人性内容，其中强烈体现出一种中国文学中过去少有的生存意识"[②]。新写实将文学从教化与拯救的高地拉回地面，普通人代替具有政治情怀和英雄气质的人物，被提升为文学的重点表现对象，

[①] 陈晓明：《中国新写实小说精选》，甘肃人民出版社1993年版，第220页。
[②] 陈思和：《中国当代文学史教程》，复旦大学出版社2020年版，第307页。

人的琐碎的、意义不明确的日常生活取代宏大主题的、意义明确的政治生活成为文学书写的主要内容，面对生活的真实，面对具有物质基础的人，文学开掘出人类自我生命的崭新体验，这是一种感性诗学的彰显，有效弥补了此前文学创作中过度强化生命的理性意义的缺憾。李洁非、张陵以为："古典哲学赋予历史的理性必然被超理性的过程随机性和可能性取而代之，崇高赋予人的理想的自主性也被世俗生活中人的受动性取而代之。总之，人不再成为人的抽象理想，不再在身外寻找自己假定性的存在；也不存在一个彼岸世界和此岸世界的割裂对立，故而不必要为自己树立一种称为超人和英雄的目的性献身使命——人之成为人自身，成为是怎样就怎样的俗人。"[①]

在个体表现方面，新写实文学体现了作家对人的生命本体的全面理解和尊重。完整的人类生活，包括具有统一性、共时性的集体生活，也包括碎片化、差异化的私人生活。一方面，新写实通过彰显私人生活，展示人类生活的完整性。私人生活的个人化得以体现，个体的事件不需要去和集体的事件进行本质与数量的角逐，它代表个人，个体存在的意义被突显出来；私人生活的世俗性被彰显，密密匝匝、琐琐碎碎的生活事实包裹着人，哪怕个人的生活事实没有宏大叙事意义重大，新写实也并不特别在意从意义这个维度来呈现事件。这些个人所经历的生活，体现了人的身心存在的统一性。另一方面，新写实文学在反英雄书写、反崇高书写的追求中，将个体从伪饰、教化的社会历史环境中分离出来，展示普通人——普通的工人、农民、市民、小知识分子和小官员物质生活上的困乏与精神生活的"艰辛的尴尬"，并不惮于深挖生活密匝处的丑陋、无聊的一面。

在时代呈现方面，新写实文学重视对现实生活的密切关注和及时反应，为当代文学与消费社会之间建立了有效的互动关系。新写实放下文学居高临下的倨傲的指导姿态，以较低的身段钻进时代的内部，扭转了当代文学对现

[①] 李洁非、张陵：《1985中国小说思潮》，《当代文艺思潮》1986年第3期，第15页。

实生活表现不足、思考不深的局面；它以近身的姿态发现社会生活和审美对象随着时代转型而发生的巨大变化，也改变了当代文学远离现实、忽略人生的突出问题。新写实直面历史转折时期变化莫测又丰富驳杂的现实生活，表现时代变局下情态各异的芸芸众生相，呈现社会转型时期个体率真而丰盈的生命状态，也在对人生存状态与生存环境关系的思考中，剖断社会体制、历史文化和传统观念的得失成败。

（二）局限

第一，理想主义的缺失：新写实文学思潮受到世俗化的大众文化观的影响，过度关注个人在日常生活中的琐事，沉溺于对个体生活的深入呈现，未能保持适当的观察距离，缺乏必要的审视眼光和反省意识，"小说中的人物不仅没有抵抗权力和反思权力的意识，反而孜孜不倦地处于施受权力的关系中，并自觉地接受社会主流观念对人的思想意识的影响和规训"[1]。同样写中年人的烦恼生活，同样面临事业瓶颈、住房逼仄、子女幼小等现实的困扰，《人到中年》的女主人公陆文婷始终保有理想主义的精神漫游，《烦恼人生》的主人公印家厚则缺乏这种精气神，他为现实所累的时候是随波逐流的。理想主义的失落与精神世界的平庸，当然就止步于物质性的满足和感官刺激的张扬，这样新写实文学"失去了中国文学传统上那种社会问题小说的尖锐性和震撼力"，"没有充分揭示应该怎样活法的人生价值信念，因而它失去了人生小说那种应有的宏大涵量和思想的深度"[2]。

第二，审美经验的褊狭：新写实文学在对普通人的个体化生存经验和存在境遇进行展示的时候，服从日常生活的审美经验，以日常生活的审美价值

---

[1] 陈小碧：《"生活政治"和"微观权力"的浮现——论日常生活与新写实小说的政治性》，《文学评论》2010 年第 5 期，第 51 页。

[2] 张韧：《寻找中的过渡性现象——新写实小说得失论》，《文学评论》1992 年第 2 期，第 9 页。

为准则，它关注人的生存层面，而不是人生层面，"人的本能本性，写得何等逼真何等生动何等生活化，但没有社会人生的灌注，它犹如血脉断路，欠缺了生气和灵性，失去了艺术深度"[①]。新写实用感性的审美体验再现个人的生活事实，而不会进入理性的提炼和升华，因此它往往是微观的、物质的、形而下的，而难以进入宏观的、精神性的、形而上的层面。

第三，思想意蕴的单薄：新写实文学主张作家情感的零度介入，压制叙事的情感以还原生活的本来面目，原生态地呈现人的生存方式，展示底层人的"艰辛的尴尬"，这样就模糊了生活事实的是非善恶，淡化了生活的意义感。这表明新写实基本放弃了传统的"文以载道"的精神道义，缺乏深度思考的意愿。

第三节　新历史主义"新"在哪里？

1985年往后，新历史小说不断发展壮大，与西方兴起的新历史主义文化思潮相呼应，形成了新历史主义文学思潮。我们有重史的文学传统，对历史的书写在中国文学史中占据着重要的地位，为什么这一次叫作新历史主义，"新"在哪里呢？新历史主义文学兴起十余年，经历了历史观从颠覆到建立、从解构到建设的过程。解构是新历史主义的核心思想内涵，体现在对历史理性的解构、对集体话语的解构和对反映论的解构三个方面。

[①] 张韧：《寻找中的过渡性现象——新写实小说得失论》，《文学评论》1992年第2期，第13页。

一、背景与发展历程

（一）背景：创作主体意识的觉醒

大约从 1985 年开始，新时期文坛上陆续涌现出莫言的"红高粱"系列，乔良的《灵旗》，权延赤的《狼毒花》，格非的《敌人》《迷舟》，苏童的《妻妾成群》《红粉》，周梅森的"战争与人"系列，叶兆言的"夜泊秦淮"系列等一大批书写历史的小说。这些小说所选取的题材大致限制在民国时期的非党史题材范围，有意识规避掉被历史反复书写过的重大革命事件。与传统的历史小说往往以真实的历史事件作为支撑不同，这类作品的时空背景较为模糊，人物和故事也多无从考证。这种不顾及史实和证据的创作，彻底改变了人们进入历史的方式，因此被称为"新历史小说"①。新历史小说不断发展壮大，与西方兴起的新历史主义文化思潮相呼应，形成了新历史主义文学思潮。

新历史小说无意于为历史作传，乃是借助特定的历史时空来自由地表达对人的存在与命运的思考，陈思和认为"新历史小说与新写实小说同根异枝而生，只是把所描写的时空领域推移到历史之中"②，可能是基于这一层面的考虑。这一思潮的形成，创作主体意识的觉醒是重要背景。本章第一节论及，20 世纪 80 年代中期的思想界，伴随着改革开放后时代的进步、西方思潮的

---

① 到底是"新历史小说"还是"新历史主义小说"，命名存在争议，主张前者的认为这种创作现象与欧美新历史主义理论没有直接联系，主张后者的认为其"与新历史主义保持着某种精神上同气相求的亲缘性和方法策略上彼此彰显的通约性"。（参见张进：《新历史主义文艺思潮的思想内涵和基础特征》，《文史哲》2001 年第 5 期，第 26 页。）本章认同后者的观点，但为了论述的方便，采用目前更广为接受的"新历史小说"的命名。

② 由于所处的历史时期相近，新历史小说与新写实小说在意义与局限上有相似之处，但它们是在思想内涵和艺术风格上差别巨大的两个流派，其背后支撑的文学思潮也迥异，具体参见第二节和第三节的第二部分。（陈思和观点参见《中国当代文学史教程》，复旦大学出版社 2020 年版，第 309 页。）

引进和国内观念的解放,作家的个体意识被日益唤醒,他们纷纷破除原有的文学教条,揭开被遮蔽的人生事实和人性面貌,张扬强盛的主体创造精神。

一般会把西方新历史主义文化思潮的引进和接受当作中国新历史主义思潮生成的理论背景。西方新历史主义文化思潮的代表人物斯蒂芬·格林布拉特（Stephen Greenblatt）于1982年打出新历史主义的旗号,他们提出在文学批评实践中反拨形式主义和旧历史主义的传统,强调政治权力、意识形态、文化霸权等文学外部因素的重要性,把文学与人生、文学与历史、文学与权力话语的关系作为自己分析的中心问题。新历史主义的"历史—文化转型"批评方法的确立,显示出西方马克思主义、福柯哲学、女权主义等复杂的精神谱系,决定了新历史主义独特的解构和批判立场。值得指出的是,新历史小说对这些方法的使用早在新历史主义思潮传入之前就已经开始了："虽然作为理论形态的新历史主义在当代中国的出现基本上是90年代的事情,但是作为新历史主义的方法论基础的结构主义和后结构主义的出现,却是在80年代。中国当代的知识分子当然可以借用结构主义、后结构主义、存在主义、精神分析学等理论来改革他们的历史叙事,而不必要等到现成的'新历史主义'理论输入之后。"[①]

另一位代表人物海登·怀特指出历史学家按照时间的先后顺序排列历史事件的编码方法未必能获得客观的历史,历史不是唯一的权威性言说,历史真相是一个无法企及的存在,人们可以根据自己的知识结构和视野,对历史进行重新编码。这种对待历史的方法和观念,动摇了此前规训我们多年的传统历史观,为作家们提供了新的文化资源,进一步激发了他们重新发现和整合历史的热情、信心与方法。

---

① 张清华:《莫言与新历史主义文学思潮——以〈红高粱家族〉〈丰乳肥臀〉〈檀香刑〉为例》,《海南师范学院学报》（社会科学版）2005年第2期,第36页。

（二）发展历程：颠覆—建构

新历史主义思潮兴起10余年，是一个逐步发展的过程，经历了历史观从颠覆到建立、从解构到建设的过程。这一过程大致可以分为三个阶段，不同阶段分别体现出精神诉求的不同内涵。

1. 兴起阶段

这一阶段主要在1985年前后，以莫言、乔良、周梅森、权延赤为代表，他们以鲜明的个人化方式和民间姿态重新审视历史，将创作主体的生命情感投之于普通人，传达个体生命在想象或真实历史中的跌宕浮沉，延续了寻根的启蒙主义，呈现出历史启蒙主义的思想冲动。如周梅森的"战争与人"系列充满怀疑和解构的意味，将人置于战争的极端环境中，再现阴暗、潮湿的环境与死亡降临的残酷。又如乔良的《灵旗》，以青果老爹闪回的视角，于历史的支离破碎中暴露战争的惨烈与人性的黑暗。

新历史小说滥觞于莫言的《红高粱》，"与寻根小说家们热衷于追寻'风干'了的'文化风俗'的兴趣有明显的不同，莫言在这些作品中表现出了强烈的历史倾向，可以说，从'文化主题'转向'历史主题'，《红高粱家族》是一个标志。而且它所讲述的民间抗日故事，可说是这类小说中第一部刻意与'官史'视角相区分的作品"[①]。因此，它也是新历史小说的代表作。小说以强烈的主观情感、丰沛的激情笔墨展示高密东北乡质朴、豪迈、顽强的民间生命力量，塑造了一个藏污纳垢而又无比辉煌的民间世界。

2. 发展阶段

从1987年开始，先锋作家苏童、余华、格非、叶兆言等人纷纷转向新历史小说的创作，他们以先锋惯用的现代审美观念介入历史，全面解构历史的意识形态价值，破坏历史的时间价值。作家们沉迷于历史的褶皱和细节，

[①] 张清华：《莫言与新历史主义文学思潮——以〈红高粱家族〉〈丰乳肥臀〉〈檀香刑〉为例》，《海南师范学院学报》（社会科学版）2005年第2期，第37页。

不再关心历史的可勘正性和历史与个人的巨大冲突，也放弃了对历史的反思和崇高精神的构建，转而以普通人的命运走向和人生景观作为书写的重点，用个人想象的艺术真实取代历史的真实。

苏童的小说中，《1934年的逃亡》看似坐标了明确的时间年份，实则是没有特殊意义的虚幻的年代背景；《罂粟之家》破坏了历史的时间，以欲望作为叙事推动力来审视现代革命的进程；《妻妾成群》《妇女生活》《红粉》等作品延续了苏童对普通女性的关注，对她们生命本真状态下的悲凉与创痛加以艺术的想象。余华的《鲜血梅花》和《古典爱情》故意打着古典的幌子来表现现代人的情感，反叛了古典小说的意义指向；格非的《迷舟》消解了北伐军与孙传芳部队之间正义与非正义的对立，也破坏了小说开头"1928年3月21日"这个具体时间的确定性，偶然事件和失控命运成了重要的事实；叶兆言的"夜泊秦淮"系列，选取了诸如淞沪抗战、北伐战争这些具有重大历史意义的时间，但作者却只关心普通人的命运遭际和秦淮河的风流遗韵。这一时期还涌现出一大批"土匪小说"，如杨争光的《黑风景》《赌徒》《棺材铺》，尤凤伟的《金龟》《石门夜话》，池莉的《预谋杀人》，廉声的《月色狰狞》，李晓的《民谣》，贾平凹的《晚雨》《白朗》《美穴地》，这些小说一方面体现出大众文化的猎奇心理对文学创作的影响，但更主要的在于，在不可勘正的历史之中，土匪题材的特殊性更有利于审视民间的价值信念，展示原始生命和个体欲望的极致，体现人性和文化之间的复杂纠葛。

3. 回归阶段

1992年前后，新历史小说出现了较大的内部分野：一条是刘震云的《故乡天下黄花》《故乡到处流传》和李锐的《银城故事》仍然体现出解构和颠覆历史的创作路径，一条是李冯的《武松打虎》《孙行者》《孔子》等作品对经典文本进行二次创作，从而形成二者之间的互文效果和对话关系。第三条以陈忠实的《白鹿原》、王安忆的《长恨歌》、张炜的《家族》、迟子建的《伪满洲国》、刘醒龙的《圣天门口》、铁凝的《笨花》等为代表，体现出更多新历史小说家开始以建构者的姿态重铸历史主体。

陈忠实写《白鹿原》"内心是希望借助传统文化中的某些重要价值体系，在审时度势之中，直接回应纷乱历史中所出现的各种灾难"[①]。儒家文化精髓的代表朱先生以及他的立身之所白鹿书院，成为历尽劫难的中原大地最后的救赎之力。小说在重述历史的时候，既没有沉迷历史理性的自得来展示历史必然性，也超脱出历史偶然性的迷茫与宿命感，通过儒家传统文化的示范与坚守，展现出强大的悲悯情怀与救赎意愿。张炜的《家族》在深度剖析革命信仰与个人命运之间的矛盾纠葛时，毫不回避革命理想与事实走向的相悖与不协调，并试图从正面的角度不断地进行追问。所以张清华认为"《家族》实际上是一部从局部重写革命的书，一部从正面恢复革命的光荣内涵并写出其作为局部与个体行为的历史复杂性的书"[②]。类似的写作还有很多，作家们一方面秉承了新历史主义的基本观念，以无可考证的小人物和微观的日常生活重构历史，另一方面也放大自己的视野直面波澜壮阔的历史大局，彰显出某种"史诗性"的追求。

二、思想内涵与艺术特征

（一）思想内涵

新历史主义文学思潮以革命历史小说为前文本，具有明显的后现代解构色彩，陆贵山认为它"实质上是一种文本历史主义，是一种与历史发生虚构、想象或隐喻联系的语言文本或文化文本的历史主义，是一种带有明显的批判

---

① 洪治纲：《民族惊魂的现代思考——重读〈白鹿原〉》，《南方文坛》2007年第2期，第47页。

② 张清华：《历史的坚冷岩壁和它燃烧着激情的回声——读张炜的〈家族〉》，《理论与创作》1996年第4期，第57—58页。

性、消解性和颠覆性特征的后现代主义的历史主义"[1]。解构是新历史主义的核心思想内涵,具体表现在如下三个方面:

第一,对历史理性的解构:新历史主义在三个方面解构了以往建立的历史理性。首先,在历史观上,放弃了激进的进化主义历史观,走向虚无主义的历史观,强调历史中的偶然性对历史的独立意义。《妻妾成群》《一九三四年的逃亡》"突出个人历史无边的丰富性和模糊性,进而使探索历史规律的努力变得可笑"[2];《尘埃落定》"主人公一生都为神秘的偶然性所支配",历史被描绘成一个莫名其妙的过程[3]。其次,在时间观上,新历史放弃了浓缩的线性时间,它所表现的时间往往是破碎化与个人化的,如《迷舟》中的时间随着萧的情绪波动而变动节奏,时间结构在这里内化为个人化的心理时间;《灵旗》也展示了红军逃兵的个人时间:历史中长期被忽略的个人时间、文化时间和心理时间被推到前台。再次,历史的主体也从"英雄的历史"到"平民的历史",历史的主体具有反英雄特色,主人公不具备英雄性,而革命者往往牺牲得不明不白,比如《相约在K市》里的革命青年刘东莫名其妙被自己人杀害了。

第二,对集体话语的解构:其一,新历史主义强调叙事的主体意识,所以在叙事方式上往往采用显性的主观叙事方法。比如《红高粱》中有意突出"今天""事后"的后设叙事法;格非的《大年》中使用了利用空白来打破历史完整性的迷宫叙事法;苏童的"枫杨树系列"以人物心境和状态的主观推测来呈现历史的抒情化主观叙事法;《鲜血梅花》《花腔》中戏仿武侠小说、侦探小说的客观叙事法。其二,重视历史小说中的小说性、虚构性,轻视"历

---

[1] 陆贵山:《新历史主义文艺思潮解析》,《中国人民大学学报》2005年第5期,第132页。

[2] 刘川鄂、王贵平:《新历史主义小说的解构及其限度》,《文艺研究》2007年第7期,第13页。

[3] 刘川鄂、王贵平:《新历史主义小说的解构及其限度》,《文艺研究》2007年第7期,第13页。

史性",求野史而尽量忽略正史,即使如《白鹿原》这样具有史诗规模的作品,也在写作方法上选择"民族秘史"的写法而舍弃了"民族寓言"的写法,以达到对正史的适度消解。

第三,对反映论的解构:新历史主义通过三种方式解构革命历史主义小说的艺术反映论:其一,对历史情境做淡化处理,新历史小说的环境是雷同的,即使给出了一个具体的年份乃至日期,这个日子也往往不代表具体的历史事件或历史意义。时间环境和历史人物的互动关系很差,像"枫杨树系列"这样抒情性浓郁的作品更是如此。其二,历史景观欲望化,欲望和个体的生存需求是人物的行动指引,如周梅森的《国殇》、刘震云的《故乡天下黄花》中的权力欲望,周梅森的《黑坟》中的物质欲望,《罂粟之家》《米》中的情欲,也有《红高粱》中生命野性的爆发。其三,悬置意识形态话语,对于敏感问题避而不谈,特别在新历史主义的兴起阶段,对历史解读持一种中立的非主流姿态。

(二)艺术特征

新历史主义思潮是多种因素合力作用的结果,在十几年的发展中形成了相近的艺术特征,具体表现在如下四个方面:

第一,主体意识的理性化。新历史小说家们始终怀有明确的主体意识,质疑业已形成的历史,试图用理性精神支撑自己拨开历史的迷雾,剥离加诸历史材料上面的主观色彩,呈现出现代意义上的历史真实。在莫言的新历史小说中始终凸显着明确的主体意识,《白鹿原》《圣天门口》这些带有强烈史诗意味的小说,也同样表现出创作主体强大的理性精神。

第二,叙事立场的民间化。新历史主义漠视正史写作正襟危坐的姿态,张扬野史的精神,具有坚定的民间叙事立场,这在一定程度上减弱了新历史小说的浮躁与功利色彩，使作品"获得温馨、实在、动人的民间品格"[1]。首先，他们采取中立的叙事立场，模糊人物之间的阶级界限，从民间视角来平等地看待人物，用人道主义立场来评判人的功过是非，类似刘震云的"故乡系列"、周梅森的"战争与人系列"，回到了人性、人本的角度。其次，他们在历史的细部、局部着眼，进行家族史、村落史、个人史的写作，完成了从宏观到微观的叙事立场转圜。如张炜的《古船》写洼狸镇几十年的历史变迁与起落沉浮，周大新的《第二十幕》写丝织为生的尚家一百年来为织出艺盖天下的霸王绸而付出几代人的心血，苏童的《妻妾成群》甚至只写陈家大院几个姨太太之间的命运浮华。

第三，历史真相的想象化。新历史主义文学思潮强调叙事的主体意识，而不信赖历史事实的客观性。他们认为历史事件在被编码的过程中会受到各种干扰而无法原样呈现，因此，文本上的历史很难是发生过的历史事件的原貌呈现。既然既有的历史不值得信赖，周梅森、莫言、余华、苏童、刘震云他们在讲述历史的时候，就敢于大胆地发挥自己的想象力，凭借艺术的加工，再造一个个带有创作主体个人色彩和审美特质的历史故事。所以他们喜欢选择第一人称的叙述视角，《红高粱》以"我"来讲述"我奶奶"与余占鳌的传奇，《我的帝王生涯》中"我"讲述我自己的传奇人生，《活着》虽然不是第一人称，也是福贵自我回忆的视点。

第四，理想追求的隐喻化。与新写实"生活的原生态"展示和情感的零度介入不同，新历史主义对理想的人性和生存状态是有期待的，只不过他们多以隐喻的方式表现出来。首先体现在塑造了一批具有优秀品格的正面人物。他们心态正直，胸襟宽大，性格顽强，展示出人性温暖与光明的一面，他们往往深谙古老民族文化精神的精髓，寄寓了作家对理想人性的期盼。如《古船》中的隋抱朴终生都在为洼狸镇人的幸福生活而不懈努力。其次体现在暴

---

[1] 曹文轩：《20世纪末中国文学现象研究》，北京大学出版社2002年版，第218页。

露、批判了作品中的人性恶。新历史小说不惮于对人性晦暗与粗陋的一面做大规模、多角度的呈现，在家族史和村庄史的写作中存在着无尽的斗争、暗算、出卖、报复，这其中就蕴含着作者的批判态度，以相反的面向展示对美好人性的追求。最后体现在通过人物的平和、达观的人生态度展示隐喻的理想人格。《活着》中的福贵在七十年的生命历程中遭遇贫困、厄运、病痛和亲人接二连三的死亡，但福贵和他的家人不怨天尤人，乐观、坚忍、平和地埋头过好自己的日子，这其中就蕴含着作家对理想人格的期许。

三　意义与局限

（一）意义

新历史主义思潮解构了革命历史写作的方法，解放了历史叙事，打破了历史本质主义的一元化观念，张扬了历史叙事的主体性，具有重要的意义。

首先，新历史主义思潮促进了历史叙事的多元化。"在政治目的论意识形态体系中，正统历史小说正确地抓住了社会历史变动中最为核心的一面，但同时它又遭到了来自政治本位观和目的论价值观的双重挤压，使得有着现实的丰富性的历史在历史小说文本中凝化为单一的社会政治图景，被进行了'当代性的抽取与改造'。"[1] 新历史主义思潮试图打破历史的一元化，通过虚构与想象，表现历史的多种可能性，实现多元化的历史叙事方式。

其次，新历史主义思潮彰显了人的主体意识。它彰显了作家的主体意识，"新历史小说作家就是在这种主体化过程中，发挥自己的艺术内省力，挣脱被史实牵制的困顿局面，而将庞杂的历史现象沉淀于作家的艺术心理结构中进行选择"[2]。作家从历史的旁观者变成了主体介入者，想象力被充分激发，作家的创作热情和审美能力被激活了。同样被激发出来的还有小说人物的主

---

[1] 舒也：《新历史小说：从突围到迷遁》，《文艺研究》1997年第6期，第62页。
[2] 洪治纲：《新历史小说论》，《浙江师范大学学报》1991年第4期，第22页。

体性，他们从阶级关系、观念性的历史中解放出来，展示出鲜活的、真实的生命力，不论人物角色的正反和身份的高低，新历史小说的人物群像充满了生命的激情，新历史主义塑造了一群生机勃勃的人。

（二）局限

新历史主义文学思潮的局限也很明显。王岳川等学者曾从理论源头对新历史主义文化思潮进行过理论缺失和文化诗学的批评，本文主要分析作为文学思潮的新历史主义的局限性。

首先，新历史主义放大了"偶然性"和"欲望"这两个因素。"在新历史小说创作中，不少作家对人性的理解，都还有意无意地停留在'动物性'本能与'自然生命力冲动'这个层面，人性的形而上学、人的社会属性被剥离出革命的叙述话语。"[1]因此，历史从宏大叙事的层面走向了欲望与宿命的另一个极端，陷入物质、性、权力的欲望泥潭，严重削弱了人精神存在的历史意义。

其次，新历史主义也存在人道主义的工具化倾向：革命的与反革命的，在道德层面上难分轩轾。许多作家的写作中存在着"为反而反"的隐性思维：凡是革命历史小说反对的，就是我所赞成的，反之亦然。新历史小说中有着大量恶贯满盈、阴险狡诈的农民和秉持民族气节、坚守传统道德的地主，周保欣认为"作家们如此颠倒经典革命历史小说的阶级道德设定，其根据不在道德'阶级论'荒谬的知性自觉，而在内心捣毁神像的顽童式撒欢"[2]。人道主义成了部分作家革命狂欢化和消费意识形态的工具。

---

[1] 周保欣:《道德革命与"革命"的道德——新历史小说革命书写的思想检视与审美反思》，《文艺研究》2010年第4期，第10页。

[2] 周保欣:《道德革命与"革命"的道德——新历史小说革命书写的思想检视与审美反思》，《文艺研究》2010年第4期，第14页。

最后，新历史主义思潮本身并不是历史虚无主义，但后现代的解构风潮经由新历史主义和先锋文学的推波助澜大行其道，无深度、非理性的犬儒主义盛行，历史成了"任人打扮的小姑娘"，丧失了应有的庄严感，陷进了虚无主义的泥淖。这对于具有深厚民族历史传统的中国来说，是一种深重的伤害。所幸在新历史主义思潮的回归阶段，久违的启蒙理性返场，将新历史小说推向新的境界。

◎学习要点

1. 关键术语：新写实文学、新历史主义文学。

2. 理论基础：后现代主义、新历史主义。

3. 重要观点：20世纪80年代中后期，伴随着大众文化的兴盛和后现代主义的兴起，精英文化的启蒙意愿与宏大理想日益衰退，文学中世俗生活返场，私人话语凸显，新写实文学和新历史主义文学成为当时最重要的文学思潮。

◎思考讨论

1. 新写实文学走向没落的原因是什么？

2. 新写实文学与新历史主义文学的本质区别是什么？

3. 联系一位新写实文学或新历史主义文学的代表作家，以小组为单位进行对谈，要求提前阅读作品、研究资料并思考问题。

◎拓展阅读

1. 程光炜主编，孟远编：《新写实小说研究资料》，百花洲文艺出版社2018年版。

2. 程光炜主编，白亮编：《新历史小说研究资料》，百花洲文艺出版社2018年版。

3. 陈晓明选评：《中国新写实小说精选》，甘肃人民出版社 1993 年版。

4. 王彪选评：《新历史小说选》，浙江文艺出版社 1993 年版。

◎作者简介

刘秀丽，华南农业大学教师。中山大学现当代文学博士。主编《读懂广州：小说分册》，主编、参编国家规划教材多部，公开发表论文 30 余篇。主持省级科研项目 2 项，校级科研、教研项目 6 项。

【第四章】
生态文学思潮

随着贾平凹的《怀念狼》、姜戎的《狼图腾》、韩少功的《山南水北》、华海的《华海生态诗抄》、侯良学的《让太阳成为太阳》《自然疗法》、阿来的《云中记》《三只虫草》《蘑菇圈》、杨文丰的《自然书》等作品在21世纪的陆续出版,生态文学作为一股文学思潮日益清晰地呈现在大众面前。那么,什么是生态文学?它与一般描写自然的文学作品有何本质差别?学术界一般将全球范围内生态文学的兴起,归因于1962年美国作家蕾切尔·卡森《寂静的春天》的出版,认为这标志着世界生态文学时代的到来。当《寂静的春天》在西方社会引起人们普遍关注时,中国当时正处于极左思潮不断升级的氛围中。1972年联合国人类环境会议召开时,中国对于生态环境问题还没有足够的认识:"大会召开的时候,我国正值十年动乱时期,人们的脑子里充满了极左的情绪","那时候,我们相信,并不存在什么世界性的环境危机和生态危机,有的只是资本主义制度的危机;公害是资本主义罪恶制度的产物,社会主义制度是不可能产生污染的"[①]。这种思想观念的存在,给我国的生态文化的传播和生态文学的创作带来了负面的影响。改革开放之后,中国社会、经济取得了飞速发展,人民物质生活水平不断提高,但也由此带来了严重的生态环境破坏问题,如水土流失、土地荒漠化、土地重金属超标、草场退化、水资源污染、雾霾现象、物种灭绝、温室效应等,引起了国家和社会的高度重视。于是从20世纪80年代初期开始,一些具有强烈社会责任感和危机意识的作家,在文学作品中关注人与自然的关系,关注工业化生产与现代化发展对生态环境带来的影响,中国当代生态文学逐渐兴起。

学术界在描述这一类以人与自然关系为主题的作品时,使用的名称较多,如生态文学、环境文学、自然写作、绿色文学、环保文学、公害文学、非人类写作等。其中生态文学是最为常见的命名,并且产生了较为广泛的影响:

[①] 曲格平:《序》,[美]芭芭拉·沃德等:《只有一个地球》,吉林人民出版社1997年版,第2页。

"生态文学是以生态整体主义为思想基础、以生态系统整体利益为最高价值的考察和表现自然与人之关系和探寻生态危机之社会根源的文学。生态责任、文明批判、生态理想和生态预警是其突出特点。"[①]应该看到，绝对意义上吻合上述定义的生态文学作品并不多见，更多的作品则在表现生态环境问题之际还同时存在着其他的叙事话语、思想内涵。考虑到中国当代生态文学的发展现状，我们主张以一种较为宽容的视野来看待这类作品，即认为生态文学是站在人类或生态系统利益的基础上，通过对人与自然关系的描写反映人与社会、人与人、人与自我的关系，表现人类所面临的自然生态危机和社会精神危机，以生态整体主义的眼光、生态学科知识对现实生活中的生态问题做出科学或文化剖析以探寻生态危机之社会根源、寻求解决之道的作品。本文中所涉及的生态文学是一种广义的生态文学，即只要体现了上述特质的作品都被纳入此范畴之内，也可称之为泛生态文学。

第一节
中国生态文学是古代天人合一传统的延续吗？

中国当代生态文学从 20 世纪 80 年代逐渐发展，到 21 世纪后已经成为蔚为大观的文学现象。但是分析中国当代生态文学兴起的原因时，却出现了两种差别较大的观点。一种观点认为中国生态文学受到西方生态文化思潮和生态文学的影响，是一种对于世界性生态文化的反应与回响，而中国古代的自然书写尚不具备今日的生态文化意义："我把生态文学的源头追溯到 18 世纪吉尔伯特·怀特的《塞尔伯恩博物志》，认为生态文学产生的根源是人与自然曾经相对和谐稳定的关系遭到严重威胁，人类产生了生态焦虑、生态

[①] 王诺：《欧美生态文学》，北京大学出版社 2003 年版，第 11 页。

忧思，具有紧迫感，力图阻止人对自然破坏的势头，扭转人与自然之间的关系，探寻走出生态危机的文化路径，以重拾人与自然曾经和谐、稳定、永续的关系。生态文学常常蕴含一种或隐或显的生态焦虑感与生态危机意识，因而时常表现出生态救赎的冲动。《塞尔伯恩博物志》具有明确的生态指向，充满了生态焦虑，有一种'黑云压城城欲摧'的紧迫感。由此看来，中国有的学者把陶渊明看成生态文学家，甚至把老子也看成生态哲学家，这是不太妥当的，因为在陶渊明和老子那个时代，人与自然的关系没有紧张到危机的程度，更没有生态危机问题。"[1] 另一种观点则认为中国古代具有天人合一、道法自然的文化传统，古代文学作品中已经形成了对于人与自然关系的书写，这种思想观念对于当代作家具有潜移默化的影响，在书写自然时赋予了作家以文化底蕴和写作资源："天人合一是华夏文化的世界观，中国古典诗学即矗立于此深刻、稳固的世界观之上。对陶渊明、王维、孟浩然、李白、杜甫、苏轼等古典诗人而言，天人合一始终是生活的终极理想，也深刻影响着其诗学建构。当代生态诗人非常自觉地继承了华夏文化的天人合一传统，他们重建了生态整体观，尊重自然、尊重生命，极力揭露现代文明造成的种种生态危机，批判破坏自然生态的恶劣行径，呼唤生态意识的觉醒，重建人与大自然的和谐关系，为生态文明的建立忧心如焚。"[2] 那么，哪一种观点更贴近中国生态文学的历史现场？抑或两种观点都有其特定语境下的合理性？

不同文化之间的对话，赋予了文学创作以艺术活力与思想动力，这种相互交流、撞击与整合的过程丰富了文学创作的世界性因素。在中国当代生态文学发展过程中，西方生态文化起着重要的作用。中国当代生态文学的发展与西方生态思想和文学的影响有着密切的关系，西方生态文化和文学作品的

---

[1] 胡志红、何新：《将生态批评写在广阔大地上——胡志红教授访谈》，《鄱阳湖学刊》2022 年第 2 期。

[2] 欧阳澜、汪树东：《传统生态智慧在当代生态文学中的赓续》，《华中科技大学学报》（社会科学版）2018 年第 5 期。

输入开拓了中国生态作家的视野，对他们建构起生态文学的思维起到了积极的影响。众多西方生态文学与理论著作的引入，极大地提升了中国作家对于自然生态的伦理价值、审美意义的认识。在西方生态文化的刺激与催化下，中国传统文化中蕴含着的生态思想萌芽，如万物平等、节用爱物等观点也重新为人们所重视。可以说，中国当代生态文学的发展得益于中西文化的双重滋润，才结出了一批富于生态气息的自然之果。中国生态作家对于西方生态文化因素的吸收与借鉴，形成了一场中西生态文化的精彩对话，其中有许多问题值得我们做进一步的探讨。

蕾切尔·卡逊的《寂静的春天》于1979年由科学出版社出版之后并未引起人们的重视，这与其在西方社会引发的思想风暴存在着鲜明的反差。其中的原因或许在于，"我国虽然摆脱了极左政策的影响，但是对于生态问题的认识始终是勉强的、肤浅的，摆在第一位的始终是发展现代化，即以经济建设为中心"[①]。西方生态文学与理论作品在中国的传播，是文化环境、时代语境与社会发展等多种因素综合而形成的结果。20世纪80年代之后，中国对于西方生态文化与文学的译介工作持续不断地进行。中国当代的生态文学创作开始于20世纪80年代，而西方生态文学作品与理论的译介则稍迟一些。1982年，徐迟翻译的梭罗的《瓦尔登湖》由上海译文出版社出版；同年，梁晓声的《这是一片神奇的土地》发表，艾特玛托夫的《艾特玛托夫小说集》翻译出版。1983年，米都斯的《增长的极限》由四川人民出版社出版；同年，邓刚的小说《迷人的海》、李杭育的小说《最后一个渔佬儿》发表。1984年，舒马赫的《小的就是美好的》由商务印书馆出版；普里什文的《林中水滴》、列昂诺夫的《俄罗斯森林》和瓦西里耶夫的《不要射击白天鹅》翻译出版；同年，孔捷生的《大林莽》、郭雪波的《沙狐》、周涛的《巩乃斯的马》、于坚的《作品57号》纷纷创作完成。1985年，于坚的《那人站在河岸》发表。

[①] 汪树东：《生态意识与中国当代文学》，中国社会科学出版社2008年版，第21页。

1986年,《华兹华斯抒情诗选》和艾特玛托夫的《白轮船》出版,沙青的《北京失去平衡》引起社会的广泛关注;同年,徐崇温的《全球问题和"人类困境":罗马俱乐部的思想与活动》出版,对于人们了解同时期的世界生态思想与运动的发展起到了帮助作用。1987年,艾特玛托夫具有世界性声誉的作品《断头台》被翻译进中国,同年10月漓江出版社出版了李桅翻译的《断头台》,这是国内第一部该小说的中译本。两个月之后,外国文学出版社紧接着出版了由冯加翻译的《断头台》。同月,湖南人民出版社出版了由张永全、张泰康、李之基、沈灿星、关引光集体翻译的《死刑台》;惠特曼的《草叶集》亦在此时出版。同年,沙青的《皇皇都城》和《平衡木上的跳跃》再次引发人们对于环境问题的关注,于坚的《避雨之树》《黑马》,孙惠柱和费春放的《中国梦》也在这一年发表。1988年,中国文联出版公司推出了陈锌、陈宝辰、谷兴亚翻译的《死刑台》。10月,重庆出版社出版了桴鸣、述弢翻译的《断头台》。同年,沙青的《依稀大地湾》,徐刚的《伐木者,醒来!》,池田大作、贝恰的《21世纪的警钟》,埃伦费尔德的《人道主义的僭妄》《劳伦斯诗选》等纷纷发表、出版。1989年,世界环境与发展委员会编著的《我们共同的未来》由国家环保局外事办公室翻译出版,成为国人了解世界环境与发展问题的重要文献;麦天枢的《挽汾河》、刘贵贤的《生命之源的危机》、于坚的《阳光下的棕榈树》、哲夫的《黑雪》、过士行的《鱼人》也都在这一年发表或创作完成。在20世纪80年代的中国当代生态文学的发展历程中,虽然译介了诸如梭罗的《瓦尔登湖》等具有深远影响的杰出作品,并影响了之后苇岸、张炜、韩少功等作家的生态散文创作,但就整体而言,西方生态文学与文化作品对于中国作家的影响似乎并不显著。西方生态文学与文化作品进入中国之初,与当时的社会思潮和文化氛围并不吻合,因此呈现出一定程度的被忽视或误读的情况。

  进入20世纪90年代后,中国改革开放逐渐深入、现代化步伐急剧加快,中国的生态环境面临着巨大的压力,人们对于环境问题逐渐重视起来。进入

90年代，一大批西方的生态理论与文学著作被翻译进来，极大地促进了生态思想在中国的普及与影响。"中国20世纪文学发生和发展的文化语境与西方不同，它不仅是一种文化转型期的文学，而且是在各方面都直接受外国（主要指西方）文化思潮冲击和影响下的文学"，"在文学发展中，常常在并没有相应的文学创作实践作为基础，甚至文化阻力相当大的情况下，作为理论观念的意识首先进入了文学，继而才引起了创作上的变化和反响。所以，中国20世纪文学总是先有了'主义'的理论（虽然并非完备和完善的理论）和提法（虽然并非准确的提法），然后才有了这方面的创作；而且这种情况经常和所谓'真''伪'或者'是合乎同情'之类争论搅和在一起"。[①] 具体到中国当代生态文学的发生与流变，虽不能简单地说是先有了理论与主义的倡导然后才有了文学创作的普及，但是有一点是可以肯定的，西方生态理论的译介对于生态意识的传播、强化中国文学中的自然意识是有推动作用的。在这一时期内，爱默生的《自然沉思录》、布热津斯基的《大失控与大混乱》、狄特富尔特等编著的《人与自然》、海德格尔的《人，诗意地安居》、拉夫尔的《我们的家园——地球》、卢岑贝格的《自然不可改良：经济全球化与环境科学》、纳什的《大自然的权利》、萨克塞的《生态哲学》、戈尔的《濒临失衡的地球——生态与人类精神》、史怀泽的《敬畏生命》、沃斯特的《自然的经济体系——生态思想史》、辛格的《动物的解放》等理论著作大大拓展了国内读者对于生态问题的认识深度，生态学逐渐升温。

从1997年开始，吴国盛主编的《绿色经典文库》陆续由吉林人民出版社推出，其中包括一批影响深远的文学与理论著作，如梭罗的《瓦尔登湖》、卡森的《寂静的春天》、利奥波德的《沙乡年鉴》、康芒纳的《封闭的循环——自然、人和技术》、米都斯等的《增长的极限》、沃德等的《只有一个地球——对一个小小行星的关怀和维护》、杜宁的《多少算够——消费社会与地球的

[①] 殷国明：《导言：道通为一》，《20世纪中西文艺理论交流史论》，华东师范大学出版社1999年版，第3页。

未来》、缪尔的《我们的国家公园》、麦茜特的《自然之死——妇女、生态与科学革命》等获得广泛好评的著作，有力地推动了生态思想在中国的传播。在这些作品中，梭罗的《瓦尔登湖》无疑是热度最高的作品。事实上，除了吉林人民出版社这部散文集之外，1993年5月由中国社会科学院文学研究所、人民文学出版社和上海译文出版社组织出版的《外国文学名著丛书》中就收录了徐迟先生翻译的《瓦尔登湖》。此书受到读者和市场的欢迎之后，更多的出版社和译者投入对《瓦尔登湖》的译介、出版之中：1996年，由陈凯等翻译的《梭罗集》由北京三联书店出版，中间即收录了梭罗的名作《瓦尔登湖》；同年，花山文艺出版社将刘绯翻译的《瓦尔登湖》纳入《外国游记书丛》中加以出版，北京师范大学出版社出版了拉尔夫·安德里斯特（RalPh.KAndrist）改写，罗少茜、王遵仲翻译的《林中生活》；1998年，王光林翻译的《湖滨散记》由作家出版社出版。1991年，上海译文出版社出版了曹国维、徐振亚、吴健平合译的《断头台》。同时，河北教育出版社在编选《世界文学博览》丛书时，也由单继达选编了一部《艾特玛托夫作品精粹》，其中就收录了《断头台》的节选。与此同时，一大批的生态文学作品被翻译进国内，极大地丰富了中国作家和读者对于世界生态文学创作的认识。劳伦斯的《影朦胧——劳伦斯诗选》、巴赞的《绿色教会》、阿特伍德的《假象》、普里什文的《普里什文随笔选》、图尼埃的《礼拜五——太平洋上的灵薄狱》、阿斯塔菲耶夫的《阿斯塔菲耶夫散文选》、罗曼·加里的《天根》、勒克莱齐奥的《诉讼笔录》、莫厄特的《与狼共度》《鹿之民》《被捕杀的困鲸》、玛丽·雪莱的《弗兰肯斯坦》、拉斯普京的《别马焦拉》等作品在这一时期进入中国作家和读者的视野。西方生态理论与文学著作的引介，极大地拓展了中国文学对于自然生态的认识深度，艺术感觉敏锐的作家们更早地发现了生态危机的严峻降临，他们在自己的作品里鲜明地表达了忧虑之情。

如果说1990年至1993年还只是零星地出现了坚创的《避雨的鸟》（1990年）、哲夫的《毒吻》（1991年创作）、马役军的《黄土地，黑土地》（1991

年)、王治安的《国土的忧思》(1992年)、张抗抗的《沙暴》(1993年)等生态作品的话,那么在中国确立建立市场经济体制、加快现代化建设步伐之后的两年,生态文学的创作逐渐繁荣起来。光是在1994年,就出现了哲夫的《天猎》《地猎》、何建明的《共和国告急》、翟永名的《拿什么来关爱婴儿?》等一批生态意识鲜明、具有强烈批判精神的佳作。其后,更多的生态文学作品陆续出版,1995年至1999年短短数年间创作和出版的较有影响的生态文学作品就包括:张炜的《怀念黑潭中的黑鱼》、苇岸的《大地上的事》、于坚的《棕榈之死》《哀滇池》、陈桂棣的《淮河的警告》、李松涛的《拒绝末日》、王治安的《靠谁养活中国》《悲壮的森林》、李青松的《遥远的虎啸》、胡发云的《老海失踪》、方敏的《大绝唱》,等等。这说明,西方生态文学作为一种崭新的文学类型进入中国并产生广泛影响,是与中国现代化步伐的加快、生态环境的急剧恶化的社会事实紧密联系在一起的,是生态文学、文化与中国作家、读者产生了一种生命的依存感和心灵的共鸣,而非仅仅作为一种单纯的文学、文化范畴而接受。经过前期西方生态文学与理论的译介,生态文化激活了中国作家的思想观念与创作欲望,并以此来观照社会现实问题与精神生态,使生态文学在中国当代文学中得以从潜移默化的状态发展为蔚为大观的文学现象。西方生态文学与文化在中国当代生态文学的发生体现出的作用,在一定程度上说明了中国文学与社会现实问题的关联仍然十分紧密,愈演愈烈的生态危机激发了中国作家对于西方生态文学、文化的阅读兴趣和创作心理;与此相关,中国文学对于西方生态文学、文化的日渐浓厚的兴趣又加快了西方生态著作的译介与传播速度。这从一个侧面反映了文以载道文学观念对于中国作家的根本制约作用。

自2000年开始,更多的西方生态理论与文学作品被大量译介进来,其繁荣程度可谓空前:一方面,西方经典的生态著作或最新的生态作品几乎同时被引进过来,米沃什的《切·米沃什诗选》、华兹华斯和柯尔律治的《华兹华斯、科尔律治诗选》、阿特伍德的《"羚羊"与"秧鸡"》、罗尔斯顿的《环境伦理学》《哲学走向荒野》、麦克基本的《自然的终结》、庞廷的《绿色世界史》、拉德卡的《自然与权力——世界环境史》、莫斯科维奇的《还自然之魅：对生态运动的思考》、多布森的《绿色政治思想》、佩珀的《生态社会主义：从深生态学到社会正义》、巴克斯特的《生态主义导论》、弗里德曼的《世界又热又平又挤》等纷纷翻译出版；另一方面则是经典生态文学作品的重新再版。进入21世纪之后，《寂静的春天》不断获得了再版的机会：2000年，京华出版社出版了由吕瑞兰、李长生翻译的《寂静的春天》；2007年由吴国盛评点的《寂静的春天》由科学出版社出版；2008年，上海译文出版社再次出版了由吕瑞兰、李长生翻译的这部著作；2009年，由邓延陆编选、丰小玲绘图的《寂静的春天》由湖南教育出版社出版。相较之下，《瓦尔登湖》更是风行于世：2001年，内蒙古人民出版社和海南出版社也分别出版了《瓦尔登湖》的中译本和英文本，外文出版社出版了袁文玲编译的中英文对照节选本《瓦尔登湖》；2003年，张知遥翻译的《瓦尔登湖》由哈尔滨出版社出版，戴欢的译本由当代世界出版社出版；2004年，苏福忠的译本由人民文学出版社出版，EM·泰勒编，陶文江、吴云丽译的《自然之书》由中国妇女出版社出版；2005年，王光林的译本、田颖和朱春飞的合译本、张知遥的译本、纵华政的译本、曾光辉的编译本分别由长江文艺出版社、陕西人民出版社、天津教育出版社、中国电影出版社和中国书籍出版社出版；2007年，潘庆舲的译本由上海社会科学院出版社出版，林志豪的中英双语本由海南出版社和三环出版社出版；2008年，由Amanda Davis, Jim Cocola, John Henriksen导读、李津翻译的英汉对照《瓦尔登湖》由天津科技翻译公司出版；2009年，许崇信、林本椿的译本由译林出版社出版，王家湘的译本则由北京十月文艺出版社出版；等等。《瓦尔登湖》在中国的译介如火如荼，此中情形正如作家苇岸所说："梭罗在中国仿佛忽然复活了，《瓦尔登湖》一出再出，且在各地学人书店持续荣登畅销书排行榜，大约鲜有任何一位19世纪的小说家或诗人的著作出现过这种情况，显现了梭罗的超时代意义和散文作为一种文体应有的力量。"①更内在而隐秘地，或许便在于生态危机与精神危机接踵而至的时代，《瓦尔登湖》为人们提供了一种简朴生活的方式，一种人与自然和谐相处的理想，从而为迷失在都市丛林、欲望挣扎中的人们启示了精神上的出路和自我拯救的可能途径。在西方生态文学与理论著作的不断输入下，中国文学的生态维度与环境意识得到了空前的强化，许多作家自觉或不自觉地受到西方生态文学与文化的熏陶，从而使自己的创作富于鲜明的生态色彩。

生态诗人华海可以作为其中的一个典型案例。从华海受到西方生态文学与文化的影响历程来看，他是在"20世纪90年代初，读到梭罗的《瓦尔登湖》，其后读利奥波德《沙乡年鉴》、卡森的《寂静的森林》等"，而"近几年读了不少生态著作，对我影响较大的有：《西方的没落》《天地历书》《人与自然》《环境伦理学》《人与生态学》《人类生存困境》《善待家园》《自然与人文》《生态文艺学》《欧美生态文学》《寻找荒野》《环境文学研究》，等等"②。事实上，21世纪之后中国当代生态文学进入一个前所未有的创作高峰期，无论是作品的数量还是思想内涵、艺术追求都较之此前有了质的飞跃。从21世纪开始，涌现出的比较具有代表性的作品主要有贾平凹的《怀念狼》、徐刚的《长江传》、哲夫的《长江生态报告》《黄河生态报告》《淮河生态报告》《世纪之痒——中国生态报告》、包国晨的《寻觅第一峰》、李青松的《林区与林区人》、周晓枫的《鸟群》、苇岸的《太阳升起以后》《上帝之子》、杜光辉的《哦，我的可可西里》、郭雪波的《大漠狼孩》、陈应松的《豹子最后的舞蹈》《森林沉默》《松鸦为什么鸣叫》《云彩擦过悬崖》、温亚军的《驮水的日子》、哲夫的《长江生态报告》《黄河生态报告》《淮河生态报告》、林宋瑜的《蓝思想》、李森的《鸟天下》、半夏的《虫儿们》、叶广芩的《老县城》、姜戎的《狼图腾》、沈河的《相遇》、华海的《华海生态诗抄》《静福山》《一声鸟鸣》、李存葆的《大河遗梦》、

---

① 苇岸：《我与梭罗》，《太阳升起以后》，中国工人出版社2000年版，第119—120页。
② 华海：《我与生态诗歌（代序）》，《生态诗境》，中国戏剧出版社2008年版，第9页。

于坚的《众河之神》、证严法师的《与地球共生息》、金恒镳的《山中的一个钟头》、唐达天的《沙尘暴》、迟子建的《越过云层的晴朗》、古岳的《谁为人类忏悔：嗡嘛呢叭咪吽》、雪漠的《猎原》、迟子建的《额尔古纳河右岸》、杨志军的《藏獒》、张炜的《刺猬歌》、阿来的《空山》《红狐》《三只虫草》《蘑菇圈》《河上柏影》、胡冬林的《野猪王》、韩少功的《山南水北》、李娟的《我的阿勒泰》、蒋子丹的《动物档案》《云中记》、詹克明的《空钓寒江》、杨文丰的《自然笔记》、王族的《动物精神》《兽部落》、胡冬林的《狐狸的微笑》、雷平阳的《山水课》、冯永锋的《拯救云南》《不要指责环保局长》《环保——向极端发展主义宣战》《没有大树的国家》《边做环保边撒谎——写给公众的环保内参》等。

  20世纪80年代虽有许多西方生态文学、文化作品被引进中国，但由于此时中国社会正处于启蒙与面向世界的文化热潮中，对于理想与未来的期望使人们更多地体现出一种乐观、昂扬的精神面貌，主流意识形态不太愿意反思文明的功过与现代化的道路。因此，与社会主流需求的隔膜使得西方生态文学与理论译介受到一定程度的忽视与误读。这个阶段，西方生态文学与文化更主要的是起着一种潜移默化的熏陶作用，它的生态话语并不令人瞩目，也没有作家、学者的着意追捧，因而在哄闹的80年代未免显示出一丝落寞。1992年之后，中国社会的现代化转型步骤迅速加快，过去一直为人们所忽视的自然环境与精神生态问题旋即凸显出来，生存环境的破坏与人们精神世界的迷惘、委顿交织在一起，构成了我们所处时代的症结。在这种情形下，西方生态文学与文化作品中洋溢着的自然气息与精神抚慰无疑给中国作家打开了一扇窗户。在生态恶化和精神危机的转型年代里，中国当代生态文学以返归自然的文学追求慰藉人们精神的焦虑，力图在人们心灵空虚彷徨之际重新寻找人在世界的位置。于是，他们在生态文学的书写中营造了一个与现实世界迥异的自然乐园，试图借此唤醒人们久已麻木的自然触觉，弥合陷入混乱、贫乏状态的心灵世界。在这样的时代背景之下，西方生态文学与文化作品中的自然意识、浪漫色彩吸引了许多的中国作家和读者,他们的自然精神得到了某种程度的唤醒。于是,生态文学、文化重视自然环境和精神追求的作品,与市场时代以来注重物质、张扬世俗意识的文学形成了潜隐和明晰的两条线索,前者在经历了较长时期的发展之后终于在21世纪的中国文坛上形成一股清新、亮丽的自然生态风气。

第二节
中国生态文学是对西方生态理论与文学的套用吗?

任何时代的文艺作品都有其独特的形成与发展环境,也必然与国家、民族、地理、文化、语言等要素密切相关。中华民族在漫长的历史发展进程中,形成了独具特质的审美思维,从《诗经》到《楚辞》再到唐诗宋词元曲,无一不彰显着优秀传统文化对于中国人审美观念的建构。因此,中国文学作品必然应以中国文化精神为根基,在创作中与历史和现实进行深度对话。改革开放之后当代西方文艺理论与作品被全面引进、移植到国内,西方文学作品与理论凭借其强势地位"鸠占鹊巢"般地占据了中国文学创作、理论研究的格局。很长一段时间内,一些作家在西方文学作品的强力裹挟下亦步亦趋,逐渐迷失于外来作品的新鲜口号与叙事技巧中。

外来的文学影响对于任何阶段的文学革新都是重要的文化资源,或者从思想上刺激接受者的观念更新,或者提供崭新的内容启迪与艺术观照,从而促进不同文学之间的交流与发展。问题在于,作为外来文学影响接受者的作家们并非单一的客观存在,他们对于异质文学资源进行考察、吸收和选择的方式存在着很大的差异。应该看到,当代中国生态文学对于传统文化与西方文明的吸收并不是对等的,而是存在着一个此消彼长、相互激荡的过程。审视西方生态文化与中国生态文学创作关系时可以发现,中西生态文化与文学的交流初期主要是以作为强势文化的西方生态文化、文学对于中国作家的辐射为直接表现形式。从《瓦尔登湖》《断头台》《寂静的森林》等西方生态文学作品对于中国当代生态文学创作的巨大影响可以看出,西方生态文化与文学对中国文学的渗透,或曰中国文学向西方寻找生态精神资源,是20世纪80至90年代中西生态文化交流的主要方式。正是这种一定阶段的单向度作用,表现出中国生态文学、文化对于西方生态文化、文学的强烈认可和趋同倾向。从某种意义上说,中西生态文学的发展历程"就是一部新的、更大范围的'同'与'通'的历史。中国人在文学中再一次发现了'同'——这个'同'是走向世界,与世界文化相交接,相交流,同呼吸,共命运的'同',同时又是在多样性的文化选择中保持和发扬自己特色的'通'——的意义",其中的"通"是中西生态文学"交流融合的桥梁,中西传统在这里进行碰撞和交流,传统与现代在这里进行对话和应答"。[1]

中国当代生态文学创作内容由社会向自然的转变,揭示出西方生态文化与文学的长期译介在其中起到了潜移默化的影响作用。许多西方生态文学、文化作品,因契合了处在转型期中国作家的精神需求,因而激发和促进了许多中国作家的生态意识的觉醒、自然观念的形成。例如,生态散文作家苇岸就认为:"最终导致我从诗歌转向散文的,是梭罗的《瓦尔登湖》。当我初读这本举世无双的书时,我幸福地感到,我对它的喜爱超过了任何诗歌","导致这种写作文体转变的,看起来是偶然的——由于读到了一本书,实际蕴含了一种必然:我对梭罗的文字仿佛具有一种血缘性的亲和和呼应。换句话说,在我过去的全部阅读中,我还从未发现一个在文字方式上(当然不仅仅是文字方式)令我格外激动和完全认同的作家,今天他终于出现了"。[2]《瓦尔登湖》中鲜明的生态意识和回归自然的情趣,必然会强化中国作家们自幼

---

[1] 殷国明:《导言:道通为一》,《20世纪中西文艺理论交流史》,华东师范大学出版社1999年版,第2—3页。

[2] 苇岸:《太阳升起以后》,中国工人出版社2000年版,第120页。

接受的传统文化中的生态因子，从而激活其中潜藏的生态思想。中国当代的不少生态散文作家们都或多或少受到过这部作品的影响，并从中汲取思想和艺术的养料，如张炜、韩少功等。

在新时期以来的一段较长的时间内，国内作家对于西方文化的学习普遍带有补课的色彩，因而比较注重那些切实可学、具有操作性的方面，而对于其精神实质和思想特质则难以有更为深入的吸收，但对西方生态文学与文化作品的翻译、吸收和借鉴则是一个例外。考究此间原因，至关重要的一点便在于这一时期中国作家对于外国文学的吸收多带有重新面向世界时的文化饥渴状态，强烈的追赶趋向使二者缺乏平等交流及灵魂对话的时空基础。而生态思潮作为一种方兴未艾的世界性思潮，其在中西文学中的渗透与发展一直延续至今，这也使处于生存忧患状态的当代作家们拥有了共同的对话背景和文化基础。西方的生态理论与作品被介绍到中国，而中国的自然传统文化观念也引起了西方学者的重视和思考，一个基于生态立场相互理解、不断交流的文化场不断形成。表现在西方生态文化与文学经典作品的接受、传播上，便是中国生态作家们对于西方经典著作的熟稔与认同。这种认同不再局限于哲学观念、思想内涵以及形式技巧的层面，而是深入世界观、价值观、伦理观等精神层面，从而在当代中国生态文学创作实践中打下深刻的烙印。由于西方生态文化与理论的烛照，中国传统文化中的生态思想逐渐被激活，重新进入中国当代作家的视线，给予他们以艺术和思想的滋补；同时，他们吸收传统生态文化之际，又自觉或不自觉地将其与西方生态文化、文学作品进行双向考察，在此基础上获得一种全新的思想认识与艺术启迪。

巴赫金说："话语总是作为一方的现实的对语而产生于对话之中，形成于在对象身上同他人话语产生对话性相互作用之中。"[①] 作为对话的一个重要条件即是同等价值的存在，否则对话与交流便无法进行。事实上，在中国

---

① ［俄］巴赫金：《长篇小说的话语》，《小说理论》，白春仁、晓河译，河北教育出版社1998年版，第59页。

当代生态文学的形成与发展过程中，西方文化固然是重要的影响之源，但文化输入的需求、民族接受的基础、理论与艺术转换的方式以及作家个体的审美创造等都是文化传播得以展开的重要条件。对于中国生态作家而言，西方生态文化，尤其是其中的宗教精神和博爱意识、伦理观念加强了他们的认知能力，其文化心理中的自然基因得以激活。更为重要的是，中国儒家文化中的入世精神和忧患意识构成了作家们文化精神的内核，同时老庄思想和神巫传统，以及民族神话、民间传说又形成了潜在的精神面貌，在他们的文学创作中不经意散发出瑰奇的魅力。中西文化的激荡与整合，对于中国当代生态文学产生潜移默化却巨大的影响。传统与现代、本土与西方、民间与主流这些相互碰撞的文化品质，对于作家们的价值结构的形成和审美标准的建构具有十分重要的参考意义。中国当代生态文学作家中，不少人既对西方生态理论谙熟于心，怀着浓厚的兴趣阅读异域的作品，同时他们又栖身民间、立足地域，对于传统文化有着本能的亲近。这种杂交形成的生态文化精神，构成了相当一部分中国作家的精神格局，也形成了其生态文本中中西对话的紧张性，同时也为读者提供了汲取多种精神文化的可能性。

在中西方生态文学的母题叙述中往往存在着这样的情形，同一西方生态文学母题的不同变体一方面固定地保持其内容与精神旨趣的基本相似，显示出生态文学母题的强韧生命力，另一方面西方生态文学母题在传播、接受过程中往往与作为接受者的中国作家的文化习俗、民族精神进行了新的整合，从而生发出一系列新质。如果说文学母题是一个永恒的圆心的话，那么母题的变体则是围绕圆心进行圆周运动，显示出大致相似的生命运动形态和轨迹。出现这种变化具有多重因素，其中最根本的乃在于母题的源头与接受方的文化差异。由于文学母题的接受者和创作者是凭借各自民族精神和个体风格进行书写的，因此生活于不同的民族、地域和文化背景的作家必然表现出对于文学母题的不同理解，从而使文学母题的变种呈现出多种多样的形式、观察视角、表现方法和精神旨趣。同时，"作为书写对象的母题，本身不是凝固而是自由的一种象征,面对'万物'而开放,'染乎'世情而多变,不可能固定于一种模式,一个基调。换言之,母题并不守恒。它一旦从'一'中产生出来,就自然地溶解于'多'之中,从而扩大、丰富甚至转化着它的意义与美感,艺术叙说与抒情也不断有新的生长点。于是,同一文化母题可以有不同的文本变奏"[1]。

在中西生态小说的狼叙事中,我们可以发现同一文化母题在不同作家笔下出现了某种程度的变形,从而使作品的表现形式稍有差异:在《断头台》中,由于牧民巴扎尔拜的贪婪导致了母狼阿克巴拉第三窝狼崽的覆灭,而被误导的母狼则对牧人波士顿的农场进行了残酷的报复,并叼走其小儿欲进行哺育。到了《大漠狼孩》中,则是因为村长胡喇嘛、猎人金宝等人残杀狼崽,导致了公狼和母狼的仇恨,并间接导致了"我"弟弟小龙被母狼叼走抚养。在《断头台》中,母狼阿克巴拉欲带走波士顿的幼子进行哺育,最终一起丧命于波士顿的枪下。在《大漠狼孩》中这一情节得到了拓展和铺写,母狼不仅成功地叼走了小龙,而且和小龙建立起了深厚的感情,最终一起魂归荒野,这可以视为《断头台》中母狼与人子之间故事的延续。同样地,这些小说都写到了人掏狼窝并导致痛失狼崽的母狼的疯狂报复:《断头台》中是阿克巴拉和塔什柴纳尔对于无辜牧人波士顿的报复;《猪肚井里的狼祸》是母狼灰儿和瘸狼、豁耳朵对于猪肚井村民的牛羊和鹞子的妻儿进行残酷的报复;《大漠狼孩》是母狼对于毒杀公狼和狼崽的村庄伺机报复;《狼图腾》则更为惨烈,军代表派遣众多劳力进山掏狼崽,使母狼痛失后代,于是丧崽哭嚎的母狼加入狼群,在对于军马群的血腥屠杀中发泄自己的愤怒。生态文学母题在中国作家的笔下获得了创造性的继承和改写,呈现出日渐丰厚的文化魅力。

同时,中国当代生态作家虽然也积极地吸收和借鉴西方经典生态作家作品的养分,但他们并不拘泥于单一作家的成果,而是对古今中外的经典生态

---

[1] 杨匡汉:《同一母题的文本变奏》,《广东社会科学》2009年第3期。

作品有着广泛的吸收,这也因此造成了中国生态作家创作面貌的复杂性和多元性。同是生态诗人的切·米沃什和沈河,他们的创作之间具有很多的共同性,如怜悯视角与生态批判的融合、宁静心怀与融入自然的状态以及生态感悟的言说方式等。虽然沈河与米沃什的诗歌创作风格颇多相似,但是他们的诗歌观念、艺术手法等都有一定的差别。在诗歌经验方面,"米沃什的历史经验很大一部分得自他的家乡维尔诺。从某种意义上说,它构成了米沃什诗歌中的地理和意识形态因素"①;而沈河的诗歌经验则主要来自他对故乡山水、草木的珍爱,缺乏米沃什身上的意识形态因素,因而显得更为单纯、更为生态。在诗歌观念方面,米沃什追求的是容量丰富、能够包容复杂思想的混合风格,因而其诗歌有时不免显得晦涩与多义;而沈河的诗歌创作则追求沉静、简练而又生动、富有张力的诗歌语言。在诗歌渊源方面,米沃什固然是沈河诗歌风格与思想形成的契机,但是沈河生态诗歌理念的形成还有其他诗人及作品的因素。在沈河看来,"外国诗歌的言说还是国内诗歌的言说,在我的诗中都会起到潜移默化的影响"②。事实确实如此,在沈河诗歌理念和特色的形成过程中,《诗经》、王维以及加里·斯奈德的诗歌都对他的创作具有程度不一的影响。诗人毫不讳言自己的诗歌创作精神来源——"有很多诗人值得我学习的,对我的诗歌创作起到潜移默化的作用",其中《诗经》让沈河"受益多多,尤其学到'兴'的使用,使意象获得了独立性,也就获得了无可比拟的丰富性"③;"喜欢王维,是因为他在诗歌中所表现的人与自然融合的努力,造就我的诗选取了自然性语言,远离市声,与大自然靠近并进入它们的内部,倾听它们的话语"④;而加里·斯奈德则"在诗中把禅与道、

---

① 西川:《米沃什的另一个欧洲》,[波兰]切斯瓦夫·米沃什:《米沃什词典》,西川、北塔译,生活·读书·新知三联书店2004年版,第4页。

② 沈河:《相遇》,太白文艺出版社2008年版,第230页。

③ 沈河:《相遇》,太白文艺出版社2008年版,第227页。

④ 沈河:《相遇》,太白文艺出版社2008年版,第227页。

儒相结合，道提供了对自然界的尊崇，而儒家强调社会组织对保证人与天协调所负的责任。让我知道除了个人顿悟和爱惜一草一木之外，让我的诗歌使利益至上的社会现出人性，寻找与大自然和谐相处，以免导致生态毁灭"[1]。基于对中西生态文化与文学作品的熟稔，沈河获得了一种超越性的视野，并以此来看待古今中外的生态文本，从中汲取不同的精神营养，进而锻造一种富于个性特征的写作方式。

中国当代生态作家一方面受到了西方生态文化与文学的影响，力图表达人与自然和谐相处的普泛主题；另一方面他们也借助西方生态文化的视野激活民族文化中的自然意识，并从中吸收民族、历史、地理、风俗等方面的特点，通过作品提出独具特色的生态思想观念。同时，中国生态作家在接受西方生态文化与文学作品影响时，并不是呈现单一的接受状态，而是还受到其他一些热衷表现自然的作家的影响以及对于地域文化、民族精神的吸收，这也是中国当代生态文学和西方生态文学气息之间存在较大差异的重要原因。

以西方生态文化为观照，我们审视了中国当代生态文学对西方生态文化因素的吸收，并揭示了二者之间存在的碰撞、对话、融合的不同形态。中西生态文化的碰撞与生态文学的对话，实质上是中国文化整合的又一例证。在吴定宇看来，文化整合的过程就是两种或者两种以上的文化交流时所经历的一个协调、融合的过程，其中包括强势文化对弱势文化的选择、调整、吸收、创新和融合，从而最终使弱势文化熔铸成强势文化的一部分。依照吴定宇关于强势文化与弱势文化的阐释，可以发现西方生态文化与文学对中国当代文学的大规模渗透，是以中国文化固有连续性被打破而出现契机的[2]。换言之，西方生态文化和文学之所以能够切入中国当代文学的器物乃至精神深层，根源在于中国本土文化中关于生态文化氛围的薄弱与稀缺。

---

[1] 沈河：《相遇》，太白文艺出版社2008年版，第227—228页。

[2] 吴定宇：《文化整合：中国的过去、现在与未来》，《上海文化》1993年第1期。

但是，中国传统文化在断裂表象下却仍然潜藏着巨大的反拨力量。中国历史上的多次文化整合，都是以处于强势地位的中华文化为主体，兼容并蓄地吸纳异质文化。而到了近现代，虽然中国文化又一次走进整合的场域，但这一次却是以弱势身份、后发地位进行整合，作家们的心理态度尤其耐人寻味。陈平原在谈到20世纪初期中国作家对于西洋小说的态度时，认为经历了以中拒西、以中化西到以西化中、融贯中西几个阶段。事实上，面对西方生态文化的强势地位，中国传统文化也经历了由顽拒、试探、西化而后趋于理性、主张中西合璧的运行轨迹。与此相对应的是，中国当代生态作家在面对西方文化时总是自觉或不自觉地表现出抵触、逃避、改写乃至拒绝的态度。西方生态文化与文学大量渗透至中国当代文学的事实，不可避免地带上了强势文化的优越感，这种情形决定了作为接受者的中国当代生态作家既不可能完全放弃，也不可能在感情上完完全全地接受。这就导致了一些作家（如沈河、张炜、韩少功等）在创作中既对西方经典生态作家作品有着较大的认同，但同时也不免抱有一种对于异质文化的犹疑，因而在具体的创作过程中尽可能地转化、改写，以消除他们对于外来文化的焦虑；同时，从中国生态作家对于西方生态文化与文学的吸收来看，他们常常经历过了年轻时对于西方文化的热衷到中年之后的传统转向，例如生态诗人华海就在中年后由对西方文化的热情转向中国古典文学。在这个过程中，西方文化影响的衰退、隐忍、转译以及与本土文化的融合都将在此发生微妙的变化。这种既表现出对于西方生态文化大度吸收的开放心态，又从精神世界的本能出发对其抱有犹疑的心态，是中西方生态文化与文学整合过程中的基本情形。

美国生态作家梭罗的《瓦尔登湖》对于中国当代生态散文作家有着重要的影响，苇岸、张炜和韩少功的散文均受惠于此。尽管如此，我们还是发现这些作家与梭罗的《瓦尔登湖》也存在着诸多不同之处，这些差异既是作家们身处不同时代、思想资源各异的因素造成的，更主要还在于中国作家在吸收异质文化影响时进行了有意识的创作改写和本土转化。2006年，韩少功的散文集《山南水北》出版，这部作品不管在内容、思想还是细节方面都与梭罗的《瓦尔登湖》存在着诸多相似，有人甚至将《山南水北》称为中国版的《瓦尔登湖》。但是韩少功本人对此并不十分认同："就我个人的看法，《瓦尔登湖》所反映的心态比较孤寂，而我这本书是开放的，向社会和文化的纵深领域开放。"[①] 也就是说，韩少功对于《瓦尔登湖》的接受并不是完全的、被动的，他既从中汲取生态意义，也对索罗隐居时的孤寂心态和离群索居的实践有着深刻印象。传统文化中老庄思想的浸润和古老的巫楚文化的影响，使韩少功"形成了崇尚自然、敬仰生命、推崇自然本性和营造人与自然和谐统一的诗意生存的精神家园与自然家园的现代生态意识"[②]，这构成了他生态散文中的内在气韵，从而形成了一种具有民族特色的生态叙事。巫楚文化、湖湘文化与生态文化等交织在一起，共同构成了韩少功散文中的生态意识和魅惑之美。

中国当代生态文学的发展在很大程度上得益于对西方生态文化营养的汲取，它们在生态理念、文学样式、创作手法上对于当代中国作家有着诸多的启发。我们应该承认，无数优秀的西方生态文化与文学作品经由翻译家们的翻译、出版，对当代中国生态文学的发展和生态文化理念的传播起到了不可或缺的作用。在某种意义上，我们甚至可以认为没有西方生态文化与文学的浸润，就很可能没有中国当代生态文学的蔚为大观。但同时，我们也应该看到任何外来文化对于中国文学产生的影响，都必须经历过与中国本土文化、文学的碰撞、交锋、融合等阶段，结果一方面使得外来文化的影响在不同阶段具有不同的效力，另一方面则使接受者在受外来文化影响之时必然会存在一个与原有文化资源的相互筛选、融会的过程，从而形成中西共存、互相制约的格局。因此，在研究中国当代生态文学的文化渊源与精神资源时，我们既要抱着开放的眼光，依据事实，勇敢地承认作家们对于西方生态文化的吸

[①] 苇岸：《太阳升起以后》，中国工人出版社2000年版，第210页。
[②] 彭文忠：《论韩少功〈山南水北〉的生态意识》，《云梦学刊》2008年第5期。

收，又要避免陷入唯西方是从的虚无主义境地，从中领悟和分析本土文化资源，从而创造出更加富有生命力和民族风格的艺术作品。

第三节
中国生态文学就是批判环境破坏现象吗？

现代工业发展导致对于自然资源需求的不断加剧，全球性的生态危机愈演愈烈，包括空气、水源、食物等在内构成人类生存基本需要的生态环境陷入更大的困境。中国当代文学对生态灾难问题进行了敏锐的观察与表现，创作了一系列反映当前自然生态问题的作品，物种灭绝、辐射泄漏、雾霾天气、水质污染、农作物重金属超标、癌症村陆续出现等触目惊心的现象均已成为作家书写的对象。中国当代生态文学形成了三个集中书写的类型：一些作家对社会中大量存在的破坏生态的行为进行揭露与厉声批判，力图引起社会对于放射性物质污染、水质超标、雾霾肆虐、生态失衡等严重影响社会发展和人类生存的现象的重视，如徐刚的报告文学《伐木者，醒来》，哲夫的报告文学《长江生态报告》《黄河生态报告》，杜光辉的中篇小说《哦，我的可可西里》，须一瓜的长篇小说《白口罩》，侯良学的诗集《让太阳成为太阳》、诗剧《圆桌舞台》，陈应松的短篇小说《豹子最后的舞蹈》等。同时一些作家面对严峻的生存危机进行了更为深入的思考，他们从人类行为的内在动机入手，以自己或人类整体的身份对造成当前生态环境恶化的社会文化心理进行了反省和忏悔，如古岳的散文集《谁为人类忏悔：嗡嘛呢叭咪吽》、韩少功的散文集《山南水北》、鲁枢元的散文集《心中的旷野》、郭雪波的长篇小说《大漠狼孩》等；另外一些作家虽然也对触目惊心的现实生态环境颇为震惊，但他们不是在文学世界中呈现批判状态，也不想在绵延的自我忏悔中失去文学的美感，他们选择通过文学创作融入自然，在物我两忘的状态中达到生态审美的澄澈之境，如华海的诗集《静福山》、张联的诗集《傍晚集》、阿来的散文集《草木生活》、沈河的诗集《相遇》等。

1. 生态批判的文学书写。中国当代生态文学对于破坏自然环境、社会环境及精神生态的各种行为进行了长期书写，揭示出生态危机在各个方面的具体表现，如徐刚的报告文学《伐木者，醒来！》、郭雪波的长篇小说《银狐》、哲夫的长篇小说《毒吻》《天猎》《地猎》、李松涛的诗集《拒绝末日》等。进入21世纪之后环境危机愈演愈烈，森林砍伐、水土流失等现象继续存在及蔓延，而且还出现了一些新的环境问题，如雾霾肆虐中国、食品重金属超标等生态灾害。

须一瓜的长篇小说《白口罩》是一部讲述放射性物质给市民和城市生活造成重大灾难的长篇小说，作家用文学的方式表现了化学品管理失范给民众生命带来的巨大威胁。这部小说讲述了明城突然遭遇一场莫名的瘟疫，田广区不断有高烧、呕吐的病人出现，社会上盛传明城发生了大瘟疫。与不断蔓延的恐慌心理相比，官方始终不承认明城出现了疫情，媒体也不予以报道，只是强调社会一切正常，民众无须担心。报社记者小麦通过各种渠道获悉真相，从而牵引出民间精卫救援队核心人物康朝、医生苗博士、副市长向京及其弟弟向泉等众多线索，最后又都交汇于明城疫情带来的猜测与恐慌。当明城民众已经出现了巨大的疫情恐慌，市政府却完全无视民众心理与实际疫情召开新闻发布会，发布了辟谣安民的消息。民众对于疫情的恐惧，最终形成了一股令人惊悚的市民逃亡图："好像全城的机动车都来了，它们从城市的各个角落各条街道上被一股旋涡吸引过来了，指望从这个旋涡顶部飞旋出离而去，人们急着飞越即将关闭的城门，逃向安全地带。各色车辆人流，争先恐后、你推我挤、嘈杂混行，拥走在逃亡的大道上。"随着小说故事的推进，真相才慢慢被揭示出来：当年明城科技局为了培育良种从上海购进了核源钴60，后来科技局搬迁后原址给了环境监测站，而钴源封存由向京和一位工程师负责管理。后来环测站扩展，副市长向京和那位工程师仅仅凭记忆认为源井里只有5枚核源，钴源水井在整地时被爆破，随之而来的则是一系列离奇的病症与死亡，向京后来才从科技局退休的师傅处得知钴源一共有6枚。面对放射性污染带来的身体损伤与死亡，明城市政府和领导们或疏于管理，或为了一己利益而隐瞒疫情，结果大大加剧了民众对于疫情蔓延的忧虑，形成了一场令人震惊的大逃亡。这部小说虽然写的是放射性核源产生的社会疫情与民众恐惧，但通过故事的情境、发展、语言，我们不难透过这些生活气息体味到某种叠加的集体记忆。21世纪以来的中国民众历经"非典"、禽流感、雾霾、食物重金属超标等所带来的集体惊慌，陷入了对于药物、食品等基本生存条件的惊惧，这些突然而至的生态灾难给中国社会留下了难以磨灭的记忆，应对骤然降临的灾难成了许多人共同的心理体验。

在山西的生态作家中，诗人侯良学是颇具代表性的一位，他的诗集《让太阳成为太阳》、诗剧《圆桌舞台》等以夸张、审丑的方式，对现实生活中破坏生态环境的疯狂行为进行了猛烈的批判。在侯良学的诗歌中，有着对于现实中艰难的生存环境、肆虐的经济欲望、淡漠的社会责任等诸多社会生活景象的表现。《我看见背着氧气罐的鸟在天空飞翔》写的是空气污染给鸟儿造成的生存困境，为了存活下去鸟儿不得不背着氧气罐飞行："我戴着湿漉漉的口罩/露出两只酸红酸红的眼睛/行走在寒冻寒冻的大街上/看见更多的戴着口罩的人影/我的眼睛干燥燥地害怕冷/更害怕这空气中飘浮的硫酸风/我戴上防护眼镜/看见更多的人也戴着防护眼镜……在黄昏灰暗的天空下开始出门/身后拖着巨大的氧气瓶/突然腾空而起在污浊的上空扇动翅膀。"诗人犹如现实的预言者，在雾霾尚未引起中国社会广泛重视之前已经在文学作品中敏锐地捕捉到了这一症候，对山西生存环境的急剧恶化、空气的不断污染进行了厉声的批判。《精神病院：杀虎》写的是民众信奉吃什么补什么的愚昧观念，为了强化性能力而虐杀老虎，以虎鞭治疗阳痿患者："穿白大褂的解剖医生/举着小孩胳膊粗的电棒/电击老虎的额头/让它恐惧地吼叫/它瘫软得宛如一堆肉泥/……我们人人分得一杯羹/医生教导我们吃啥补啥

/这是我们精神病院的治病传统/我是患阳痿的精神病诗人/得到半根虎鞭/也就是老虎男性生殖器的一部分/发出尖叫的阴茎/亲爱的 你不来医院给我陪床?"山西地区日益严峻、脆弱的生态环境强化了侯良学文学意识中的末日情结,促使他利用诗歌形式对现实社会进行控诉,而这些控诉又是通过令人惊诧的奇特意象、粗鄙形象、口语词汇进行体现的,对于提高读者的生态危机感和环境批判意识具有重要的意义。

2. 自我忏悔的心灵书写。中国在迈向现代化的进程中所面临的生态危机较西方国家更趋严峻。基于这一背景,中国当代作家们对生态文学产生出了极大的兴趣,并通过作品表现出了强烈的忏悔意识,如古岳的生态散文集《谁为人类忏悔:嗡嘛呢叭咪吽》、鲁枢元的散文集《心中的旷野》、韩少功的散文集《山南水北》、雪漠的小说《猪肚井里的狼祸》,等等。这些作家在聚焦日益严峻的生态危机时,不约而同地将思维的触点伸入人的内心世界,努力挖掘出伦理道德与生态环境之间的矛盾,从而引发人们对于根治生态危机可能性及其办法的思考。

人类由于维系自身的生命需要,有意或无意地伤害了自然界的许多生命,而这些生命本身也有自己存在的权利,当它们被人类捕食之后,一种残杀生灵的内疚感沉积于人类心底,触动了人们的伦理意识,进而使人类产生出强烈的忏悔意识或原罪意识。作为浸润于现代文明中的人类一员,韩少功始终难以排遣心中的愧疚,他对自己作为人类所无法避免的损伤动物植物生命的行为进行了深刻的反省。作为一个中国南方人,作家为了保证自己身体所需要的脂肪和蛋白质,目睹和享受着人们对猪群的屠杀;鸡和鸭怀着生儿育女的梦想生下蛋后,却被无情的人类一批批劫夺送进油锅里或煎或炒,而母亲们的委屈和悲伤却无人顾及,等等。进而,作家质疑人类捕食动物的合理性:动物们难道就没有活下去的权利吗?人类以吞食其他动物和植物为理所当然,为何动植物们却只能忍受惨遭屠戮的命运?在此基础上,韩少功明确地提出了用"原罪"一词来表达这种心里的忏悔意识,认为人类为了维持自身生命而造成的其他生命的丧失就是一种罪过："如果要说'原罪',这可能就是我们的原罪。我们欠它们太多。"作为忏悔和赎罪,作家希望通过公正的大自然让人们偿还这种原罪。在韩少功看来,大自然是最公正的,它将通过死亡的方式让人类最终停止对于自然界的无尽索取和侵夺,从而把心中的忏悔意识和无限感激转化为回报世界的具体行动。如此,人类通过变成腐泥回归广袤的大地,通过变成蒸汽滋润辽阔的天空,或者以养料的方式偷偷潜入植物的某一条根系、某一片绿叶,让一切为我们做出过牺牲的物种最终知道人类总有一天还能将功补过。在作家看来,死亡是对自然界其他生命的还债和赎罪。

《心中的旷野——关于生态与精神的散记》是鲁枢元的散文随笔集,这部作品充满了对于人与自然关系的思考。作家对于人与动物、人与自然的关系是主张泛道德化的,认为人们应该主动地扩展自己的伦理覆盖范围,使自然界的动物、植物和其他事物都纳入人类的道德思考范围;而对于那些顽固坚持人类中心立场的行为和思想,作者进行了深刻的批判,从人性、文化、教育等方面进行反思。在《命债》这篇散文中,作家通过回忆自己童年时代捕捉蜻蜓的往事,为自己曾经无视蜻蜓的生命,暴虐、残忍地对待其他的生灵而深感愧疚。童年的"我"捕捉蜻蜓加以把玩,最后使这些可爱的小生命消失,这笔"命债"激发了作家强烈的忏悔意识:"我欠下的这笔'命债',如果推上现代生态伦理学的法庭,是可以成立许多罪名的。从浅层的人类道德条令上讲,蜻蜓吃蚊子,是人类的朋友,是益虫,捕杀蜻蜓就是'错诛忠良';蜻蜓是弱者,对人几乎无丝毫的反击能力,捕杀蜻蜓就是'残害幼弱';而杀戮又是在毫无理由的情况下进行的,纯粹是为了自己的嬉戏,这就是'滥杀无辜'。从深层的生态伦理法则上讲,蜻蜓和人都是地球演化出的宝贵生命,各有其存在的神圣意义,如果放纵此类'恃强凌弱'的霸道行为继续下去,必将破坏整个地球生态系统的平衡,招致人类自己精神生态的恶化。"童年时代的"我"虽然并未意识到自己的行为对于其他生命的伤害,但是正是这种集体无意识更深刻地揭示了人类中心主义立场的普遍和顽固，它视人类之外的自然界的一切事物为工具。在对"命债"进行追溯和反思时，作家意识到人类与其他生命同样是自然界的完美产物，自然界的任何事物都有其存在的意义和空间，人们所能做的应该是对自然的爱护、对大地的亲近，而不是与此相反。

古岳的散文集《谁为人类忏悔：嗡嘛呢叭咪吽》是一部田野思想笔记，它思考的是人与自然关系的和谐、宗教情怀与生态环境保护之间的联系。在对自然充满敬畏和感激的凝视中，作家以藏传佛教信奉的"嗡嘛呢叭咪吽"信条为线索，系统地考察了西南地区的自然生态历史和现状，用宗教情怀与生态意识激活人们的不泯良知和社会责任感。作家描写了他在西南地区自然生态考察过程中的见闻与所感，回顾了人类对于自然环境的利用与破坏，满怀愧疚地抒发了作为人类一员所具有的忏悔意识。面对土地的沙化、河流的干涸与鸟兽的绝迹，作者生发了痛彻心扉的忏悔意识。为此，作者怀着深深的原罪意识进行了忏悔："我们却正在堕落成一群贪婪、冷漠、麻木和残忍的乌合之众，我们忘恩负义。在对大自然的背离和劫掠中，我们正在丢失生命的神圣。面对崇高和神圣时，我们已没有了敬畏和虔诚。美好的时光已然远去，回家的路途已经十分遥远。我们已不再冥想，不再忏悔，打开思想之门的钥匙已然锈蚀，我们正变成文明的魔鬼。天地岁月依然，万物生灵却在凋零，心灵上已长出老茧，眼眸深处的圣洁已成为遥远的回忆。你还好吗？古老记忆中那棵泽被千秋的菩提树。"在回忆起砍伐森林树木时，作者充满了回忆往昔时的不堪和落寞。人们用斧子和镰刀把一片片美丽的天然林砍尽伐光，而大自然却用了亿万年的时间才孕育了那样一片森林。当作家从祖辈们的口中听说那一片片森林被伐倒的那一刻里，他似乎听到了它们一棵棵一片片轰然倒地的声音仿佛大地母亲的哀号。更让作家内疚和忏悔的是，他不仅目睹了那一棵棵参天大树倒地毙命的惨状，而且还用自己的手砍倒过无数棵大大小小的树木，只是在当时他却并不知道那是一种罪过。面对这样的生态现实，作家怀着沉重的心情进行了反省和忏悔："我只知道，我们曾经一片片、一株株砍伐殆尽的是它们的亲兄弟。我的手上沾满了森林的鲜血。在炎热的夏天，我曾在活生生的白桦树干上狠狠砍下一斧子，而后把自己的嘴唇贴在那桦树的伤口上吮吸，一股甘美的琼浆便渗进生命深处，沿每一根神经和血管慢慢浸润开去。那是一种什么样的享受啊！哦，我亲爱的森林，我却在吮吸完你的乳汁之后，就用斧子砍伐了你，而我却从未觉着这是一种罪过，以为是人就可以对整个大自然为所欲为，对森林也一样。"

3. 自然审美的精神书写。有一些作家虽然理智上意识到了自然环境、社会环境和精神环境所遭遇的危机，但是他们并不愿停留在厉声批判、振臂高呼的激情层面，也不愿意一味地进行自我忏悔，他们的思想、情感和心灵习惯了乡村的纯朴、自然的生态和传统的温馨，因此在工业化、后工业化时代的社会剧变中选择了在身体或精神上皈依自然，试图通过作品建立人与自然的和谐关系，在审美意义上重新恢复人们对于昔日生态环境的依恋与敬畏。一些生态作家喜欢选择富于象征意味的生态意境进行表现，他们出于对农业文明的集体缅怀心态或对现代性、后现代性社会的反抗，不约而同地表现出对于大地田间、山川河流、树木植被、飞禽走兽、天空泥土的细腻感受与无限怀念，从而为正在渐渐消失的农业文明写下了一曲挽歌。自然正在流逝，农耕时代一去不返，但千百年来作家们在传统文明哺育下的审美心理和文化习惯却不会迅速消失，他们会以各种方式诉说着对于昔日生态环境的习惯体认。

一些中国当代生态作家在揭露现实刺目的生态危机与环境灾难后，由于无法在此寻觅到精神上的静谧与谐和，于是转而采取超然物外的视点看待生态环境。华海是长期从事生态诗歌创作的诗人，他的诗集《华海生态诗抄》《静福山》是具有代表性的生态诗歌作品。华海的诗歌创作更看重的不是批判，而是以审美的眼光看待人与自然、人与社会。在华海看来，生态诗歌并不是生态与诗歌的简单重叠，而是有着更具审美性的内在精神和韵味，他追求的是生态诗歌中生态思想与诗歌美学范畴的融合。正是由于认识到了生态诗歌的特点，华海力图在作品中通过对于生态梦想的执着书写，引导人们重新发现和体验自然中的生态美，而这种生态美正在不断地消失。华海对于生态审美的执着追求，是通过建构充满诗意的自然地理和精神空间来实现的。笔架山和静福山是华海生态诗歌中最为重要的地理概念、精神概念，诗人依托这两处地理为支点，将自己对于人与自然关系的思考渗透其中，以在场的而非悬空的诗歌语言表现出生态诗歌对于重建个人身体、灵魂与自然山水关系所具有的价值。华海在笔架山、静福山建构起一块真正属于自己的诗歌地理，以切实可感的形象和在场意识向人们揭示出人们的生活与自然、生态的密切关系，在此基础上表达了诗意地栖居的美好理想。地域因素的介入，对于华海的诗歌创作来说具有十分重要的意义，它不仅是诗人进行体验和观察的基点、文学根据地，而且是其生态诗歌创作的精神源泉，是一个由自然地理上的概念上升为精神地理的重要诗歌概念。

在《静福山之二十八》中，诗人描写了个体进入自然、精神融入自然后的语言的变化："遥想先人黑色的踪迹／在山道上走失那些飘忽的影子／叠印在斑驳的岩石里／此刻，一座静福山以我的嘴巴／说话 于是所有亡灵／也一起醒来／我惶惑我的话语／与虫鸟的鸣叫 与林间／小风的耳语 甚至一串串／野红果的眼神如此相近／近于山泉水的流动／和蓝色火焰的燃烧／'也许是同一种语言／或者是同一句话'／是的，只有一句话／一句我对你说的话／藏进漫山的云雾／静福山又归于宁静。"在华海的生态诗歌中，洋溢着浓郁的神秘气息和对于自然伟力的敬畏。对于自然界中诸多现象进行神秘归位，在华海的生态诗歌中是一种十分常见的现象。在诗人看来，"生态诗歌正是通过回归自然的体验和想象，触摸生态悲剧的忧伤，实现在语言中复活和再造一个整体性的诗意世界（生态乌托邦）"[1]。面对危机重重的现实生态环境，

---

[1] 华海：《生态诗境》，中国戏剧出版社2008年版，第5页。

诗人深切感受到了人类精神的狂妄与敬畏心消失殆尽所带给自然、社会的巨大灾难，这促使他重新认识和发现自然界中蕴藏的神秘力量。这种神秘力量不仅可以使诗人获得一种内心的宁静与舒缓，而且借助昭示自然力量的方式向迷途而不知返的人类发出振聋发聩的警告。

农民诗人张联的诗集《傍晚集》是一部诗歌集的名字，其中每一首诗歌的名字均取名为《傍晚》。在张联的《傍晚集》中，时间仿佛永远停留在了日落前的这一个时间段，而这显然具有象征意义。张联的诗歌具有鲜明的农业文化特质，他面对急剧消失的乡村社会倍感张皇，力图在对乡村自然的抒写中慰藉孤寂的心灵。张联乡村诗歌的出现是中国社会朝着现代化道路迈进过程中的必然现象，其与此前的乡土诗歌相比有着许多不同，最根本的差异乃在于其对应于后工业时代的中国社会和自然生态，映射着一个时代的躁动和生态环境的变迁。张联努力地捕捉着渐渐逝去的传统乡村景象，诗人以对于乡村自然的轻声吟唱来抗衡环境的骤变，试图在对古老乡村文明的叩问中遏制时代欲望的侵袭。于是我们看到傍晚成为诗人创作中一个永恒的存在。他将自己的灵魂留在了傍晚，并从春夏秋冬的每个白日的结尾里寻觅到了精神的栖息地。

张联生活的盐池县因挖甘草而导致土地沙漠化，但在诗人的笔下却以超越性的审美眼光看待这一切，呈现在他笔下的是一幅幅优美的自然图画："我静坐在村外/绿色的土丘上/看低缓蜿蜒的丘面流动/听村子/在盆地里蓄着水气/宁静 翠绿 和谐。"[1]在诗人对于自然的歌吟中，现代人膨胀的欲望、躁动的心灵渐渐沉静下来，回归乡村的道路已经向我们开启。诗人走在乡村的傍晚中，感觉羊群、山峦、草地似乎都在簇拥着自己，甚至连落日、月儿、蛾儿以及乡村自然中的一切都欢迎着诗人，让他在熟悉的氛围中感悟着即将

---

[1] 张乐天、陆洋：《生存性智慧、技术与乡村社会的变迁》，范丽珠、谢遐龄、刘芳主编《乡土的力量——中国农村社会发展的内在动力与现代化问题》，上海人民出版社2014年版，第126页。

消失或变异的质朴自然。自然凝结成傍晚时间中的一张紫色的网，承载着诗人对于乡村梦幻般的体验和留恋。诗人领悟到了"神"或者说是乡村自然精灵的示意，因而在嬗变的时代里保持着诗意的眼光。"农民生活在村落中，从自然中获取生存的资源。他们对自然、对人与自然关系的直觉与感悟影响着他们的实践，而实践本身所具有的超越性，又反过来不断建构着人与自然的和谐。"在张联的《傍晚集》中，后工业时代的乡村生态成为诗人关注的目标。人与自然、人与大地的隔绝，造成了人们的精神委顿和自然的困境。张联意识到了这一点，于是他在以"傍晚"为题的诗歌中集中再现了正在消失的乡村文明。当诗人站在榆树林前看落霞，静坐在村外踩着云走，一个后工业时代的自然挽歌已经悄悄唱响。生长、成熟于农业文化氛围中的诗人，被时代的巨轮裹挟至工业时代，他也由此目睹了乡村自然景观的渐渐消逝。

中国当代生态文学的兴起反映了在生态灾难不断加剧的情形下，作家们不约而同的承担意识、思考方向与救赎努力。他们通过文学作品发出生态预警，希望引起政府部门和社会对于生态问题的高度重视，在民众中普及生态意识、反思生态灾难形成的原因。中国当代生态文学出现了三种不同的书写类型，表明了作家希望能够通过对生态问题的不同思考来反省中国社会生态危机出现的原因，进而为重建人与自然的和谐、建构起新的生态平衡目标提出不同的解决方案。这三种不同的书写类型构成了一个不断发展的过程，形成了从批判他者与社会到进行文化反思、人性反思的阶段，然后转化到从审美角度进行生态意境的熏染的螺旋式提升。随着中国当代生态文学创作渐入佳境，我们有理由期待当代作家们为社会奉献出更具思想穿透力、艺术感染力的生态文学作品，使民众了解现实生态处境，重视生态问题，努力提高全社会的生态意识。

◎ 学习要点

1. 关键术语：生态文学。

2. 理论基础：现代化；中西文化交流。

3. 重要观点：中国当代生态文学的发展与西方生态思想和文学的影响有着密切的关系，西方生态文化和文学作品的输入开拓了中国生态作家的视野，对于他们建构起生态文学的思维起到了积极的影响。众多西方生态文学与理论著作的引入，极大地提升了中国作家对于自然生态的伦理价值、审美意义的认识。在西方生态文化的刺激与催化下，中国传统文化中蕴含着的生态思想萌芽，如万物平等、节用爱物等观点也重新为人们所重视。

◎思考讨论

1. 你之前阅读过哪些古今中外的以自然为主要表现对象的文学作品？自然在这些作品中扮演着何种角色？

2. 中国古代文学作品中有着悠久的自然意识和自然景物，你觉得这些对于自然的书写是否具有生态意识？它们与我们今天讨论的生态文学有何本质不同？

3. 请阅读一部生态文学作品，请按照上述所谈中国生态文学的三种类型，将其进行归类，同时结合作品谈谈你在阅读生态文学作品时的思想认识和审美体验。

◎拓展阅读

1. 王诺：《欧美生态文学》，北京大学出版社 2003 年版。

2. 汪树东：《生态意识与中国当代生态文学》，中国社会科学出版社 2009 年版。

3. 龙其林：《生态中国：文学呈现与跨文化研究》，北京大学出版社 2019 年版。

◎作者简介

龙其林，上海交通大学人文学院长聘副教授、博士生导师，从事晚清至现当代文学、中国当代生态文学研究。曾入选"广东特支计划"青年文化英才、广东省高等学校优秀青年教师培养资助计划等。迄今已在《文学评论》《中国现代文学研究丛刊》《南方文坛》等刊物上发表学术论文180余篇，出版学术专著6部；成果多次被《中国文学年鉴》《中国社会科学文摘》《高等学校文科学术文摘》以及人大报刊复印资料《中国现代、当代文学研究》《文艺理论》等全文转载、摘编，获中国文联第七届"啄木鸟杯"中国文艺评论年度优秀作品、广东省第九届哲学社会科学优秀成果奖二等奖、湖南省第十四届社会科学优秀成果奖二等奖。

【第五章】

新人道主义文学思潮

21世纪以来，中国社会的各类转型进一步深化，随之而来的是一种跟以往相比在诸多方面均体现出来的"断裂"之感。这种"断裂"尤其发生在城乡结构的剧烈变化、社会文化的不断突变以及经济环境的瞬息万变之中。与此相关的，是人们不断体验到的自身生存处境的改变。这种改变也给文学创作带来了巨大的变化。如果说，"文学是人学"的命题是中国当代文学不断生成并展开的一面旗帜，那么，对于在新的环境下人的命运的书写，则理所当然地构成了21世纪人道主义文学思潮的重要方面。当然，由于现实主义文学在中国新文学里的强大传统，这股21世纪文学写作主要聚焦于某种意义上的"底层"，或者说，"底层"这一概念构成了其叙事话语的内核。而孕育于"底层"的人道主义写作便成为这一时期重要的文学思潮。

第一节 谁是底层？

21世纪以来，一方面，随着市场经济改革的深化、社会转型的进一步加速，中国掀起了一股城市化浪潮。与高楼耸立的大城市相应而来的是一个物质生活极为"丰腴"的时代。在这个时代不断成长着一批依靠各种机遇迅速致富的新富人阶层。另一方面，随着现代化浪潮的冲击，诸多传统的二元结构都面临着结构性调整的处境，人们能够看到城市—乡村、东部—西部、沿海—内地、打工人—老板等一系列二元结构均处在一种不安的变化中。这种变化随即带来了一种文化、生活乃至命运上的巨大裂隙。当城市逐渐渗透了乡村、东部的夜晚闪烁着耀眼的光芒、沿海生活方式随着全球化的巨浪已成为21世纪生活的标杆时，那些时代的"落伍者"将要何去何从？如果说，人道主义的文学视野始终注目于具体之"人"的话，那么，21世纪以来的文学便在这样的社会现实中，发现了一个"底层之人"，更在这个"底层之人"的身上，灌注了大量的创作冲动，同时也塑造了一个以"底层"为媒，反映人生的叙事空间。

尽管时代语境有所不同，但是人道主义文学始终秉承着"人性本位"的立场，"是一种反对任何凌驾于人之上的种种权力对人的迫害、奴役、扭曲、异化与曲解，主张用人性最基本最普遍的伦理原则去正确地看待人、理解人、尊重人，并使人实现自我确认的世俗人道主义"[①]。而在这样的人道主义文学写作中，展现作者对于"底层"的同情，便成为一个相当重要的叙事目标，因为无论是何种类型的人道主义，其逻辑起点都是"同情"。特别是在21世纪文学创作中，同情与哀悯之情感成为底层叙事的主要情感基调。古往今来，展现对弱者以及那些"被侮辱被损害者"的同情便是文学创作的永恒主题，它承载着文学的人性内核与悲悯情怀。"同情是人类的高贵情感，它不仅要施爱施善于弱者、受苦受难者、被侮辱被迫害被冤屈的不幸者，还要引领他们超越'此在'的困境而走上精神发展之路。唯其如此，同情才具有超越性，才能作为人道主义的本源性、正极性和普世性的价值观念。"[②] 由此可见，在21世纪人道主义文学写作中，其同情之对象是处于"底层"的人。其人道主义写作的终极目标则在于产生某种精神上的"超越性"，使人超克物质社会丰腴无比却又无限荒芜的文化处境，以便达到重返精神高原的目的。

那么，究竟何为21世纪以来人道主义文学写作中的"底层"？在这样一个被文学叙事建构起来的具有政治标签意味的概念中，形成了一处写作者释放其人道主义情怀的审美场域。不论作家以俯视、平视还是仰视的姿态进行写作，"底层"在相当程度上都被描述为一个边缘之地、混杂之地和断裂之地，同时，它也是一处苦难的空间、矛盾的空间以及"落后"的空间。它以一种二元性囊括了整个中国大地上被"现代性"浪潮冲打得支离破碎——无论是身体或精神上的所有人。由此可见，"底层"显然是建立在"现代性"对原有社会结构和文化样态的破坏性基础之上的。如果说，"五四"时期的

[①] 王达敏：《中国当代人道主义文学思潮史》，上海人民出版社2013年版，第209页。
[②] 王达敏：《中国当代人道主义文学思潮史》，上海人民出版社2013年版，第329—330页。

"乡土文学"中出现的那些"老中国"的"乡村"和"儿女"是正准备进入"现代"大门的充满病苦的灵魂;那么,21世纪以来的"底层"则是那些面对着前所未有的现代性景观,而被巨浪冲击的现代人。

无疑,现代生活和现代人形塑了21世纪以来人道主义文学思潮的独特性。随着改革开放和商品社会的深入发展,都市,这个现代性空间在中国大地上如雨后春笋般生长,它们早已不是《子夜》里孤零零的上海。如今,吴老太爷面对的光怪陆离、瞬息万变、充满刺激的现代都市,已经席卷了一切乡土世界,现代生活,这个都市的产物,也广泛而深刻地侵袭了几乎所有人的意识形态。"都市,是现代性的生活世界的空间场所。也可以说,现代性,它累积和浮现出来的日常生活只有在都市中才得以表达。"[1]其中隐含的意义在于,只有在都市中才能得到表达的"现代性",每一个人都要融入这股浪潮当中,否则,他们就会变成一个"局外人",或者一个从"五四"一路走来的"零余者"。

既然都市赋予了现代生活几乎一切的含义,那么,都市也分割了,或者说筛选着其他的生活方式。这便造成了城乡差距和对立的进一步加剧。在这样的语境中,"乡下人"作为一种文化群体,充满了"进城"的渴望——这便体现为一种"乡下人进城"小说。而当他们真正进入了城市之后,却往往发现的是一个陌生的、充斥着"碎片化、感官刺激、物质性、丰富性、瞬间性和易逝性"[2]的空间。正是这些独特性,将他们所熟悉的非现代和前现代的乡村生活击得粉碎,使之再也无法回转到过去的生活中去。于是,他们便出于各种原因,选择了在都市中进行"打工","打工仔"成为他们进城之后的另一个身份标签。由之形成了一股"打工文学"的创作潮流,从而进一步生发了人们对于底层的思考和想象。诸多为这些"底层""代言",或者作为"底层""老百姓"进行的写作也此起彼伏。

---

[1] 汪民安:《现代性》,南京大学出版社2020年版,第27页。
[2] 汪民安:《现代性》,南京大学出版社2020年版,第28页。

凡此种种，皆汇入了21世纪人道主义文学的创作潮流，配合并推动了现实主义文学传统的新发展。或者可以说，这股思潮将那些未能被"商业化"写作所发掘的诸多人生切实地呈现出来，在批判或反思的叙事伦理中，奏响了"人道主义精神"在21世纪的初音。

第二节
新人道主义文学思潮特色何在？

一、城乡文学

在现实层面，现代性使得城乡之间的对比愈加深刻，它使得"城乡流动"的趋势不断加速，而所谓"城乡流动"，实际上更多表现为乡村往城市的单向涌入。这种境况在21世纪以来的文学创作中都有着深刻体现，从而构成了一股"城乡文学"的写作潮流。其中，作家以文学写作来呈现"乡村生活变化""城市生存处境"以及"进城农民"是这股潮流的叙事核心。而在"城乡流动"中呈现出的"人"的命运及其生存问题，则构成了"城乡文学"的叙事主题。正如有论者指出的，"在城乡流动中，城乡关系的变化不仅渗透在社会结构、居住空间、消费观念和文化价值等方面，从根本上来说，与'人'相关的一切观念都已经被深刻改变，这种改变在城乡之间产生了剧烈震荡——'一切坚固的东西都烟消云散'"[①]。那些不得不变成"城里人"的"乡下人"，必须迅速改变自己原有的生活方式和文化观念以便跟城市生活相适应。这体现为一种"人"与"空间"的互动，或者更准确地说，是一

[①] 王光东、杨位俭：《新世纪小说城乡流动视野中的"人"及其境况》，《中国现代文学研究丛刊》2016年第2期。

种"人"与"生存空间"的互动,而这一互动,更多地却表现为都市空间对人的重塑。例如贾平凹的《高兴》、尤凤伟的《泥鳅》、陈应松的《太平狗》、李铁的《城市里的一棵庄稼》、罗伟章的《故乡在远方》、阎连科的《受活》以及刘庆邦笔下的"矿区"都呈现出一种人与空间的互动和改造。也许,相较于人对于环境的改造,环境对于人的改造才显得更加广泛。在这些作品里,作家都书写了进城前后"乡下人"的生存空间和生存形态的变化。值得注意的是,在这样一种生存空间的剧烈变化中,一个在"乡土文学"中便时常登场的叙事话语醒目地出现了,即城乡之间的二元对比,在这种对比的视野中,城市往往呈现出某种"道德败坏"的形象,而乡村,则以"道德淳朴"的姿态试图矫正城市的畸形。所以,读者往往能够发现,在这些作品里,当进城农民本来怀着美好的愿望试图进入城市、融入城市,希望能够真正成为一个"城里人",但是,现实中等待着他们的却只有冰冷冷的残酷世界,缺乏人性关怀的工具理性和无处安身的身份焦虑。在这样的空间里,他们再也种不出想要的"庄稼",迎来的只能是人生的苦难和困境。或许正是如此,一部分人最终走上了犯罪的道路。作家正是以深刻的笔触,揭示了"乡下人"进城必然遭遇的一切问题和困难,在某种不可逆的城市化过程中,"城乡文学"的写作者对于现代性保持了观照距离,呈现出批判反思的态度,同时也倾注了某种人道主义关怀。或者可以说,这是"人性话语"在人道主义文学思潮中的重要表达,即向普通人在城乡流动中所遭遇的诸多苦难投去了精神和情感上的人性观照,揭示了一种现代性对人的生存所造成的巨大伤害。

如果说,苦难的叙事具有普遍性的话,那么,对于城乡流动中的女性,作家则倾注了强烈的批判色彩。似乎,现代性是造成这一苦难的重要原因,这也为某种"别现代"的话语提供某种叙事的支撑。诚然,作为"底层"中更为弱势的女性,当她们面对一个现代化的都市更加显得无能为力,似乎更难逃脱被这一生存空间改造的命运。被城市腐蚀、淹没、吞噬、抛弃成为这些底层进城女性无法摆脱的魔咒。例如在李肇正的《女佣》、陈武的《换一个地方》以及尤凤伟的《泥鳅》里,那些本来纯朴善良的进城女性,本想通过自己的双手获得幸福和"城里人"的身份,但是她们却没有一个能够获得成功,这是一个悖论,也是一个困境。在这样一个现代性的场域中,似乎身体的沦陷是她们必将通往的最后命运。显然,对于男性来说,女性似乎在这里丧失了更多人的尊严。作家也对这一现象给予了强烈的批判和深刻的反思。城市中的种种丑恶与黑暗在作家充满人道主义的叙事话语中,被逐一揭露出来。这无疑继承了中国新文学里的现实主义批判传统,也许读者从这样的叙事中,能够再次看到鲁迅所开启的那条具有批判性的启蒙文学的传统。

此外,不论是男性,抑或女性,当他们被卷入了都市化的浪潮中后,对于这一空间里的人生悲剧的书写在21世纪人道主义文学思潮中得到了极大深化。相当部分的"城乡文学"深刻呈现了"乡下人"进城后,或者说农民这一群体被卷入市场之后,随着空间的转换,其身份、经验发生剧烈变化的过程。例如贾平凹的《秦腔》《高兴》和《带灯》、范小青的《父亲还在渔隐街》、阎连科的《受活》等都以深刻的人道主义精神和浓烈的"人性话语"表达了对进城农民惨烈生活的人文主义关怀。正是农民的这种对生存的抗争,使这些写作具有一种浓重的悲剧感。

悲剧感自然就带来了一种人道主义的悲悯情怀。这显然也是"城乡小说"的一种足具代表性的叙事情感。在作家的叙述中,流露出的是对于进城的"乡下人"这一特殊群体在面对"现代性"压力下的同情,以及对于传统价值观流失的痛惜。例如在王安忆的《上种红菱下种藕》中,现代性的到来冲击了稳固的生活秩序,也改变了传统的伦理、道德,更带来了人性的试炼场。在这类作品的叙事中,读者显然看到了叙事者情感上的两种趋向,即对传统生活状态的赞美和留恋,以及对随着现代性生活的展开,诸多人和事发生不可逆转的变化的无奈和悲悯。质言之,对"现代性"进程中出现的人的命运、乡村命运以及文化命运的悲悯,成为21世纪以来"城乡叙事"的一种叙事基调。相关的作品如毕飞宇的《玉米》、张炜的《刺猬歌》、孙惠芬的《上塘书》以及贾平凹的《秦腔》都表现出这样的特点。而这种情感，实际上蕴含着作者对于中国现代化进程的一种思考，是一种对于西方现代性的反思。

就创作手法来说，"城乡文学"遵循了现实主义文学的基本创作原则，深入发掘现实发展中的诸种矛盾。尽管自有城乡结构的二元分立以来，对城乡关系以及在这种关系中的人的描述就成为文学作品的重要焦点。城市和乡村的分野，不仅在于地理空间的不同，同时还带来了生存空间和精神空间的变化，城乡背后更折射出截然不同的文化形态、文明形态与社会形态。当更多的"乡下人"以一种谋生者的身份进入城市，在城市现代化的浪潮中浮沉挣扎，此时，为他们发言的"城乡文学"便对此类人群进行了现实主义的刻画，皴染真实的苦难生存图景，在对他们生存困境的书写中，更多地以一种人道主义的态度书写了他们的命运处境和身份问题。例如在孙惠芬的《民工》中，鞠广大进城务工18年，却始终无法真正在城市里扎根，融入这个现代化的生活场所。在贾平凹的《高兴》里，刘高兴也无法主宰自己的命运，他在进城之后，只能无奈地成为一个"破烂族"。在徐则臣的《跑步穿过中关村》里，书写了一群靠办假证进城的人们，为了进城，可谓是用尽手段，但是进城之后的命运却无法自决，如浮萍一般任自飘零。作为城市里的卑微谋生者，他们往往只能通过出卖体力来获得报酬，这种工作又往往是辛苦的、充满危险的，甚至有时是"灰色"的，不仅工作强度极大，报酬极其低廉，也难以支撑他们在城市安居乐业、过上体面人的生活。因此，面对这种双重的剥夺，进城的"乡下人"在肉体上和精神上都容易产生异质感、自卑感，由此也带来了主体的身份危机和认同危机，不管在城市还是回到乡村，他们都没有立足之地。又如陈应松的《马嘶岭血案》，通过描述城乡两个群体之间的隔阂与冲突，向读者展示了城乡之间横贯着的巨大鸿沟，它残酷粗暴地阻止了乡下人真正与城市的融合，也是现实主义"抓住"的本质所在。

既然存在粗暴的隔膜，那么出于对这种隔膜的义愤，作家往往从人道主义的立场上批判着城市中的种种罪恶。这些罪恶使进城的"乡下人"成为被侮辱与被损害者，他们只能无奈地接受命运安排，随波逐流，逐渐变成一个在场却缺席的"失语者"。当然，对于"乡下人"在城市中惨烈命运的描述，也是一种想象层面的正义伸张。它使得一切在现实中难以解决的问题，在文学想象中得到了某种象征性的解决，也彰显出时代的情感结构。通过揭示种种罪恶，作者展示了一种作为"行动的文学"，所具有的介入社会、介入现实的力量。尤凤伟曾在《我心目中的小说》的文章中这样写道："《泥鳅》写的是社会的一个疼痛点，也是一个几乎无法疗治的疼痛点。表面上是写了几个打工仔，事实上却是中国农民问题……土地减少、负担加重；粮价低贱；投入与产出呈负数；农民在土地上已看不到希望，只好把目光转向城市。"[①]这正是对现实问题的真正探寻，它使得21世纪这股人道主义文学思潮有了切实可行的能指与所指。

二、打工文学

"打工文学"的兴起，背后映射的是中国社会的巨变。改革开放促进了中国城市化进程，冲击了稳固的城乡社会经济的二元结构，市场经济体制的转轨，更带来了农村人口大规模的流动。当文学将其目光瞄准了这一群体时，便产生了学界所谓的"打工文学"。"打工文学"是指以"打工"群体生活为题材的文学作品。打工文学可以包括三种形式：（1）由打工者创作的文学作品；（2）由作家创作的以打工生活为题材的作品；（3）表现打工者生活和情感的作品。[②]无疑，城市"打工者"在务工过程中的种种艰辛、焦虑和痛苦，成了作家书写的重要对象。论及"打工文学"的发端，其最开始的范围大致出现在中国沿海比较开放的城市，这些城市以其自身的经济资源吸

[①] 尤凤伟：《我心目中的小说——在苏州大学"小说家讲坛"上的讲演》，《当代作家评论》2002年第5期。

[②] 杨宏海：《打工文学备忘录》，社会科学文献出版社2007年版，第3页。

引了来自内地的大量"打工者"。因此,他们往往从事着极为艰苦苛刻的工作,却赚取着十分微薄的收入。这种经济上的不对称,是造成他们苦难命运的一个原因。而广东深圳作为中国最早的经济特区,更成为"打工文学"发展的一片沃土。林坚、张伟明、安子、周崇贤、黎志扬、黄秀萍、谭伟文、郭海鸿、海珠、罗迪、缪勇等都是具有代表性的打工作家。他们创作出了大量"打工文学"的优秀作品,例如《别人的城市》《下一站》《隐形沼泽》等,这些作品一经问世,便受到了广泛的社会关注,并引发了一股以"打工文学"为契机的人道主义文学思潮。

很显然,痛苦的生活、艰难的抉择、艰辛的劳动、底层的命运以及冷漠的体验是人道主义展开的叙事场域。而作家们也以饱含着人道主义和人文精神的笔触,"真切地反映了底层打工者群体的生存状态、情感世界与人生追求……他们以真实、鲜活的笔触,记载了他们眼中的改革开放与市场经济的发展过程,记载了中国从传统到现代、从封闭落后到文明开放、从农业经济到市场经济的精神历程"[①]。随着题材的深入和创作的展开,当然也伴随着社会经济的发展,打工的浪潮逐渐一路北上,北京、上海等大城市都有了众多"打工者"的身影。与之相伴的是"打工文学"也不断扩展,它以其饱含现实主义的品格和人道主义精神,吸引了诸多知名作家进行创作。刘庆邦、贾平凹、李锐、荆永鸣、孙惠芬等专业作家,都在"打工文学"潮流中创作了相当数量的优秀作品。例如《家园何处》《高兴》《到城里去》《太平风物》《北京候鸟》《歇马山庄》系列等。其中,有些作品与"城乡文学"发生了一定的重合,既是因为单一的"标签"很难涵盖意蕴丰富的作品,也是源于一种研究者对于当代文学概念的建构需要。

自20世纪90年代以来,文学便表现出一种危机,即不再关注现实,诸多作品或沦为一种以供消费的文化商品,或成为某种概念的苍白注脚。尽管

[①] 李新、刘雨:《当代文化视野中的打工文学与底层叙事》,《东北师大学报》(哲学社会科学版)2009年第3期。

有"现实主义冲击波"试图让文学重返现实主义，但这股冲击波究竟在多大程度上实现了重返现实的目标，仍然是一个值得商榷的问题。而"打工文学"以其独特的质素——作者本人即是打工者，作品内容切实反映真实的群体和他们的生活——为现实主义在 21 世纪的发展开辟了新的路径。在这条新的路径上，"打工文学"以其"真实性"和"严肃性"直面生活中的诸多苦难，以某种亲历者的目光揭示了"打工者"的生存现实和精神状况。由此，它也迫使人们不得不面对一个严肃的问题：在现代化的浪潮中，中国最广大的群体究竟在面对着什么，以及他们在承受着什么？对这一问题的严肃思考，也使人们从消费社会的种种幻象以及景观社会的重重迷梦中清醒并察觉到了中国社会现代化进程中涌现出来的诸多社会问题及时代的精神病症。由此也可以说，"打工文学"的出现，正是对 21 世纪中国文学不断窄化与庸俗现象的一次可贵的矫正与改善。

概括来说，"打工文学"主要在三个方面呈现了现实主义文学的人道主义精神。首先是诚恳地倾诉着生活的痛苦与艰辛，这或许也是"打工文学"的创作初衷。作品关怀打工人群的命运遭际、情感世界、生活经验，刻画他们在追求尊严道路上的艰辛曲折，充满了关爱、体恤与同情；但同时，这些"打工者"并非一味地歌咏苦难，而是以一种倾诉之后充满斗志的话语，展现着自己内心的力量。比如在张伟明的《下一站》中，作为叙述者的"我"尽管倾诉着生活的孤独寂寞，但又不断鼓舞自己，试图让自己走向一个又一个的"下一站"，似乎通过个体的奋斗，能够真正融入城市当中。这当然是一个美好的愿望和想象，但也向读者展示了现实主义的精神的力量。郑小琼的《铁·塑料厂》中，充满了锐利的疼痛与压抑。五金厂的工友们，每天面对的是危险的车刀、灼热的铁浆，"那些嘈杂而凌乱的声音，是铁在断裂时的反抗与呐喊"[①]，这"被炉火烧得柔软的铁"，正是孤独、敏感、脆弱、

---

① 郑小琼：《铁·塑料厂》，《人民文学》2007 年第 5 期。

沉默的打工人的绝佳隐喻。其次，"打工文学"将目光聚焦于底层当中的一个特殊群体，展现了这个群体的苦难与欢乐，在此过程中，作家试图挖掘的是他们的精神世界和情感世界，试图追问的是他们的人生理想与价值追求。当把这些以文学的方式加以描述之后，一些"被遗忘""被遮蔽"的群体在审美镜像中浮出水面，得以发言，并为自己代言。这方面尤以专业作家为主。最后，小说人物追求幸福的同时，也暴露出一个重要的问题，这也正是人道主义精神的第三个方面——身份认同问题。对于自身身份产生的焦虑突出地成为"打工文学"的一个极为显眼的问题。打工者极力要融入城市，成为都市人，拥有都市身份，但却屡屡失败，城市以其庞大和无情将打工者边缘化，打工人很难获得丰厚的物质回报，怀揣微薄的工资在炫目的消费社会行走，只会显得格外局促、尴尬和痛苦，他们不论在任何场合，都被镌刻上了底层的烙印，一次次被抛掷。由此也形成了打工人与城市之间的紧张敌对关系，带来了身份认同的危机。这种危机感，使得"打工文学"的叙事表现为若干类型，部分"打工者"选择了对抗城市，部分选择了牺牲自我融入城市，还有一部分则游走在城市与乡村之间。蔡毅江（《泥鳅》）便是一个典型的城市对抗者，他原本是一个朴实的搬家公司民工，意外受伤后走上报复社会的道路，成为黑社会老大；刘庆邦的《家园何处》便书写了一个单纯的农村女孩何香停沦落为城市中风尘女子的故事，她为了融入城市，并在城市中生存下去，牺牲了自己的尊严而继续忍受生活的煎熬；在罗伟章的《我们的路》中，作者塑造了春妹与大宝这两个人物，他们在城市与乡村之间游走，漂泊不定，永远处于一种"无家可归"的状态，虽然能够进城，但是城市里的生活却又是他们不能言说的生命之痛。不管是对抗、融入还是游走，进城的打工人，永远得不到城市真正的入场券。

值得注意的是，"打工文学"本身涵盖的范围较广。就体裁来说，"打工文学"大致可以分为"打工小说""打工诗歌"和"打工散文"三类。但无论是哪种类型的"打工文学"，都必然反映着——或者用当下的网络用语来说——打工人的打工魂。这些"有意味的形式"在一定程度上也构成了"打工文学"的内容。1984年，林坚在《特区文学》第3期发表了小说《夜晚，在海边有一个人》，这或许是"打工小说"的初产儿。在这篇小说里，作者探讨了人究竟该以何种方式生存的问题，这当然也是对于改革开放之初社会现状的一种呼应。还有在《特区文学》1990年第1期和第2期上刊发的张伟明的短篇小说《下一站》《对了，我是打工仔》，也可看作是"打工文学"早期的代表作品。其后随着这一文学潮流的扩展，"打工小说"在形式、主题和人生哲思方面都进一步开拓了自己的叙事空间。到了21世纪之后，较有代表性的作家是王十月。王十月创作的诸如《国家订单》《寻根团》《白斑马》等中短篇小说以及《烦躁不安》《大哥》《无碑》等长篇小说呈现出一种让"身体"进入写作现场的创作特点。或可以说，"身体"是王十月创作的"打工小说"的叙事的主导性焦虑。对这些"打工人"身体的伤害，类似于一种福柯式的身体的"惩戒"和"规训"，暗示的则是某种精神上的伤害与"矫正"。此外，自20世纪90年代以来，还有大量作家创作出了别具一格的"打工小说"，代表作家有广东的戴斌、曾楚桥、卫鸦、闫永群、黎志扬、于怀岸、吕啸天、邓家勇等，也涌现出不少代表作品，例如《驶出欲望街》（缪永）、《情爱原生态》（戴斌）、《谁都别乱来》（罗迪）等，这些作品被转载后受到多方关注。就创作主体来说，呈现出一种由非专业向专业作家延展的趋向，90年代以前的"打工小说"多为自发创作，打工者是主要生力军，作品粗粝鲜活，充满生活气息，尽管不少作品并不成熟，却凝结着打工作家的鲜血和泪水；21世纪以来，不少专业作家纷纷转向对打工题材的深描。主要代表作品包括：孙惠芬的《歇马山庄的两个女人》、陈应松的《松鸦为什么鸣叫》、王安忆的《发廊情话》、夏天敏的《接吻长安街》、迟子建的《世界上所有的夜晚》、邵丽的《明惠的圣诞》、范小青的《城乡简史》、王十月的《国家订单》等。有趣的是，这些获奖作品里只有王十月是真正的草根作家，具有一线的打工经历。不难看出，"当代'非打工作家'

写作'打工小说',从数量上和影响上已经超过了'打工作家'"[①]。

其次,是"打工诗歌"的写作。与自上而下的"启蒙式"写作不同,"打工诗歌"一般都是采用自下而上的形式,也就是说,它首先直接地来自"底层"的孕育,其后才被主流文学发现或培养。例如较早的"打工诗人"白连春,发表了一系列"打工诗歌",是较早地表现进城农民在城市里谋生存的诗歌。此外,进入21世纪以来的谢湘南(《零点的搬运工》)、张绍民、郑小琼、程鹏、许强等都是"打工诗歌"的代表性作家。尤其是郑小琼,诗歌斩获多个大奖,《黄麻岭》《铁》《内心的坡度》等作品,充满了坚韧的反抗、强悍有力的语言、粗粝的生活质感,形塑一种坚硬又脆弱的钢铁美学,让她的作品有了经典的品相。有相当一部分的"打工诗人"在其社会身份上仍是一个农民,这就使之与所谓的"底层"有了更深更广的接触,当他们将这种生命体验化为诗歌语言时,自然能够呈现出某种具有泥土和水泥气息的现实主义创作风格。这些作家的打工诗歌也因之有了别具一格的现实主义和人道主义关怀。值得注意的是,"打工诗歌"并非铁板一块,毕竟诗歌是一种个性化的创作,并不存在某种一定的创作规则。对于这些诗歌创作来说,共同的部分或许可以说,是"打工"这一事件进入了诗人的视野当中,并成为一个内在的经验结构和叙事主题,通过诸种形式的表达,"打工诗歌"激活了那些似乎已经被消费社会忘却的"启蒙精神"和"底层意识"。

最后,是"打工散文"的写作,而这些散文的写作,显然是受到了专业刊物的推动。例如《人民文学》就频频刊发这样的"打工散文",这在给主流文学带来新气象的同时,也助推了"打工文学"的发展。21世纪以来的"打工散文"写作,呈现出蓬勃的发展态势。代表作品包括:安石榴的《深圳地图》(2001年)、周崇贤的《打工:挣扎或者希望》(2001年)、张利文的《三个进城的女子》(2005年)、王十月的《烂尾楼》(2006年)、郑小琼的《铁·塑

[①] 柳冬妩:《"打工文学"的类型细分》,《海南师范大学学报》(社会科学版)2012年第2期。

料厂》（2007年）、塞壬的《下落不明的生活》（2007年）、叶耳的《31区的月光》（2007年）、萧相风的《词典：南方工业生活》（2010年）等。这些作品多发表在《人民文学》《天涯》《广西文学》等知名刊物，具有较高的社会影响力，也引起了学界的重视。总而言之，无论是"打工小说""打工诗歌"还是"打工散文"，它们都构成了"打工文学"的重要维度，更为重要的是，在这样一个书写场域中，现实主义和人道主义是一以贯之的创作灵魂。

三、底层写作

无疑，无论是"城乡文学"还是"打工文学"，此种文学写作已经将目光聚焦于某种意义上的"底层"。然而，在"城乡文学"中进城的"乡下人"，在"打工文学"中务工的"打工仔"，毕竟还存在着某种特殊身份的标签，即他们是广大底层世界中的某个群体。显然，"底层"是一个更加广泛的概念，特别是在现代化的城市里，在每一个领域中似乎都存在着一个深不见底的"底层"。有众多研究者也试图确定"底层"的概念范畴，南帆指出底层是历史化的概念，遭受压抑是其最主要的特征①；刘旭②、王晓华③则从社会学视角出发，认为底层是在社会的组织、经济、文化资源上的匮乏者。"底层"的定义批评界莫衷一是，但"缺乏自我表达能力""普遍不具备完整表达自身的能力""沉默的大多数"等形象表述已经被批评界认同。可以说，"底层"构造了一种城市文学的体验维度和想象维度，它成为21世纪以来人道主义文学思潮的核心命题之一。而这股书写万千"底层"的创作潮流，更在

---

① 南帆等：《底层经验的文学表述如何成为可能？》，《上海文学》2005年第11期。
② 刘旭：《底层能否摆脱被表述的命运》，《天涯》2004年第2期。
③ 王晓华：《当代文学如何表述底层——从底层写作的立场之争说起》，《文艺争鸣》2006年第4期。

2004年前后形成了较大的规模，贾平凹、刘庆邦、陈应松、谈歌、刘醒龙、尤凤伟、胡学文、曹征路、罗伟章、孙惠芬"将目光投向了灯火辉煌、眼花缭乱的巨型发展景观背后的地下室、群租房、矿井煤窑、车间工棚中进城打工农民与基层工人的生活轨迹及喜怒悲欢"[①]。在这样的"底层写作"中，作家们纷纷将他们的笔触投向了更加广泛的社会底层和生活现实，以现实主义的批判精神和人道主义的悲悯情怀来透视飞速发展的城市化进程中的人和事。同时，在这种透视下，种种集中于"底层"的社会矛盾也得以披露，涌现出大量优秀的作品，如曹征路的《那儿》《问苍茫》、迟子建的《世界上所有的夜晚》《炊烟图》、贾平凹的《高兴》《极花》、罗伟章的《大嫂谣》《变脸》、孙惠芬的《民工》《吉宽的马车》、陈应松的《太平狗》、尤凤伟的《泥鳅》、慕容雪村的《中国，少了一味药》、杨小凡的《望花台》、陈然的《看不见的村庄》等。

"底层写作"在相当程度上延续了中国新文学"启蒙叙事"的话语。显然，因反映现实矛盾和民生疾苦而获得了瞩目与尊重，其对现实主义创作理念与方法的倚重也是有目共睹。在21世纪以来消费社会构筑的现代性浪潮中，在种种耽于享乐或消闲的文学潮流中，文学似乎越来越失去了它理应承担的社会启蒙的作用，它更加注目于一种现代性潮流下的物质主导性，彰显出独特的中国当下性，反映出当代性的价值引领，同时，"注重经济、物质的生活唯物主义的主导价值倾向"方面已经"超越了新时期'文明与愚昧冲突'的启蒙主义模式"[②]。在这种情况下，"底层写作"却一反"物"的消费主义，倾心于大胆且深刻地揭露转型期社会的诸种病灶，显示出一种文学作为"社会良心"的重要作用。因此，"底层写作"中蕴含的"启蒙话语"正是

---

① 张光芒：《是"底层的人"，还是"人在底层"——新世纪文学"底层叙事"的问题反思与价值重构》，《学术界》2018年第8期。

② 赵黎波：《启蒙终结论再解读——"后新时期""新世纪文学"批评中的启蒙话语研究》，《当代文坛》2012年第2期。

21世纪以来人道主义文学创作中一个重要的叙事向度。或者人们可以说，21世纪以来的"底层写作"同样延续了"五四"以来的"为人生"的写作姿态。

当然，除了对于传统启蒙话题的继承以外，21世纪"底层写作"还开辟了一些从现实中寻到的更新的题材。例如在夏天敏的《好大一对羊》中，作者对权力和官本位所产生的某种文化语境刻画得十分详尽与深刻。在这样的作品里，作者指认了一种根深蒂固的官本位文化，在下者对当权者唯命是从，一切遵循长官意志，于是，"羊"成为人的主人，而"人"则成了"羊"的"奴隶"。这显然是一种对于人性异化和新的奴隶思想的批判。又如慕容雪村的《中国，少了一味药》，书写了一起传销事件，这当然是与时代密切相关的。杨小凡的《望花台》则反映了21世纪以来的非法集资事件。刘庆邦的《卧底》，书写了"周水明"为了自己的官位（向上爬）而前往小煤矿卧底调查，结果当他被囚困于井下后，所有人都对这个"底层"之人漠不关心，甚至落井下石，折射出一种人道主义的缺失。这些都与商品社会中人的现实处境密切相关，也构造了一处人道主义和启蒙话语得以展开的关于"底层世界"的"想象共同体"。

综上所述，21世纪以来的人道主义文学思潮，主要表现为"城乡文学""打工文学"和"底层写作"三类。这三类创作并非铁板一块，而是往往在叙事主题上互有交叉，共同构成了21世纪以来"启蒙话语"的叙事空间。时至今日，尽管物质生活极为丰腴，然而"社会启蒙"和"人性启蒙"却仍是一项未竟的事业。21世纪以来人道主义文学创作中所蕴含的现实关怀、人道主义，以及启蒙诉求是对中国新文学中启蒙精神的继承与延续。

第三节
如何重审新人道主义文学思潮？

尽管21世纪以来的人道主义文学思潮试图表现出一种重返现实、重返精神高原的姿态——例如它的某种先声现实主义冲击波的创作潮流，也有论者对此种具有人道主义精神的写作深以为然。张新颖最早将何申、谈歌、关仁山、刘醒龙等人的现实主义写作命名为"现实主义冲击波"，而魏愚更是高度赞颂这些作品，指出作家将目光投注到底层劳动者和平民百姓的日常生活与喜怒哀乐，展现出复杂深刻的社会现实，"不仅是对前几年文学创作缺乏现实主义精神状况的有效补偿，而且也给文学创作带来了新的发展前景"[①]。这些作品也确实写出了经济和文化转型时期"底层的人"乃至普通民众的种种苦难与不幸。然而，如果人们对此种文学写作还有什么不满的话，就是这种人道主义似乎尚未将其视野转向一种时代性因素。对于文学活动来说，作家、作品、读者、世界是一个密不可分的有机组合，"世界"这一要素包含着人们对于时代的体验。换言之，一时代有一时代的文学，文学也应当充分反映人们的时代体验。而21世纪以来，随着经济的迅速发展，科技也在迅猛发展，人们已经进入一个与以往截然不同的"科技时代"。"科技时代"的文学应当反映出人们在面对与其人生密不可分的科技体验时的诸多感受，也包括科技对人的异化等。然而，正如阿来早在21世纪之初便已指认的，"主流文学界有一个响亮的口号，便是关注现实，但却一直对科学技术已经成为强大的社会现实，成为文化的一个部分视而不见。于是，很多的文化与文学（包括我个人的创作）所显现出来的都是一种回顾性的姿态。显

[①] 魏愚：《对"现实主义冲击波"的想法》，《文艺报》1997年8月26日。

现出来的是一种基于农耕文化的向后看的眼光,很难想像,在现代社会中,一个民族只靠内省与回顾便能与整个世界的发展步伐协调一致。"①而无论是城乡文学、打工文学还是底层写作,其叙事话语似乎仍然很大程度上是传统的"五四文学"或者"启蒙文学"的延续,所不同的只是作为文学书写对象的"人"的身份发生了改变。这些创作似乎还未深究某种技术现实对于"底层"的作用。

21世纪人道主义文学创作试图以道德超越道德,这种道德力量本就源于传统,他们试图从文化当中寻找某种古老的道德之根,并将其重置于崭新的现代文明之上,以抚慰那些被城市、被现代化所侮辱和损害着的"底层"。这样的努力也正显示出了阿来所说的那种"回顾性姿态",也似乎与新时期以来"寻根文学"所做过的努力进行了一个不太遥远的呼应。但是,无论是人道主义的叙事话语形塑的那个"更倾向于'活着'"的"道德的世俗主义阶段"②,抑或表同情于"底层"的"同情人道主义"③,它们所展现的都是一副超克于技术现实的"道德理想主义"。当一些作家加入了这个创作思潮之后,他们是否真正能够成为时代的体验者,这恐怕要打个问号。新世界以来的人道主义写作潮流,是否在很大程度上将某种"终极关怀"和"道德批判"作为其写作旨归?在一个文化和文学愈发多元的时代,在一个科技已经与"人"深度融合的时代,人道主义的叙事主题是否应该超克作为生物的"人"本身?内蕴于"人道主义"中的道德批判如何才能避免因与时代的隔膜而成为一个"美丽而苍凉的手势"?这些问题似乎正给人道主义的写作前路提供了一些新的可能。

此外,还有学者注意到"底层"的概念化问题,张光芒指出"作为一个思潮性的概念,以'底层的人'为核心症结的'底层叙事'已经走向终结",

---

① 阿来:《科技时代的文学》,《中国青年科技》2001年第1期。
② 张光芒:《道德嬗变与文学转型》,昆仑出版社2013年版,第8页。
③ 王达敏:《中国当代人道主义文学思潮史》,上海人民出版社2013年版,第309页。

而"只有祛除'底层人'的概念化写作，从'底层的人'转向'人在底层'，才能实现文学本质的回归和人性价值的呵护"①，从而实现人道主义文学的真正目标。尽管"底层"作为一个叙事空间在21世纪以来的人道主义文学思潮中占据了重要位置，但是在这股创作潮流中，也出现了一种对"底层"的征用。在这个叙事空间里，"反讽、戏谑、狂欢、戏说、复调、荒诞、黑色幽默等文体形态，与亡灵、傻子、疯癫等另类视角联手，成为当前文坛流行的一大景观，也成为当下底层叙事的主要表现手法"②。而这样缺乏真切生活体验和思想认知的"形式主义"终将会拆解21世纪人道主义文学的本质意义，成为诸多文学概念与形式的试验场。

在叙事模式方面，21世纪以来的人道主义文学写作加入了更多的"新闻因素"。使文学叙事——一种虚构性的文体，在某种程度上变成社会事件的"知识考古"。《高兴》《极花》《神木》等小说创作，都有现实新闻热点的根源，例如灾害瞒报、拐卖妇女、矿井谋杀等。从而使文学叙事呈现出一种纪实性的特征，这在某种程度上来说，隐含着一种将现实主义再次还原为对现实的平面反映之镜的危险，或者使文学书写成为新闻报道的"附庸"。当然，如何把握"写实"的量与度，也反映出作家创作的内力。总而言之，在21世纪人道主义文学思潮中出现的"回顾性姿态""道德理想主义""概念化""征用底层""新闻化"等现象仍然是值得人们不断进行反思的问题。

◎学习要点

1. 关键术语：人道主义。
2. 理论基础：人道主义；庶民研究；伦理学；社会学。

---

① 张光芒：《是"底层的人"，还是"人在底层"——新世纪文学"底层叙事"的问题反思与价值重构》，《学术界》2018年第8期。

② 张光芒：《是"底层的人"，还是"人在底层"——新世纪文学"底层叙事"的问题反思与价值重构》，《学术界》2018年第8期。

3. 重要观点：21世纪以来，中国社会的各类转型进一步深化，城乡差距的扩大，社会矛盾的激化，也带来了作家对于底层生活群体的关注，他们以城乡文学、打工文学、底层文学表现关怀与忧思，构成了新人道主义思潮。

◎思考讨论

1. 新人道主义文学与五四人道主义文学有何区别？
2. 新人道主义文学对于当下社会有何意义？
3. 新人道主义文学为世界文学贡献了什么？

◎拓展阅读

1. 李云雷编：《底层文学研究读本》，上海书店出版社2018年版。
2. 刘卫国：《中国现代人道主义文学思潮研究》，岳麓书社2007年版。
3. 王达敏：《中国当代人道主义文学思潮史》，上海人民出版社2013年版。
4. 恩斯特·卡西尔：《人论》，甘阳译，西苑出版社2003年版。
5. 万俊人：《20世纪西方伦理学经典》，中国人民大学出版社2005年版。
6. 别尔嘉耶夫：《俄罗斯思想——十九世纪末至二十世纪初俄罗斯思想的主要问题》，雷永生、邱守娟译，生活·读书·新知三联书店1995年版。
7. 皮埃尔·勒鲁：《论平等》，王允道译，商务印书馆1988年版。

◎作者简介

张宇，南京大学文学博士，华南师范大学文学院特聘副研究员。中国当代文学研究会会员、中国文艺评论家协会会员、中国鲁迅研究会会员、中国茅盾研究会会员、《中国现代文学论丛》（CSSCI集刊）特约编辑。研究方向：中国现当代文学思潮，性别研究。合著或独著学术著作多本，参编教材多部。在《当代作家评论》《南方文坛》《现代中文学刊》《扬子江文学评论》等发表论文近40篇，在《光明日报》《文艺报》《中华图书报》发表评论多篇，代表论文被《新华文摘》网刊全文转载。参与或主持国家级、省部级项目多项。

  任一江，南京大学文学博士。现为徐州工程学院人文学院讲师，担任"科幻文学与数智人文研究中心"常务副主任，兼任CSSCI来源集刊《中国现代文学论丛》特约编辑，擅长对中国科幻文学的研究。发表CSSCI来源期刊、集刊论文和省级核心刊物论文十余篇。其中科幻研究论文《文学新境与审美路标——论中国当代新科幻小说的四副面孔》被《新华文摘》论点摘编。主持江苏省高校哲学社会科学研究一般项目"中国当代新科幻小说的'启蒙叙事'研究"，完成徐州市社会科学研究课题"'新科幻'视野下徐州地铁文化的精神向度研究"等各级各类项目。

【第六章】

女性主义文学思潮

第六章 女性主义文学思潮

1985年前后，随着改革开放和思想解放的深入，大众视野中女性被重新"发现"，西方女性主义文学资源的译介，促动了中国新时期女性主义文学的萌发和生长，形成了当代女性主义文学思潮。女性主义文学，是指由女性创作，表现女性观念、女性意识与女性经验，关注女性自身的生命意识、情感欲望、话语表述、精神世界，张扬女性主体性，追求女性解放、性别平等的文学。作为当代重要文学思潮，中国当代女性主义文学思潮自20世纪80年代中期发轫，在90年代达到高潮，并持续至21世纪，表现出多元进路。

第一节 "女性"如何被重新发现？

女性主义文学思潮在新时期的萌发，首先与启蒙主义、自由主义思潮的勃发密切相关。李泽厚、刘再复等人的主体性理论，在1980年代成为一种"元话语"[1]，对当时的女性主义研究者影响深远。女性被认为是自然人性的一种具体的修辞形态。"文化大革命"带来了人性的异化、社会的动荡，也给性别解放蒙上了一层厚重的阴影。在20世纪50至70年代，"妇女能顶半边天"的口号一定程度上促进了妇女的社会解放，李双双等"新妇女"作为社会主义女权主义的代表人物，显示出变革社会的力量。然而性别意识问题却被有意回避、扭曲。这样的矫枉过正，也给女性群体带来了一定的压抑、遮蔽与遗忘。身体、情感与欲望都成了叙事中不能言说的幽暗角落，然而这些问题始终存在，也如幽灵一般困扰着女性写作者。妇女问题的"提出和尖锐的表现，最早是在文学而不是在社会学领域，无意中使得有关妇女的文学成为社会学讨论的导火索和先驱"[2]。新时期女性主义文学，首先以断裂—差异的策略，

---

[1] 贺桂梅：《当代女性文学批评的三种资源》，《文艺研究》2003年第6期。
[2] 李小江：《当代妇女文学中职业妇女问题——一个比较研究的视角》，《文艺评论》1987年第1期。

实现与社会主义文学的"割席"。她们征用启蒙主义、人道主义、自由女性主义（liberal feminism）等西方理论，为女性气质、女性意识张目，表现对女性的关切与同情。

新时期第一批女性主义作家茹志鹃、宗璞、陈敬容、张洁、谌容、戴厚英、霍达、王安忆、铁凝、竹林、舒婷等，她们的性别自觉、性别意识事实上与毛泽东时代的性别话语塑造密切相关，她们既是时代的受惠者，也是受限者。一方面，家国认同是自觉的选择。"事实上，数量众多、规模庞大的女性文学、艺术家的全面崛起，其自身便是女性群体在毛泽东时代所获得并积蓄的文化资本的一次显现与挥霍。"[1]因此，这一时期的女性写作，与时代主潮是同频共振的，女性议题被附着在民族、国家的宏大议题之上。不管是"伤痕文学""反思文学""改革文学""寻根文学""先锋文学"，新时期每场文学潮流中女性作家都跻身其中，并贡献出众多的代表文本，成为文坛不可忽视的力量。另一方面，在主流叙事话语中，女性作家不断探索表达的边界，游离于时代文学主潮，努力寻求"女性声音"传递的可能，在边界的不断打破中，女性主义文学思潮终于"浮出地表"。

从20世纪80年代中期开始，一批国内外的研究论著相继出版问世，助力了女性主义思潮在中国的传播，拉开了创作和研究大潮的序幕。与20世纪80年代后期只有孟悦、戴锦华、杜芳琴、李小江等人孤军奋战的状况相比，90年代译介和研究女性主义文学的力量空前壮大。丰富多元的研讨会、研究主题、学术论著构成了一个不断向外辐射文化影响力的"场"，丰富了新的女性创作和理念。女作家作品与理论批评互生互荣，形成一股强大的女性主义文学思潮。性别意识的充分实现和成熟，应与第四届世界妇女大会在北京的召开密切相关。以这次大会为契机，中国女性主义文学成果如雨后春笋般破土而出。这一年，女作家的创作、出版和专题研究层出不穷。"红辣

---

[1] 戴锦华：《新时期文化资源与女性书写》，叶舒宪主编《性别诗学》，社会科学文献出版社1999年版，第27页。

椒"丛书、"红罂粟"丛书、"风头正健女才子"丛书、"她们"丛书等丛书赢得了口碑和市场，制造了公共话题，与此同时，《人民文学》《中国作家》《北京文学》《大家》等知名刊物都先后推出了女作家专号。之后，陈祖芬、叶文玲、张抗抗、王安忆、蒋子丹、唐敏、迟子建、林白、陈染、赵玫、徐小斌、张欣、池莉等人集体亮相于公众视野，强化了女性写作的集聚效应。21世纪以来，多元化、本土化的倾向也带来了女性主义写作的新变。底层文学、网络文学、科幻文学等文学潮流的发展，女性主义立场的融入呈现出多元的精神路向，丰富了21世纪文学的形态与样貌。

第二节 女性主义文学思潮怎样流变？

一、新时期女性主义文学：萌蘖与新生

新时期的女性主义文学，处于萌蘖状态，它始终是时代主潮文学的重要构成，积极参与到"伤痕文学""反思文学""改革文学"思潮的建构，是"'高歌猛进的时代'多声部中的高音部"[1]，也是"新时期的同路人"[2]。竹林《生活的路》（1978年）作为知青文学的先导，借女知青娟娟的悲剧命运反思"上山下乡"运动给一代人带来的心灵创伤；《北极光》（张抗抗）、《我们这个年纪的梦》（张辛欣）、《雨，沙沙沙》（王安忆）等也是典型的知青叙事；戴厚英的《人啊，人》（1979年）以1957年"反右"斗争到中共十一届三

---

[1] 戴锦华：《新时期文化资源与女性书写》，叶舒宪主编《性别诗学》，中国社会科学出版社1999年版，第24页。

[2] 陈晓明：《无法证明的自我——女性主义意识的崛起》，《剩余的想像——九十年代的文学叙事与文化危机》，华艺出版社1995年版，第125页。

中全会这段风云变幻的历史为背景，在"文革"后第一个在文学创作中大胆提出了人道、人性主义的命题；茹志鹃的《剪辑错了的故事》，宗璞的《我是谁》《弦上的梦》《三生石》，谌容的《人到中年》《懒得离婚》等作品，凭借知识分子待遇的社会问题的书写，成为"尊重知识""科技兴国"等现代化主流话语的先声；张洁的《爱，是不能忘记的》《沉重的翅膀》（1983年），都加入了反思控诉"文革"的主题。不难看出，这一阶段女性议题是附加在人性、启蒙、人道主义、知识分子等问题进行讨论的。女性的特殊遭际，成为人道主义、知识分子、改革等问题的生动注脚。

到了20世纪80年代中期，女性社会学与女性人类学知识的传播，给当时的女性写作者带来了深远的影响，新时期中国的女性主义写作由自发走到自觉，增强了与男权主义历史文化与语言的抗争力量。西方经典女性主义论著被纷纷译介到中国，西蒙·波伏娃的《第二性》、弗吉尼亚·伍尔芙的《妇女与小说》、玛丽·伊格尔顿编的《女权主义文学理论》、凯特·米莉特的《性政治》；众多女性学者也参与到编选和译介中，编选了大量经典文本，有力地推动了西方女性主义在中国的传播，如《当代女性主义文学批评》（张京媛编）、《西方女性主义研究评介》（鲍晓兰主编）、《妇女：最漫长的革命》（李银河主编）、《社会性别研究选译》（王政、杜芳琴选编）等。从中国本土的研究论著来看，李小江的《性沟》，戴锦华、孟悦的《浮出历史地表》，陈顺馨的《中国当代文学的叙事和性别》，刘慧英的《走出男权传统的藩篱》，刘思谦的《"娜拉"言说——中国现代女作家心路纪程》，盛英的《中国女性文学新探》，乔以钢的《中国女性的文学世界》，林丹娅的《当代中国女性文学史论》，荒林的《新潮女性文学导引》，徐坤的《双调夜行船——九十年代的女性写作》等著作相继问世，标志着新时期女性主义思潮的崛起。

在女性主义文学中着重发力的，是舒婷、林子、翟永明、伊蕾、唐亚平等一批女诗人。诗歌最先表现出鲜明的女性意识与性别自觉，并不断突破着探索的界限，给文坛投下一束震悚的炸弹。舒婷的《致橡树》《雨别》《赠》

《春夜》《四月的黄昏》等诗都充满优美而新鲜的"女性气质";林子的系列爱情诗《给他》、王小妮的《假日·湖畔·随想》等诗歌首先表现出完整的女性意识。舒婷着意突出性别气质,表现女性风格,但这种本质化的性别理解,也会带来束缚。舒婷在诗歌中的抒情主体,摇摆在独立与依附之中,有时候是一株独立的"木棉",有时候又是一个渴望被男性爱抚的小妖精。相比之下,翟永明、张真、伊蕾、唐亚平、陆忆敏、王小妮等为代表的女诗人,以"黑夜意识"震惊文坛,显示出非凡的勇气。她们深受"自白派"女诗人西尔维娅·普拉斯、安·塞克斯顿、玛格丽特·阿特伍德等人的影响,有着更为鲜明的主体意识与性别自觉。1985年,翟永明以大型组诗《女人》诗集序言《黑夜的意识》宣告了当代女性写作自觉意识的诞生。翟永明自言,黑夜意识是"来自内心的个人挣扎,以及对'女性价值'的形而上的极端的抗争"[1]。它不仅象征了女性的生命意识,还创造了一种新的话语系统与感知方式。翟永明揭示了被男性成见所遮蔽、淹没、无视的女性世界,同时也重新阐释现有的世界秩序,开辟新的可能。"这是最初的黑夜,它升起时领我们进入全新的、一个有着特殊布局和角度的,只属于女性的世界。这不是拯救,而是彻悟的过程。"[2] 拥有黑夜意识,意味着"找到最适当的语言与形式来显示每个人身上必然存在的黑夜,并寻找黑夜深处那唯一的冷静的光明"[3]。翟永明的大型组诗《女人》、《静安庄》(1985)和《人生在世》(1986),是中国当代女性主义诗歌的杰作。在她看来女人是神秘幽深的,是被创造和被命名之物,"我,一个狂想,充满深渊的魅力/偶然被你诞生。泥土和天空/二者合一,你把我叫作女人/并强化了我的身体"(《女人·独白》),女性写作是被压抑的、被限制为男性宏大历史的点缀与陪衬,"女人用植物的语言/写她缺少的东西"(《人生在世》)。女人如水滴一样透明脆弱而

---

[1] 翟永明:《再谈"黑夜意识"与女性诗歌》,《诗探索》1995年第1期。
[2] 翟永明:《黑夜的意识》,《诗歌报》1985年4月17日。
[3] 翟永明:《再谈"黑夜意识"与女性诗歌》,《诗探索》1995年第1期。

寂寞，她被历史、文化、社会边缘化，"该透明的时候透明/该破碎的时候破碎"（《女人·边缘》）。在中国当代女诗人中，翟永明的女性主义意识是最坚定、最清晰的。"黑夜意识"的张扬，成为该时期女性言说的标志性话语。洪子诚也将《女人》视为"女性诗歌"出现的标志[1]。对于翟永明而言，女性主义诗歌是"女性的思想、信念和情感承担者"[2]，她反对"女子气的抒情感伤"，也排斥"不加掩饰的女权主义"，而是在诗歌中追求心灵中一种与人类、宇宙共融的意识，对抗暴戾的命运又服从内心的真实。此外，唐亚平的《黑色沙漠》《我举着火把走进溶洞》《我就是瀑布》等诗，同样聚焦黑色意象，充满了神秘、混沌、幽魅之氛围，如"黑色寂寞流下黑色眼泪/倾斜的暮色倒向我/我的双手插入夜/好像我的生命危在旦夕/对死亡我不想严阵以待"（《黑色沙漠·黑色眼泪》）。《黑色洞穴》中，充满了弗洛伊德式的性意象，以隐曲之笔，大胆书写性行为，充分开掘身体的欲望，表现出强烈的非道德倾向，"洞穴之黑暗笼罩昼夜/蝙蝠成群盘旋于拱壁/翅膀扇动阴森淫秽的魅力/女人在某一辉煌的瞬间隐入失明的/宇宙"（《黑色洞穴》），这样富有挑逗性的画面，充满性暗示的意象，刺激着读者的想象，在挑动身体感能欲望的同时，也有沦为被凝视对象的风险。伊蕾组诗《黄果树大瀑布》（1985）、组诗《独身女人的卧室》（1986）、组诗《罗曼司》（1986）等，以赤裸的、大胆的宣言，张扬着女性不被驯顺的主体。独身女人自由而放荡，无所顾忌地对男性发出大胆的邀约，"独身女人的时间像一块猪排/你却不来分食"（《独身女人的卧室·小小聚会》）。诗的结尾"你不来与我同居"，这一惊世骇俗的呐喊，充满了诱惑力，如塞壬女妖一般，挑战了男权社会对于女性的贤淑道德规约。她用令人战栗和疯狂的号叫向着"历史"发出质疑，在绝望的自虐中呈现决绝的反抗："挣扎着的肉体/要把心灵和皮肤撕裂的肉体/把空气撕裂的肉体/落入了恶梦"（《独舞者》）；

---

[1] 洪子诚：《中国当代文学史》，北京大学出版社1999年版，第308页。
[2] 翟永明：《黑夜的意识》，《诗歌报》1985年4月17日。

以介于生命与死亡的游移体现女性的抵抗力量:"给我一口水吧/请给我永生之水/三十七年我以水为生/一百次想到要在水中死去/因此我才这样淡泊如水/因此我才这样柔韧如水/撕也难毁/烧也难毁"(《三月永生之七》)。张真、陆忆敏、林珂、王小妮等人的诗作也各有特色,在1986—1988年间掀起了一阵女性诗歌的热潮。此后,小君、林雪、赵琼、萨玛等也纷纷加入女性主义诗歌的阵营。这些充满了"黑夜意识"的女性主义诗歌在发表之时曾屡屡受到世人的苛评,被贴上"颓废""淫荡"的标签,女性诗歌一度沉寂。到90年代初期,女性诗歌写作又发起了一番冲击,陈染、林白、徐坤、海男,她们的诗歌表现出更为强烈的性别自觉,只是,其影响力已不复如昨。

启蒙主义思潮之下,作家对于人的理解由抽象的阶级人转变为具体的个人,承认人的懦弱、欲望、激情等非理性成分,呵护人性的尊严。"文革"时期对于私人情感的否定和摒弃,使得情感尤其是爱情成了禁忌的领域。爱情、亲情、友情,被简化为阶级情感,"家务事,儿女情"被否定和排斥。因此,新时期女性文学首先突破了情感禁区,在情感领域试水,细腻描绘曲折的爱情、亲情、友情。《致橡树》、《爱,是不能忘记的》(1979年)、张抗抗的《北极光》(1980年)、林子的《给他》(1980年)等作品给"文革"过后人们干涸焦渴的心灵以情感的甘霖。爱情的母题一时间成为女性文学的自留地,女性书写似乎总无法逃离爱情的魔咒,或是写女主角为爱煎熬,或是因爱升华,或是陷入无爱的苦斗与撕扯,或是陷入灵肉的紧张与冲突……张辛欣的《我在哪里错过了你》(1980年)、《在同一地平线上》(1981年)、《最后的停泊地》(1983年)等写尽了职业女性在家庭与事业中撕扯的双重负担。《方舟》(1982)中,梁倩、荆华、柳泉三个女性被男性世界伤害和拒绝,她们结盟互助,抱团取暖,在女性友谊之船上"方舟并鹜,俯仰极乐"。

二、90年代女性主义文学：回到女性自身

进入20世纪90年代，随着民族创伤记忆的淡退、商业大潮的兴起，个人话语得以和国家话语剥离，女性作家们也能够以一种超越的姿态看待女性自身，而不仅仅将女性问题当作民族、国家、社会问题的附庸，因而，"回到女性自身"成为这一时期女性写作的基本主题。90年代的女性写作呈现出空前多样的形式，在其中既有陈染、林白这样高度西方化、直接在女性主义理论的"烛照"下的女性主义写作，也有大量接通着传统女性写作的具有某种中和与边缘色彩的流向，徐坤的知识分子写作，则以尖锐的反讽，展示出女性写作的新路径。

曾明了在1994年发表了小说《风暴眼》，较少为文学史提起，但该小说却早早触及了女性主义书写的主题，是一篇重要的女性主义乌托邦作品。大风暴降临戈壁，持续十天十夜，人类被围困在这种可怕的处境中勉力自救。孖作为女性，首先遭到了来自父兄和丈夫的野蛮残暴的性侵害。"风暴"是女性的愤怒力量的隐喻，女性借助自然的力量，实现了对男性的复仇。乱伦的父亲，暴虐的男人在洪暴中命丧黄泉，性暴力的产物——孽子最终断子绝孙，孖从风暴中幸存下来，并营造了一个清白的世界。有趣的是，汪曾祺却认为，这篇小说是对人类原始本能的歌颂，有一种"杰克·伦敦式的粗犷"与"男性的力度"[①]。

"风暴眼"隐喻着女性充满悲剧的现实困境与文化困境。女性主义者们大胆地歌颂身体与欲望，在男性停止的地方进行"强有力的独唱"[②]，试图以惊世骇俗的身体写作实现内在的反抗与超越，力图突破这种绝望的性别深

---

① 汪曾祺：《一个过时的小说家的笔记——曾明了小说集〈风暴眼〉代序》，《绿洲》1993年第5期。

② 陈染：《私人生活》，作家出版社1997年版，第181页。

渊。身体的彻底解放不只是外部表征，更根本的是突破内部的"约束问题"[①]，福柯循着尼采的路径，将身体美学指认为一种对"自我的呵护"，关注、改造、完善自我并使得个体真正"拥有自我"[②]。正是在这种创造性的解放中，女性自我意识已然觉醒，独立人格和自由意志也由此生成。

陈染和林白作为90年代最具代表性的女性作家，不仅有着出色的文学实践，还积极参与了女性写作的理论建构，成为"个人化写作"潮流的中坚力量。"个人化写作是一种真正生命的涌动，是个人的感性与智性、记忆与想象、心灵与身体的飞翔与跳跃，在这种飞翔中真正的、本质的人（而不是被任何叙事所瓦解的）获得前所未有的解放。"[③]陈染的代表作《私人生活》《与往事干杯》《无处告别》发表后，以其对女性的边缘视角冲击着文坛，而《空的窗》《时光与牢笼》《巫女与她的梦中之门》《另一只耳朵的敲击声》《破开》等作品，近乎巫言，离奇怪诞中呈现女性的精神秘史、女性的孤独处境与决绝反抗。《另一只耳朵的敲击声》诡诞奇绝，可说是当代最鲜明的女性主义文本。面对一个由"自私阴茎"组成的世界，矛盾忧郁愤怒的不寻常的黛二只有孤独地漫游，独自苦斗。在灵与肉的分裂中，在堕落与超越的挣扎中，在躁动与寂寞的对峙中，女性前所未有地感受到地狱般的黑暗与灼痛的希望，而只有写作才是女性最终的归宿。相较而言，林白则更重于表现"成长的历史"，因而更加广阔，更有纵深感。林白的作品多以作家的人生经历为蓝本，细腻地展现女性的情思。《一个人的战争》中的多米、《子弹穿过苹果》中的"我"、《回廊之椅》中的朱凉、《同心爱者不能分手》的"我"，都包含着作家鲜活的生命感悟和身体感受、情感经验、创痛经历，不啻一份鲜活的精神自传。对于男性的他者凝视，林白有意进行抵抗，以女性的目光去透

---

① ［英］布莱恩·特纳：《身体问题：社会理论的新近发展》，《后身体：文化，权力和生命政治》，汪民安译，吉林人民出版社2003年版，第31页。

② ［法］福柯：《性经验史》，佘碧平译，上海人民出版社2002年版，第305页。

③ 林白：《记忆与个人化写作》，《花城》1996年第5期。

视女性自身，用"去蔽"的"卡麦拉之眼"为女性留下见证，"从我手上出现的人体照片一定去尽了男性的欲望，从而散发出来自女性的真正的美"①。

如果说陈染、林白开启了个人化写作的先声，那么虹影的长篇小说《饥饿的女儿》有《情人》的影子，通过对原生态生活的逼真展示，以"阴性书写"②叙述女性对于身份认同的艰难追寻，拓宽了女性话语的表现域。此后，卫慧发表于 2000 年的《上海宝贝》，被认作是"半自传的书"，作品发表之后引起巨大争议，被批判为描写淫秽色情、暴力吸毒等情节，后被禁止出版，这反而为卫慧带来了更大的声誉和利益。棉棉的《糖》以问题少女"我"的残酷青春为线索，大胆披露亚文化群体女性的困境。此后，受到市场与商业文化的影响，个人化写作朝着世俗化、官能化方向发展。文夕的"三花"（《野兰花》《罂粟花》《海棠花》）系列醉心于市场经济新贵与情人之间的情欲故事，透射着肉体资本化的交换逻辑，引发了争议；九丹的《乌鸦》（2001）、《女人床》更是将性描写作为一种文本表演的策略，以此来吸引市场关注度，体现出精神的矮化。

20 世纪 90 年代同性恋小说浮出地表，也是体现着个体的自我探寻。陈染的《潜性逸事》《另一只耳朵的敲击声》《私人生活》、林白的《瓶中之水》、王安忆的《弟兄们》等都对于同性恋情予以关注。这些作品都表现出文化的包容性，以及对于多元价值的充分认同："我的生活圈子里太多同性恋，我羡慕他们的自由和独特的幸福，我甚至羡慕他们的痛苦。"③徐坤的《女娲》指出，女性的手淫、揽镜自照和同性恋最大的意义就在于它要建构一个不依赖于男性而存在的秩序，这些女性借助镜像的凝视，拼合成完整的女性主体。

---

① 林白：《致命的飞翔》，《林白文集》第 1 卷，江苏文艺出版社 1997 年版，第 69—70 页。
② 凌逾：《"美杜莎"与阴性书写——论虹影小说〈饥饿的女儿〉》，《华南师范大学学报》2004 年第 3 期。
③ 棉棉：《每个好孩子都有糖吃》，《上海文学》1998 年第 8 期。

此外，斯纾的《红粉》《故事》《梗概》等小说重在对于荒诞人生境遇的体验书写；张欣、毕淑敏、张梅、乔雪竹、赵玫等对于社会转型期灵肉冲突、情理纠缠等方面的困惑的书写和透视，都呈现出独特的深度，而黄爱东西、黄茵、黄文婷、张梅、素素、莫小米、洁尘等人轻快明丽的"小女人散文"，也昭示出90年代女性主义文学思潮的丰富形态。

三、21世纪女性主义文学：多元与丰富

21世纪以来，底层文学、网络文学、科幻文学成为三种主要文学样态，女性写作者积极参与其中，提供别样的性别视野与性别眼光，不同阶层、地域、年龄的女性经验都被书写和倾听，呈现出众声喧哗的状态，为21世纪文学提供了多元的精神路向，丰富了文学的形态与样貌。

2020年被媒体称作"普通女性被看见的一年"，性别问题集中出现在大众文化视野中并得到广泛关注。此前，张莉主持的"作家的性别观调查"，是21世纪以来的重要性别文化事件，它以一种温和的姿态宣告一个新的性别观时代的到来。《十月》杂志"新女性写作"专题、《钟山》杂志"女作家小说专辑"的策划，同样引发了学界的重视，也使得研究者以一种新的视野重新审视21世纪女性写作的可能与限度。

底层女性文学，是底层文学思潮中的一个重要分支。作为21世纪最为显豁的文学思潮，底层写作通过书写底层经验、关注底层命运、表达底层情感，彰显出鲜明的人道主义关怀。底层女性文学，如王安忆的《发廊情话》、魏微的《大老郑的女人》、孙惠芬的《歇马山庄的两个女人》、迟子建的《世界上所有的夜晚》、邵丽的《明惠的圣诞》、范小青的《城乡简史》、郑小琼的《女工记》等作品，既有对时代转型中底层女性命运的真实记录，亦有对底层女性受资本和男性剥削的控诉，也有对"性服务"表现出叙事伦理的暧昧和游移。值得注意的是，在这些女性进城叙事中，通过性交易获得个人

社会阶层的跃升，似乎成了底层女性改变命运、积累物质财富的唯一法宝。明惠（《明惠的圣诞》）仅仅因为高考失利便当了按摩小姐，王晓蕊（《高跟鞋》）义无反顾地投入男性的金钱怀抱，因为她笃信金钱能带来尊严和力量；《男豆》更是直言"被人养着是女人的魅力"……

网络女性主义是网络小说中的新突破。相较于现实性别制度的不公，女性在网络中获得空前自由的想象性权力与补偿。网络女性主义具有草根性、自发性、娱乐性，追求两性平权，反抗男性霸权文化。2006年以前，"白莲花"女性形象占主导——温柔善良、忍辱负重、莲花般纯洁、圣母般博爱的女主角，即是"白莲花"，如《步步惊心》中的若曦、《醉玲珑》中的凤卿尘、《知否知否，应是绿肥红瘦》中的盛明兰等；2006年以来，女性向经济之下，"网络独生女一代"力量的壮大，"大女主"人设获得了更多青睐，由此也带来了网络女性文学的"女尊文"的激进转向。《后宫·甄嬛传》的女主角甄嬛，原本与世无争，为了保护亲友，走上"黑化"之路，参与到后宫厮杀中，最终成为后宫之主，实现对男性的复仇。"作者有权力自行设计一套完整的社会制度，包括性别秩序、婚姻制度等，能借助各种颠覆性的想象，构架出一个全新的历史时空。"[①] 耽美小说如《凤于九天》《魔道祖师》等，力图突破刻板化的男性气质，表现出雌雄同体文学想象的积极探索。不过，网络女性主义小说整体发展仍然存在诸多问题：程式化、商业化、权术化的创作套路，作品多在自恋叙事中呈现出对于金钱、权力的痴迷，背后仍然没有摆脱男权文化的逻辑。

女性主义科幻，是21世纪女性主义文学思潮的新突破。夏笳、迟卉、郝景芳、程婧波、钱莉芳、陈茜等，是21世纪代表性科幻女作家；在最近几年内构成"她科幻"新气象的，有双翅目、糖匪、顾适、彭思萌、王侃瑜、吴霜、范轶伦、慕明、段子期、廖舒波、昼温、王诺诺等。《她科幻》（陈

[①] 高寒凝：《"女性向"网络文学与"网络独生女一代"——以祈祷君〈木兰无长兄〉为例》，《中国现代文学研究丛刊》2016年第8期。

楸帆主编）、《她：中国女性科幻作家经典作品集》（程婧波主编）、《春天来临的方式》（于晨、王侃瑜主编）会聚了当前主要的"她科幻"作品，使女性主义科幻成为科幻文学中不可忽视的力量。赵海虹的《伊俄卡斯达》、凌晨的《潜入贵阳》、郝景芳的《流浪玛厄斯》、夏笳的《中国科幻百科》、迟卉的《归者无路》等作品都通过女性角色视角完成了对想象性世界的探索、秩序重构与和解。汤问棘的《蚁群》展现出对全面监控、技术固化、性别失衡的新世代的恐惧，人类社会历经第三次世界大战之后，建立起了一个类似蚁群的超稳定社会，女性通过精子库选择后代进行孕育，男性成为稀有物种。不过，需要指出的是，科幻女作家似乎并未能借助科幻的认知框架更进一步颠覆与讨论性别议题本身，革命性的身份认同、社会关系以及思维方式。"女性主义作家的这些看似呐喊的声音，在宏大的机器轰鸣之中，事实上是更加细微无力了。它从呐喊变成了呻吟与低语。被压迫者仍然在时代的车轮之下等待着未来的宰割。"[1]

第三节　女性主义文学思潮有何特征？

新时期女性主义写作思潮出现的时间不长，却成为融合了性心理学、社会学、后现代主义、后殖民主义等元素的新型写作潮流，并发挥着持久的影响。在语言探索、生命诗学、生存经验的呈现上，都表现出独有的特色。

一、女性语言边界的探索

对于女作家来说，写作要克服的困难，不仅有男权话语的压制，还有男

---

[1] 吴岩：《科幻小说论纲》，重庆出版社2011年版，第77页。

性语言系统的束缚。因此，用女性的语言、女性的修辞、女性的声音、女性的视角去改造语言显得尤为必要。女性写作者通过阴性的语言策略，或是坚持用"无语言的女性本质写作"①，或是改造规范语言，独创女性的语法，以女性的隐喻、意象实现对规范语言的突围。"男人们受引诱去追求世俗功名，妇女们则只有身体，她们是身体，因而更多的写作。"②借助于"以血代墨"理论冲力，女性将身体当做抵抗的匕首与投枪，不惜执心自食，反复咀嚼个人的私密经验与幽微情感。那些断续的、怪诞的、神秘的、潮湿的、阴郁的、幽暗的、混沌的氛围，成了女性叙事出场的绝佳场景，"作为一名女性写作者，在主流叙事的覆盖下还有男性叙事的覆盖（这二者有时候是重叠的），这二重的覆盖轻易就能淹没个人。我所竭力与之对抗的，就是这种覆盖和淹没"③。因此，女性主义写作具有一套鲜明而独特的叙事语法，它刺目而清醒地展示着"阴性"语言的审美价值，"开放、非线性、无结局、流动、突发、零碎、多义、讲述身体、无意识内容、沉默、将生活的各个方面混和"④，这些都是对于主流语言的突破与挑战。着意于女性语言风格实验的，还有赵玫的《展厅——一个可以六面打开的盒子》、徐小斌的《迷幻花园》、海男的《人间消息》，蒋子丹的《桑烟为谁升起》等，这些作品都是其中的突出代表。在这些典型的女性主义文本中，充满了神秘荒诞的呓语、碎片化叙事、情感的剖白、内心意识流动，有着强烈的阴性风格与气质，展露"淋湿而隐秘的灵魂"⑤。《狗日的足球》省察出日常用语"狗日的"中寄寓的男性集体无意识，将"狗日的"与"足球"并置，凸显出强烈的反讽与攻击。她的小说《白话》

---

① 张京媛：《当代女性主义文学批评·序言》，北京大学出版社1992年版，第7—8页。
② ［法］埃莱娜·西苏：《美杜莎的笑声》，黄晓红译，张京媛主编：《当代女性主义文学批评》，北京大学出版社1992年版，第202页。
③ 林白：《记忆与个人化写作》，《花城》1996年第5期。
④ ［美］艾丽丝·贾丁、海丝特·艾森特：《未来的差异》，转引自陈晓兰：《女性主义批评与文学诠释》，敦煌文艺出版社1999年版，第56页。
⑤ 张烨：《暗伤》，《厦门文学》1997年第10期。

《斯人》《厨房》以调侃、反讽的方式对男性世界的虚浮进行大胆的解构。

二、女性生命诗学的建构

当代女性主义文学为文学史提供了独特的女性的隐喻和意象，建构起别具特色的女性生命诗学。黑夜、月亮、镜子、洞穴、窗户、浴缸、贝壳、房间这些意象，具有高度象征意味，私密、幽暗、封闭，与女性的精神世界具有同构性。女性通过这些日常意象来认知自我与世界的界限，强化自我认同。在《私人生活》中，女主人公在浴缸里自怜自爱，这种快乐是高度私密的、拒绝观众的。而在《一个人的战争》《迷幻花园》等小说中，女主人公对镜自怜，通过镜像来实现主体的确认，重新发现被遮蔽和被淹没的性别经验，以此实现对男权文化的反叛，建构完整独立自我。

女性写作充满了多变性，正是女性生命复杂性的绝佳表征，"要给女性的写作实践下定义是不可能的，而且永远不可能。因为这种实践永远不可能被理论化、被封闭起来、被规范化"[①]。《私人生活》中，倪拗拗的心灵简史像蛛网游丝一样延伸飘展；《破开》飘忽不定的内心独白、破碎的记忆片段和穿越性的时空遐想交叉叠合起来，形成了扑朔迷离的叙事；海男以诗人的灵动与跳跃，对生命、存在、欲望、死亡等形上思考；徐小斌相信世界上存在着神秘的事物，如命数、特异功能、前生来世等，充满了神秘色彩，近乎"巫风"。

三、女性生存经验的呈现

20 世纪 80 年代以来，女性命运作为一个命题，开始无须寄生于国家／

---

① ［法］埃莱娜·西苏：《美杜莎的笑声》，黄晓红译，张京媛主编：《当代女性主义文学批评》，北京大学出版社 1992 年版，第 197 页。

民族的命题之中而独立出现。胡辛的《四个四十岁的女人》（1983年）与李惠新的《老处女》（1982年）都是关注中年女性的生存困境。铁凝的《麦秸垛》中的大芝娘在被遗弃后仍然要为"他"生养一个后代，生殖愿望是她唯一的存在需求。《玫瑰门》（1989年）中的司猗纹，在礼教的压迫、情欲的扭曲之下产生心理畸变，她虐待公公、窥视儿媳、控制儿子，以暴露癖、观淫癖和施虐癖来满足性饥渴。残雪的小说以怪诞书写表现女性独有的生命感受，充满了荒诞、神经质、恐惧、窥视、噩梦，她以独具特色的精神叙事，昭示出女性主义写作的丰富性。《苍老的浮云》中的慕兰、虚汝华互相窥视、算计；《旷野里》的"她"陷于噩梦，在房间内来回踱步、乱窜，令对方胆战心惊；《山上的小屋》中的"我"缺乏安全感，被父母窥探隐私，总幻想有间山间小屋……噩梦、妒恨、幻觉、白日梦、恐惧、窥探、愁思、死亡预感、妄想症、迫害症、唠叨症等充斥着文本。对于残雪而言，囿于女性内心才是最安全的，女性通过沉溺内心和外部世界画出了一条边界线，这是抵抗残酷的暴烈的男性世界的秘法，她以想象的方式完成对男性压迫的抵抗。

  对于女作家来说，写作与其说是自我的张扬，不如首先说是一种创伤的疗愈。郁结着巨大痛苦的女性，在缪斯之吻下，蕴藏着澎湃的倾诉欲望，以阴性的语言，诉说作为女性所拥有的女性经验、心理、情感、意识，女性"拥有不可调和的两面性，就像一匹双头的怪兽"[①]。

---

  ① 陈染：《一个人的战争》，《花城》1994年第2期。

第四节
女性主义文学思潮面临何种困境？

一、被围困的女性

以残雪为代表的女性叙事，女主角在充满梦境、呓语、神经质的内心城堡据守，以此抵抗男性世界的倾轧和侵略，这种幻想式的解决方案，注定只会成为一个美丽而苍凉的手势，因为"她们的心理世界无法转译成现实，她们拒绝外部的父权制度之后，永远也无法构造一个真正的超越的世界"[1]。从幻想出发回到幻觉，或是在男人之中不断游走，或是在失望之下一次次出走与逃离，又或是在镜像中自我陶醉……然而，不管是自恋、反抗或是逃离，身体解放、情欲解放后的女性并没有赢得想象的自由，而是依然深困在社会性别制度中不能自拔。海男的《蝴蝶是怎样变成标本的》《人间消息》、蒋子丹的《桑烟为谁升起》等作品中，女性无不是在男人之间彷徨，最后居无定所，孑然一身，远方成了她们永久的归宿。正如徐小斌在《双鱼星座》结尾中的预言，上帝看见了那个不安分的夏娃后裔，给予她最严厉的惩罚——"他把天门向女人永远关上了。"[2] 这种悲郁的结局，正是女性难以脱离被围困的历史宿命的象征。

---

[1] 陈晓明：《勉强的解决：后新时期女性小说概论》，《中国女性小说精选》，甘肃人民出版社1994年版，第6页。

[2] 徐小斌：《双鱼星座》，《大家》1995年第2期。

二、绝望的抗争之路

由于女性写作一开始就是以对抗的姿态出现的，致力于在男性的对立面建立起性别差异和女性中心，自我幽闭于想象的性别乌托邦，因而，姐妹情谊被当作抵抗男性世界的重要武器，"因为只有女人最懂得女人，最怜惜女人"①，由姐妹友爱形成的情感共同体，被看作是抵御男性入侵的坚实堡垒。不过，新时期以来的姐妹联盟，多具有乌托邦性质，精致但脆弱，往往因男性的介入而瓦解。《弟兄们》《迷幻花园》《相聚梁山泊》《歇马山庄的两个女人》《瓶中之水》《冬至》等作品中，姐妹情谊并没有拯救困境中的女性，彼此之间形成短暂的共同体抱团取暖，然而因为嫉妒、爱情、亲情的竞争等原因，联盟很快土崩瓦解，"人好的时候，常常会淡化了许多关系，遇到困难时才又觉得友谊可贵"（《冬至》）。

除了依靠姐妹情谊，更多作品强调两性的敌对与对抗，这些激进的女性主义叙事者们，在文本中一次次将男性献祭，通过利用男性，实现征服欲望的达成。"指望一场性的翻新是愚蠢的，我们没有政党和军队，要推翻男性的统治是不可能的，我们打不倒他们，所以只能利用他们。"②《双鱼星座》中，丈夫、司机、老板三个男性分别象征了金钱、欲望和权力，他们作为男性文化的象征，压抑着卜零，而卜零也以全部的身心进行复仇，想将这些男人杀掉，"在两性战争中，她觉得战胜对方比实际占有还要令人兴奋得多"③。《青苔与火车的叙事》中，两性的对立到了一种焦灼的境地，荔红为了调动工作频频牺牲色相，然而一旦无法实现目的，便会杀掉对方……在这些极端的女性叙事中都不难发现，小说中男性被当作压迫的源泉、敌对的阵营、斗

---

① 陈染：《破开》，《花城》1995年第5期。
② 林白：《致命的飞翔》，《花城》1995年第1期。
③ 徐小斌：《双鱼星座》，《大家》1995年第2期。

争的对象，而所谓的解放，也只是利用男性来实现物质的需求。这种孤立看待性别的视角，不仅带来了两性关系的紧张，也最终不利于女性自身的解放。"女人靠征服男人来征服世界"的激进宣言，只停留在理念层面，性别对抗最终抵达的是胜利者一无所有的终点。通过性别和解达成性别协商与性别共促，是一种更为可取的路向。

三、被利用的身体

20世纪90年代后期，身体美学的超越性实践并没有朝向纵深处发展，反而由于耽溺于感官体验的呈现而饱受诟病，女性在现实境遇中变得无能为力，在欲望面前不加反省，抽离了顽抗的精神，在生活的巨浪里任自浮沉，表现出启蒙的溃败，显示出某种精神的自我矮化，刚解放的主体性面临被让渡的危险。欲望的满足固然能带来人的解放，然而对欲望不加审视的赞美却只会把人推入人性的渊薮，人借由欲望进行反抗却被欲望收编，这便是"欲望辩证法"。抽离了理性之维，个人的自由意志淹死于欲望之海，自我的解放也成为一纸空谈。"人如果仅仅遵照本能欲望释放弘扬的向度来思想和行动非但不能达成真正意义上的自由，反而意味着人在实质上完全陷入了本能原欲的控制，为其物质性力量所驱使，必定对人性的本质力量构成消解。"[①]

一些作品鼓吹性资本、性交换，以此作为进身之阶，女主角在"性解放"的幌子下，陷入被物化的泥潭。《一个人的战争》中，林多米为了躲避麻烦而将男人当作逋逃薮，不料却陷入更大的困境中；《瓶中之水》中的二帕为了一个新闻头条爬上了别人的床铺；《致命的飞翔》中，北诺为了住房，委身于一个丑陋卑俗的老头，当性交易未能达到目的，她感到愤怒，便杀了老头；《长恨歌》中的王琦瑶为了获得出名的机会，将自己交给了李主任；《天

---

① 张光芒：《从"启蒙辩证法"到"欲望辩证法"——20世纪90年代以来中国文学与文化转型的哲学脉络》，《江海学刊》2005年第2期。

浴》中的文秀为了获得回城指标，将身体作为唯一的资本，变成了一个可悲可悯的浪荡女人；盛可以的《手术》甚至毫不愧怍地宣告："一切都是靠不住的，爱情、婚姻、男人，甚至孩子，能抓到手里的只有钱和财产"[①]；《情感一种》里即将毕业的栀子为了留在上海而与出版社副总编辑潘先生"交往"，对她而言，"做爱不但能够得到快乐，而且比快乐更重要的，还是利益"[②]，这样的大胆宣言，抹杀了性解放与性交易的区别，也将女性再次物化。

这些叙事对于性资本、性交换不假思索的认同，看似在张扬女性的解放，实则重新演绎女性以身体做交换的古老宿命。《曼哈顿的中国女人》《上海宝贝》《我爱比尔》，潜藏着后殖民的心态。德国白种男人（西方文化）有着硕大的阳物，而中国男人（东方文化）则是性无能，而上海昏暗迷离的酒吧中，则提供了西方文化殖民、入侵中国文化的最佳场域。对女性性心理的大胆剖白固然有其冲击力，然而女性的主体却淹没在欲望的狂潮中。九丹的《乌鸦》和稍后发表的《新加坡情人》就是这类作品的代表。小说描写了一些女留学生为了生存、发展，主动或半主动地沦为"小龙女"的过程。九丹公然宣称要做"妓女作家"，性行为作为一种文化象征，既包含了个人阴暗心理、市场炒作、自我殖民，凸显出西方情结，同时也隐喻了全球化之下东西方的关系。

总的来看，新时期女性主义文学思潮，关注女性的生存境遇，表现出独特的性别意识和性别美学，宣告了新时期女性主体性的诞生。女性主义写作思潮形成了鲜明的"个人化""私人化"风格，极大地冲击了文坛，"它具体体现为女作家写作个人生活、披露个人隐私，以构成对男性社会、道德话语的攻击，取得惊世骇俗的效果"[③]。

不过，需要指出的是，在新时期以来的女性主义思潮中，仍然存在着难

---

① 盛可以：《手术》，《天涯》2003年第5期。
② 魏微：《情感一种》，《青年文学》1999年第7期。
③ 戴锦华、王干：《女性文学与个人化写作》，《大家》1996年第1期。

以解决的困境。强调两性"平等"或两性"差异",两种策略都有自己难以克服的内在问题,强调女性同样以"干事业"的方式向"中心"挺进无异于在内在原则上又认可了"事业为先"的男权逻辑,而张扬女性的自然肉身本质则会使女性更容易成为男权社会欲望化的对象。徐坤对于"私人化"写作的虚假繁荣表现出高度的警惕,在她看来,女性的私人化写作被商业与市场利用,"不光是营造出一批批同流合污的文化垃圾,或许还会变成满足个别人'窥阴癖'的意淫之物。'我们'奋力争取来的说话权利,即会面临在一夜之间重又失去的可能"①。"超越性别"又成为继"回到女性自身"之后的新的写作思想,强调性别和解、性别互振,成为新的写作导向。女性主义思潮,最终指向的是一个性别协作的理想世界,女性世界与男性世界是对立又统一的,从抗争到互融、在依存中并立。从这个意义上说,中国当代女性主义文学思潮仍然处于"未完成"状态。

◎ 学习要点

1. 关键术语:女性主义。

2. 理论基础:女性主义;叙事学;社会性别。

3. 重要观点:随着改革开放和西方女性主义思想资源的涌入,"女性"被重新发现,带来了新时期女性主义文学思潮的发展,也映射了当代女性解放的深入和社会地位的提升。

◎ 思考讨论

1. 如何理解新时期以来的女性主义文学思潮的独特性?

2. 国外女性主义理论有什么新进展?

3. 关注并分析一位新锐女作家的作品,试比较其与五四女作家有何

---

① 徐坤:《双调夜行船——九十年代的女性写作》,山西教育出版社1999年版,第47页。

异同？

◎ 拓展阅读

1. 罗斯玛丽·帕特南·童：《女性主义思潮导论》，艾晓明等译，华中师大出版社2002年版。

2. 西蒙娜·波伏娃：《第二性》，郑克鲁译，上海译文出版社2014年版。

3. 张京媛主编：《当代女性主义文学批评》，北京大学出版社1992年版。

4. 孟悦、戴锦华：《浮出历史地表——现代妇女文学研究》，河南人民出版社1989年版。

5. 孟远编：《女性文学研究资料》，百花洲文艺出版社2018年版。

6. 马春花：《被缚与反抗——中国当代女性文学思潮论》，齐鲁书社2008年版。

7. 荒林：《日常生活价值重构——中国当代女性主义文学思潮研究》，北京大学出版社2013年版。

8. 孙桂荣：《从新时期到新世纪：女性小说叙事形式的社会性别研究》，山东大学出版社2022年版。

◎ 作者简介

张宇，南京大学文学博士，华南师范大学文学院特聘副研究员。中国当代文学研究会会员、中国文艺评论家协会会员、中国鲁迅研究会会员、中国茅盾研究会会员、《中国现代文学论丛》（CSSCI集刊）特约编辑。研究方向：中国现当代文学思潮，性别研究。合著或独著学术著作多本，参编教材多部。在《当代作家评论》《南方文坛》《现代中文学刊》《扬子江文学评论》等发表论文近40篇，在《光明日报》《文艺报》《中华读书报》发表评论多篇，代表论文被《新华文摘》网刊全文转载。参与或主持国家级、省部级项目多项。

【第七章】
儿童文学思潮

第七章　儿童文学思潮

谈及文学史与文学思潮，很少有教材和专著会专章论述儿童文学。儿童文学更多是作为点缀和附属在五四文学、社会主义文学、新时期文学中出现。尤其是当和儿童一同被"发现"的妇女在百年中国文学中不断发展、更生出属于自己的女性文学，屡掀思潮时，儿童文学显得更为寂寞和尴尬。但儿童文学也有着其自身的更迭与流变，尤其是在1978年后，随着儿童的再"发现"，儿童文学迅猛发展，走向国际，种类丰富，创收颇丰。儿童文学是"人之初"的文学。儿童文学既是儿童的"记录"，也是儿童的"想象"，更是儿童的"示范"。它既在儿童之"内"，也在儿童之"外"，更在儿童之"前"。在具体的文学实践上，儿童文学还原、摹写当代儿童生活，承载着作家的童年记忆、幻想飞扬、乌托邦建构，同时也引导、形塑着新时期健康阳光的儿童形象。

第一节　儿童文学为何重兴？

一、儿童的"发现"与儿童文学的起点

要对儿童文学思潮的流变做一个全景式的叙述和描绘，就要谈清楚什么是儿童。按照《儿童权利公约》和《未成年人保护法》中对于儿童的定义，广义的儿童文学接受对象是18周岁以下的儿童。儿童文学应有三种形态，一是"为儿童"的文学作品，由成人为儿童而书写；二是"是儿童"的文学，由儿童为自我/儿童而书写；三是既不"为儿童"，也不"是儿童"，但表达了儿童的情感与思想的文学作品。狭义的儿童文学是"专为儿童创作并适合他们阅读的、具有独特艺术性和丰富价值的各类文学作品的总称"[1]，其

---

[1] 方卫平、王昆建：《儿童文学教程》，高等教育出版社2004年版，第4页。

文学体裁有儿歌、儿童诗、童话、寓言、图画书、儿童散文和儿童报告文学、儿童故事和儿童小说、儿童科学文艺、儿童戏剧文学与儿童影视文学等。"往昔欧人对于孩子的误解，是以为成人的预备；中国人的误解，是以为缩小的成人。"[①]儿童虽然是成人的未完成形态，却也有着完整的人格与情感，理应拥有独属于他们的儿童文学。

按照现代意义上的儿童文学概念，中国在很长一段时间内是没有儿童文学的，尤其在"君君臣臣父父子子"的封建观念之下，儿童作为成人的附属物，更遑论独立的人格与自由的思想。而《沉香救母》《西游记》等古典意义上的儿童文学更多的是作为补偿性的存在，并不具备真正的儿童本位意识。真正的儿童的"发现"与儿童文学自觉则要追溯到近代。"五四"新文化运动无疑是儿童文学的萌芽与第一个高潮。梁启超、周氏兄弟、叶圣陶等作家将儿童置于"新人"的理论框架中，"儿童本位"即"人本位"。成人与儿童互为指涉，构成了中国文学的现代性想象。1922年，中国第一份面向儿童读者的儿童白话文学刊物——《儿童世界》在郑振铎的主持下创刊，在以白话文贴近儿童思维与语言的同时，也承担着改良思想、改良人生的意义。此外，《中国儿童时报》《儿童日报》《新儿童》等相继创刊，文学研究会大量编译、缩写、重述外国儿童文学作品，发起"儿童文学运动"，茅盾、冰心、张天翼等作家创作了大量重新发现、引导儿童的优秀作品……可以说，大面积的创作丰收和超越式的出版传播开创了中国儿童文学的新纪元，也迎来了中国儿童文学的第一个黄金时代。但"五四"儿童文学始终无力摆脱儿童话语系统与成人启蒙话语系统二者之间的悖论关系。这种两歧性也成为百年中国儿童文学无法回避的问题。

---

① 鲁迅：《鲁迅全集》（卷1），人民文学出版社2012年版，第140页。

二、儿童的遮蔽与儿童文学的成人化书写

1927—1949 年是中国儿童文学的一个挫折期,"主题先行与概念化创作成为其时作家们难以逃逸的软肋与通病"[①]。儿童话语系统与成人启蒙话语系统之间的天平在此时逐渐往成人化书写偏移。

儿童文学的第二个高潮期是新中国成立后的十七年。"十七年"儿童文学也被称为社会主义儿童文学,"既与这一时期的整体文学合辙同构,又因其'儿童'的独特性而带有浓厚的教育色彩"[②]。与"五四"儿童文学相比,"十七年"儿童文学在题材上有着更新、更广、更深的开拓与发展,在儿童观上更偏重于教育与引导。劳动和抗战是这时期儿童文学的两大主题,儿童既是改造、启蒙的对象,也是合格的社会主义接班人。两大主题背后都蕴含着"塑造新儿童"的时代愿景。前者有马烽的《韩梅梅》、任德耀的《马兰花》、王愿坚的《普通劳动者》、阮章竞的《金色的海螺》等,热闹有声的劳动生活成为新中国最重要的儿童教育书写图景之一;后者有徐光耀的《小兵张嘎》、刘知侠的《铁道游击队》、管桦的《小英雄雨来》、张品成的《永远的哨兵》等,真实与虚构交织共同完成了另类的中国想象。"塑造新儿童"意味着将儿童视作理想的人民,塑造新儿童的成功是塑造社会主义新人民的成功。儿童的天真烂漫、好动贪玩、"自私"和"懒怠"被一一引导与规训。萧平的《海滨的孩子》、冰心的《小橘灯》、柯岩的《"小迷糊"阿姨》、任溶溶的《"没头脑"和"不高兴"》等则为"十七年"儿童文学提供了另一种轻盈的、属于儿童的可能。1966—1976 年,"左"倾思潮对儿童文学教育功能的强调更将其导向成人化书写的道路。李心田的《闪闪的红星》是这

[①] 蒋风:《中国儿童文学史》,复旦大学出版社 2019 年版,第 145 页。
[②] 王泉根:《"十七年"儿童文学演进的整体考察》,《中国现代文学研究丛刊》2019 年第 4 期,第 39 页。

个阶段少有的喜闻乐见的儿童文学佳作。

三、儿童的重新"发现"与儿童文学的复苏

儿童的"发现"永远与"人的解放"同向同行。1978年后，儿童得以重新被"发现"，儿童文学逐步迎来了解冻与复苏，新时期儿童文学和21世纪儿童文学构筑了当代儿童文学新的双峰。

1978年10月11日至21日，中宣部、国家出版局等八家单位217人参加了在庐山举办的"全国少年儿童读物出版工作座谈会"。庐山会议后，《人民日报》发表了《努力做好少年儿童读物的创作出版工作》一文，正式掀开了儿童文学第三个高峰期的序幕。

当代四大儿童文学奖都是在1978年后设立的，陈伯吹国际儿童文学奖、宋庆龄儿童文学奖（2005年取消）、冰心儿童文学奖和全国儿童文学奖以国家权力的形式对儿童文学的题材、体裁、内涵做了规范、引导和推动，也助推着儿童文学的经典化与民族化，使其纳入人民文学、国家文学的轨道。抛开制度之辨和程序正义，当代四大儿童文学奖更多的是作为一种"磁场"，"使得官方对文学发展的评价和管控，转变为一种奖励性、肯定性和引导性的激励"[①]。国家文学对儿童文学的吸收与接纳也体现在童书的出版上。庐山会议后，团中央在党中央的垂直领导下，着手复兴少儿图书报刊与儿童文学事业。《巨人》（1981）、《文学少年》（1981）、《东方少年》（1982）等儿童文学杂志、各少先队报刊、各少年儿童出版社相继创立，为转折时期的儿童文学创作提供了园地和平台。

新时期儿童文学与新时期文学同样陷入了"写什么"和"怎么写"的困境，这也激发了作家们持续不断的艺术实验热情。无论是家庭悲剧、青春期

[①] 赵普光：《体制的"磁场"——文学评奖与20世纪80年代文学制度的重建》，《文学评论》2017年第6期，第183页。

早恋、社会黑暗面等题材的大胆触及，还是语言创新、结构突进、情节错置的先锋实验，新时期儿童文学顽强开拓写作疆域，深入生活的褶皱和缝隙，对接先锋作家们集体性的写作姿态，涌现出诸如丁阿虎的《祭蛇》、张之路的《空箱子》、王安忆的《谁是未来的中队长》等引发诸多讨论的实验性作品。柯岩的《寻找回来的世界》是新时期儿童文学创作中最具代表性的作品之一。这是柯岩的第一部长篇小说，也是新中国第一部揭示青少年犯罪问题的长篇"伤痕文学"。小说讲述了一个工读学校的徐问、于倩倩等老师以真诚和耐心感化"伯爵""小疯子"等问题少年，引导他们走向正途，"寻找回来的世界"的故事，探讨少年失足的社会原因，追问教育的本质，展现时代的冲突，题材新颖，技巧娴熟，情感细腻，其张力、艺术性、思想性在百年中国儿童文学中都罕见。小说于1985年改编成同名电视剧，再次引发了社会对失足少年的关注和思考。

新时期儿童文学创作中最引人瞩目的文学现象当属1978—1983年间儿童科幻小说的复兴。这是"科幻的春天"，它打破了"五四之后无科幻"的伪命题，在中国科幻文学史中也具有不同一般的转折性意义。1978年，全国科学大会、少年儿童读物工作座谈会、科普创作座谈会等相继召开，"恢复了科幻作家的名誉"[①]，解放了作家们的思想，也为中国科幻文学找到了立足点和生长点。中央及各省市的科技报刊也纷纷刊载科学幻想小说，尤其是一向坚持党性和人民性的《人民文学》刊发了童恩正的《珊瑚岛上的死光》，该文强势斩获第一届全国优秀短篇小说奖。这也释放出一个信号：儿童科幻迎来了它的"春天"。同年，叶永烈在《红小兵报》发表了《圆圆和方方》，从科普型作家转向科学幻想型作家，"小灵通"系列更奠定了他在儿童科幻中的地位。新时期儿童科幻小说再现了启蒙与救亡的价值选择问题，它既以科学幻想启迪民智、再现童趣，又寄托着作家科技兴国、教育救亡的希望，

[①] 吴岩：《亲历中国科幻30年》，《科技潮》2009年第10期，第56页。

充分展现出特定时代人们的焦虑、兴奋、不安,为无法摆脱的"现代性"问题留下又一脚注。

儿童文学的理论自觉与创作实验几乎同向同形。王泉根的现代中国儿童文学整体观、孙建江的儿童本位与童年文化坐标、方卫平的理论与理论批评史的建构、汤锐的艺术本体与比较视域丰富了儿童文学理论的多维建构。最能代表新时期儿童文学理论觉醒的当属中国儿童文学史的书写,其中"重写儿童文学史"的诉求又与20世纪80年代中后期"重写文学史"思潮相呼应。1987年,蒋风的《中国现代儿童文学史》出版,这是第一部真正意义上的中国儿童文学史,无论是史料搜集还是分期视野、方法建构都展示出蒋风作为第一人独特的眼光和识见,填补了中国文学史的学术空白。其后,张香还的《中国儿童文学史(现代部分)》、陈子君的《中国当代儿童文学史》、金燕玉的《中国童话史》等史论著作相继涌现,开启了建构中国儿童文学史的黄金时代。但文学史的问题在于它始终是重构的历史过程,儿童文学史在不断理解"儿童"这一概念的同时也势必会因为"新儿童"的出现而再次重写。

20世纪90年代的儿童文学有两个现象无法忽视。一是长篇儿童文学创作的井喷,沈石溪的《狼王梦》、曹文轩的《草房子》、孙幼军的《怪老头儿》、梅子涵的《女儿的故事》等长篇都昭示着儿童文学在经历了80年代的先锋探索和艺术累积后,在长度、密度和质量上逐步走向成熟。二是儿童文学在市场经济下的转型,儿童文学无疑是当代文学作品中最为特殊的一种文化商品,虽面临市场经济的冲击,但依旧在文学性和商品性的平衡中逆势上行,为21世纪儿童文学的持续畅销埋下了种子。

面向儿童、面向市场是21世纪儿童文学无法回避的时代主题。《哈利·波特》、日韩动漫、口袋书等海外儿童文学的冲击更使得国产原创儿童文学不断开拓新的艺术空间。

一是类型化写作的兴起。动物小说、海洋文学、校园系列、成长小说、幻想文学等蓬勃发展。但脸谱化、雷同化、性别刻板印象等倾向也较为严重。

以校园系列为例，班主任都对学生要求极高，男孩必聪明淘气，女孩必鬼灵精怪，都是衣食无忧的城市儿童形象，父亲必幽默宽厚，母亲必唠叨严格，教育分工明确，爷爷奶奶外公外婆也都十分溺爱孩子。中国的校园、家庭模式只有这一种吗？单亲家庭、农村家庭、"苦儿"似乎常为校园文学所忽略。此外，模板化速成、注水捞钱现象也十分明显，损害了儿童文学的品格。

二是融媒体的深化。儿童文学与影视的融通在20世纪已被充分证明是双赢的道路。21世纪后，大量的儿童文学作品与儿童影视作品、儿童戏剧、动画、漫画、短视频、听书、儿童创意文化产品互相转化，还有不少诸如《巴啦啦小魔仙》《快乐星球》等先有影视作品后有文学作品的成功范例。从连环画等书籍到电视、影碟再到电脑、手机等可移动存储设备，从全彩图带拼音到扫码听音频再到网游，每一次媒介的更新都会带来儿童文学新的生长点。其中最引人关注的还是儿童文学向网游的进军。2001年，金波、高洪波等著名儿童文学作家编写的"植物大战僵尸·武器秘密故事"系列童书趣味性与文学性兼备，想象力和精气神齐具，促生出"儿童网游文学"。

三是少儿出版的爆发。儿童文学的图书码洋在文学图书市场中占据着不小的比例。作家以精雕细琢的文学语言、亦真亦幻的表现形态、深刻坚实的阅读力量不断打造精品儿童文学，出版社也时常推出系列丛书。湖北少年儿童出版社的"百年百部中国儿童文学经典书系"、中国少年儿童出版社的"《儿童文学》典藏书库"销量惊人，这也昭示着儿童文学永恒的美学潜力和艺术魅力。近年来知名成人作家们的儿童文学创作颇多，具有强烈的"寻根"意识，形成了"童年回忆性书写"的热潮。当代作家的儿童文学转向也值得关注，虹影的《朵朵米拉》、张炜的《寻找鱼王》、毕飞宇的《苏北少年堂吉诃德》、赵丽宏的《童年河》、裘山山的《雪山上的达娃》……创作的跨界既优化了儿童文学的创作生态，也打破了原有的儿童文学圈，加快了新时代儿童文学体系的构建。

要在更开放纵深的学术视野内绘制"童年的文化坐标"，就不能忽略港澳台地区的儿童文学创作。三地的儿童文学虽没有特别明显的直接关联，却有着诸多的对话交流。本节试图以大湾区儿童文学为中转点，将港澳台儿童文学纳入整体的中国儿童文学视野，进而把中国儿童文学置于更广阔的话语空间中。

广东的儿童文学有着深厚的历史积淀，从梅州黄遵宪的《幼稚园上学歌》到新会梁启超的《饮冰室合集》再到汕尾钟敬文对民间童话与童谣的整理研究，广东的儿童文学虽与北京、上海、浙江等地存在一定的差距，却也有着不容忽视的成果。1978年后，广东儿童文学队伍得以重建，黄庆云、郁茹等作家以联谊会、座谈会等形式将广东儿童文学工作者团结在广东省作家协会儿童文学创作委员会周围。华南师范学院（今华南师范大学）与广州师范学院（今广州大学）也相继开设儿童文学课程，将儿童文学与语文教育结合。秦牧、柯岩、岑桑、郁茹等作家初露儿童文学新气质。李国伟的《少年警队》、邝金鼻的《动物王国里的寓言》等作品更展现出广东作为改革开放前沿地带的儿童文学创作热情。90年代，各体裁的儿童文学都得到了更为均衡的发展。1991年，广东儿童剧团成立，弥补了广东过去较为薄弱的儿童戏剧板块。关爱自然、关注生命是90年代广东儿童文学的热门话题，饶远、陈子典等以强烈的忧患意识和家国情怀创作出《马乔乔奇遇记》等儿童生态文学。21世纪出版社是广东唯一的儿童文学出版社。进入21世纪后，出版社从"等米下锅"转向积极组稿，近年来更是深耕岭南文化，服务湾区建设，出版了"童说岭南""湾区非遗逐个睇"等系列图书。对于香港、澳门两地儿童文学的密切关注和协同动作正是广东儿童文学的特点。

香港儿童文学中的不少作家都是广东人士，如黄庆云、黄谷柳、何紫、西西等。黄庆云之女周蜜蜜承继了母亲的遗志，深耕儿童文学创作，出版了《寻龙探险记》等小说，曾获香港儿童文学双年奖。她主编的《香港文学大系（1950—1969）·儿童文学卷》和霍玉英主编的《香港文学大系（1919—1949）·儿童文学卷》是香港儿童文学最重要的资料库。1978—2020年间香港儿童文学最大的发展则是本土意识的兴起和现代化转型,聚焦港人港情,"现代都市童话"和"科幻文学"创收颇丰,阿浓的《波比的诡计》和新雅出版社的《寻找萤火的日子》正是其间的代表作。当然,香港的快节奏生活势必会带来童书的商品化和快餐化,多短篇,少长篇,一定程度上限制了香港儿童文学的发展。

澳门儿童文学虽和港台相比不免寂寥,但汤梅笑的《爱心树》、学生作品结集成册的《小豆芽》、朱丛迁的《恐龙人与我走出的秋季》等仍为这片寂寞的园地添了几分色彩。澳门儿童文学相对活跃的是戏剧创作与演出,有专注于儿童剧创作演出的"小山艺术会"、兼具创作表演与教育的"大老鼠剧团"、以"偶物"为剧场元素的"滚动傀儡另类剧场"等,跨界创意催生出新形态的澳门儿童文学。

海峡两岸儿童文学交流始于20世纪80年代。1985年,上海《儿童时代》杂志开辟了"台湾儿童文学"专栏,这是大陆第一个介绍台湾儿童文学的窗口。其后,台湾儿童诗、林良的小说、几米的绘本等不断传入大陆,"在内容特色方面,偏向于关心儿童的心灵成长、注重潜移默化的教育方式以及儿童视角的呈现"[①]。在文学体裁方面,台湾的儿童戏剧较大陆更为完备。童心的相通为两地儿童文学的交流与发展打下了基础。

从整体上看,1978—2020年的中国儿童文学呈现出良性发展、多元共生的态势。与1978年前的儿童文学创作相比,其美学兴趣明显转移到了儿童本身,重新发现儿童作为独立人格的情感与思维,而缺少成人视角对儿童世界居高临下的投影和整合。但同时,儿童文学又天然地充满了两代人的对话,成人在精神扮演、无限拟想儿童的同时,本身就充满了对儿童的回忆、想象与形塑。无论如何,儿童文学本身就是为儿童、属儿童、是儿童的文学类型。"儿童文学最基本的艺术面貌和最独特的美学魅力,其实就是源自一种天真

[①] 苏蕾:《中国大陆出版台湾地区儿童绘本研究》,湖南师范大学2021年,第1页。

而质朴的性情，一种简单而又智慧的巧思；儿童文学最基本的美学，其实也就是儿童文学的最重要、最深刻的美学。"①

第二节　儿童文学如何书写？

儿童文学思潮与其他文学思潮不同的一点，在于它有着更为自由的发展空间，门槛低，受众广。每一位能给孩子讲故事的父亲/母亲都有成为儿童文学作家的潜质。只要能够写童心童趣，为作家解绑，便有一大批爱好者投入这一领域。从这一点来看，处在文学边缘的儿童文学虽时常为各类学术研讨会、文学理论家所忽视，却在几十年时间里出现了作家林立、各成高峰的局面。但我们依旧可以从中提炼出"个体户"作家有意识或无意识的集体书写。本节从儿童文学对青春、诗意、幻想（其各自对应着儿童文学中爱与成长、审美与诗学、幻想与奇妙三大母题）的追求入手，以作家作品形塑儿童文学思潮的面貌。

一、校园题材的开拓

校园是儿童的重要生活场所。儿童个体生命的成长正在于不断地在校园生活中得到爱与陪伴，从而抵达可能的最好的自我，而在具体的文学实践上又表现为对儿童成长片段的捕捉、意识的引导、人际关系的处理和自我灵魂的塑造。校园小说也正寄寓着作家们的期待：希望儿童能不断成长，顺利度过校园岁月成为一个合格的大人。

秦文君属于最早一拨聚焦校园题材的儿童文学家。20世纪80年代的《少

---

① 方卫平：《1978—2018儿童文学发展史论》，少年儿童出版社2020年版，第94页。

女罗薇》《四弟的绿庄园》《十六岁少女》等作品借儿童的校园生活思考人情、人性，它是80年代的人道主义思潮和新启蒙主义思潮在儿童文学中的另一种话语变形，以至于有着不易为儿童所接受的忧郁与凝重。进入90年代后，秦文君的校园故事卸下了沉重的翅膀，以轻松、诙谐的笔调勾勒出一大批青春洋溢的少年儿童的艺术轮廓：聪敏淘气的贾里（《男生贾里》）、天真活泼的贾梅（《女生贾梅》）、幽默又不失沉稳的鲁智深（《小鬼鲁智深》），等等，不愧是"塑造当代少年群像的高手"。秦文君的创作转向可以以1990年为分界点，它既昭示着成人美学向童年美学的回归，也因为1990年这个特别的时代节点而有了更为丰富的象征意味。秦文君的小说常以对话的形式展开，第一视角与第三视角交错叙事，成人视角与儿童视角不断转移。《男生贾里》每一章的开头总是以贾里的日记进行导入，用他的独语来为贾里的行为和冲突辩白。《孤女俱乐部》也在第三人称视角中不断插入第一人称视角，"在讲述少女成长困境的同时，也能够将我们代入其中，与主人公郑洁岚一起感知现实世界，这种平静自然的叙述如故事般娓娓道来，好似'我讲、你听'，让读者在感受之时接收成长的磨难，直面成长中的困境"[1]。

杨红樱以科学童话起步，成名于青春校园小说。她的小说没有许多青春文学的故作疼痛，也没有对拜金、自毁、病态心理的迎合。《淘气包马小跳》《笑猫日记》系列小说以青春期的纯真、热情勾勒出一幅幅当代中小学生五彩缤纷的生活画面，也推动了幽默儿童文学的发展。杨红樱几乎完全放弃了成人思维，"蹲着写作"，以儿童视角观察、感知世界，语言平易清浅，贴近儿童心理与阅读天性，给读者带来强烈的真实感和现场感。肥猫会应和着老师在黑板上写字的"笃笃笃"声偷偷敲鸡蛋；马小跳会因为美术老师最漂亮而爱上美术课；路曼曼偷偷喜欢着马小跳却又不断找马小跳的茬儿，永远是一副自信骄傲的模样。而对于儿童气质的还原使得杨红樱的小说充满了童

---

[1] 郭忠嫄：《书写温暖的秦文君——秦文君少女小说研究》，湖南师范大学2018年，第36页。

趣和幽默。马小跳把藿香正气水当作解药喂给杜真子；安琪儿用浇水的方式想让自己长高；丁文涛在做完包皮手术之后支支吾吾着不想让同学知道，但"螃蟹步"的走路姿态又出卖了他。"这种幽默感也是当代童年生命力的一种自然外化。"①鲜活生动的儿童生命力昭示着一种健康、蓬勃、自由的当代儿童精神。就像杨红樱所说的，"我是一个为孩子写作的人，我需要倾听的是孩子的心声，他们在我心中至高无上"②。杨红樱对儿童心理和行为的精准把握，正是她的校园系列小说得以畅销十余年，不断搬上荧屏的原因。

伍美珍的"阳光姐姐小书房"系列丛书在21世纪初也颇受欢迎，《做好学生有点累》《老天会爱笨小孩》《香橙有颗酸涩的心》等书多次登上全国少儿书畅销榜。不少小读者通过"阳光姐姐热线"向这位知心姐姐倾诉心事，寻求帮助。伍美珍的校园小说深切关注少年儿童的精神成长问题，善于描写少男少女的烦恼，不回避、不轻视儿童的忧愁，努力用阳光驱散童年的阴霾。《我来自孤独星球》用友谊拯救孤独；《妈妈的爱在门背后》讲述了一个单亲妈妈和儿子如何跌跌撞撞地了解彼此、拥抱对方的故事；《穿越天空的心灵》一反动漫误人的偏见，失去了妈妈的盛欣怡正是借助二次元的动漫世界找回对生活和生命的热爱。伍美珍从来不刻意塑造完美小孩、幸福小孩，"以简单的叙述，向儿童提出带有复杂性的问题，并在更高的层面上，作为一个成熟的成年人为这些问题写下一份带着淡淡温情的答案，这份答案用孩子的语言谱写，排除了成人世界里才有的装模作样与油腔滑调，给予儿童温馨、安定以及成长的希望"③。只要有足够的爱和勇气，孩子也能面对人间的丑

---

① 方卫平、赵霞：《商业文化深处的"杨红樱现象"——当代儿童小说的童年美学及其反思》，《当代作家评论》2012年第5期，第140—145页。

② 陈莉、杨红樱：《时间能检验作品的优劣——关于〈女生日记〉畅销10年的访谈》，《文艺报》2010年12月6日。

③ 谭旭东、韩泽伟：《伍美珍童年文学创作中的儿童本位观照——以"阳光姐姐小书房"系列为例》，《昆明学院学报》2020年第5期，第5页。

恶与悲伤。

二、儿童小说的诗化

作为文学的儿童文学必然得要追求审美教育与文艺教化。如何在儿童文学作品中构建人性美、环境美、语言美、节奏美是每个儿童文学作家无法回避的问题。儿童小说的诗化追求正契合儿童文学以真教人、以情感人、以美动人的教育功能，在生动有趣的叙事中培养审美情趣，同时又符合儿童的年龄特征与思维习惯。

曹文轩无疑是中国当代儿童文学绕不过去的一个人物。2016年，曹文轩凭借《草房子》《青铜葵花》《蜻蜓眼》等作品获儿童文学最高荣誉——"国际安徒生奖"，成为目前为止唯一获此大奖的华人。在金波、秦文君、孙幼君、刘先平、张之路等作家先后获"国际安徒生奖"提名后，曹文轩终于将中国儿童文学带上了国际的舞台，真正迈出了国际化的第一步。安徒生奖颁奖词——"曹文轩的作品读起来很美，书写了关于悲伤和苦痛的童年生活"，精准概括了曹文轩小说的两大特点，即对诗化语言和韧性精神的追求，这都建立在他所成长的故乡江苏盐城。曹文轩善于打捞童年碎片，聚焦乡村生活，无论是修辞层面上对节奏、韵律表达的偏爱，还是语境层面上对轻灵、古典意象的反复书写，都以细腻温柔的笔触和辽阔苍凉的诗意抵达儿童的心灵。盐城水乡的轻灵优美和苏北人民的粗犷坚韧都被曹文轩一一捕捉。曹文轩是那样恋恋于逆境中的少年成长故事，无论是家境败落的杜小康（《草房子》），还是父母早亡的阿雏（《阿雏》），抑或是意外哑巴的青铜（《青铜葵花》），在超乎儿童限阈甚至是成人限阈的苦难中，少年终于褪去稚气，得以成长，抵达梦中"长满百合花的大峡谷"。这也契合曹文轩的儿童文学理念，"塑造坚韧的、精明的、雄辩的儿童形象……中华民族是开朗的、充满生气的、强悍的、浑身透着灵气和英气的形象"①。从这个层面上看，曹文轩的儿童小说有着小诗的轻灵，也不乏史诗的壮阔，人文思想与审美价值兼备，教育性和文学性齐具。

沈石溪的动物小说有着更为沉重、苍凉以至于悲壮的诗意。《狼王梦》《混血豺王》《疯羊血顶儿》等小说以曲折多变的情节、环环相扣的结构、富于幻想的形象和"动物中心主义"的生命哲学呈现出动物小说复杂丰富的立体面向。沈石溪十分擅长借助镜头语言营造动物世界的壮美与辽阔，加强了小说的纵深感。但与其他叙写动物温情，高吟真善美颂歌的儿童文学作家不同，沈石溪笔下的动物社会无疑是人类社会的指涉。他不惮以残忍粗犷、富有野趣的笔调和神秘可怖、诡谲悲壮的氛围叙写动物们之间的纠葛与挣扎，奏响悲怆的命运交响曲，令人潸然泪下。有不少读者笑称沈石溪的动物小说是童年的悲剧启蒙，惨痛得不忍再看第二遍。母狼紫岚面对被猎人陷阱困住的狼崽蓝魂儿，"一口咬断了蓝魂儿的喉管"②。残疾军犬面对黑狗的挑衅肆意反击，"偏着脖子，狠命咬下去"③。老象糯瓦在临终前向波伢束复仇，"那架势，恨不得捅他个透心凉"④。斗争、复仇、谋略是沈石溪动物小说永恒的主题，而诗意与悲剧性则在于作为人类世界镜像存在的动物世界中，故事的主角时常践行着"改变弱者，争当强者，活着坚强，死得辉煌"的丛林法则，不到生命的尽头决不罢休。小说中的生之痛与死之悲在完成生命教育的同时，也促进了儿童生态意识的建构。需要指出的是，沈石溪的动物小说虽取材于他"上山下乡"的知青生活和日常观察，但仍存在不少知识性的错误，

---

① 曹文轩：《曹文轩儿童文学论集》，二十一世纪出版社1998年版，第112页。
② 沈石溪：《狼王梦》，湖北少年儿童出版社2006年版，第112页。
③ 沈石溪：《退役军犬黄狐》，《全国优秀儿童小说选》，贵州人民出版社1987年版，第21页。
④ 沈石溪：《老象恩仇记》，《2013年度精选集》，敦煌文艺出版社2014年版，第256—527页。

读者要将其视为小说的虚构与再创造，而不是严谨真实地为动物写传的"大自然文学"与动物科普。[1]

三、幻想文学的飞翔

没有幻想与虚构，就没有儿童文学。儿童文学永远以无穷无尽的奇妙幻想、超自然与非真实元素营造阅读快感，其间的神魔形象、灵异形象、超人形象等往往成为一代人的童年"偶像"。中国的儿童幻想文学经历了从外译到原创的历程，已成为当代儿童文学中的一支劲旅。

张之路是著名的儿童幻想文学的作家，堪称70后、80后的童年回忆，其中《霹雳贝贝》《第三军团》等更是被改编成影视作品。"小说离我们太近，童话离我们太远。太远了看不见，太近了看不清。我想找一个不远不近的位置，即幻想小说。"[2]芯片可以被不法分子插入人体提高智商、掌控身体（《非法智慧》），玉石做的蝉笔会在做错题时不出墨水，做对时出水（《蝉为谁鸣》），奇怪的纸牌竟是用现实存在的小学生印成的（《奇怪的纸牌》）。在张之路的幻想文学中，他时刻保持着对科技的警惕和审慎，流露出科技使人异化的担忧。这也使得张之路的幻想小说有着强烈的人文精神，以引导小读者正确认识科学技术为旨归，在传播科学知识的同时树立正确的科学观。

1985年，以郑渊洁作为唯一撰稿人的杂志《童话大王》正式创刊，按月发行，直到2021年，这本坚持了三十几年的月刊因"舒克""皮皮鲁"等知识产权纠纷宣布停刊。郑渊洁独创了一种类型化童话写作，塑造的皮皮鲁、鲁西西、舒克、贝塔等"顽童"形象在世界范围内拥有亿万读者。他对

---

[1] 斑羚善攀岩，喜独居，因此《斑羚飞渡》的故事入选语文教材后曾掀起关于沈石溪作品真实与虚构的大讨论。

[2] 马力:《感悟儿童文学——中国著名儿童文学作家张之路访谈录》,《辽宁教育学院学报》2002年第1期，第75页。

孩童天性的尊重，对应试教育的抨击，对"差生""顽童"的宽容使得他的童话创作在为儿童代言发声之余更具有浓重的人文关怀。郑渊洁营造了一个热闹欢乐、自由轻松的乌托邦世界，安放儿童最本真、最天然的灵魂。此外，郑渊洁的幻想童话堪称中国儿童文学想象力的完美示范，突破了生与死、人类与非人、现实与历史、真实与虚构之间原本泾渭分明的界限，实现了全新的童话时空的建构。

冰波善于塑造奇幻王国，以物的拟人化和人的拟物化构筑幻想世界，情节曲折，意境深远，亦真亦幻。《窗下的树皮小屋》《怪蛋之谜》《狼蝙蝠》《阿笨猫全传》等是他的代表作。冰波不断地违反生活逻辑，"那种奇异的想象力和简洁流畅的语言共同构建了一个幻想故事：一个具有神秘色彩的主角，科学元素，跌宕起伏的情节，严谨的艺术逻辑"[1]，机器乌龟会下蛋，蓝鲸把自己的眼睛给了盲女，狼蝙蝠可以从月光中吸收能量。冰波顺应了儿童爱幻想的天性，吸引着广大的小读者。冰波的幻想小说富有抒情气息，清新优美，诗意盎然，在情绪的流动中将奇幻王国一一铺展开来。即使是矛盾与冲突，也是在清丽轻柔的氛围中得以解决。无论冰波如何探索童话、自我创新，他对幻想和抒情的追求从未放弃。

汤素兰自称"笨狼妈妈"，《笨狼的故事》《笨狼的学校生活》《笨狼旅行记》等笨狼系列童话让幻想照进现实，童话世界和现实世界相撞，赢得了大量低幼儿童的喜爱。汤素兰笔下的狼一改以往儿童文学作品中凶狠狡黠的刻板印象，滑稽傻气又不失善良可爱，甚至和小红帽成了好朋友。《犇向绿心》更是对传统幻想资源的继承，借"神牛"符号完成对西方"魔法想象"的超越。"儿童最让人感到吃惊的，除了他的发现力、想象力和观察力外，还有他的包容能力。对他来说，一切皆有可能，一切皆是事实，一切都是喜

---

[1] 王媛：《论冰波童话》，东北师范大学2008年，第3页。

悦的戏剧和喜剧。戏剧和喜剧是儿童的。"[1]汤素兰以唯美纯净的文字解码童年,创造了"一个既充满活力,又温暖明亮的神奇世界"[2],展现出稚拙动人的美学个性与美学风貌。

小说与童话是当代儿童文学创作的显流与重镇。进入21世纪后,绘本、立体书等更是占据了不少儿童文学的市场份额。儿童诗作为曾经的先锋队和领头羊,在此刻不免显得落寞。本节在小说和童话之外,仍要花一点点笔墨谈谈金波这一儿童诗人。儿童诗历经"五四""十七年"和"新时期"三个小高峰,金波是少有的在"十七年"和"新时期"都颇有分量的儿童诗人。从《回声》到《红树林童话》,金波的儿童诗创作愈发娴熟,关切自然,书写纯真,以优雅纯净的诗歌贴近儿童。"没有了形式,也就没有了诗;没有了技巧,也就没有了好诗"[3],以《我们去看海》为代表的十四行诗是金波对中国儿童诗的大胆创新,以"声音之流"承载"情感之流",在兼顾汉诗的用韵习惯时,也保留了十四行诗的韵脚变化,深化了儿童文学的诗艺空间和审美表达,是金波后期童诗先锋性实验的一种。

文学生产的核心是作家队伍。除上述几位知名作家外,刘先平的"大自然文学",王巨成的阳光成长小说系列,谭旭东的儿童现代诗,姚茂敦的财商启蒙读物,彭懿的"热闹小说",萧袤的幽默童话,孙卫卫的男孩系列,赵长发的海洋童话,陈诗哥的"国王""国家"童话,一苇的民间童话等旗号林立、新潮迭出。"90后"儿童文学作家群悄然崛起,慈琪、刘天伊、王璐琪、王君心、王天宁等新锐作家势头正猛,不断拓展儿童文学新的空间,书写新的儿童文学。

---

[1] 汤素兰、陈晖、李红叶、谭群:《儿童文学三人谈——关于汤素兰的创作及其他》,《创作与评论》2014年第9期,第34页。

[2] 舒晋瑜:《为童年的飞翔插上翅膀——访政协委员、儿童文学作家汤素兰》,《人民日报》(海外版)2010年3月19日。

[3] 金波:《金波论儿童诗》,海豚出版社2014年版,第351页。

第三节　怎样反思儿童文学？

　　本章简单钩沉了百年中国儿童文学史的思潮图景，在厘清当代儿童文学创作，尤其是1978—2020年的发展、演变历程和历史分期的基础上，针对其中的审美变化、理论革新、创作实践进行梳理和分析。儿童文学的发展思潮与理论新变始终围绕着儿童观、文学观、教育观等"元问题"而展开。对于儿童的"发现"与阐释深层次地塑造了各阶段儿童文学的面貌。同时，儿童文学还是中小学阶段语文教学的重要课程资源和校园文化建设的重要内容。但关于儿童文学，我们仍旧有许多问题亟待解决。儿童文学应坚持"儿童本位"还是"文学本位"？要注重"文学性"还是"儿童腔"？是否要为了教育牺牲儿童文学的审美？如何贴近儿童心理完成生命教育、情感教育、性别教育与道德教育？儿童文学要走向"民族性"还是"现代化"？由儿童创作的儿童文学是否可以被经典化？由成人创作的儿童文学要怎样被儿童所接受和喜爱？如何处理儿童文学的真实与虚构问题？如果抛开种种学术论争的缠绕和文学、教育学理念的迷思，中国儿童文学始终与中国现当代文学具有同源性与一体性。当我们能妥善处理"儿童"的问题时，也就能回答"人"的问题。这也是本书有别于其他文学思潮教材，要专设"儿童文学思潮"一章的原因。

　　据《2016—2020年少儿出版产业分析报告》，中国在售童书品种现已超过30万种，种类丰富，创收颇丰。即使在2020年全球性的公共卫生紧急危机中，少儿市场依旧实现了正向增长。当然，儿童读物并不等于儿童文学。但童书的畅销无疑在另一方面助兴了儿童文学的发展。各少儿文学创作与研究中心相继创立，儿童文学与儿童教育、中小学语文教学紧密联盟，《中国儿童报》《中国儿童画报》《儿童文学》《儿童文学选刊》等报刊走进校园，

"为儿童而译"（Translating for Children）的翻译实践不断深化，国际交流与文化输出日益频繁。近五年来，吴翔宇的"百年中国儿童文学与中国现当代文学的一体化研究"、徐德荣的"百年中国儿童文学外译研究"、童齐巍的"媒介转型与中国当代儿童文学出版变迁研究"、徐妍的"鲁迅与百年儿童文学观念史的中国化进程研究"等基金项目不断从批评、翻译、媒介、思潮等维度丰富儿童文学的理论建构。但我们作为作家、父母、老师、研究者，依旧陷入如何为儿童写好书，如何为儿童选好书，如何为儿童文学赋形立论的困境。这一困境因为儿童这一特殊指向而更加突显，这也是"教材插图"风波，曹文轩、郑渊洁之争等问题屡次升级到社会层面的原因。但无论如何，我们都应警惕黄暴擦边倾向，坚持童心童趣，深化文学启蒙的美育力量，平衡儿童话语与成人创作者的主观构想，以丰富的阅读体验，开拓儿童文学新的面向。儿童文学会在将来焕发出更为鲜活和丰富的文学生命力，也会不断滋养、形塑一代又一代儿童的精神世界。

◎ **学习要点**

　　1. 关键术语：儿童本位、童话、科幻、儿童文学思潮。

　　2. 理论基础：叙事学、教育学、儿童文学、儿童想象。

　　3. 重要观点：儿童文学是"人之初"的文学。1978年后的儿童文学坚持为儿童、属儿童的儿童观。在具体的文学实践上，儿童文学还原、摹写当代儿童生活，承载着作家的童年记忆、幻想飞扬和乌托邦建构，同时也引导、形塑着新时期健康阳光的儿童形象。

◎ **思考讨论**

　　1. 一代有一代之文学，一代儿童自然也有一代之儿童文学。在高度数字化和全球化的21世纪，儿童文学如何解读时代？如何为儿童发声？如何捕捉并贴近儿童心理？隔着年龄与阅历的鸿沟，当今的儿童文学作家又要如何书写"童年现实"？如何留存当下这一代儿童的"中国式童年"？

2. 请搜索曹文轩（1954—）和杨红樱（1962—）的生平资料，梳理其文学创作与儿童理念之间的关系。

3. 请尝试创作一篇三千字左右的儿童文学作品，并谈谈你的儿童文学观。

◎ 拓展阅读

1. 蒋风：《中国当代儿童文学史》，河北少年儿童出版社1991年版。

2. 宋文翠：《儿童文学概论》，山东人民出版社2010年版。

3. 朱自强：《朱自强学术文集（1-10）》（精装版），二十一世纪出版社2016年版。

4. 王泉根：《百年中国儿童文学编年史 1900—2016》，湖南少年儿童出版社2017年版。

5. 方卫平：《中国儿童文学四十年》，中国少年儿童出版社2018年版。

6. 汤素兰：《新媒体时代中国儿童文学发展趋势研究》，浙江少年儿童出版社2019年版。

◎ 作者简介

骆江瑜，华南师范大学文学院博士生，主要研究方向为中国现当代文学，曾在《山西大学学报》（哲学社会科学版）、《中国广播电视学刊》等刊物发表十余篇论文。

【第八章】
港澳台文学思潮

由于特殊的历史境遇，港澳台的文学发展脉络与大陆并不完全吻合，具有鲜明的特色。1949年新中国成立后，大陆与港澳台迎来各自发展的契机，形成各自文学发展的轨迹和面貌。

1965年后，中国台湾文学在传统、现代和本土三种思潮的此消彼长中前行。到了20世纪80年代，台湾文学逐步形成立足于台湾现实的古今中西共融的文学主导精神，迎来了重要的历史转折期，多元化成为80年代以来台湾文学的主流思潮，打破了此前某一流派一统文坛的局面。解除戒严后，台湾文学场域发生裂变，走向多题材、多流派、多风格的格局。

香港文学在20世纪80年代祖国改革开放的影响下，文学上左中右思潮分立对峙的局面逐步缓解，本土特色日渐明显，进入了繁荣时期，并与内地文学重新对话。与此同时，在商业化浪潮的冲击下，严肃文学和通俗文学的跨界联合成为不少香港作家选择应对的方式。

至于当代澳门文学思潮，则可从20世纪80年代说起。在"建立'澳门文学'形象"的倡议下，澳门文学界开始追寻自我身份；80年代中后期，现代主义诗风席卷澳门，使得澳门的现代诗能够走出澳门，汇入世界华文学的大流。近十年来，为了提升澳门文学的可见度，本土作家积极寻求跨界传播的途径，新的文艺形态昭示了澳门文学的未来。

第一节
20世纪80年代以来的台湾文学呈现怎样的多元化格局？

1949年国民党败退台湾后推行"反共文艺"，作为官方文艺政策以及"三民主义文艺"在特定历史时期下扭曲变形的产物，具有概念化和极端政治意识形态化的弊端，必然引起具有真正文学心灵作家们的抵制和背离。当代台湾文学中出现的乡土派、现代派和自由派文学，其实是从不同的方向和角度对于"反共文艺"的突围。20世纪80年代开始，台湾社会的政治、经济出现多元化趋势，海峡两岸形势日趋缓和。90年代以后，文学的通俗化和大众化倾向越来越明显，边缘化也渐成趋势。

20世纪70年代后期"乡土文学论战"和"高雄事件"的发生，使得台湾社会的政治、经济、文化等方面都发生重大转折。尤其是1987年宣布解严以后，文学走向多元化，拥有一种更为宽广的"文化"视野，不同理念、风格、经验的作品同时汇聚共存。假如对80年代的文学作品做大致划分，或可呈现出两个部分：一是对70年代乡土文学的维系和延续，在历史和现实中融入多元文化要素；另一部分是聚焦都市化和后现代语境下的台湾文学，刻画现代都市和后现代工业文明下人的各种存在状态和心理。

一、对20世纪70年代乡土文学的维系和延续

20世纪70年代乡土文学两次大论战后，以胜利告终的乡土文学成为台湾文学主流思潮。对乡土文学的维系和延续，可从文化视角和族群议题两个方面切入，"多元化"趋向明显。从文化视角观察，第一，作为对70年代"回归传统"以及"关注现实"的承续，洪醒夫的小说以及向阳的《十行集》、陈义芝的《出川前记》等诗歌致力于维系传统根脉。第二，与乡土文学有关的报道文学和环保生态文学蓬勃发展，成为台湾文学极有特色的组成部分。它是风云时代的衍生品，源于70年代"上山下海"的青年学生运动，包含"现实反映""人文关怀"和"生态环保"三个系列主题。尤其到了80年代，"生态环保文学"的重要性越来越突显，代表性作家有韩韩、心岱、刘克襄、马以工、洪素丽、王家祥、廖鸿基、徐仁修、吴明益、夏曼·蓝波安（施努来）等。类型也众多，大致可分为"环保文学""自然志""隐逸文学""观察记录""动

物小说""海洋文学""台湾少数民族山海书写""台湾少数民族历史小说"[①]等。其中,韩韩和马以工合著的《我们只有一个地球》可视作台湾自然书写(nature writing)的滥觞。刘克襄是台湾生态文学的积极投入者,将学理和才情投入绿色书写,在实地追踪考察基础上探究人与自然的互动模式,其于90年代中期发表的"小绿山系列"开启台湾自然书写的新范畴,近期投入旅行书写、儿童生态方面的研究。第三,文学视野扩及文化层面,"或宏观地归纳台湾社会文化形态的特征,或探讨生长于这块土地上的人们的深层心理结构,或致力于同胞健康、理想人格的形塑,或倾心于民俗文化的记录和呈现,或热衷于将中国传统文化中的'禅'融入现代生活之中"[②]。比如,林清玄和简嫃都参禅理佛,所以在他们的散文中会感受到"禅"对他们的影响。还有一些关注传统、民族和文化主体的,比如阿盛的《厕所的故事》《两面鼓先生小传》等。第四,80年代以后,不少年青一代学者从社会、历史、文化学角度阐释文本,比如詹宏志、吕正惠等。詹宏志提出阅读的"享乐政策",实际上与台湾社会文化变迁相适应。吕正惠多年坚持文学反映现实社会生活,反对"形式至上"论,引入卢卡奇理论,理性反省使得他为台湾文学理论批评注入活力,使现实主义在批评实践中具体化,推动台湾现实主义批评向前发展。

从族群议题观照80年代以来乡土文学的延续,有四种主题类型可以切入:台湾少数民族文学、眷村文学、家族文学以及旅台作家。台湾少数民族文学是80年代以来台湾文坛的重要组成部分,它是伴随着台湾少数民族社会运动而兴起和。它的创作者主要是台湾少数民族作家,包括排湾诗人莫那能、达悟作家夏曼·蓝波安(施努来)、卑南作家孙大川、布农作家拓跋斯·搭玛匹玛(田雅各)等。台湾少数民族文学经过从政治抗争到挖掘历史现实生

[①] 此处分类参考蓝建春:《从自然写作到生态文学:绿意盎然的台湾文学实践》,《文艺报》2013年7月5日。

[②] 朱双一:《台湾文学创作思潮简史》,九州出版社2010年版,第283页。

活的转变，期盼重建本族人民的自尊自信，处理好现代与传统、本族与中华民族的关系，多民族文化血脉最终融入中华民族的整体血脉之中。眷村文学诞生于国民党败退台湾后，为台湾文学对这批从外省迁移而来的人的生存命运之关注。承担起这份工作最主要的写作群体是战后多从台湾出生的新世代作家。眷村文学也是经历了阶段性发展：刚开始关注较多"老兵"的生存现状，张大春、洪醒夫、朱天心、曾心仪、苏伟贞等均有相关作品；接着出现眷村小说，从早期的感性之作演化成作家用理性的眼光反思眷村的发展。相较于白先勇等作家多关注上层社会达官贵人和遗老遗少等群体，上述这些作家勾勒出中、下层人员的生存处境和人生历程。如何与本地族群做到相互理解认同，是作家们关注的重要问题，从中看出台湾同胞的心愿。占据台湾大多数人口的是来自几百年前从闽南迁移而来的"福佬族群"，中华文化根深蒂固的家族观念深深影响着这一族群，于是台湾文学的家族书写不绝如缕。自从20世纪70年代乡土文学盛行以后，家族书写呈现上涨趋势。许振江的《寡妇岁月》和肖丽红的《桂花巷》道出了台湾家族生活的特点和女性的坚韧智慧。相较于上述两部作品的"寡妇"视角，陈玉慧的《海神家族》和陈烨的《泥河》聚焦的视野更宏阔，探讨在各种因素的影响下家族成员的缺失乃至瓦解分离，但两部作品并未脱离中国传统家族文化的底色，联结的依旧是中国传统家庭伦理。除了本地生活的作家外，台湾文坛也是较早与外界发生联系的。这里主要有两类人群值得关注：一类是从台湾赴外国留学人员的创作，形成了"留学生文学"；另一类是从旅居地区/国家来台湾留学的"侨生"，这类人员来自中国香港、中国澳门以及东南亚各国等，主要构成群体为来自东南亚的华人，包括代表性作家黄锦树、张贵兴、李永平、钟怡雯、陈大为等，均在求学毕业后定居台湾。这两类群体的笔下都流露了中华文化在华人身上的体现，中外文化因素融入其中，丰富了台湾文学的题材和风格。

二、"都市文学"的崛起

第二个变化是20世纪80年代以来现代都市和后现代工业文明影响下的台湾文坛发展。其中,最重要的现象是"都市文学"的崛起,这一变化与台湾都市社会的发展紧密相连,被认为是"80年代台湾文学的主流"[1]。关注这一问题较多的是"战后新世代"[2]作家,代表性人物有黄凡、林燿德等。70年代前后资本主义工商业取代传统农业,乡土文学更为关注在西方资本入侵的情形下城乡之间的各种矛盾冲突,而80年代的主要矛盾已变成工商社会带来异化的压力下各种人性欲望扭曲的问题,表现出多元复杂的情感价值,以及呈现出矛盾、对比、纷杂、冲突的新美学意义。黄凡作为台湾都市文学的领军人物之一,前期关注现代工业文明阶段台湾都市生活的反映,稍晚多关注后工业文明对台湾都市生活的影响,在乡土小说转变到后现代文学叙述阶段中起着关键作用。王幼华的疯子系列和犯罪者系列小说则关注社会转型给人造成心理压抑之后的变态反应。东年的"海洋小说"表现出对传统民族历史文化和社会现实的双重反思。同样,在诗歌方面,罗青的《一封关于诀别的诀别书》被视为"后现代主义"宣言诗。现代派和乡土派诗人在此阶段都有新的探索,趋于多元化,表现为"目无诗法,不守成规,立意创新"[3],在纵横时空维度中思考现代人的生存处境。

都市社会下女性的处境和心理同样成为台湾女性文学聚焦的重要方面。

---

[1] 该言论由黄凡和林燿德提出,转引自雷达、赵学勇、程金城主编:《中国现当代文学通史》,甘肃人民出版社2006年版,第968页。

[2] 20世纪80年代末,林燿德等将1950年以后出生(1945年为弹性界限)的台湾作家称为"新世代",阿盛等则称之为"战后新世代"——此处解析引自朱双一:《台湾文学创作思潮简史》,九州出版社2010年版,第300页。

[3] 孔范今主编:《二十世纪中国文学史》,山东文艺出版社1997年版,第1602页。

这源于美国爆发大规模妇女解放运动的影响，使得20世纪70年代初台湾岛上兴起男女平权运动。新女性主义于此时兴起并且在女性主义文学中付诸实践。进入80年代，台湾女性主义文学达到前所未有的高峰，聚焦于男性作家无法涉足的领域，涵盖更为深广的范围，从而走在大陆女性主义文学的前面。其大致可分为以下五种类型：第一种是以朱天心、平路、李昂等为主要作家，大胆触及社会政治、经济等现实敏感问题，改变传统女性阴柔书写的模式，走向更为阳刚的风格；第二种是以张曼娟、黄子音为代表，书写都市浪漫言情史，也关注社会存在的畸恋、婚变等问题；第三种是介乎上述两者之间的风格，关注女性生存的种种问题，作家有廖辉英、袁琼琼、肖飒等；第四种体察女性内心的细腻世界以及独特的情感欲望，比如朱天文、苏伟贞、郝誉翔等；第五种是在华文文坛较有特色的以女作家为主体的情欲书写和酷儿写作，平路、陈雪、洪凌和邱妙津等作家从性别书写入手，试图瓦解现行男权社会下的种种秩序。从以上五点可看出，不少女性作家试图以自身视角出发表现情欲解放，进而反映女性的觉醒意识。

三、现代主义重新归来

20世纪80年代的台湾已进入工商都市社会，所以在70年代被乡土文学冲击和批判的现代主义重新归来，很多作家为现代主义做了客观公正的评价，诞生了黄凡、王幼华、张大春、林燿德、陈克华、平路、夏宇、骆以军等著名作家，而此时期复苏的文学思潮又被称为"新现实主义"。他们在继承60年代现代派文学风格的基础上，表现出面向全球乃至宇宙的理性反思色彩，创作出科幻文学等新兴类型题材作品。80年代末90年代初，处于台湾工业文明向后工业文明过渡阶段的林燿德，在作品《人类的诗》中表现出对后工业时代文明的敏感，突显了战后新世代对"后现代"来临的矛盾心理。从他提供的后现代模式可看出，作家"已决意'甩开'台湾难缠的政治现实，钻空钻觅地追求自己生活的'幸福'"①，相较而言，台湾另一位"战后新世代"作家舞鹤，敢于尝试多种类型创作，将台湾文学新一波现代主义创作推向新的局面。

此时的台湾文坛能重归现代主义，是经过此前经济繁荣与政治戒严相互矛盾纠缠阶段冲击而来的，并为"后现代写作"奠定了重要基础。

四、后现代主义文学的诞生

现代主义复苏的同时，台湾在某些方面也体现进入以科技和信息为基础的后工业文明状态，为20世纪80年代中期后现代主义文学②的诞生提供了必要的条件支持，并推动其成为台湾文学多元化思潮发展中的重要一环。

"解严"后各种传播媒体的普及以及信息化时代的出现，使得社会产生多元杂糅的状态，反映这一现象的作品愈来愈多，比如黄凡的《东区连环泡》、张大春的《公寓导游》、王幼华的《健康公寓》等。此外，资讯时代下对语言和历史书写真实性的质疑，成为作家往纵深思考的路径之一，如张大春诸多种类的小说作品中体现出语言反映真相（尤其是媒体语言和官方说法）功能的质疑，尤其是后设小说手法的运用，具有强烈的"解构"色彩，以抵制乡土小说的现实主义。夏宇的后设诗通过即兴取材和自由剪接手法，质疑艺术符号能穷尽表达之意的看法。传媒的发达也使得文学跨媒介现象出现，尤为突出的是80年代诗的多媒体化以及录像诗、电脑诗、新闻诗、报道诗、广告诗等问世，成为台湾后现代文学思潮一个非常突出的现象，解构了现代主义文学的严肃姿态，使得文学走向了大众文化和消费文化。与前辈作家相

---

① 吕正惠、赵遐秋主编：《台湾新文学思潮史纲》，昆仑出版社2001年版，第309页。

② 吕正惠、赵遐秋主编的《台湾新文学思潮史纲》谈道："台湾后现代思潮的兴起，可以相当准确地划定在80年代的中期。"详细参见吕正惠、赵遐秋主编：《台湾新文学思潮史纲》，昆仑出版社2001年版，第296页。

比，这些新生代作家（尤其是60年代及其以后出生）普遍具有如下特质：政治情结显著减少，拥有多元化的知识背景，勇于尝试各种新的文学技巧和表达方式。[①]在后现代工业文明的影响下，台湾的小剧场运动蓬勃发展，姚一苇、马森、张晓风、李曼瑰、钟明德、赖声川等是其中的佼佼者，而较有代表的剧团有金士杰执掌的"兰陵剧坊"、赖声川的"表演工作坊"以及钟乔主持的"差事剧团"等。

"解严"后各种禁忌和束缚的松懈，使得台湾文坛各种体制秩序受到挑战，"边缘"文化与"边缘反抗"的意识得到重视，充满生机与活力。有些作家主动身处边缘位置，以对抗和松动主流，发挥知识分子的批判作用，有着瓦解中心体制、规范、法律道德的革命性意义，取得显著成绩。这些边缘议题有着各种角度，比如：乡土文学、"弱势族群"文学（台湾少数民族文学、客家文学、眷村文学）、女性主义文学、"同志"文学等。关于后现代理论陈述方面，主要有简政珍、孟樊以及万胥亭等人。作为台湾当代文学思潮的一个重要文学现象的通俗文学，与严肃文学的边界日趋模糊，并且从分离走向整合，主要表现在武侠小说、言情小说、历史小说和科幻小说的兴盛发展。

全球化背景下，面对这种多元非理性的状态，文艺界不少人认为可在"后现代"环境下维持现状，暂时搁置台湾未来的现实问题，其体现出商业化市场主导下的享乐主义游戏性是否也属于一种"逃避"的倾向？这正如吕正惠总结的："'台湾的'后现代，是把台湾未来的现实问题暂摆一边的文学上的维持现状派。"[②]在台湾政经环境越来越恶劣的情形下，有相当一部分作家希望通过加强人文性来予以抵制。面对台湾社会混乱的局面，"后现代文学"如何转化已成问题。它具有强烈的反传统意识，许多有使命感的作家对此深感无力，纷纷转向更富有人性和文化的书写。20世纪80年代以来的台

[①] 雷达、赵学勇、程金城主编：《中国现当代文学通史》，甘肃人民出版社2006年版，第969页。

[②] 吕正惠、赵遐秋主编：《台湾新文学思潮史纲》，昆仑出版社2001年版，第325页。

湾作家侧重于关注工业文明下的"物化"倾向和精神追求的缺失,于是自然写作、禅理散文等应运而生。在后现代主义思潮下,文化否定主义风气盛行,不少作家反对愚昧,提倡理性,通过探索自然来追求人的全面发展,抑或把文学当作放松娱乐的真性情表现,出现"文学文化化"的趋向。另外一个值得关注的有"自由人文主义"倾向的"三三"作家群,不少作家属于评论家王德威所称的"张派传人",引领着80年代的台湾怀旧风,跨越多种文体,风格多样,在台湾文坛影响深远,其中成就最大的女作家有朱天文、朱天心、苏伟贞、钟晓阳、陈玉慧、袁琼琼、肖丽红等。

第二节
20世纪90年代以来台湾文学的大众化思潮有哪些独特之处?

进入20世纪90年代,台湾地区在意识形态领域发生裂变,形诸文学,借用陈思和的说法,便是从"共名"转为"无名",走向多元与开放。这时候再谈论"主潮",似乎有些无的放矢。不过,我们还是能从中看到四种书写主题/方式在台湾文学中形成独特风尚。其一是女性作家的情欲书写;其二是年轻作家对台湾殖民历史的思考;其三是生态书写;其四是网络文学。

1983年,李昂以一篇《杀夫》震惊台湾文坛,此时的她还关注着父权体制下性别不平等的表现和根源。90年代以后,李昂用更为大胆的笔触,探讨了女性的身体和情欲,写下了《暗夜》《北港香炉人人插》《迷园》《鸳鸯春谱》等小说。李昂的小说不仅关注性别政治,更关注性与政治的关系。朱天文、苏伟贞、陈玉慧、纪大伟、洪凌、陈雪、曾晴阳、邱妙津等新锐女作家也纷纷登场,向人们展示了一个个更为激烈、反叛、狂野的女性形象,颠覆了社会主流秩序对女性的规范。其中,朱天文的《荒人手记》和邱妙津的《鳄鱼手记》继承了鲁迅在《伤逝》中开创的"手记体",以女性的视角表达自我,深刻展示了20世纪末的台湾青年在性别认同与自我认同之间的纠缠。相较于此前更愿意表达女性自主意识的婉约派写作,90年代崛起的女性作家群体,更注重细微琐碎的阴性叙事和感官书写,这与后现代思潮的冲击密切相关。

90年代以来,后殖民理论成为阐释台湾经验的方法和门径。其中,最引人注目且争议最大的文化论题莫过于"殖民性"与"现代性"的纠葛。在创作层面,不少作家用一个文字虚构的世界回应了这股思潮。甘耀明的《杀鬼》聚焦日据时期的台湾,溯源了台湾民间的抗日史和身份认同问题;李崇建的《日本姨婆》通过鬼魅叙事控诉了日本帝国主义的罪行;王聪威的《复岛》带有历史虚无主义色彩,表达了台湾人无根的焦虑。这些作品大多通过书写历史来叩问台湾那段创伤记忆,牵扯出台湾意识中的分歧与冲突,其中隐含的某些激进、负面的思想值得警惕。

90年代的自然书写者,除了草创时期已崭露头角的刘克襄、王家祥、吴明益、夏曼·蓝波安以外,还有一批跨界作者,如学者型作家陈玉峰、专事鸟类观察记录的陈煌、迷恋老鹰的沈振中、倡议绿色旅行的陈世一等,使得生态书写的面向更为丰富和多元。在他们眼中,"自然"不仅仅是田园山水、世外桃源,更是都市空间中的绿色诗意。值得一提的是,这些作品已不再仅仅用文字媒介传递作者的自然观念,摄影、手绘、自然音景的还原等多媒介的介入,使得科技人文的理念深入人心。比如范钦慧的《抢救寂静:一个野地录音师的探索之旅》是一本极具趣味的博物学图书。作者多年来走遍台湾,在各地录下自然天籁,并一一造访各领域研究自然声音的科学家、田野工作者和艺术家,为抢救自然的声音贡献了自己的力量。台湾的自然书写思考后工业时代的人应如何保持对诗意的向往,这种可贵的生态意识是对资本主义制度下物欲横流现实的批判与反思。

台湾的后工业社会形态不仅影响了文学的书写内容,而且改变了文学的传播形态和对文字的经营方式。陈征蔚认为:"台湾数位文学约于1998—

2005年达到高峰,其作品大致可粗分为'前卫型'与'商业型'两大类,其中尤以前者广泛利用影像处理、多媒体技术与多向叙述者著称。"[1]所谓"前卫型",更多指的是诗歌文体,借助网络技术,将图像、音频、视频等新兴视听媒介与文字媒介交汇,创造出一种新鲜的诗歌样式。由于这些超文本的形式难以通过传统纸媒的方式出版,网络诗成为一种小众而前卫的形式实验。其中较有代表性的有姚大钧和曹志涟创设的"妙缪庙"(Wonderfully Absurd Temple)网站、杜斯·戈尔的"象天堂"网站以及须文蔚的"触电新诗网",这些网站所收录的实验作品是典型的文字视觉艺术,也有人担忧这类诗歌的"诗性"会有所流失。所谓"商业型",则以网络小说为典型代表,这些小说借助网络无远弗届的传播能力,成为真正的"大众文学"。痞子蔡、藤井树、蝴蝶、九把刀、御我等人是台湾地区有名的网络文学作者。他们一开始的创作栖息地在网络论坛,后来转战至万维网和博客(BLOG)。由于发表门槛自由随意,没有审查与过滤机制,网络文学的作者相对年轻,书写的内容也颇为青春化和通俗化,创作主题大致不离校园爱情和世俗奇谈。网络小说继承了传统通俗小说的叙事模式,悬念迭起,让人欲罢不能。尽管有批评者担心网络文学的出现会使文学的审美品质下降,但不可否认的是,新时代下的文学也正是因为借助了网络媒介才让它焕发新生。

跨入21世纪后,新一代的作家渐次步入台湾文坛。他们是天然的"E世代",思维活跃,卸下了沉重的历史包袱,将文学当作游戏,戏笔天地间。诗人叶觅觅与何俊穆、散文作者唐捐与王盛弘、颇受关注的小说作者徐誉诚与徐嘉泽等,都以清新的笔致书写这个时代。他们刚刚取得文学殿堂的入场券,能否引发新一股思潮,让我们拭目以待。

---

[1] 陈征蔚:《电子网路科技与文学创意:台湾数位文学史(1992—2012)》,台湾文学馆2012年版,第97页。

第三节
为什么20世纪80年代以来香港文学的多元共生思潮表现更明显？

由于相对于中国内地的边缘性地理位置以及英国政府统治意图的复杂性，所以香港自鸦片战争后便成为各种力量争夺的"公共空间"。具体到文化领域，它是无法摆脱一百多年来中英双方共同作用下的影响的。1949年新中国成立以来，香港文化的结构由"美元文化"、左翼文化以及现代主义三部分构成。20世纪50—70年代初属于香港当代文学阶段的发展前期。20世纪70年代以来，这种结构被陆续打破。中美建交与美苏冷战结束意味着"美元文化"的结束，而1984年"中英联合声明"的签署意味着香港即将回归祖国，文化格局发生相应变化。随着祖国内地的对外开放，香港的回归，表现为一方面香港左翼文化，需要与其他思潮共生汇合，另一方面20世纪70年代以来兴起的本土文化将继续发展。

当"九七回归"成为港人命运改变的一个重大转折点时，不少回归过渡期[①]的文学作品就转向关注香港文学的文化身份定位问题。这种定位"逐步形成既摆脱'英联邦空间'的文化认同，又相异于内地意识形态的香港意识，不断丰富其融合都市乡土味和现代性的艺术空间"[②]。如同《香港文学》首任主编刘以鬯所言："它是货物转运站，也是沟通东西文化的桥梁。"[③]可见，

[①] 1984年12月19日，中英双方在北京签署了《关于香港问题的联合声明》，"并于1985年5月27日正式换文生效，香港便开始进入为期十二年的回归祖国的'过渡期'"。（刘登翰主编：《香港文学史》，人民文学出版社1999年版，第401页）

[②] 黄万华：《百年香港文学史》，花城出版社2017年版，第152页。

[③] 刘以鬯：《〈香港文学〉创刊词》，《香港文学》1985年第1期。

不同文化的混合汇聚形成了多元共生的文化场景，丰富着中国文学、文明的多元发展格局。20世纪80年代前后香港文学报纸文学副刊兴盛，直到20世纪90年代日渐衰落，文学生存环境趋于恶化。《香港文学》杂志于1985年创刊，打破以往文学传统，不再以左翼自居，初刊号就将左右翼作家放在同一平台集体亮相，宣示香港文学是中国文学的组成部分，成为香港文学史上具有重大里程碑意义的事件。随后近40年的办刊历程中，它充分发挥团结各方的力量，不仅将古典主义、现实主义及现代主义三种不同风格的作家会合在一起，还加强与中国其他区域（含内地、澳门、台湾）和海外华人社会文学的联系，成为迄今为止在香港存在时间最长且影响广泛的纯文学刊物，既能维持文学独立的地位也有相应的经济保障。毫无疑问，《香港文学》在助力香港成为世界华文文学中心地位方面功不可没。

第四节
香港成熟的都市文学为何得益于其"混杂性"的文化空间？

多元共生思潮的汇合体现在都市文学的成熟，对香港的书写足以产生支撑想象的都市哲学，在城市记忆的慢慢累积中发展出自身脉络的本土性。这种本土性蕴含着多种文化因素的混合，所以混杂性成为"香港"这个流徙空间下非常重要的文化身份特征，都市从而成为包容异同的空间，像潘国灵的《我到底失去了什么》、李碧华的《霸王别姬》、颜纯钩的《关于一场与晚饭同时进行的电视直播足球比赛，以及这比赛引起的一场不很可笑的争吵，以及这争吵的可笑结局》等作品均揭示了在香港这块空间寻找单一文化身份认同的无效性。

混杂性的文化空间也促使不少作家常常把对城市的看法通过寓言的方式

表达出来，期待能形成对这个空间更多元的想象。至于如何"想象香港"，要视乎作家如何讲述这个城市的故事，也就是他们叙述香港的策略。20世纪80年代以来作家对"城市"的想象与香港的社会历史发展紧密相连，并不完全在现代主义等理论的观照下进行书写。自从20世纪70年代西西在《快报》连载了著名长篇小说《我城》以后，"X城"成为往后的作家建构这座城市的代名词。随着香港回归期限的确定，港人对香港的空间想象有了新的转变。坚固的"我城"意识不再，随之而来的是要面对一个摇摇欲坠的"浮城"。连之前对港人的身份认同持无比自信态度的西西也开始陷入彷徨之中，为此创作出"肥土镇"系列寓言和《浮城志异》。心猿的《狂城乱马》以嬉笑怒骂的无厘头方式描述了"世纪末"放纵狂欢心态的怪现状，用"狂城"暗喻香港，从中也渗透着一股"世纪末的华丽"的凄然之美。一方面，这种"狂"与"乱"将后现代的混杂性美学空间渲染得淋漓尽致；另一方面，"狂"与"乱"的混杂状态又让小说主人公不知如何摆脱受控制的阴影并重新找回自我身份。香港回归后，港人"悬浮"乃至"狂乱"的心终于安顿下来。然而，当身体不再选择离去，不少港人却发现精神依旧荒芜，这座城市于他们而言极其陌生。潘国灵在《写托邦与消失咒》里把这座岌岌可危的城市称为"沙城"，但叙述者并没有对此完全绝望，而是为生存在这座无根之城的人创设了新的空间——"写托邦"，给当下充满隐疾的城市一个有意味的警醒。面对自然空间不断被城市空间吞噬的现实，陈志华的"O城"与可洛的《鲸鱼之城》等作品对此做了回应。由此可见，青年作家努力寻找新的言说之道，延续着前辈的"香港书写"，继续创造属于他们的城与传奇。

每一代作家都在努力述说"香港"，希冀通过"想象香港"的方式来保存这块独特的混杂性文化空间。这种方式离不开作家敏锐捕捉"人与城"的关系。"九七回归"的到来，"香港意识"自此与城市的命运紧密相连，大量"失城小说"应运而生。对"失城"内涵的理解也随着"九七回归"而有所变化，大致可分为"流离异乡"（回归过渡期）和"此地他乡"（后"九七"

时代)两个阶段。港人在这30多年来如何理解"我与城"的关系已成为文化身份认同形成的基础,并构成"香港意识"的核心要素,拓展并丰富着"香港意识"的内涵。

在回归过渡期,面对"九七回归"这一历史性巨变,不少作品中的"香港书写"反映出港人身处其中的无力与恐慌感,以及对前途表现出担忧的态度。"借来的地方,借来的时间"似乎已成为香港这座城市的宿命。因此,关于描写"失城"意识的小说成为回归前"香港书写"不容忽视的文学现象,"流离异乡"是其中一个非常重要的主题。它主要反映了在"文化移位"的语境下港人经历着自我精神的困顿与分裂,包括从故乡以及往事的回忆中透露对所处城市的陌生感。关于"流离异乡"的代表作有《失城》(黄碧云)、《玛莉木旋》(辛其氏)、《烦恼娃娃的旅程》(也斯)等。

在全球化的进程里,现代性危机同样侵袭着这座国际化大都市,城市的悲情宿命依旧。"香港人的海外故事"(流离异乡)主要聚焦一群出于各种原因移居海外的港人在"文化移位"语境下所经历的精神困顿与分裂。与此同时,选择留在"此地"的港人也没有获得心灵上的安顿,异化的都市生态同样使得他们对这个城市感到陌生与疏离,常常需要面对虚假的都市景观和不合理的生存秩序。如果无法完全适应,就会心生恐惧乃至排斥的情绪,从而加剧他们的困惑:是否这个城市从来就不属于他们?"九七"回归以来,"此地他乡"成为港人面对香港前途以及异化都市生态(噪音、建筑、生活方式等)下分裂与绝望的精神状态。

面对此问题,作家将目光聚焦于港人与都市现代化发展之间的互动关系,大致可分为三种类型[①]:第一,对已消逝的城(景观)与物(文化经典意象)的追忆和怀念;第二,无法直面现实,并产生对往事的追溯与眷念,这主要

---

① 面对繁复多样的作品,要做精确分类和审美规范是非常困难的,三种类型的区分都是相对而言,具体分析请参考徐诗颖:《试析"香港书写"中的"人与城"现象——以1980年代以来的香港小说为中心》,《中国现代文学论丛》2020年第2期。

体现为南来作家用具体感性的笔触来回望和追寻已消逝的人、物和时间，以此缓解不安与恐惧，比如：王璞《红梅谷》、陶然《没有帆的船》和葛亮《浣熊》中的香港；第三，用荒诞抽象的笔法来描写人与人之间的隔膜以及人与社会的疏离关系。一些本地作家透过黑色叙事的现代派创作手法为都市的病症把脉，"香港"在他们的笔下成为"鬼魅之城"，正如黎翠华在《异化的城市拼图》一文中所说的："香港作家对寻常事物或偶发事件陌生化的本领驾轻就熟，别有意图，形成另类看事物的角度。"[①] 回归以来的香港小说也慢慢从"后殖民"和"后设"的讨论中走出来，把目光重新聚焦于"人与城"的关系，尤其集中于发掘城市的"病"。这些"病"具体表现为城市阴暗、受伤以及被遮蔽的一面，使居住在里面的人对这个城市感到陌生与疏离。此类创作，近年来最为人关注的作家有韩丽珠、谢晓虹和潘国灵等。为了将城市魔幻且阴郁的一面表现出来，有的作家会采用黑色叙事的现代派创作手法。韩丽珠和谢晓虹合写的《双城辞典》就是其中的重要代表作。同样是直面都市疾病，韩丽珠和谢晓虹笔下的人物更多表现为顺从或无力反抗的被动，于陌生与疏离感中徘徊游移。相反，潘国灵笔下的人物则多为"分裂人"，尤其到了小说集《静人活物》，"主体分裂"已经是他关注的重点，并一直延伸至长篇小说《写托邦与消失咒》。在纪念西西《我城》诞生30周年之际，潘国灵和谢晓虹以当下的"我城"作为书写对象，分别撰写作品《我城05》，反映出不少港人因对城市现代化的高速发展感到陌生与疏离而不能找到作为主体存在的价值。如果说集中在回归过渡期涉及"流离异乡"主题的创作处于建构"香港意识"的阶段，那么"此地他乡"的主题则倾向于对已形成的"香港意识"进行反省乃至重构。

---

① 援引自蔡益怀：《小说我城·魅影处处——香港小说二十年（1997—2017）批与评》，《香港文学》2017年7月号。

第五节
为何 21 世纪以后香港会兴起文化 / 文物保育运动?

21 世纪以来,在"九七"回归已成事实以及全球化和现代性带来同质化的危机背景下,地方的传统价值和空间意义被逐步剥夺。这不仅推动作家用笔抒发心中的都市感悟,还促成文化 / 文物保育运动兴起。许多青年作家更加关注香港这片土地的历史文化和现实生活。相较于 21 世纪以前抽象的文化寻根,他们更多走向具体的地景文化认同,以此追寻在地化的理念,形成新的"集体记忆"。地志考现活动在卢玮銮教授提倡"文学散步"理念基础上得以逐步推广,相关书刊也陆续出版,成为 21 世纪香港文学发展历程中不可忽视的潮流。作家在实地走访中重新感受岭南文化在这片土地的植根与发展。非虚构写作和"情感转向"意识在此产生十分重要的作用。情感不仅发挥着联结地景和活动参与者的桥梁作用,也扮演着有效唤醒集体回忆与集体情感的动员者的角色。同时,岭南文化的开放、兼容和多元特征促使作家从香港历史和社会变迁中反思并走出"香港意识"的局限,在追根溯源和直面当下中加深对人与社区文化的归属和认同。

回顾香港的文学考现活动,"文学散步"成为影响较为广泛的形式。它由香港中文大学卢玮銮出版的《香港文学散步》一书所提倡,对象主要集中于大学和中学的教师和学生。卢玮銮指出"散步"包含两层含义:一是思想上的散步、知识上的散步;另一就是真的用双腿去散步[①]。活动首次于 2001 年 2 月进行,并成为日后香港中文大学香港文学研究中心举办类似活动的滥觞。据相关资料显示,该中心到目前为止已举办了六次大型的户外导赏活动,

---

① 小思编:《香港文学散步》(新订版),商务印书馆(香港)有限公司 2004 年版,第 i 页。

且一直与建构"文学风景"的地景考现息息相关。

自2012年的深度体验计划开展以来，香港文学研究中心已将参与活动的部分学员作品编成《走进香港文学风景（卷一）》（2014）、《走进香港文学风景（卷二）》（2016）、《轻松散步学中文（新界卷）》（2015）、《轻松散步学中文（港九卷）》（2015）、《少年文学私地图》（2016）、《读写我城——文学景点考察资料及创作集》（2017）等书。此外，导赏作家分别以香港18区作为"文学散步"主题，挖掘与自身成长经历或探访游历相关的文章也于2016年结集出版《叠印——漫步香港文学地景一》和《叠印——漫步香港文学地景二》两书，希冀与前辈作品对话的同时对抗遗忘、赓续历史。到目前为止，《叠印》系列依旧是研究香港文学地景创作不可绕过的作品集，作家在实地走访中重新感受岭南文化在这片土地的植根与发展，可以看到文字虽抵挡不住遗忘的速度以及人为力量，但对年青一代的中华文化寻根和延续传承行为充满期待，相信"我城"仍然是港人熟悉的城，只要大家众志成城地守护这份美好。

除了城市地景和社区书写，郊野自然风光也成为聚焦的方向。历史上叶灵凤的《香港方物志》系列在此领域做出了重要贡献。他曾用"在地"的眼光发现和感悟香港自然史，反拨了与"一般人心目中香港是一个逼隘的三合土森林迥然不同"[①]的固有形象，并促使他对香港有更多的了解与认同。这种探索的行为影响至今，如2016年第11届香港文学节的主题为"自然的律动"。此外，同样是由香港文学馆策划的展览"岛叙可能：文学×视艺"添加了跨媒介元素，即：活动邀请六位作家，各自搭配一位本地艺术家，两人组合共同游览指定的香港岛屿，要求创作出的作品与视觉作品产生对话并一同展出。这次活动为"香港文学季"增添了自然的元素，其中一大特色就是除了让作家和艺术家对香港郊野风光有更深的认识外，也证明了在有组织

---

① 樊善标：《读书、政治与写作——从〈日记〉看一九四九年后的叶灵凤》，《中国现代文学》总第38期。

安排下进行的书写活动也可以建构个人的地方文化认同。

第六节
为什么要关注香港各类消费性文学？

除了严肃文学的兴盛外，还有值得关注的现象是，香港文学自身的包容性和混杂性，导致各类消费性文学的产生和蓬勃发展[①]，标志着现代都市发展下文学走向世俗化。香港的通俗文学自20世纪初延续至今，满足了社会文化的消费需求，适应了高度激烈竞争下经济发展的社会现实。20世纪50—60年代，通俗文学的格局已基本形成：以小说为主，旁及报刊杂文、小品，而小说中，武侠、言情占据主要地位，辅以历史与科幻。[②] 这在一定意义上对传统严肃文学及文坛左右政治对峙局面，起着某种解构作用，成为这一时期香港文学相较于内地文学发展的特殊形态。尤其到了20世纪80年代以后，香港的大众文化更加突出消费功能，通俗文学的创作量大增，使得香港成为名副其实的"消费社会"，吸引了内地、台湾、澳门和东南亚地区的诸多读者。为了适应这种"消费性"的接受方式，越来越多的创作者采用"轻、薄、短、小"的写作策略，而且言情小说已取代五六十年代新武侠小说的辉煌。然而，已经很少作家能像金庸、梁羽生般产生巨大影响力。事实也是如此，武侠小说到了70年代开始走下坡路。除了市场转向的因素外，作家队伍并未能及时跟上，几乎没有作家能够超越金庸和梁羽生。在此阶段孜孜不倦耕耘的作家是温瑞安，他被认为是"新武侠小说的又一面旗帜"，其小说被看

[①] 徐诗颖：《20世纪80年代以来香港小说中的"香港书写"界定》，《名作欣赏》2020年第1期。

[②] 刘登翰主编：《香港文学史》，人民文学出版社1999年版，第262页。

作"超新武侠小说"[1]，在80年代内地改革开放后乘着金庸、梁羽生等新武侠作品的畅销而"走红"。到了90年代中期，"武侠"在内地的热度消减，而新武侠小说发展到温瑞安时，整体已呈现衰竭态势，随之迎来相关小说被改编成电影的蓬勃局面。

言情小说是香港通俗文学数量最大、作者最多的一个门类，20世纪20年代以黄天石最负盛名。到了80年代，亦舒、林燕妮、严沁、岑凯伦、李碧华、梁凤仪等女性创作者享誉文坛。其中，亦舒、林燕妮、严沁、岑凯伦等所撰写的题材以中产阶级女性生活为背景，描画都市男女之间的情爱故事，有浪漫也有痛楚。而李碧华和梁凤仪则开辟新的写作方式，如：李碧华用充满诡异的魔幻色彩发掘情爱小说的哲理性，在"小历史"和"小空间"的文化文本中发出自我声音；梁凤仪则以成功商人形象进入小说创作领域，透过波诡云谲的经济现实描画女强人的爱情婚姻故事，塑造出一批女强人形象。

科幻小说是香港通俗文学另外一种重要类型，产生于20世纪50年代，当时的作品偏重科学知识的介绍，赵滋蕃在亚洲出版社出版的《科学故事丛书》是其中最有影响的代表作。到了60年代，卫斯理的科幻小说陆续进入市场，使得科幻小说在香港的通俗文学中能与武侠、言情媲美，形成"三足鼎立"态势，并陆续出现张君默、黄易、杜渐、李伟才、谭剑、梁科庆、徐焯贤、陈浩基及厉河等知名科幻作家。卫斯理在金庸的鼓励下撰写了第一部科幻小说《钻石花》，并在《明报》连载。从此一发不可收拾，写了几十部科幻小说，形成"卫斯理小说系列"。此外，张君默也有相当成绩，创作了"异象系列"小说，其中《大预言》《人妻》受到广泛关注。近年，香港科幻文学在前辈基础上蓬勃发展，科幻成为最大的现实主义。尤其自新冠疫情暴发后，后人类景观在科幻作家笔下得以逐步呈现。著名作家董启章在《命子》基础上于2020年撰写了第一部科幻作品《爱妻》，并创作了科幻喜剧《后

---

[1] 刘登翰主编：《香港文学史》，人民文学出版社1999年版，第511页。

人间喜剧》。科幻不仅展望未来,还借助科技进行推理。陈浩基的推理小说《网内人》和《13·67》曾荣获大奖,侦探元素值得关注。2016年《香港文学》曾推出系列科幻小说,有面向内地奋起直追之势头。香港"80后"作家曾繁裕出版《后人类时代的它们》,幻想人类灭绝后的世界,探讨自然和人性之间的博弈关系。香港作家历来大胆进行科幻创作实验,让读者感受到其扩容香港文学的拳拳之心。

框框杂文,是香港通俗文学的重要组成部分。自1970年以来,框框杂文吸引了众多作者和读者的参与和支持,几乎成了每份报纸不可或缺的重要组成部分。发达的印刷业以及特有的文化氛围,均助推了这种文体迅速发展。哲思和理趣、幽默的语言以及多样的风格成为人们喜欢这种文体的重要原因,而且"框框"这种短篇形式能实现每天相互交流的理想效果。内容上,时事怪论因在戏谑怒骂中针砭时弊而受到读者欢迎,其重要性位于各报纸副刊首位。20世纪80年代以来,不少大专院校教师在课余时间充实杂文创作,形成系列学者杂文,代表性作家有梁锡华、黄维樑、潘铭燊、张五常、陈永明、陈耀南、岑逸飞等。其中,梁锡华、黄维樑、潘铭燊共同执笔《星岛日报》副刊专栏"三思篇",被称作学者杂文创作中的"三剑客"。学者杂文兼具智慧情趣,也在中西文化背景下融合学理与心灵,堪称"高华贵重的'另类文章',它们在一定程度上提升了香港杂文的品质"[1]。实际上,比上述学者更早出道的女杂文作家群开辟了香港杂文的另一天地,其中最有名的当是1974年《星岛日报》开辟的"七好文集"杂文专栏。"七好"指的是七位女子,分别是亦舒、小思、圆圆、陆离、杜良、尹怀文、柴娃娃。之后圆圆和陆离退出,后加上蒋芸和秦楚二人,共有九位女性的专栏杂文结集于1977年台北远行出版社出版的《七好文集》。1983年4月香港天声出版社出版《七好新文集》,收入了小思、秦楚、杜良、凯令、陈方、尹怀文、不系舟、柴娃

---

[1] 刘登翰主编:《香港文学史》,人民文学出版社1999年版,第657页。

娃共八位杂文作者的作品。这些女杂文作家大多聚焦的是社会生活乃至社会批评，风格不一，引人注目。而在"七好"之外，李碧华、林燕妮、黄碧云、李洛霞、西茜凰、方娥真、王璞、游静、白韵琴等，从各个方面观察城市女性，是香港女杂文作者的重要代表。然而，框框杂文因数量众多和以读者为趣味中心，产生了容易流于媚俗粗糙的弊病。如何保持清醒的头脑而引导读者提升精神素养，是杂文作者应该思考的问题。

香港通俗文学的发展，显示了香港文学的成就，接续了"五四"曾在内地中断的通俗文学传统，形成了"严肃文学通俗化，通俗文学严肃化的两结合道路"[1]，在中国文学发展史上做出重要贡献。然而也要看到，除了少数作家创作精品之外，大多数作家的作品思想艺术成就并不高。

第七节 "澳门文学"是何时提出的？

探寻澳门文学之源头，可追溯至汤显祖（1550—1616）和路易·德·贾梅士（Luís de Camões，1524—1580）。作为一个蕞尔小岛，澳门曾是沟通东西方交通和贸易的中介之地，同时也是中葡两国眼中的边缘之地，因此在当地留下的作品要么是两国文人的游历之作，要么是反映政治变局的归隐/避难之作。澳门本土的汉语文学滥觞于民国时期，以"雪社"作家群为代表[2]。长期以来，澳门的文学作品主要刊于报纸副刊。澳门有一特殊的群体曰"土生葡人"（Macaense），他们是世代定居澳门的葡萄牙人及其后裔。据汪春所言，"19世纪末，土生葡人若昂·费利西阿诺·马尔克斯·佩雷拉曾搜集了一批'土生歌谣'（Folklore Macaísta），发表于《大西洋国》杂志。而《大西洋国》另载有几首有据可查的诗歌由土生诗人 A. J. Ruas 和

---

[1] 王庆生主编：《中国当代文学史》，高等教育出版社2003年版，第676页。
[2] 郑炜明：《澳门文学史》，齐鲁书社2012年版，第42页。

José Baptista de Mirandae Lima 所作，至今已有一百多年历史。"[1]

澳门有丰富的多语文学资源，但在外界眼中，澳门文坛是沉寂而荒芜的。20世纪80年代初期，有感于"在文化艺术方面长期寂寂无闻"，澳门本土文艺界认为"澳门应该修建自己的文坛"[2]以及"建立'澳门文学'的形象"[3]，这是当代澳门地区涌现的第一次文学思潮。

《建立"澳门文学"的形象》一文对澳门文坛而言具有划时代意义。在提倡者韩牧看来，澳门并非没有文学，而是没有一个鲜明的"文学形象"，因此"要建立其形象，使其鲜明"，他更直言澳门文学形象模糊的原因在于"特色不明显"以及"刊物、书籍少，别人看不清它的面目"[4]。未几，他又发表《为"建立'澳门文学'的形象"再发言》，在这篇文章中，他更明确地指出一个"真实而全面的澳门文学的面貌"，有赖于"一批各具风格"的作品[5]。在这一思潮的刺激下，澳门文学作品如雨后春笋般冒出。1983年，澳门开辟了第一个纯文学副刊《澳门日报·镜海》，意在为澳门写作者提供一个可以长期发表作品的地方；1985年，澳门东亚大学中文学会出版了第一套五卷本的"澳门文学创作丛书"；1986年，以"澳门文学"为主题的座谈会在《澳门日报》会议厅召开，组织者希望在座谈中"建立澳门文学的形象，……吸引更多人参与澳门的文学活动，……由此开始发掘和整理澳门文学史料，并

---

[1] 汪春：《澳门的土生文学》，刘登翰主编：《澳门文学概观》，鹭江出版社1998年版，第337—338页。

[2] 云力：《〈镜海〉发刊词》，芦荻等：《澳门文学论集》，澳门文化学会1988年版，第190页。

[3] 韩牧：《建立"澳门文学"的形象》，芦荻等：《澳门文学论集》，澳门文化学会1988年版，第191页。

[4] 韩牧：《为"建立'澳门文学'的形象"再发言》，李观鼎编：《澳门文学评论选》（上编），澳门基金会1998年版，第9—11页。

[5] 韩牧：《为"建立'澳门文学'的形象"再发言》，李观鼎编：《澳门文学评论选》（上编），澳门基金会1998年版，第14—15页。

加以研究"[①];1987年,澳门笔会成立;1989年,澳门第一本公开售卖的纯文学杂志《澳门笔汇》出版;同年,最大的诗人社团"五月诗社"成立,并在次年出版了第一本新诗刊物《澳门现代诗刊》;1994年,由澳门文化司署策划的"葡语作家丛书"正式启动;1995年,为了"鼓励创作、繁荣澳门文学",澳门笔会主办了第一届"澳门文学奖";1996年,澳门基金会推出三部澳门文学选集;2001年,澳门大学出版中心出版《澳门土生文学作品选》;2010年起,澳门基金会和澳门文化局联合启动"澳门文学年度作品选";2014—2019年,澳门基金会与作家出版社联袂出版共计66册的"澳门文学丛书"……在很大程度上,这些"从无到有"的文学作品,均可视作澳门文坛为"填充"澳门文学的"形象"而准备的"材质"。

第八节
现代主义诗潮在澳门文坛有何回响?

澳门被称为"诗城"。在很大程度上,这是现代主义诗潮在澳门作用下的结果。澳门地区的现代主义诗潮,是由后来组建"五月诗社"的成员引进的,它的发生时间大致在20世纪80年代中期,陶里和黄晓峰是其中的引路者和倡导者。他们对外高举"现代主义"的大旗,创办《澳门现代诗刊》,传播现代主义诗风,如陶里曾发表《认识现代诗》(第6期)一文,阐述他的现代诗学理念,其中包括"现代诗"与"新诗"的关系,"现代诗"的"非理性""反章法""反语言"的特点,现代诗与读者的关系等。他也以"现代主义"的标尺衡量澳门的新诗写作者,写下评论《反传统中的自我和真挚——论淘空了〈我的黄昏〉》(第3期)、《对黄昏的执着——简评淘空了〈黄昏的解答〉》(第

---

① 郑炜明:《写在"澳门文学座谈会"之前》,芦荻等:《澳门文学论集》,澳门文化学会1988年版,第200页。

12、13期合刊)等。另一位诗人黄晓峰著有《澳门现代艺术和现代诗评论》一书,相较于陶里侧重吸取"台派"现代主义诗歌技巧,黄晓峰更关注现代主义的诗学内核,即对此诗潮中的"反叛"精神有明显偏好。在五月诗社的运作下,澳门"现代诗"的创作成绩得到了域外的认可,被认为代表着澳门文学的形象,职是之故,社长陶里云:"五月诗社对八九十年代澳门现代诗坛所起的巨大作用,没有任何一个澳门文学社团能够与它相提并论。"[①]

第九节
澳门文学为何走向跨界传播?

毋庸置疑,澳门文学位处边缘,长期以来少有人用心关注,这让不少澳门作家在谈到本土的文学环境时,会不自觉地流露出某种悲观的心境。诗人黄文辉曾说:"在一个毫无文学市场可言的业余写作环境中,大型文学刊物的缺乏、现实俗物的缠身以及理想志趣的改变,使坚持文学创作并不容易。"[②]寂然认为澳门作家"生活在一个文学人口稀少,出版市场狭窄,读书风气低迷的小城"[③],所谓"文学理想"其实相当有限。尽管他们都是针对"作家难做"发出感慨,但都指出了澳门文学市场的"低迷"让人难以为继。

问题无论是出在澳门读者不知道本土有文学,还是(知道但)不愿意为它消费,都说明了澳门作家长期以来缺乏文学经营的理念,这与文学品质有关,也与推广途径有关。融合叙事,借势传播,成为年轻作家们的选择:"澳门文学,读者有限,要扩大读者群,唯有多进行跨界尝试,向其他媒介的支

[①] 陶里:《让时间变成固体——现代诗新读》,澳门五月诗社1999年版,http://www.macaudata.com/macaubook/book032/index.html。

[②] 黄文辉:《澳门新生代作者》,《文讯》2002年第5期。

[③] 寂然:《阅读,无以名状》,澳门日报出版社2015年版,第222页。

持者推广澳门文学，吸引更多朋友接触我们的作品。"[①]

在这股跨界思潮的影响下，一些可能稍显稚嫩但创意十足的跨媒介作品诞生了。在改编电影方面，较出名的有 2009 年上映的电影《奥戈》（改编自廖子馨的小说《奥戈的幻觉世界》）、2020 年上映的电影《迷局伏香》（由澳门三位作家太皮、李尔、寂然的小说《懦弱》《转运》和《断线人》融合而成）。在文图互涉方面，贺绫声选择以手机摄影作为艺术创作的表达媒体，在塔石广场举办"'在 M 城——诗＋摄影'贺绫声个人摄影展"，次年出版的摄影/诗集《遇见》，收入了这个系列的作品 60 幅。在跨媒介展演方面，有李峻一、寂然、邓晓炯、林扬泉、袁志伟、霍凯盛六人集体创作的绘本集《乱世童话》，李展鹏对此书的缘起做如下解释，《乱世童话》的五个故事来自 2015 年及 2016 年澳门艺术节的两个绘本音乐剧场《异色童话》及《乱世童话》。两次演出都是集合了文学、插画、戏剧及现场音乐的跨媒体创作，几个故事以童话的架构、荒诞的故事及奇幻的绘图，探讨世道人心，可视为当代寓言。当时看毕演出，我就很想出版里面的故事，让它们被剧场以外的更多人看到。据悉，2023 年年底还将推出澳门作家传记电影。

发展文化创意产业是近年来澳门的文化政策之一，越来越多的作家依赖技术和媒介，发挥创意，希望能够打破"老套"的风格，推广澳门文学。这些跨媒介试验的成效，还有待时间的检验。

◎学习要点

1. 关键术语：台湾文学思潮、香港文学思潮、澳门文学思潮。

2. 理论基础：现代主义、后现代主义、后殖民主义。

3. 学习要点：由于特殊的历史境遇，港澳台的文学发展脉络与大陆并不完全吻合，具有鲜明的特色。1949 年新中国成立后，大陆与港澳台迎来各自

[①] 寂然：《跨界之必要》，《澳门笔汇》2017 年第 3 期。

发展的契机，形成各自文学发展的轨迹和面貌。

◎ 思考讨论

1. 以一种具体的思潮为例，分析20世纪90年代以来的台湾文学思潮与此前相比有何继承和发展。

2. 通俗文学为何在香港蓬勃发展？分析香港通俗文学对内地和台湾、澳门有何具体影响。不同地区的通俗文学如何相互促进发展？

3. 港澳文学中想象城市的方式有何异同？以小组为单位进行对谈，思考怎样的创作才能更好突出城市自身的独有特色。

◎ 拓展阅读

1. 吕正惠、赵遐秋主编：《台湾新文学思潮史纲》，昆仑出版社2001年版。
2. 朱双一：《台湾文学创作思潮简史》，九州出版社2010年版。
3. 刘登翰主编：《香港文学史》，人民文学出版社1999年版。
4. 黄万华：《百年香港文学史》，花城出版社2017年版。
5. 郑炜明：《澳门文学史》，齐鲁书社2012年版。

◎ 作者简介

徐诗颖，华南师范大学文学院副教授，硕士生导师，南京大学文学博士，华南师范大学博士后，主要研究方向：台港澳暨海外华文文学、粤港澳大湾区跨界文化创意。在《文学评论》《文艺理论研究》等CSSCI上发表论文多篇，部分论文被《中国人民大学复印报刊资料》和《社会科学文摘》引用和转载。在《中国社会科学报》《文艺报》以及中国文艺评论网、中国作家网等报刊网络发表文章多篇。入选"广东青年批评家丛书"以及南京大学白先勇文化基金"博士文库"出版计划，参与编撰《抗战桂林文化城史料汇编（文学卷）》。主持国家社科基金青年项目。荣获"粤派学术"中国文学优秀学术论文二等奖。粤港澳大湾区跨界文化研究中心学术公众号"跨界经纬"执行主编(2018—2021)。

霍超群,南京大学博士,澳门科技大学国际学院讲师,研究领域:台港澳暨海外华文文学。

【第九章】
"海丝路"文学思潮

第九章 "海丝路"文学思潮

古有"陆丝",又有"海丝",沟通中西,遥相呼应,分由海陆途径抵达欧洲大陆[①]。中国古代历史上的丝绸之路分别以陆、海为交通通道,产生于人类交流探索的历史语境之中,丝路绵延千年,并且在当下,于"丝绸之路经济带""21世纪海上丝绸之路"共同构筑而成的"一带一路"倡议中持续绽放光彩。在这其中,湛蓝澄澈的"海丝路"既源于历史的深厚积淀,又在当下发挥其现实作用,成为当代文学中的一脉重要思潮。

第一节
当代"海丝路"文学思潮缘何而来?

一、"文学海丝"何以生成?

"海丝路"文学主要包括海上丝绸之路题材相关的小说、诗歌、散文、戏剧以及其他类型的文学艺术作品。作为当代重要的文学思潮,其兴盛源于丰厚的历史资源。因此,谈及"海丝路"文学,便先要从"丝绸之路"以及"中国丝绸"这一源头讲起,探究其在发生学层面上的独特意义,即先有其物,后有其路,继而成文,并在当代尤其是21世纪以来形成文学创作思潮。丝绸是中国古代农耕文明创造出的智慧,也是丝绸之路之上最初的物质载体,在古代社会中也一度成为中国这一东方大国之象征。秦汉时期起,以丝绸及其他中国先进工艺品、农副产品为代表的贸易交往繁盛,往来不绝,开辟出一条条由东方到西方、由经济到政治、军事及文化等方面交流的道路。陆海相连,丝路同辉。"海丝路"即海上丝绸之路,东线由山东地区的蓬

[①] 凌逾、张衡:《论"沉船再生"的中西叙事策略及文化创意——聚焦粤港澳文学》,《山西大学学报》(哲学社会科学版)2021年第5期,第22—30页。

莱港出发驶向朝鲜半岛及日本,南线则以岭南地区的徐闻港、合浦港等港口为起点,南下入海,纵横汪洋,远至非洲与欧洲地区。无论是东线还是南线,"海丝路"都是古代中国与世界其他地区进行经济、文化交流交往的海上通道。《汉书·地理志》有载,彼时中国通过东南沿海的航运与南海诸国进行着密切交流。"海丝路"形成于秦汉、发展于魏晋,并在宋元时期步入鼎盛,而后在明清两代发生了由盛转衰的巨变,并于新中国成立后尤其是改革开放以来再度焕发出新的生机与活力。2013年9月习近平总书记在访问哈萨克斯坦时,在纳扎巴耶夫大学做了题为《共同建设"丝绸之路经济带"》的主旨演讲,同年10月在印度尼西亚国会演讲时提出了《共同建设二十一世纪"海上丝绸之路"》的重大倡议,"一带一路"建设推动"海丝路"勾连古今、彼此对话,相映成趣。

不难看出,"海丝路"文学源于中外海上交流的悠久历史,聚焦"海丝路"文学需要具备国史、国际关系史、全球史等多重视野,关注其背后衍生出一连串文化交流碰撞活动,注重海上丝绸之路与作家创作、读者阅读、作品传播之间的密切关联。围绕"海丝路"历史、地理及文化特色,相关学术研究较为活跃,颇具国际视野,这为当代"海丝路"文学思潮提供了重要的积淀。在这一层面,德国地质地理学家F. V. 李希霍芬于1877年出版的《中国亲程旅行记》第一卷《中国》中首次引入"丝绸之路"一词,其后法国汉学家沙畹提出"海上丝绸之路"概念,1967年日本学者三杉隆敏出版"海丝"专论《探索海上的丝绸之路》,国学大师饶宗颐、北京大学陈炎教授均于20世纪七八十年代对"海丝路"及其承载的文化交流活动进行了较早关注。

二、中国古代"海丝路"文学创作有何积淀?

不容忽视的是,"海丝路"文学伴随着商业贸易的发展古已有之,这为当代"海丝路"文学思潮提供了诸多优秀范本。汉代司马迁在《史记·秦始皇本纪》中曾三次描写到方士徐福奉秦始皇之命东渡入海求仙药的故事，这一题材在《汉书》《后汉书》以及《三国志》《义楚六帖》中亦有相关书写。三国时期孙权大力发展海上贸易，其使臣将出访海外诸国的所见所闻进行整理，在《扶南异物志》《吴时外国传》中对于"海丝路"沿线异国风情展开详绘。两晋时期，张华的《博物志》、嵇含的《南方草木状》以及万震的《南州异物志》等均巧用丰富的海洋神话、海内外物产及独特风俗展开了细腻书写，别具巧思，异彩纷呈。唐代国力鼎盛，海内外往来频繁密切，"海丝路"盛况在李白、王维以及日本学者晁衡等人笔下时有出现，海上往来繁忙热闹场景一展盛世磅礴之象。宋代周去非的《岭外代答》展示出海外的丰富物产以及中外贸易、文化交流盛况，赵汝适的《诸藩志》不仅专注于海内外航行地理知识，更以细腻笔触连带出海外诸国的独特风俗与物产。元代中国疆域版图辽阔，中外交往亦得以空前发展，其中，最为突出的当属李好古的杂剧《张生煮海》，此著对于男主人公随海漂流、流亡海外的传奇故事展开详绘。明代出现了不少以"郑和下西洋"为题材的"海丝路"文学书写，以马欢的《瀛涯胜览》、龚珍的《西洋番国志》和罗懋登的《三宝太监西洋记》最负盛名，此外还有汤显祖的戏曲《牡丹亭》等作品，均展现出"海丝路"沿线国家或地区的奇异风貌。清代李汝珍的小说《镜花缘》、蒲松龄《聊斋志异》中的《罗刹海市》《夜叉国》等篇目，也将"海丝路"沿线的海外诸国奇闻异景展现出来。晚清、近代以来，与"海丝路"相关的作品愈发丰富，思想家王韬在关心时局的同时，亦创作出《淞隐漫录》《淞滨琐话》以及《遁窟谰言》等不少关涉海洋背景、描绘"海丝路"上往来旅人之作，既铺展海上才子佳人情愫，又有各国海上交战的激烈场景，创设出海上遭遇险难、浮游四海、误入海岛、探险渡劫等险象环生之情境。此一时期的其他作品又有如《黄绣球》《黄金世界》《痴人说梦记》以及《庚子国变弹词录》等，借由"海丝路"出发走向世界、环视全球，借以表达救亡图存之泛政治化理念以及对国家发展的未来展望。

值得注意的是，在当代"海丝路"文学思潮兴起之前，上述既有作品无疑为其提供了重要的积淀，但问题恰恰在于，由于中国古人对于大海以及海外的认识不够充分，作品中尽管关涉古代"海丝路"，但写作的重点要么落脚于"海丝路"上的历险之人，要么专注于海外风土人情的别样呈现，"海丝路"的重要意义或明或暗。也就是说，关注的往往是海外世界这一新天地，而往往忽视了航海、渡海之过程，对于通往海外的"途径""通道"也有所忽视，这就与当代以来的"海丝路"文学思潮形成了彼此相映、互为补充之势。"海丝"重"海"，强调海运途径，"海丝"重"丝"，因其知名度涵盖了种类繁多的远洋商贸产品，具有文化符号上的代称意义。[①]时至今日，古船航海、扬帆络绎的壮观情形业已无法再现，如将"海丝"路看作一条流动的"珍珠之链"，那么各个时期、不同地区形形色色的文学书写便宛如"海之贝珠"，在当代尤其是在20世纪80年代以来逐渐兴盛，并在21世纪成为写作热潮，成为推动"海丝"文化再造的主动力。

三、当代"海丝路"文学思潮有何发展契机？

一是时代发展契机。海洋拥有巨大的发展空间，"海丝路"是古往今来海上交通、交流的重要连接纽带。进入21世纪，尤其是新时代以来"南海开发战略""粤港澳大湾区建设"等一系列国家新发展战略和"一带一路"倡仪的提出及推动，使得国内外对于中国海洋、世界海洋的发展更加关注，由此引发出一系列的新兴发展动向，带动了此类发展的层层深入。因此，时代潮流势不可挡，"海丝路"文学思潮亦是这一潮流中耀眼的一脉，呈现出文学发展契合国家发展战略、与时代同频共振的勃勃生机。

二是源于人类对于海洋主观能动认识的深入，"海丝路"相关研究逐步细化、更加聚焦。21世纪随着人们对海洋的认识逐步深入，海洋作用日

[①] 凌逾、张衡：《论"沉船再生"的中西叙事策略及文化创意——聚焦粤港澳文学》，《山西大学学报》（哲学社会科学版）2021年第5期，第22—30页。

益突出，"海丝路"的传播与联络地位日益彰显，与之相关的海洋经济、海洋考古等一系列研究日益兴盛，对于"海丝路"的认识及发展规划也更加精准。创作者、评论者以及对此有着强烈兴趣的爱好者们的关注越来越强烈，部分作家从"海丝路"文化环境中汲取营养，由点及面、牵丝萦带地带动"海丝路"研究进一步发展壮大。

三是"海丝路"题材的文学艺术创作日渐丰富。"海丝路"文学自身亦在不断丰富与完善，注重从其他题材类型的文学艺术创作或展演活动之中汲取经验，把握文学创作与文化再造之间的关系，关注"海丝路"沿线国家文学文化交流碰撞、互促融通，使得这一题材的文艺作品为大众所喜闻乐见。

第二节
当代"海丝路"文学思潮有何艺术特征？

当代"海丝路"文学思潮艺术特征表现如何？主要通过具体创作以及代表性作品体现出来。20世纪80年代以来，随着国内"海丝路"历史学研究的兴起以及其经济贸易功能再度焕发生机，"海丝路"文学思潮作品众多，并呈现出丰富的文学地理学特征。

一、"海丝路"东线书写表现如何？

"海丝路"东线以山东作家的相关创作为主，围绕古往今来的"海丝路"历史故事，结合地域文化及个人自身体悟，展现"海丝"文学背后丰富的历史文化内涵。其中，著名作家张炜关注"徐福东渡"这一经典历史事件，自20世纪80年代起，就先后创作了散文《芳心似火——兼论齐国的恋与累》以及小说《古船》《瀛洲思絮录》《海客谈瀛洲》《柏慧》《东巡》《造船》、歌剧《徐福》等作品。作品中的古人或长歌当哭，或雄心满满，行驶在神秘波谲的浩瀚大海中。张炜自幼生长于烟台海边，多年来注重行走、考察、调研等多方经验为文学创作提供丰厚养分，同时，作为中国国际徐福文化交流协会的成员，他积极推进"海丝路"及"徐福"研究，编纂《徐福文化集成》，以研究促创作，数十年如一日地书写海洋，不断重述、创新着"徐福东渡""始皇求仙"的古老"海丝"故事。如《瀛洲思絮录》带有强烈的个性化色彩，融史实、史料以及人物内心活动于一体，通过第一人称的叙述视角展开了对两千年前航海前后相关情景的再现及回顾。因此，徐福形象变得丰富饱满、生动多元，由徐福引发出来的"海丝路"故事亦愈发精彩纷呈。又如，在长篇小说《古船》中，作者借航海归来的"二叔"之口，以"疯言疯语"道出了当代人对于徐福、郑和等航海家及其所处时代的深深怀念，引人深思，将"海丝路"文学提升至文化意义及精神意义的层面之中。

由张炜的"海丝路"书写作品不难看出，小至地方方言、海洋风俗，大至厚重历史和灿极一时的特色文化，他都细心捕捉，并进行艺术化的吸收创作。一如他在创作及演讲中常常强调的，如果"徐福东渡"这样的历史事件都无法唤起我们的热情，那么"人类的激情、一个民族的激情，还有热血到底有多大？……一个无动于衷的民族才是不可思议的"[1]。可以看出，一方面，张炜的"海丝"书写将山东沿海地区东夷文化中的浪漫与热血淋漓尽致地释放出来，另一方面，其作品以小见大，虽专注的是"海丝路"东线的一脉传奇故事，但往往在叙述中着眼当下，互照反思，借由以徐福为代表，继而在当下不断激发民族活力与创造力。

此外，这一区域的"海丝路"文学作品还有陆俊超的《海洋的主人》《幸福的港湾》《九级风暴》，作者善于在险境之中刻画水手、海员们昂扬向上的精神面貌，别具海洋特色。海员出身的作家宗良煜对"海丝路"的书写则充满浪漫主义色彩，小说《海外孤星》《驶过好望角》《苏伊士之波》

---

[1] 张炜：《伟大的航海家徐福》，《中国海洋大学学报》2011年11月27日。

等结合亲身体验,融入"海丝路"上变幻不断的环境,展现异域风光,别具异域风情。

二、"海丝路"南线书写有何特色?

"海丝路"南线则以粤港澳作家的系列创作为主,通过这一特殊题材,勾连古今中外,展现岭南地域文化的丰富内涵。粤港澳"海丝"书写善于在历史与现实的交叉映衬中展现"海丝"风貌与丝路精神,打造当代的大视野与大气象。如中山作家丘树宏创作的大型舞台节目文学台本《珠海,珠海》《海上丝路》《海上丝路·香云纱》《Macau·澳门》《粤港澳放歌》,以及500余行的长篇史诗《海上丝路》等;汕头作家颜烈的十四行诗集《商埠·海丝》,湛江作家洪三泰创作丝绸之路长诗《大海洋》、洪三川的《丝路叠影》、洪三河的《半岛丝情》以及洪江的《丝路梦回》等篇。可以看出,洪三泰的长诗《大海洋》与丘树宏的长篇史诗《海上丝路》系长篇宏论、洋洋洒洒,从历史源头梳理,形象展现出先人开辟海路、往来运输的过程,营造出南海之上一派繁忙兴盛的"海丝路画卷"。作为土生土长的广东作家丘树宏、洪三泰等人对于粤港澳海洋以及相关地域文化有着独到的体会,富有拥抱大海的激情,尤其是向海宣泄、向海开拓、向海联通的情感波动显得格外明显,丝路之上的海洋是万马奔腾、齐喑共鸣的鲜明性格。与此同时,整体的、宏观的书写往往以激昂情感、奋进精神以及航海之艰来反映"海丝"路上种种体验,展现出从"开海"到"通商"这一过程中的心理变化及精神磨炼。此类书写多运用广角扫描、全局敞开式的形式,主题鲜明,往往以长诗、大型舞台剧等形式展现出来,在气势表现与视觉传播上起到震撼效果,善于立足"海丝"抒发恢宏的情感与气质,并格外注重以激昂情感、奋进精神以及航海之艰来反映"海丝"路上种种体验。这类书写场面宏大、视野开阔,景物描写更为细致,或随着诗歌节奏的变化夹叙夹议,或采用视听结合的舞台技术渲染情感,读者观众易在其中随文本主基调参与内部的情感变化，能够起到振奋人心的效果。

同为"海丝"书写，粤港澳亦有作品聚焦微观、落脚细节，取其精华、不断深研，以展现海洋的起伏动态、舒缓情感取胜，蕴隽永之味。这种风格的作品多见于香港、澳门作家的笔下。例如，香港作家也斯亦有直接题名为《丝绸之路》的诗篇，从历史上"海丝"航行中的一个个小人物谈起，借其所见所感的海上经历复现航海景况，以其心理变化勾勒出"海丝路"图卷："一丝丝若断若连的线来往穿梭/编织出未见过的玄幻的脸孔。"[①]该诗短小轻盈，如"丝"般往来"编织穿梭"，充满无限欢快笔调，轻盈灵动。又如，也斯在《葡萄牙皇帝送给中国皇帝的一幅挂毯》诗中表面写博物馆的"历史遗物"，却在根植于历史的想象中勾勒出"海丝"路上往来景象："在高昂的号角声中起航/越过波涛汹涌的无边大海/红色丝绸衬裹上面纵横金银丝线。"[②]诗句巧借启航的号角、汹涌的瀚海等意象复现了彼时丝路之景，这一幅挂毯错综交织的工艺手法，更是"海丝"路上东方资源与西方技艺交织的明证，牵丝萦带般勾连出"海丝"之路的历史印记。而《在金船饼屋避雨》一诗同样颇为巧妙："店内葡萄牙人在喝酒/背后是远渡重洋而来的——/那真曾是一艘金黄的船？现在凝止成为一块招牌。"澳门因港口而兴盛，自葡萄牙人航海上岸开始就与中西商贸往来结下"不解之缘"，该诗以当下"金船"为字号招牌的饮食之肆写起，联想彼时贸易兴盛，"海丝"路上往来不断的航船景象，在历史的脉络中将"海丝"之路隐性呈现，由此，作者审视历史与当下之间的"海丝路"互联互动，由衷感慨道："众多的船舶来往世界的海洋/望大家找到自己的雪和太阳。"[③]借助海洋脉络波动，点明点亮主题。

可见，"海丝路"书写不仅关注全局、更关怀个体，不仅展现出粤港澳先民向海开拓的行动及"走出去"的精神，还重视到"海丝"路上"引进来"

[①] 也斯：《东西》，香港牛津出版社2000年版，第119页。
[②] 也斯：《东西》，香港牛津出版社2000年版，第37页。
[③] 也斯：《东西》，香港牛津出版社2000年版，第46—47页。

的华洋面孔、西方文化，以及由此产生的对中西历史、时局的判定与思考。因此，粤港澳这类书写内外开拓、不断纵深，以广微双镜的聚焦实现了复现"大历史"与"小人物"的辩证统一，丰富了当代"海丝路"思潮的细节和内容，细微之处的历史聚焦自有其打动人心的魅力所在，具有开创、开放与沟通的文化意义。

除此之外，近年来，随着粤港澳地区文艺的发展，"海丝路"思潮交织碰撞，系列书写守正创新、稳中求变，展现时代特色与地方文化风情。"海丝路"是商业贸易之路，商船、商人、商品往来络绎、流动通达。在这其中，商船是航海开拓的交通工具，也是勾连海上丝路商贸文化交流的重要媒介；商人是贸易活动的主体，商品则是交易流通的核心。粤港澳作品围绕具有区域特色的"海丝路"符号，复现历史场域、勾连贸易海路。譬如，有的作品关注本海域内发掘出水的"南海Ⅰ号""南澳Ⅰ号"等古代商船实体，并在此基础上展开创作，衍生出一系列文本，创意迭出。有的作品关注鸦片战争时期被付之一炬、沦为焦土的广东十三行[①]，其曾以"官方指定商业公司"或"商业品牌"的形式成为"海丝路"上的重要元素。以海商为心的沉船、十三行符号在不断的发展变化中衍生出一系列丰富的作品。有关沉船、十三行符号的书写不断翻新、迁移，围绕商人、商行、商品、贸易圈展开不同向度的书写与创新[②]。从长篇小说到网络小说、从话剧到电视、电影再到体验式纪录片，层出不穷；从穿越历险到古今对话，常写常新。苏珊·朗格曾认为，艺术性的作品具有生命的形式，十三行符号在不断创作、

[①] 民国时期十三行研究专家、广东十三行商人后代梁嘉彬先生在其清华大学历史学学士学位论文的基础上整理成书，出版了《广东十三行考》，是国内最早系统、全面研究广东十三行的学术著作。该著提及，清承明制，沿"官牙"之习，设立广州十三行。广州是交易场所，而香港附近的水路是中西贸易运输的必经路线，澳门则承担了贸易休整期外商的居住、生活、休闲、补给的固定处所。而"十三"，是商行的概数，行统称之便，多数情况下是十家左右，只有"在公元1813年和公元1837年这两年洋行之数恰好是十三家"。

[②] 张衡:《从"十三行文艺"看粤港澳海商文化的书写策略》，《广州大学学报》（社会科学版）2021年第4期，第101—108页。

增殖的过程中，均致力于以活泼多元的创新形式展开对于彼时问题的分析。如盛和煜的长篇小说《大清十三行》从马戛尔尼觐见乾隆开始讲至鸦片战争爆发，深入历史的缝隙中寻找帝国商人失败的原因，而冯峥的长篇小说《南海1号传奇》则将宋末海洋贸易与彼时的崖山之变联系起来考察，又如历史体验式纪录片《十三行》则致力于在当下的语境中借由符号讲述全球化时代的贸易故事。可见，以沉船、十三行为代表的符号系列不仅仅是彼时海洋商业贸易的具体体现，更以自身所蕴含的极大创意和不断翻新的能力，由"海丝路"走向海外、由粤港澳区域不断走向世界。

以商船、十三行符号为代表的"岭南海丝"文创兴盛得益于当代媒介传播形式的发展以及文化观念的创新，其题材丰富，从话剧到影视剧到纪录片、从传统纸质小说到新型网络小说到跨界融合的文创产品，一应俱全，满足了各个年龄层次、各类文化审美的受众需求。当下的"传统被不断改造"，而未来发展的趋势关键在于"多样性"，由此可见，粤港澳"海丝路"题材的商船、十三行系列创作逐渐摸索出一条直面当下、迎接未来的发展出路，即立足于文化复兴的创意，聚焦"海丝"贸易所涉的物质文化与精神文化资源，以新兴创意形式讲好当代粤港澳区域的文化故事，打造创意品牌。

三、历史再现与当代创意如何多维互融？

在当代"海丝路"文学思潮之下，诸多相似题材类型的作品和而不同，在展现"海丝路"历史文化风貌的同时，呈现出历史再现与当代创意的多维互融。

一是地域文化的发掘与彰显。由"海丝路"文学思潮所衍生的一系列作品可见，地方特色是其亮点所在。早期"海丝路"文学创作与中国通俗文学的发展及兴起，有着不可分割的内在必然联系，独特的海洋生活日常、海上历险体验、海外贸易经历均是早期创作过程中别具吸引力的因素所在。古人云"千里不同风，百里不同俗"，即使作品讲述的均为海滨故事、海洋体验抑或是船家生活、贸易往来，但地域性的差异使得"海丝路"沿线地区的地方个性得以凸显。如阳江作家冯峥的长篇小说《南海1号传奇》，借由南宋末年由泉州出发、途经广州等地通向国外的海上对外贸易活动串联勾勒出此一朝代更迭时期整个中国社会以及"海丝路"沿线国家发展状况的世态人情图，在小说叙述的过程中，船只每行至一处，沿海地区的日常生活扑面而来，在纷繁活泼、多元变换之中宛如《清明上河图》一般缓缓打开了"海丝沿线的民俗生活图卷"，贩夫走卒、家长里短，沿途风光、各色美食统统收录其中。而在"海丝路"东线书写的作品之中，视野开阔、思绪多元，山东沿海地区独特的方言、民俗习惯以及齐鲁之地悠久的民间故事一并袭来，山海之间充满着强有力的历史厚重感。"海丝路"文学作品在关涉海外地区的描写之中，我们亦能借作者笔触，看到异域摇曳多姿的民俗风情，尤其在描写中强调个人体验，以人物心理活动的细腻多姿，以及不自觉流露出的真情取胜。因此，这类作品地域特色格外鲜明，且多具有流动性，在巧妙融合地域文化的叙述过程中，展现历史的、民俗的、日常的地方特色，"海丝路"文学得以因海而流动、因地而制宜地串连故事，彰显亮点。

二是创意实践活动之间的碰撞互鉴。"海丝路"文学思潮影响下，当下的系列创作活动都能较好地做到"落地性"，即文学与艺术活动相伴相生、文学创作与展演活动相辅相成的风格特色，也就是说文学艺术创作并非虚无缥缈、空中楼阁，而是处处与我们的现实生活尤其是创意实践融为一体。比如2015年"第二届北海文学周暨21世纪'海丝路'文学笔会"带动知名作家、学者、批评家一道参与到"海丝路"主题的文化活动之中。"海丝路"沿线各地亦巧用博物馆、展览馆、地方文化馆等公共文化场所，加强专业知识的大众化普及，同时将活泼纷繁的"海丝路"文艺作品及相关推介融于其中，使得文学作品与创意实践活动更加为读者观众所喜闻乐见。

三是流行文化与新兴技术的植入。一方面，"海丝路"文化经久不衰的魅力就在于，在具体的创作中善用流行文化元素符号，使得相关文学作品、文艺活动丰富多彩。尤其是在粤港澳作家的创作中，流行文化亦渗透其中，如当下的旅行采风体验、街头采访问答、中西合璧的美食文化，等等，都与"海丝路"文化息息相关，带有新鲜蓬勃的特色，今昔比照之间，当下生活的多姿多彩，使得古老的"海丝路"文化焕发出勃勃生机，拥有了与当下接轨、对话、互促的无限可能。另一方面，新兴技术的植入使得"海丝路"上的古老故事能够更好地与当下接轨，带来非同寻常的全新体验。如新编粤剧《南海一号》在传统粤剧粤曲的基础之上大胆运用了先进的全息投影技术，调动灯光、音响、舞台等多重特效，展现旧时"海丝路"上商人经营贸易、往来运输的奔波不易，既生动形象地呈现了叙述的情境，又使得观众收获了宛如电影一般的视听体验。而在位于阳江的海上丝绸之路博物馆中，游人观众亦可在场馆中体验坐船、航海、沉船等多个场景，有助于加深印象，促进文学艺术作品的体验思考。

由上述代表作家作品及典型叙事策略可见，当代"海丝路"文学思潮聚焦"丝路"主线、善于从中提炼区域文化精华，形式多元、思考全面，善用海洋底色、强调文化导向，注重提炼经典、融创出新，纷繁热闹，特色鲜明。

第三节
如何评价当代"海丝路"文学思潮？

一、当代"海丝路"文学思潮的意义与局限何在？

文学思潮的复杂性，不仅仅在于形式多样、内涵丰富，更重要的是在理解、叙述与阐释之间。当代"海丝路"文学思潮作为文学创作倾向，彰显出特殊的文化价值理念、区域风格特色以及审美趣味。那么，当代"海丝路"文学思潮对于文学及文化发展有何特殊启示？由上述文本可见，在当代多元共生的文化语境与文学思潮之中，"海丝路"是这类文本创作的根脉，而融合互促、创意出新是其当代经验，依托传统文化与经典符号再阐释也为不同国家的文化交流提供了对话契机，于创新中思考区域文化发展的未来走向，再度丰富了书写的多样性。以微知著，古今互联，共情共鸣，创意出新。就创作土壤来看，这一思潮影响下的创作围绕海洋景观，立足区域文化特质，跨越城市、空间的限制，更多展现出区域内部以及区域与区域之间审美、文化的跨界互通。就创作形式而言，除小说、诗歌、散文、戏剧等文学基本形式外，还在影视剧、文创产品等文艺领域跨界出新。由创作内容来看，从海洋自然景观书写逐渐引申为现实社会的时代隐喻，从传统文化的再造更新到未来海洋的多重想象，林林总总，均有所涉，呈现出海洋元素的多元性。循此思路，当下重审历史的海洋书写要重视新的时代背景下"海丝路"文化的再造途径，促进"一带一路"倡议实现高质量发展，关注"海丝路"沿线国家相关作品的创作情况，激活"岭南海丝"文化的持续动能，借助互联网数码技术发掘创意 IP，鼓励多种形式的改编，提升文艺作品的传播力、影响力。

二、怎样看待当代"海丝路"文学思潮的影响价值？

当代"海丝路"文学思潮的重要价值如何体现？一方面，"海丝路"文学思潮应时应运而生，展现出别样的时代特色。"海丝路"文学思潮的发展具有动态性，作用于文学史的发展变迁之中，描绘出文学发展的重要轨迹，捕捉特色亮点。不同于中国文学发展历史长河中固有的丝路题材或丝路元素的零星作品，站在新的历史起点或时间节点上审视历史、省思当下、展望未来，对于时代发展过程中的问题有所思考和回应，洋溢着崭新的时代气息。

另一方面，"海丝路"文学思潮的不断兴盛彰显出中国当代文学的文化自觉意识和强烈的文化自信，通过创新叙述角度、善用跨媒介形式，将尘封于历史档案之中的"海丝路"文化遗产再度更新回春，能够积蓄更多更丰富的文化力量。基于此类文学思潮的推动与不断深化，区域文化形象以及身份标识深入人心。重构形象的策略在于：一是，在"海丝"的大文化圈之中把握独具区域特色的文化符号，海商集中一点、持续创作、彼此响应，形成了系列热潮；二是，重审历史的复兴再造，注重以创意出新，以多媒介、跨媒介等多元形式进一步打磨、提升古今互通的"海丝路"文化符号；三是，宏观微观的书写展现与特色符号的重点打磨均注重勾连出共通性的情感脉络，念兹在兹，以情动人，在当下依然具有强大的生命力和可持续性，对于当代文学发展具有重要意义。

综上所述，回望历史、展望未来，聚焦于区域海洋文化的融通特性，立足于当代"海丝路"文化符号打造，是这类文学思潮影响下的创作策略。多元碰撞推动文化更新，杂糅是文化生新的土壤，互促是跨文化发展的必经之路，文化上的尊重、情感上的共鸣是核心要素。这对于中国海洋文化形象之呈现以及不断推进海洋文化认同起到了积极作用，展现出中国当代文学思潮的大气象，同时，也为后续相关类型的创作提供了宏阔视野与创意动能。

◎学习要点

1. 关键术语："海丝路"文学、文化复兴创意。

2. 理论基础：文学地理学、文化创意理论。

3. 重要观点：20世纪80年代中后期，伴随着"海丝路"考古及相关历史、文化研究的兴盛，中国当代"海丝路"文学思潮再度勃兴，并在海洋文化以及21世纪以来"一带一路"倡议的影响下，"海丝路"文学创作特色日益凸显，复兴传统、对话当下的文化创意运用日渐娴熟，成为当代独树一帜的特色文学思潮，对当下文学、文化发展提供了诸多行之有效的借鉴思路。

◎思考讨论

1. 如何看待当代"海丝路"文学思潮中不同区域的创作特色？

2. 结合具体作品阅读，请你分析当代"海丝路"文学思潮中值得借鉴的文化创意。

◎拓展阅读

1. 陈炎：《海上丝绸之路与中外文化交流》，北京大学出版社1996年版。

2. 李继凯、荀羽琨、王爱红等：《文化视域中的现代丝路文学》，科学出版社2020年版。

3. 薛海燕：《海上丝绸之路与中国文学》，上海古籍出版社2021年版。

4. 刘永连：《陆海丝路与文化交流》，中国社会科学出版社2019年版。

◎作者简介

张衡，广东药科大学讲师，文学博士。在学术刊物发表论文20余篇，主要研究方向为粤港澳文学文化、中华医药文化、大学美育等。广东省普通高校人文社科重点研究基地"中华医药文化传承创新与人类文明新形态研究基地"成员。

【第十章】
网络文学思潮

第一节　网络文学是如何发生的？

互联网的发明与发展改变了现代社会的信息传播方式，人们的思维方式与生活方式亦随之发生深刻变化。作为一种媒介变革，网络影响着文学的生产机制、传播空间、阅读接受等诸方面，塑造出了新的文学形态——网络文学。

关于中国网络文学的历史发端，学界有着不同的见解。欧阳友权称"北美汉语网络文学的出现标志着网络文学进入萌芽阶段"，以 1991 年中国留学生王笑飞创立海外中文诗歌通讯社及同年 4 月 5 日梁路平、朱若鹏创办互联网上第一份中文杂志《华夏文摘》作为起点。[1] 1991 年，旅美华裔作家少君发表网络小说《奋斗与平等》，被称为是中文网络文学的开山鼻祖、海外新移民读书创业的杰出代表。洪治纲将 1997 年"榕树下"网站的开通视作中国网络文学兴起的标志。[2] 2020 年，邵燕君、吉云飞发表文章提出应将中国网络文学之历史起点定于 1996 年"金庸客栈"于利方在线（新浪网前身）的诞生，引发学界讨论。[3] 若从文学接受角度强调网络作为传播媒介的影响效果，从 1998 年蔡智恒（痞子蔡）的《第一次的亲密接触》在台湾成功大学网络论坛（BBS）上发表，快速传播到大陆的中文论坛并引发阅读

---

[1] 欧阳友权主编：《中国网络文学二十年（1998—2018）》，江苏凤凰文艺出版社 2018 年版，第 2 页。

[2] 洪治纲：《中国当代文学思潮十五讲》，浙江大学出版社 2017 年版，第 277 页。

[3] 邵燕君、吉云飞：《为什么说中国网络文学的起始点是金庸客栈？》，《文艺报》2020 年 11 月 6 日。邵燕君、吉云飞：《不辨主脉，何论源头？——再论中国网络文学的起始问题》，《南方文坛》2021 年第 5 期。

热潮[1]算起，中国网络文学已经走过了20余年的历程。世事星转，原本相对而言属于小众文化（或者说精英文化）的网络文学如今已发展为拥有众多作者、读者、相关上市公司及完整的文化产业链的强势文化领域，引领着新时代阅读的流行风向，且其势仍方兴未艾。随着数字技术的日益更新，除了使用电脑浏览文学网站（包括起点中文网、晋江文学城、纵横中文网、17K小说网、潇湘书院、红袖添香、天下书盟等数十家平台网站）的在线阅读之外，网络文学阅读的方式也变得多样化，譬如移动端（手机等移动设备）阅读、听书式阅读（使用喜马拉雅FM、蜻蜓FM、猫儿FM等听书App）等。根据中国音像与数字出版协会在第五届中国"网络文学+"大会上发布的《2020年中国网络文学发展报告》的数据统计，截至2020年，我国网络文学用户的规模达到4.60亿人，网络文学作者已累计超2130万人，显示出了巨大的生产与传播力量[2]。作为一种颇具本国特色的文化现象，网络文学也具备了"出海"能力，输出中国故事与中国文化，广受海外读者欢迎，网络文学作家唐家三少就称："中国网络文学目前已经是与美国好莱坞电影、日本动漫、韩国电视剧并称的世界四大文化现象之一。"[3]

第二节　网络文学有哪些类型？

体裁（文类）作为接受模型，是"期待视野的一个构件"，在文学理

---

[1] 1999年11月，知识出版社经台湾红色文化事业股份有限公司授权出版《第一次的亲密接触》的中文简体字版，为丛书"网络书系"之一，引发畅销狂潮，至2000年3月第4次印刷时，印数已达60001—80000册。

[2] 中国音像与数字出版协会发布《2020年中国网络文学发展报告》，http://www.cadpa.org.cn/3277/202110/41401.html 。

[3] "两会现场｜唐家三少带你揭秘'世界第四大文化现象'"，微信公众号"共青团新闻联播"，2018年3月5日。

论家看来，"任何阅读对作品的具体理解都与体裁的限制密不可分，读者假设他手上的文本属于某一体裁，该体裁所特有的种种规范让读者有可能对文本所提供的资源进行筛选和圈定，然后通过阅读使之现实化。体裁，作为文学编码、规范集合、游戏规则，告诉读者应该如何读文本，它保证了对文本的理解"[1]。尽管网络文学的体裁从大类上来看，涵盖了小说、诗歌（包括新诗与旧体诗）、散文、戏剧、非虚构文学等传统报刊媒介既有的类别，但就网络发表平台之影响创作内容与写作习惯的角度而言，网络连载小说的类型化特质尤为显明。

小说类型划分的泛滥可追溯至清末民初的文学传统。"新小说"家热衷于小说的分类，"并借助于类型理论来推动整个创作发展"[2]。政治小说、科学小说、哲理小说、侦探小说、冒险小说、言情小说、滑稽小说，等等，一时蔚为大观。诚然这是与市民读者群体的崛起以及消费文化的勃兴密切相关，因此，虽然类型的任意划分可能失却学理上的意义，但从中我们得以窥见时代趣味之面貌。以此观视百年后诞生的网络小说，其消费主义的文化背景亦有着可资参照的同构意义。

不过网络小说的文类切分仍体现出网络时代的新特质。以起点中文网为例，其首页的"作品分类"栏中将网站所载作品区分为玄幻、奇幻、武侠、仙侠、都市、现实、军事、历史、游戏、体育、科幻、诸天无限、悬疑、轻小说等。主要面向女性读者的晋江文学城则在检索框的"类型"下分设了爱情、武侠、奇幻、仙侠、游戏、传奇、科幻、童话、惊悚、悬疑、剧情、轻小说、古典衍生、东方衍生、西方衍生等。小说阅读网的"女生"一栏下分类有现代言情、古代言情、浪漫青春、玄幻言情、仙侠奇缘、悬疑、科幻空间、游戏竞技、短篇小说、轻小说；"男生"一栏下则分有玄幻、

---

[1] [法]安托万·孔帕尼翁：《理论的幽灵：文学与常识》，吴泓缈、汪捷宇译，南京大学出版社2017年版，第187页。

[2] 陈平原：《新小说类型理论》，《陈平原小说史论集》（下），河北人民出版社1997年版，第1361页。

奇幻、武侠、仙侠、都市、现实、军事、历史、游戏、体育、科幻、悬疑、轻小说、短篇。类型的区分主要以题材或内容为基准，间有交叉或者重叠，此外，网络文学"男频"（男性向写作）、"女频"（女性向写作）之间的性别差异亦显示出来。在此以内容作为切分原则，择要介绍网络小说的主要创作类型。

一、爱情类

网络文学中的爱情小说按照性向区分，可分为言情（书写男女之爱情）与耽美百合（书写同性之情感）两个大类。其中言情小说占据了"女频"文的大多数。作为一种通俗文类，言情小说在中国传统文学中有其悠久历史，从明清的才子佳人小说、晚清民国的鸳鸯蝴蝶派小说、20世纪20年代后期左翼的"革命加恋爱"小说以至20世纪80年代由琼瑶、席绢、岑凯伦、亦舒等人掀起的港台言情风潮，言情文学在流行文化领域中牢牢占据着一席之地，也影响着网络时代言情小说的叙事模式与性别关系塑造。

按照具体内容的不同，言情小说又可细分出多种子类型，如校园文、高干文、总裁文、女尊文、都市言情、古代言情（包含穿越类题材），等等。概括言之，言情小说以年轻男女为主人公，书写一对一、一对多（"玛丽苏/MarySue"模式）、多对多（设置主CP与副CP）等不同人物关系之间的情感纠葛。其中校园文主要以表现校园时代的恋情与成长为主；"高干文"和"总裁文"是灰姑娘故事模式的两个衍生变种，主要以政治上的特权或者经济上的优势来凸显男性角色的性魅力；女尊文则往往塑造掌握强权的女性如何反转性别关系，在男女爱情中占据主导地位。言情小说以"爱情至上"理念塑造小说人物的行为逻辑与价值观，某种程度上来说表现了女性创作群体对于两性关系的脱离实际的幻想与期待，不过亦出现一些作品对社会性别关系中女性的困境有所表现与反思。代表作者及作品有匪我思存的《芙蓉簟》（《裂锦》）、《碧甃沉》、《千山暮雪》、《佳期如梦》，文雨（张雯轩）的《锦绣良缘》（《心计》）、《请你原谅我》（《网逝》），顾漫的《何以笙箫默》《杉杉来吃》《微微一笑很倾城》，辛夷坞的《致我们终将腐朽的青春》《原来你还在这里》《山月不知心底事》《许我向你看》，金陵雪的《大爱晚成》《废物们：给失败者的情书》《殊途同爱》，吴越的《当时已惘然》（《青涩摇滚》）、《最寒冷的冬天是旧金山的夏季》等。其中文雨的《锦绣良缘》、吴越的《当时已惘然》、辛夷坞的《山月不知心底事》等表现了金钱社会中女性人物追求真情所遭遇的挣扎、破灭与失败，人物刻画也较有深度；文雨的《请你原谅我》在言情小说的外壳之下探讨网络暴力问题，以现实主义手法暴露网络时代的社会黑暗，入围了第五届鲁迅文学奖（同时也是唯一一篇入选的网络文学作品）。另外需要说明的是，言情小说的多种子类型并非泾渭分明，事实上经常会在同一部作品中出现不同子类型杂糅的状况，譬如作为都市言情，顾漫的《何以笙箫默》以回溯式的叙事方式叙述了男女主人公校园时期的青涩恋爱，在现在时的情节叙述中又因对男主角何以琛的多金深情形象塑造而具有总裁文的典型特征；匪我思存的《佳期如梦》则糅合了校园文和高干文两种子类型。

耽美小说诞生的文化背景相对而言更为复杂。"耽美"一词最早来源于日本近代文学，为日语"たんび"（TANBI）的音译，即从欧洲传播至日本的唯美主义文学思潮，表现对一切美丽的、触动人心的无暇事物的迷恋，20世纪70年代耽美文化进入日本漫画界，该词也逐渐脱离其本义，成为BL（Boys' Love）漫画的统称。如今中文语境的"耽美"则可以对应日文中包括了"yaoi""BL""JUNE""少年爱"等在内的许多术语，并逐渐演化为特指"由女性作者创作的、以女性读者为预设接受群体的、以女性欲望为导向的男性同性之间的爱情或情色故事"[①]。与之相对应的，"百合"文则指的是表现女性之间隐晦的同性爱的作品。"百合"一词亦源自日本，

---

① 郑熙青：《想象"耽美"：无法破壁的亚文化资本和耽美文化的合法性悖论》，《跨文化对话》2018年第2期。

"1971年由日本男同性恋杂志《蔷薇族》的编辑提出,其后因日本出版的《百合族》系列书籍而广为流传,渐成固定用语"①。耽美小说的代表作者及作品有非天夜翔的《天宝伏妖录》、墨香铜臭的《魔道祖师》《天官赐福》、风弄的《凤于九天》。百合小说从总体数量而言不及耽美小说的体量,但也涌现出不少佳作,代表作者及作品有"13不靠"(张浩音)的《上海往事》、"买醉的烟鬼"(海蓝)的《我的天使我的爱》、天空若蓝的《不分》等。

二、奇幻、玄幻及幻想类

相较于言情小说和耽美百合小说主要面向女性读者的创作预设,网络文学中的奇幻、玄幻及幻想类小说则占据了"男频"领域生产及阅读市场的荦荦大端,因其创作旨趣极大地契合了中国男性青年(职场白领、大中学生等)的接受趣味而成为男频文学网站的王牌文类②。在此类小说中,明显可见传统武侠小说的要素传承,如对江湖世界的虚构,对现实历史的架空,讲述无名小卒从"小白"一路升级进化逆袭为超级英雄的过程,等等。此外,西方和日本奇幻小说、奇幻电影、动漫以及网络游戏等舶来文化产品皆对我国奇幻、幻想类小说有着素材和叙事模式方面的影响。与传统武侠不同的是,网络奇幻、玄幻及幻想类小说往往超越对人类世界的想象,描绘"人界""神界""魔界"等交织共存的超自然场景,并热衷于塑造种种怪诞奇异、乱力怪神的异世界。在具体的发展过程中,又分化有诸多子类型,譬如玄幻、奇幻、魔幻、仙侠、修真、盗墓小说等。此类小说的想象力可称奇诡,叙事引人入胜,结构都颇为宏大,不过成败皆系于此,在追求点击率和入VIP制度的驱使下,会不断延长连载,篇幅冗长,往往落入套路化和模式化的窠臼之中。代表作者及作品有萧鼎(张戬)的《诛仙》系列、我吃西红柿(朱

---

① 陈亚亚:《百合花开:女同性恋的文学呈现》,《中国图书评论》2011年第9期。
② 王伟:《审美与意识形态:中国当代通俗文化批评》,山东大学出版社2013年版,第171页。

洪志）的《星辰变》《盘龙》、猫腻（晓峰）的《将夜》、唐家三少（张威）的《斗罗大陆》、天蚕土豆（李虎）的《斗破苍穹》、爱潜水的乌贼（袁野）的《诡秘之主》、无罪的《剑王朝》、天下霸唱（张牧野）的《鬼吹灯》、南派三叔（徐磊）的《盗墓笔记》等。在天下霸唱的《鬼吹灯》引领下出现的盗墓类小说可谓兼及古代盗墓术知识、中国传统风水学以及当代悬疑推理，在灵异猎奇和历史性方面收获了较好的平衡。此外，沧月（王洋）的《镜·双城》、步非烟（辛晓娟）的《天舞纪》、尾鱼的《半妖司藤》《西出玉门》等女性作者及其创作则为读者呈现了女性视野下风格或瑰丽或奇崛的奇幻、玄幻世界。

三、同人文

网络文学中的同人文，一般指借用流行文化文本中的人物形象、人物关系、基本故事情节和世界观设定所展开的二次创作[①]。其元文本或文化原型包括而不限于流行的影视作品、文学原作、偶像明星形象、文化产品等，如金庸文学世界的同人文、"哈利·波特"系列衍生的同人创作、为喜爱的明星配组异性CP或同性CP而进行再创作的同人文，等等。今何在（曾雨）的《悟空传》、江南（杨治）的《此间的少年》即属同人文的典型之作。为避免版权问题的纠葛[②]，属于再生产文本的同人文往往强调其粉丝同好属性，爱好者们的创作行为也往往不为谋利，而开放为"为爱发电"的共享式阅读。作为流行文化的衍生产品，同人文具有先天的强粉丝黏性，其阅读群体也相对小众和内部化，除了借助网站中的关键词检索来寻得同

[①] 郑熙青："同人"，见邵燕君编：《破壁书：网络文化关键词》，生活·读书·新知三联书店2018年版，第74—79页。

[②] 譬如2018年金庸起诉杨治（江南）《此间的少年》著作权侵权和不正当竞争案，广州天河法院一审宣判杨治不构成侵犯著作权，但构成不正当竞争，金庸获判赔共188万元，此事件被称作"同人小说第一案"。

好之外，小众的创作网站 AO3、网易乐乎（LOFTER）等，以及贴吧、同人论坛、微博超话都构成同人文作者及读者们聚合的小营地。同人文的创作不局限于遵循原有文本的人物设置，常有"OOC"的状况出现——英语短语"Out Of Character"的缩写，有"（行为）脱离/不符合个性"等含义，可指人物非正常/与固有印象不同的外在形象变化——可谓借他人故事浇自己之块垒。这种再生产背后折射的是阅读群体的普遍文化心态。譬如，有研究者以"J家闲情论坛"中的 Arashi 团（日本男子偶像五人组合团体"岚"）同人文为考察对象，发现根据问卷调查的结果显示，聚集在该论坛的"饭群"主要由中国"85后"城市女青年构成，在论坛读者对同人文的阅读筛选中，正剧性质的中长篇都市成长小说最受欢迎，因其可令读者"在小众共名的生态中"，分享附着其中的共同情感经验，"同人文学已成为粉丝群落中交流信息、情感的身份辨识工具，以便于建构自我部落的意义地图"[①]。

此外，网络小说还划分有历史小说、现实小说、军事小说、体育小说、游戏小说、竞技小说、官场小说、职场小说等不同类型，涌现出不少优秀作者及作品，如阿耐的《大江东去》《欢乐颂》、海晏的《琅琊榜》、蝴蝶蓝的《全职高手》、齐橙的《大国重工》等。但细究起来，类型的划分实际并无统一的学理性标准，不过是根据创作内容所做出的大致上的区分，因而在不少网络小说的关键词检索设置中，会有不限于单个的文类tag（标签）。可以说，文类的杂糅和融合也成为网络小说的一个较为引人注目的现象。诚如陈平原论及武侠小说时所言，"后起的武侠小说，有能力博采众长，将言情、社会、历史、侦探等纳入其间，这一点，其他小说类型均望尘莫及。这就难怪，世人之谈论'仍在健在'的传统中国小说，很容易举出武侠小说作为代表"[②]。网络文学中的小说类型虽未能都像武侠小说一样已沉淀有

[①] 何旻：《论中国互联网媒介中的文学生产、筛选与批评——以"J家闲情论坛"同人文为对象》，《河南社会科学》2017年第5期。

[②] 陈平原：《超越雅俗——金庸的成功及武侠小说的出路》，《千古文人侠客梦——武侠小说类型研究（插图珍藏本）》，新世界出版社2002年版，第254页。

成熟、稳定的文类内涵（网络文学中的武侠小说除了连载方式和平台的变化之外，并未脱出传统武侠小说的范畴），但不少出色之作在作为个案的类型尝试上已实现了杂糅与综合。例如烽火戏诸侯（陈政华）连载于"纵横中文网"的《雪中悍刀行》"将庙堂和江湖熔于一炉，兼容修仙和神道，同时还有儒释道之间的门户之争，背景可谓宏阔"[①]；Priest 的《镇魂》《烈火浇愁》等兼及都市灵异与奇幻耽美；顾漫的《微微一笑很倾城》以游戏小说的模式来创新书写言情小说中的校园文。再如，曾在 21 世纪初网络文学的"女频"中掀起创作热潮的穿越类小说（简而言之，即为穿越时间和空间的小说），描写主人公由于某种原因从其原本生活的年代离开，穿越时空到了另一个时代，在这个时空展开了一系列的活动。在穿越故事的叙述中，此类小说往往集成了玄幻、历史和言情三大小说类别，因此可以称为"超类型小说"[②]。以穿越小说中的子类型"清穿文"为例，有研究者分析"清穿"经典《步步惊心》《梦回大清》等指出，虽然本质上属于言情小说，但清穿文凡以康熙末年"九子夺嫡"故事为背景，"绝大多数都是基于电视剧《雍正王朝》人物形象、人物关系以及故事框架所展开的二次创作"，因而应被视作一种同人创作，同时，"清穿文"中女主角所经历的剧情流程已然具有强烈的科幻属性和游戏属性。[③]

[①] 刘奎：《〈雪中悍刀行〉的魏晋风流——兼议网络文学与传统的关系》，《中国当代文学研究》2020 年第 1 期。

[②] 杨早：《回响：晚清小说与网络小说异同辨》，《传媒时代的文学重生》，生活·读书·新知三联书店 2019 年版，第 189 页。

[③] 高寒凝：《小径分叉的大清：从"清穿文"看女频穿越小说的网络性》，《南方文坛》2021 年第 2 期。

第三节
为什么网络文学大多有固定"套路"与"人设"?

网络文学平台的低门槛发表催生了大批量可复制性的文本,网络小说常被诟病的模式化、速食化的弊病与此脱不开关系。而另一方面,作为消费社会的产物,不断重复的叙事要素背后折射着更为隐微的社会阅读心态和特定阅读社群(reading community)所共识、共享的认同感、归属感。

日本学者东浩纪在考察御宅族(即亚文化爱好者)的文化消费时注意到,当前的后现代社会中呈现出一种"数据库"模式的世界图像,作为二次元原作的消费者,御宅族"并非单纯消费作品(小故事),也并非其背后的世界观(大叙事),更不是故事设定或是人物(大型非叙事),而是更深层的部分,也就是消费广大御宅族系文化的资料库"[1]。而作为生产者,从事亚文化创作的作者又根据御宅族的读者反馈(包括二次创作),对构成二次元文化的"萌要素"进行补充或更新的再造,在此循环中,逐渐完善"萌要素"数据库的建立。东浩纪的这一理论不限于阐释日本二次元文化,中国网络文学在不同文类中反复出现的叙事要素亦可被视为一种被重点编码与调用的"数据库消费"。

以女频创作中频繁出现的"霸道总裁"为例,梁颐等学者注意到霸道总裁形象成为跨媒体流行文化,并指出总裁文是灰姑娘爱情故事母题的一个变体[2]。而若将"霸总"文从专属言情文学的亚文类层面剥离出来,将之

---

[1] [日]东浩纪:《动物化的后现代:御宅族如何影响日本社会》,储炫初译,大鸿艺术股份有限公司2012年版,第82页。

[2] 梁颐:《论"霸道总裁"情节母题从文学到电视剧领域的流动——由电视剧〈何以笙箫默〉热播论起》,《东南传播》2015年第6期。柯倩婷:《霸道总裁文的文化构型与读者接受》,《妇女研究论丛》2021年第2期。

看作网络时代"数据库消费"中小说叙事被频繁调出的形式要素，或许能打开更为灵活的讨论空间。从非言情的耽美文中我们可频频看到"霸道总裁"的典型人设[①]，甚至在男性视角的创作（男频文）中对塑造英雄式、霸主式人物的迷恋亦隐隐透露着这一悬浮人设形象的变体。研究者们往往关注金钱这个要素在塑造霸总形象中起到的重要作用，所以把霸总文放在资本主义的框架里面来加以论述[②]，但事实上霸总人设最关键的要点其实是经济加权力——这背后隐藏的是一种政治治理，展现的是权力无所不在的影响力并诱骗较弱者对权威的臣服。情爱关系中的双方的工作领域再风马牛不相及，创作者总能安排"不可抗力"让两人相遇，而这不可抗力背后，正是霸总人设调动一切社会资源，而不仅仅是金钱，不仅仅是资本主义的问题——比如很多小说里面对霸总能力的渲染其实是超越了经济层面的，到了政治资本层面的。匪我思存的《佳期如梦》中对同样爱慕着女主人公的两位男性主人公的塑造，便是混杂了高干与总裁两个要素，表达在现实社会中处于权力高位者的能力等同于其魅力。

霸总人设之所以在网络爱情类小说中牢牢占据男性人物形象设定的主流，是有着实际文化消费的点击率数据作为凭据的[③]。而从文化表征的意义来说，"霸总"人设实是克里斯玛型（Charisma）人格在文学中的具象化，强调着"个人魅力式"的统治，因为克里斯玛的字面意思是"神赋魅力"或"超凡魅力"，马克斯·韦伯将之定义为社会控制形式之一。由经济而及对人的身心的全方位收编，霸总渲染着威权的合理化——霸总叙事所规训的是女性读者对于克里斯玛型权威统治的臣服，霸总可能喜怒无常，可能会为女主角而做出一些非理性的商业行为，这种他看似吃亏的利益交换，其实也是一种统治术。由此考量霸总叙事中常常伴生出现的"破镜重圆"情节，

---

① 毛尖：《资产阶级二代的美学语法》，《文艺理论与批评》2017年第3期。
② 谷李：《情不自禁的资本主义：理解"霸道总裁"》，《国际新闻界》2019年第5期。
③ 王逸：《理想情人：言情小说中的性别建构——基于晋江文学城2003—2018年百部完结作品的研究》，《东南传播》2020年第5期。

展示男主人公幡然悔悟，使出各种手段（包括动用资本和权力，为传统"巧取豪夺"情节模式的温和版本）追回女主人公，悬浮桥段对社会秩序的破坏似乎并不为读者所察觉，而男女主人公和好的背后是资本和权力改头换面，再次反扑、围猎与捕获女性。因此，此类叙事中女性的个人成长往往是错觉式的虚幻，是霸总叙事中不断被收编的女性形象的代表，在最终再次被捕获后她便隐于家庭，不再活跃于叙事主线。即使是在女尊文中，强强模式也并非对克里斯玛型的祛魅，双强人设体现的是对弱的漠视，不过是霸总叙事的社会达尔文逻辑的另一种表达模式。

霸总叙事的形式秩序往往以空间型构的方式建立。从网络连载都市言情小说所构建的异托邦，即一整套抽绎的社会模型与社会逻辑塑造出的异托邦（商业大楼、办公室、商场、高级别墅、高干文中的权力中心等），穿梭于这些场所之中，人物社会网络关系，权力关系，空间动线亦凸显现实世界运行逻辑的再现或变形。所谓"'异托邦'的'新现实主义'"[①]在此彰显，霸总文学的流行与传播反过来加剧了现实世界中女性读者的自我物化。

第四节
如何看待网络文学中作者与读者的关系？

网络文学初兴之时，因其发表平台的开放性、写作的匿名性、审查机制的简单化与大众版权意识的模糊，免费阅读模式成为主流态势。连载、转发、分享等都有着极为便捷的可得性，对是时的网络受众而言，不啻无须经济付出便可随意享用的文化娱乐狂欢盛宴。2003年10月，起点中文网

[①] 邵燕君：《面对网络文学：学院派的态度和方法》，《网络时代的文学引渡》，广西师范大学出版社2015年版，第43—49页。

首度创立原创文学的网络版权签约制度,并同时推出付费阅读系统——VIP付费制度,这种商业逐利模式开启了网络文学的产业化构建。之后其他文学网站纷纷效仿。"自此,网络文学平台与作者的商业合作模式,伴随网络文学的商业模式、运行体系与版权拓展机制的建立相应而生,至今运转近二十年。"[①]

VIP制度有极为详尽的分成原则,以起点中文网为例,一般规定连载的前20万字免费,一旦被网站编辑审核通过"入V",之后按照千字收费。"但这个商业机制是建立在写手与读者长期磨合达成的自然契约的基础上的,本质上满足的是消费者的需求。"[②]因此,迎合读者趣味甚至坠入低俗消遣、冗长注水等危机,真金白银的商业利益驱动,不仅影响着网络文学作者的创作理念与写作状态,也从网络文学场域内部生成了一种作者与读者的以及读者群体之间的新型关系。利奥·洛文塔尔在反思通俗文化时曾提出了一个重要观察:

> 随着大众媒介的发展,它不得不满足越来越多样化的宣泄需求,越来越多的可能是艺术家也可能不是艺术家的人加入到"生产"中来。与表达他们自己的思想观念相比,这些生产者必然更加关心如何填充传播渠道,如何与对手竞争。这样,在为大众媒介所进行的生产中,受众"需要"什么这种观念就变得日益重要了。这反过来带来了这样一个问题:在一个由大众媒介支配的社会中,事实上是否存在着可辨别的超出受众需要和选择的"设计"出来的标准,如果有,它们是什么,在什么情况下会被考虑?[③]

[①] 中国社会科学院:《2020年度中国网络文学发展报告》,http://literature.cssn.cn/wlwhywx_2173/202103/t20210317_5319242.shtml。

[②] 邵燕君:《网络时代:如何引渡文学传统?》,《网络时代的文学引渡》,广西师范大学出版社2015年版,第208页。

[③] [美]利奥·洛文塔尔:《文学、通俗文化和社会》,甘锋译,中国人民大学出版社2012年版,第13页。

洛文塔尔之问提示了网络文学读者受众在这一商业机制中的主动权，可以说，"VIP付费阅读制将文学创作的焦点从'作者中心''文本中心'转移至'读者中心'，正式确立了粉丝群体的主导地位"[①]。譬如，在2014—2015年的起点中文网中，"作者当月至少需要得到1000份VIP订阅，订阅收入达到3000元，扣除网站50%的分成，收入才可以达到1500元"，"除了订阅VIP章节之外，读者还可以通过'打赏'和'更新票'两种途径，直接给予作者额外的收入奖励"[②]。以点击率为王道、以流量论英雄的网络文学市场，作品的人气和是否成功主要由读者反馈情况来支配，这体现了网络作为大众媒介的绝对影响力，但在此过程中，对于文学本真价值的考量可能往往被遮蔽，譬如，有研究者就强调，当下网络文学女性写作的真实历史图景实际上是被排除于以男性视野为主导的商业VIP制度之外的[③]。

在网络构建的文学媒介场中，作者与读者的互动交互性也更为灵活、深入和丰富。网络读者"会挽雕弓射天狼"为《雪中悍刀行》一书所写的评论文章《桓温与酒、孙寅与魏晋，士与雅量的关系》，点明小说中很多人物均来自魏晋历史，因而被作者烽火戏诸侯从书评区转到正文前，作为作品相关背景的介绍[④]。有学者考察女性网络文学的生态圈发现，"有时候读者的书评、讨论、推荐，本身也成了这个领域中重要的内容生产，许多专注于写评、经营论坛的读者，甚至会成为圈中著名的评论人、组织者，有着不弱于作者的声望"[⑤]。而作者有时也主动在论坛向读者征求创作意见，

[①] 欧阳友权：《中国网络文学二十年（1998—2018）》，第219页。

[②] 肖映萱、叶栩乔、朱航、朱天豪：《中国网络作家生存状态报告》，收入邵燕君《网络时代的文学引渡》，广西师范大学出版社2015年版，第358页。

[③] 来阳：《在VIP制度之外：女性写作与中国网络文学史的重构》，《中国图书评论》2021年第10期。

[④] 刘奎：《〈雪中悍刀行〉的魏晋风流——兼议网络文学与传统的关系》，《中国当代文学研究》2020年第1期。

[⑤] 徐艳蕊：《网络女性写作的生产与生态》，《北京大学学报》（哲学社会科学版）2015年第1期。

参考评论区中支持率高的留言，譬如有研究者以晋江论坛中作者提问"女主说这段话会不会让读者讨厌"等为例，阐明读者反馈如何直接影响作者。此外，晋江等网络平台也为读者的自我构建发挥一定的现实社会功能，"在晋江论坛上，就有专门开辟给女性书友探讨现实感情的'战色逆乐园'版，其中不乏很多关于家暴、家庭经济分配、离婚法律纠纷等复杂问题的求助和解答。'网络女性主义'就以这样部落化的方式介入了现实困境。其他留言区也到处可见关注女性生存际遇的帖子"[①]。由是观之，网络文学的独特环境与认同构建对读者的影响从虚拟线上蔓延至现实生活，并以其并不微弱的声音与力量影响着当代社会。

◎ 学习要点

1. 关键术语："数据库消费"。

2. 重要观点：从网络媒介影响文学创作的性质入手，考察网络文学在以内容为区分原则下的类型状况，并以"数据库消费"理论进一步分析网络文学中重复出现的叙事要素。此外，对商业机制下网络文学场域形成的作者—读者的新型关系亦应有所了解，以形成对网络文学生产与阅读机制的较为完整的认识。

◎ 思考讨论

1. 课前：投票选出最受课堂同学欢迎的一部网络文学作品（可为自己所喜欢的作品拉票并阐述理由）。

2. 课中：讨论总结若干网络文学作品中的"套路"并分析其原因及利弊。

3. 课后：如何看待网络文学生产与阅读过程中的作者与读者关系？

---

① 陈子丰：《女频网文阅读与读者的女性主体建构》，《中国现代文学研究丛刊》2016年第8期。

◎ 拓展阅读

1. 邵燕君、高寒凝编:《中国网络文学二十年·典文集》,漓江出版社 2019 年版。

2. 邵燕君、肖映萱编:《创始者说:网络文学网站创始人访谈录》,北京大学出版社 2020 年版。

3. 邵燕君:《网络时代的文学引渡》,广西师范大学出版社 2015 年版。

4. 周志雄编:《网络文学的兴起:中国网络文学发展文献史料辑》,人民出版社 2014 年版。

5. 储卉娟:《说书人与梦工厂——技术、法律与网络文学生产》,社会科学文献出版社 2019 年版。

◎ 作者简介

刘潇雨,2016 年毕业于北京大学中文系,获文学博士学位,现为华南师范大学文学院副教授,研究方向与兴趣为现代中国文学与文化,在《文学评论》《中国现代文学研究丛刊》《文艺争鸣》《二十一世纪》(香港)等刊物发表学术论文 20 余篇。

【第十一章】
文学的影视改编思潮

第十一章 文学的影视改编思潮

　　20世纪是视觉媒介的时代。自摄影、电影诞生以来,传统的文字文学便遭遇了前所未有的挑战,也迎来了许多大众化转型的机遇。许多学者已经指出,电影催生了中国现当代文学的诞生,且对其产生了深远的影响。现代文学史一个众所周知的故事是,正是一次不快的观影经验促成鲁迅开启了弃医从文的历程;且鲁迅之所以励志重新写作文字文学,恰恰因为他无法否认视觉技术对文学经典性的冲击,以及对视觉现代性本身所具有的暴力民粹性质有所警惕[①]。而现当代文学的著名作家,如郁达夫、张爱玲,以及上海"新感觉派"的各位作家,无一不受到新兴媒介电影的影响,且置身现代都会的他们,也纷纷积极参与自身文学的电影改编。文学作品的影视化成为重要的文化现象。

　　改革开放以后,伴随着我国文化启蒙理念的普及、通俗文学的流行及文学的市场化等历史语境,文学与电影的互动更加活跃。一方面,文学作品的影视化呈现出共时性的特征,使得当代文学创作思潮更具跨艺术性。但另一方面,影视作品的通俗化却也给经典文学文艺创作带来了前所未有的挑战。如何认识当代文学创作的跨艺术激进性?又如何辩证地思考文学作品的通俗化,以及作品的视觉化改编所带来的挑战?这是本章主要介绍的问题。要解决这些问题,要求我们在考察新时期文学思潮时,需要首先了解不同时期的跨媒介影视改编经验如何回应相应的文学思潮,对不同时期文学作品艺术改编的基本思潮倾向进行把握,从而对上述问题有更复杂的思考。具体来讲,按照时代的不同,我们基本上可以将新时期以来的影视改编文学分为以下四个阶段,以下分而述之。

---

　　① 周蕾:《视觉性、现代性与原始的激情》,罗岗、顾铮主编:《视觉文化读本》,广西师范大学出版社2003年版,第262—266页。

第一节
启蒙：文学再经典化为何需要影视改编？

学者张旭东把1980年代看成是精英主义文化启蒙的时期[①]。毋庸置疑的是，中国文学在这一时期体现出了鲜明的知识分子"省思"气质。与之相对应，中国电影的第四代、第五代导演也以其学院派的气质，促使中国电影在同时期焕发了新的生命力。正是在这一时期，具有知识分子性的电影导演们开始关注如何用电影表达文人思想，影视改编经典文学正是在这个时刻孕育而生。另一方面，对于现代文学思潮来讲，重视文学作品的影视化改编，与对文化大众化的启蒙主义期望相伴。因此，这一时期的文学也开始探索如何用人民大众喜闻乐见的电影类型来传达文人思想。总的来看，我们可以把这一时期启蒙式的文学影视改编思潮分为以下三个方面。

一、情节剧电影类型如何传达伤痕文学的控诉？

这一类型作品以《天云山传奇》（谢晋，1981，改编自鲁彦周同名小说）、《牧马人》（谢晋，1982，改编自张贤亮小说《灵与肉》）、《良家妇女》（黄建中，1985，改编自河南乡村作者同名小说）、《芙蓉镇》（谢晋，1986，改编自古华同名小说）等为代表。沈维琼在《20世纪80年代中国电影的当代小说改编史研究》中指出："80年代，作家和电影人不约而同地以对传统文化反思乃至扬弃的姿态进行'人'的价值重建……围绕'人的重新发现'这一轴心，开始了呼唤人情人性、人的尊严和价值的改编创作……80年

[①] 张旭东：《改革时代的中国现代主义：作为精神史的80年代》，北京大学出版社2014年版，第68页。

的电影改编将叙事重心放置在小说对'人'的发现和肯定上，放弃对宏大历史的描摹，让个体进入特定的环境，通过人的生存困境的展示来展现精神所面对和遭受的压制和摧残，所谓的'小写的人'的价值获得了真诚的认可和关注。"①

如果说，伤痕文学意在控诉环境对"人"及"人性"的扼杀，具有典型的启蒙式人文情怀，那么这种人文情怀的表述方式则是表达知识分子"不满"的感伤主义（sentimentalism）情绪。这样一种情绪与情节剧（melodrama）电影类型强调情感宣泄与叙事通俗性的艺术风格不谋而合，很快成为80年代文学改编电影的主流。总之，在这一时期，情节剧电影类型的兴起极大地促进了"文革"后经典文学的大众文化改编。

二、文艺电影类型如何哀悼"启蒙"价值失落？

这类电影以《伤逝》（1981，导演水华，改编自鲁迅同名小说）、《青春祭》（1985，导演张暖忻，改编自张曼菱《有一个美丽的地方》）等作品为代表。虽然这类电影所改编的小说仍然具有浓重的启蒙性质，但却不偏向于情感宣泄，而是哀悼"理想"在世俗经验面前的必然失落。与情节主题相伴，选择这类小说进行改编创作的导演也试图将电影语言从庸俗化、世俗感的僵化叙事套路中解救出来，解放电影语言是其目标。鉴于此，他们在改编文学作品时希望摒弃过度情感宣泄和戏剧化的剧情，转而寻找电影语言的散文性和诗意性，他们选择改编的文学作品大多出自经典之作。《伤逝》是北京电影制片厂为纪念鲁迅100周年诞辰而拍摄的剧情电影，核心内容是知识分子面对世俗经验的理想失落，影片以冷静的旁白对话和静匿镜头感取代了戏剧化的场景转换。《青春祭》则是著名的散文电影，以下

---

① 沈维琼：《20世纪80年代中国电影的当代小说改编史研究》，《当代电影》2021年第4期，第149页。

乡女知识分子的回忆与自述贯穿全篇。电影对知识青年上山下乡情节的回溯不再是充满戏剧化色彩的，而是冷静地将跌宕的情绪经验融入对自然景观、傣族民众的细微观察中，从而获得救赎，也体现出一种诗意的怀乡主义氛围。

三、现实主义电影类型如何展示城市化进程？

除了反思既往，拥抱当下和未来也成为这一时期文学改编电影的主题。代表作包括：《人生》（1984，吴天明导演，改编自路遥同名小说）、《野山》（1986，颜学恕导演，改编自贾平凹《鸡窝洼人家》）。这类电影改编延续了新中国成立以来现实主义电影讲述人民大众喜闻乐见故事的叙事传统，关注到改革开放带给当下普通人的新变化。《野山》讲述的是农村改革开放语境中，两对普通夫妻的生活故事。电影以现实主义的笔调反映了新旧交替时代普通人的选择和境遇：伴随着新时代的改革之风和城市化进程，一部分乡村青年选择新的生活道路，离开土地，成为第一批商业个体户；而另一些乡村村民则坚守乡土，并在故乡繁衍新生命。《人生》则是乡村知识分子奋斗历程的个人悲剧史诗，主人公同样面临着城市的诱惑，却最终失去自我的经历，他离开了乡村，开始重新思考自己的人生。

四、古装电影类型如何助力古典名著的大众化？

改编者希望借助影视作品这一新的形式，让更多的人接触到我国的文化瑰宝。代表作包括《红楼梦》（1983，王扶林导演）、《西游记》（1986，杨洁导演）、《聊斋》系列故事（1986，谢晋、王扶林、陈家林导演）。这些改编都引发了热议，且这一阶段的影视改编和古典名著作品的大众传播形成了互相促进的良性关系。影视改编让古代文化得以在新时期焕发出新的、具有持久性的生命力，而古典经典文学作品也为新时期的电视剧作品添加了艺术魅力的历史光韵。

综上所述,之所以这一时期的古典名著影视化改编成为跨越时代的经典,也是组创人员抱着专业、学术、精英的态度去制作这些电视剧的。也就是说,这一时期的改编剧还未受到资本市场的侵袭,许多学术界的专家都参与到这些电视剧的制作过程中。这种现象在此后的文学电视剧改编中很难再见到。

第二节
市场:文学影视改编如何走向个人化与世俗化?

20世纪90年代是中国市场经济改革的时代,文化从知识分子精英化的想象走向了通俗市场化实践。面对此种状况,与文学文艺界仍然对文化的经典化、精英化价值抱有幻想不同,影视界更迅速地与消费市场一拍即合。对于通俗作家来讲,他们更愿将自身创作大众化,置于市场之中,而非在原有的精英评价体系内重新确认自身创作的价值,那么文学作品的影视改编便是一个最好的渠道。正是上述语境造就了这一时期文学影视化改编的高潮。文学的影视改编从上一个时期以大众启蒙为理想转变成市场消费为导向。在刘华的《九十年代以来当代文学改编电影研究》[1]、申舒尧的《90年代以来文学影视化现象研究》[2]等著作中,我们可以看到,这一时期的文学影视改编观更为灵活自由,表现出以导演为中心、对小说素材进行再造与重构的新变化。改编者摆脱了上一个阶段对文化精英化的执念,更倾向于强调灵感素材,强调创作的独立性,也更看重创作的市场效应。他们力求以自己的思维模式和市场、艺术需求为前提进行改编。因此,这一阶段,

---

[1] 刘华:《九十年代以来当代文学改编电影研究》,南京师范大学2012年。
[2] 申舒尧:《90年代以来文学影视化现象研究》,信阳师范学院2014年。

小说作者直接参与影视改编，助阵影视产业，成为一个明显的特征。这一阶段的影视改编以作者个人化风格和市场世俗化风格并进的态势推进。以下几位作者的风格值得我们注意。

一、港台作家如何开启文人参与影视创作的先河？

20世纪80年代末，改革开放语境下，中国大陆与港澳台的影视合作逐步深化。港台流行作家作品因其通俗性风格，最先成为影视改编的对象。这里的代表人物就是琼瑶系列作品。作为最早享受到市场化福利的流行作家，早在60年代的中国台湾，琼瑶便深度参与了自身文学作品的影视化改编实践。她在1965—1967年分别与台湾中影、香港邵氏合作，完成了第一批作品的电影改编，并大获成功。80年代琼瑶转战电视圈，集结两岸经济、人才力量，推出了一连串耳目一新的戏。《婉君》是琼瑶第一部在中国大陆拍摄而成的电视剧，接着一连串以清宫、苏杭、塞外风光等为背景的作品也陆续出现。自90年代末到21世纪初期，琼瑶的小说大多由中国大陆电视台改编，多达30余部，此外还包括三部电影。琼瑶也成为中国参与原创作品市场化影视改编的第一人。

二、王朔作品如何获得市场和国际奖项的双重认可？

张艳阳《论王朔小说的影视改编》指出："王朔以电影策划人的身份参与创作的电视剧《渴望》在开播之时达到'万人空巷'的局面，在当时它以超高的收视率创造了中国电视剧的神话。故事以年轻漂亮的女工刘慧芳的恋情展开，围绕着刘慧芳与丈夫王沪生等人之间的纠葛展开，最后以刘慧芳出了车祸，女儿小芳长大，几家人的恩怨画上句号作为结束。《渴望》拉开了中国通俗电视剧和家庭伦理剧的大幕，也在一定程度上开启了长篇室内剧的创作模式。"①王朔的小说创作始于80年代中期。在1988年他开始涉足影视行业，共有四部电影改编自其小说，分别是《顽主》（1989，导演米家山，改编自王朔同名小说）、《一半是海水，一半是火焰》（1989，导演夏钢，改编自王朔同名小说）、《轮回》（1988，导演黄建新，改编自王朔《浮出海面》）以及《大喘气》（1988，导演叶大鹰，改编自王朔《橡皮人》）。这一系列电影作品彰显了王朔小说中那种调侃与讽刺并重的个人风格，1988年也被中国电影界称为"王朔电影年"。80年代末到90年代初，王朔密集出版了多部带有叛逆意味的中长篇小说，一方面声名鹊起，但另一方面也在当时的文艺界引起争议，这说明与活跃的影视剧市场相比，当时的文艺界还对文学创作的"精英化"抱有执念。这也促使以王朔为代表的通俗作家进一步市场化，与影视剧行业深度合作。

王朔在90年代初开始直接参与电视剧编剧工作，他与北京电视剧艺术中心合作的《渴望》（1990，鲁晓威、赵宝刚导演），创造了中国电视剧有史以来最高的收视率纪录，这部电视剧也标志着改革开放以来，通俗电视剧可以引发社会文化大讨论的现象。1991年的《编辑部的故事》（赵宝刚、金炎导演）、1994年的《北京人在纽约》（郑晓龙、冯小刚导演）和1993年的《过把瘾》（赵宝刚导演）一再掀起观影热潮。

在电影方面，由王朔小说改编的作品不仅获得了舆论好评，也在国际电影节上斩获奖项，体现出别样的活力。1994年，导演姜文把王朔小说《动物凶猛》改编成电影《阳光灿烂的日子》，获第51届威尼斯国际电影节"沃尔皮杯"最佳男演员奖（银狮奖），第33届台湾电影金马奖最佳影片、最佳导演、最佳男主角、最佳摄影奖，新加坡国际电影节最佳男主角奖。

---

① 张艳阳：《论王朔小说的影视改编》，安徽大学2014年，第10页。

三、李少红作品如何成就通俗剧的文学化模式？

与上面两位作家以通俗化积极对抗文化精英化的风格不同，第五代导演李少红则试图在创作通俗电视剧的同时，保持一种鲜明的精英式文化风格。鉴于此，她首先把改编目光重新放在了中国经典文学作品中，她的改编策略是将经典故事与受当下观众热捧的影视叙事视角相结合。电视剧《雷雨》（1996）便是这方面的代表作。苏丹丹等学者都关注到了李少红版本《雷雨》的独特性："改编时，李少红引入了彼时刚刚在中国兴起的'女性'视角，把女性在特定社会背景下命运的变迁作为叙事主线，弱化了原著中的历史性。在设置故事框架时遵循通俗剧的套路，大胆改变原著中的人物命运和故事情节，这也是改编后备受争议的原因。电视剧有意增加了繁漪和周萍分相爱故事的戏分，不厌其烦地渲染两人的情感纠葛。这样的做法是为了满足观众的窥视欲和观影趣味。另外，原著中的悲剧色彩被消解，电视剧采取了'通俗剧'的温情结局方式，导演给剧中人物重新安排了相对幸福的结局，这一点也是出于中国观众偏爱大团圆结局的考虑。导演为观众考虑的种种用心确实得到了观众的积极回应，《雷雨》获得了极高的收视率，这是投资方和电视台最乐意看到的。从收视率上来看，《雷雨》的商业化运作是成功的，但是同时《雷雨》遭到了评论界一致恶评，被认为'媚俗'。"[①]

[①] 苏丹丹：《中国现代文学名著的电视剧改编研究》，中国艺术研究院2012年，第24—25页。

第三节
资本：影视改编如何进入文化工业体系？

如果说，前一个时期是文学影视改编市场化的开始，因而还有着较为明显的作者化、个人化倾向。那么2000年年初，随着大资本深入文化影视创作，文学作品影视改编也呈现出作者淡化、类型风格凸显的流行文化工业化态势。换言之，这一阶段的作品更加呈现出工业生产的特征，且倾向于将经典文本纳入资本消费体系当中。值得注意的是，这一时期的文学改编也以类型化特色取代了作者特色，具体来看，以下两个主题类型尤其值得我们关注。

一、古代经典文学改编为何毁誉参半？

鉴于我国古代文学作品所具有的文化经典意义及其广泛的大众性，这类作品一直是影视改编的重点，文化工业时代的影视制作繁荣语境既为这类作品的重编带来了前所未有的机遇，也同时带来了挑战。根据学者周莹的研究，"二十一世纪的古代文学作品改编不仅作用于影视文化市场的繁荣，还作用于古代文学名著本身，对它本身来讲，改编过程会融入现代意识，对古代作品原著产生文化新解，历史地看待这个问题，这就意味着影视改编在原著传播过程中对原著潜移默化地做出了更改，以便使之符合当下人们的审美意识"[①]。可见，2000年年初的古代经典文学改编电视剧跟20世纪八九十年代的改编有着很大的不同，这些作品的创编更深地卷入了资本文化工业当中。从数量上看，文化工业化使得古代经典文学作品的改编量

---

① 周莹：《二十一世纪经典文学改编的价值趋向研究》，曲阜师范大学2012年，第4页。

大大增加——古典文学名著的改编不再局限于四大名著，题材领域得到进一步拓展，一批古典文学作品登上银幕。然而可悲的是，文化工业化也是在很大程度上以牺牲作品艺术性为代价的。大部分改编喜欢采用"戏说""大话"的通俗风格，表面上看是吸收了后现代文化的戏谑、解构风格，实则只吸纳了后现代文化"游戏化"符号的庸俗表象，而缺乏后现代文化中具有颠覆性的精神内核。换言之，2000年之后所谓的后现代改编、接地气，实际上是被文化资本工业收编后的"后现代"。

对《聊斋》系列的改编便具有这种文化工业化的特点。电影《画皮》（陈嘉上导演，2008）是一部投资很大的改编创作。因为大资本注入，这部作品力求在技术上创新，以科技感创造出现代化的视觉魔幻风格，以符合现代电影观众的视觉期待，"为呈现中国式的魔幻风格，剧组于银川取景，用专业倒模的方式再现三峡沿岸悬棺奇景。为了让狐妖小唯身上的画皮效果令人满意，剧组采用的原材料全部从美国进口，花费一百多万元的制作费"[1]。可惜的是，这种前卫的视觉技术却包裹着保守的封建"男性"叙事想象，电影在叙事表层似乎在反讽"表里不一"的人设，实则却讲述了一个庸俗的围绕着男性展开的三角恋故事，且挑拨了女性之间的关系。

如上所述，这一时期对古代经典名著的改编也引起了争议。从艺术上讲，翻拍剧大多是费力不讨好的；但从经济上讲，翻拍剧所蕴藏的巨大商业价值又让众多电视剧生产者纷纷出手。而四大名著依旧是改编剧中不变的主题。从开拍前到拍摄中直至拍摄结束后，始终保持很高的社会关注度，尽管难以摆脱"翻拍即被骂"的怪圈，但在遭遇一片骂声的同时也收获了高收视率。

---

[1] 康婕：《东方新魔幻电影类型探索——以电影〈画皮〉和〈倩女幽魂〉为例》，《电影评介》2011年第12期，第9页。

二、红色经典文学改编如何变为消费文本？

另一个抓住文化工业化时代影视改编热潮，从而再次获得新生命力的创作方向便是对红色经典文学的改编。任志明指出："在文艺与市场的合谋下，'红色经典'经过'商业化运作'再度走红，引发人们对'红色经典'改编剧的广泛关注。"[①]2010 年以前，对 1950—1960 年代红色经典的现代改编包括：《林海雪原》（2004，李文歧导演，改编自曲波同名小说）、《小兵张嘎》（2004，徐耿导演，改编自徐光耀同名小说）、《苦菜花》（2004，王冀邢导演，改编自冯德英同名小说）、《红旗谱》（2004，胡春桐、王宝坤导演，改编自梁斌同名小说）、《红色娘子军》（2005，袁军导演，改编自刘文韶同名小说）、《野火春风斗古城》（2005，连奕名导演，改编自李英儒同名小说）、《铁道游击队》（2005，王新民导演，改编自刘知侠同名小说）、《沙家浜》（2006，沈星浩导演，改编自上海市人民沪剧团创作的现代沪剧《芦荡火种》）、《冰山上的来客》（2006，戴冰导演，改编自乌·白辛同名电影剧本）、《双枪李向阳》（2007，付小健、赵北光导演，改编自邢野舞台剧《游击队长》）、《红日》（2008，苏舟导演，改编自吴强同名小说）、《四世同堂》（2009，汪俊导演，改编自老舍同名小说）、《洪湖赤卫队》（2010，石伟导演，改编自同名歌剧）等。

以著名红色经典《林海雪原》为例，这部作品是现代作家曲波所创作的一部长篇小说，1957 年出版，讲述的是解放军一支骁勇善战的 203 小分队与在东北山林盘踞多年的土匪座山雕进行斗争的故事。小说出版后一共改编过五个版本的影视作品，电视剧有三版，分别是 1986 版（朱文顺导演），2002 版（李文歧导演，2004 年播出）和 2017 版（金姝慧导演）。电影则有

[①] 任志明、黄淑敏：《电子媒介时代影视改编的市场策略分析——以"红色经典"的电视剧改编为例》，《兰州大学学报》（社会科学版）2011 年第 39 卷第 1 期，第 40 页。

1960年经典版和2014年徐克版《智取威虎山》。这里，徐克的电影改编版是比较具有这一时期文化工业特征的作品，电影将重点放在了视觉技术的探索上，使得整个片子充斥着后现代电子特效的视觉特征，原有的革命意义也在视觉消费主义的狂欢中消磨殆尽。

值得注意的是，上述改编实践的经济的成功和文化弊病一度引起学者们的担忧，著名文化学者陶东风便指出："在消费主义的逻辑驱使下，这些改编后的'红色经典'开始'变味'：革命故事与英雄事迹被大众消费文化的巨手所改写，成为政治话语、革命话语与商业时尚话语的奇特结合物。"[①]

第四节
网络：如何以跨媒介思维理解文学IP的改编？

21世纪初，网络文学伴随互联网的兴起应运而生，网络文学文本成为当前影视改编最重要的资源。根据丁燕《网络文学影视改编的产业链要素研究》的描述："仅从2004年到2009年，共约有18部由网络小说改编的影视剧上映，每年少则一两部，多则四五部，网络文学影视改编处在相对平缓的起步阶段。而关注网络小说影视改编的主要是一些中小型的制作公司，真正影响影视剧市场的知名导演、金牌制作公司对这块领域尚处在观望阶段。"[②]

网络文学之所以在2000年后迅速成为影视改编的重点，是由这一时期文化的消费资本趋势所决定的。首先，网络文学本身便具有通俗文化的特性，在改编成影视作品之前便积累了大量读者群。徐兆寿在其文章中引用了网络文学作家猫腻对网络小说的描述："传统文学放在纯文学的筐子里，

[①] 陶东风：《红色经典：在官方与市场的夹缝中求生存》（下），《中国比较文学》2004年第4期，第35页。

[②] 丁燕：《网络文学影视改编的产业链要素研究》，杭州师范大学2017年，第18页。

网络文学天然具有商业属性，两者间的创作态度以及重点自然有很大分别，后者受读者的影响会多一些。"[1] 其次，网络文学具有鲜明的市场化特征，需要不断推陈出新，这刚好与新时期影视行业为顺应消费市场而加速新作品创作的趋势相适应。鉴于此，购买成功网络IP文本并加以改编成为这一时期文学跨媒介改编的热潮。总的来看，这一时期的文学影视改编呈现出消费主义市场化的趋势，具体来看有以下特点：一是电视剧改编与电影改编并进，呈现出更多元的跨媒介趋势；二是都市通俗文化和古典奇幻文化齐飞，呈现出文化本土化的倾向；三是网络改编呈现出跨国传播的趋势。

一、如何展示后现代生活？

2000年前后，最先流行的一批网络小说恰恰关注的是网络时代的都市青年境遇。这些小说以后现代玩世不恭的叙事风格调侃当下都市青年的生活、情感经验，因此积累了大量的网络粉丝，为跨媒介改编提供了良好的基础。根据徐兆寿《网络文学二十年影视改编概论》的论述：蔡智恒将原创小说《第一次亲密接触》（2000年金国钊导演改为影视剧）在互联网BBS上进行连载，小说出版后更是取得了60多万的发行量。此后，网络文学开始频繁地出现在人们的日常生活中，按照学界认定的1998年为"元年"，从此"网络文学"这一概念诞生，2004年《第一次的亲密接触》由崔钟导演翻拍成电视剧。[2]

另一部著名的网络小说影视改编作品便是2001年由筱禾创作的网络小说《北京故事》，这部作品由关锦鹏导演改编为电影《蓝宇》，获得了包括金马奖在内的各大奖项，标志着网络改编影视剧不仅取得了市场上的成

---

[1] 徐兆寿、巩周明：《网络文学二十年影视改编概论》，《中国现代文学研究丛刊》2019年第5期，第201页。

[2] 徐兆寿、巩周明：《网络文学二十年影视改编概论》，《中国现代文学研究丛刊》2019年第5期，第203页。

功，也获得了专业类艺术奖项的认可。由此，网络文学 IP 概念影视剧打破了通俗/高雅、大众/精英文化的界限，真正呈现了后现代风格。

二、如何理解 IP 影视改编的受众圈层特点？

随着网络在中国的普及，网络小说的读者也从最初的网生代青年拓展至更广泛的代际群体。网络小说逐渐取代了传统的纸媒小说杂志，获得了更多年龄层读者的认可。大约从 2004 年起，电视剧改编网络小说 IP 作品成为主流，这些电视剧虽然在主题方面呈现出差异性，但都具有贴近生活、通俗化的特征。这些作品在前期已经积累了相当体量的读者粉丝数量，且电视剧改编的叙事风格符合普通老百姓的品位，因此屡屡开创收视率的高峰，也带来了网络 IP 作品改编的高峰。

这里特别值得注意的是，网络时代的文学作品一方面扩大了不同的读者群，为其后的 IP 影视化提供了坚实的观众基础；另一方面，不同作品对应的读者粉丝群的圈层感也日趋加强，使得影视改编作品的观众群体有鲜明的圈层特征。其中，女性向作品最具有群体性特征。

具体来讲，这一阶段的改编主要涵盖以下两个主题：其一，围绕婚姻、家庭伦理题材而创作的情节剧，网络小说作家六六的多部小说被改编成同名电视剧，如《双面胶》（2007，滕华涛导演）、《王贵与安娜》（2009，滕华涛、林妍导演）、《蜗居》（2009，滕华涛导演），此外，小说家三十的《与空姐同居的日子》(2006，张鲁一导演)被改编成同名电影，亦是其中的代表；其二，围绕都市青年，特别是都市女性的生存境遇改编的电视剧，如《杜拉拉升职记》（2010，陈铭章导演，改编自李可同名小说）、《裸婚时代》（2011，滕华涛导演，改编自唐欣恬《裸婚——80 后的新结婚时代》）、《失恋三十三天》（2011，滕华涛导演，改编自鲍鲸鲸同名小说）、《搜索》（2012，陈凯歌导演，改编自木遥之《请你原谅我》）、《何以笙箫默》（2015，刘俊杰导演，改编自顾漫同名小说）、《欢乐颂》（2016，孔笙、简川訸导演，改编自阿耐同名小说）等优秀网改剧的出现，使得网络文学逐渐成为影视剧改编不可缺少的部分。

除女性向外，另一部分围绕战争历史题材而创作的红色文化传奇作品则具有鲜明的中老年男性向特征，如张前、陈建改编的电视剧《亮剑》（2005，改编自都梁同名小说）等，也都取得了显著的成绩。

三、如何振兴传统文化？

值得注意的是，网络小说还引发了中国传统民族文化的潮流，这其中的代表就是网络古风、玄幻小说类型。这些小说在青年人中引发了对中华民族传统文化的新热情。那么，如何利用新兴视觉媒介的优势彰显传统文化文本则成为这一阶段IP作品影视改编的另一个重点。徐兆寿指出："2015年1月1日，国家新闻出版广电总局逐渐开始对电视台黄金时段的播出方式进行'一剧两星'调整，优化了网改剧的播出方式与制作质量。2016年6月16日国家新闻出版广电总局发布《关于开展2016年优秀网络文学原创作品推介活动的通知》，向社会推广具有思想性、艺术性和文学性的优秀网络文学作品，为网络文学改编影视剧助力。同时，互联网三大'巨头'（腾讯、百度、阿里巴巴）抢占网络文学带来的IP热潮，使得网络文学改编借助互联网获得极大的发展。"[①]

具体来看，古典文化IP改编主题类型可以大致分为两类。一类是中国古典经典名著改编。出现了《西游记后传》（2000，李源、合力导演）、《新三国》（2010，高希希导演）等系列改编作品。其二是网络古风、玄幻类作品的改编。代表作包括《步步惊心》（2011，李国立导演，改编自桐华同名小说）、《甄嬛传》（2011，郑晓龙导演，改编自流潋紫《后宫·甄嬛传》）、《花

[①] 徐兆寿、巩周明：《网络文学二十年影视改编概论》，《中国现代文学研究丛刊》2019年第5期，第204页。

千骨》（2015，林玉芬、高林豹、梁胜权导演，改编自fresh果果同名小说）、《盗墓笔记》（2015，郑保瑞、罗永昌导演，改编自南派三叔同名小说）、《三生三世十里桃花》（2017，林玉芬导演，改编自唐七公子同名小说）、《如懿传》（2018，汪俊导演，改编自流潋紫《后宫·如懿传》）等。这些改编作品的小说原著本来就具有通俗化的色彩。刘桃指出："'戏说'与'大话'之风最终也影响到内地的古典文学名著的电视剧改编，出现了一批颠覆性改编作品，其中影响最大的是根据《西游记》改编的作品《西游记后传》和'猪八戒'系列"[①]。刘桃还指出，古典文学作品如果获得较好的反响，就必得通俗化和消遣娱乐化。21世纪的古代文学作品改编不仅作用于影视文化市场的繁荣，还作用于古代文学名著本身，对它本身来讲，改编过程会融入现代意识，对古代作品原著产生文化新解，这就意味着影视改编在原著传播过程中对原著潜移默化地做出了更改，以便使之符合当下人们的审美意识。鉴于此，传统文化作品的翻拍一直伴随着有关"弘扬历史文化或断送文化"的争议。支持者认为，运用新媒体对古典文化作品进行二次创作是让年轻人重新思考、重视传统文化的好方式与好机遇；而反对者则对古典文化的通俗化保留意见。上述种种使得中国古典作品IP的影视改编总是处于同时获得高收视率和遭遇质疑的矛盾境地。

四、如何让"中国故事"走向世界？

随着中国文化的不断崛起，对外影响力增大，反映当下生活的中国故事走出东亚文化圈，进入跨文化国际市场，并从电视剧"出海"，发展为IP"出海"。在"文化走出去"战略背景下，我国传统文化的对外输出呈现出欣欣向荣的态势。官方主流媒体对各类传统文化的再经典化与推广，以及海内外新媒体平台的活跃网民对中国传统文化的创意改造与呈现，共同

[①] 刘桃：《中国古典文学名著的电视剧改编研究》，中国艺术研究院2012年，第29页。

开创了中华优秀传统文化海内外传播的新局面。总的来看，目前 IP 作品改编以通俗小说改编电视剧为主。

一类是古风小说改编：上文所提经典电视剧《甄嬛传》便是其中的代表。这部电视剧改编自网络小说家吴雪岚（流潋紫）所著小说《后宫·甄嬛传》。该剧在中国台湾地区也受到欢迎，并在日本、美国等国家相继播出，也是首个在 Netflix 平台付费播出的中国电视剧。网络剧《陈情令》（2019，郑伟文、陈家霖导演）改编自墨香铜臭的网络小说《魔道祖师》，也在东南亚地区受到广泛的欢迎。

另一类是网络言情小说改编：网络小说家赵乾乾畅销校园的纯爱小说《致我们单纯的小美好》（2015）等剧本出口到多个国家和地区，其国外改编版已经播出，受到当地年轻观众喜爱。

虽然目前中国"IP"在世界范围内获得了好评，也获得了巨大的市场成功，但是走向海外的影视作品中，仍然缺乏能够真正代表中国文化的经典文学改编文本。对此，许多学者已经就 IP 改编如何讲好中国故事提出了自己的建议。在李怀亮看来，现实题材创作拥有两个不可多得的"中国优势"：一是多达十几亿人口的大市场，二是网络文学所提供的 IP 资源。网络文学庞大的作者队伍和海量作品，为影视创作提供源源不断的文本，而广袤的现实生活和时代气象更是创作的丰厚土壤。李怀亮认为，应该先考虑讲什么样的中国好故事，再谈如何讲好中国故事[①]。

当代跨媒体平台与中国优秀传统文化的碰撞也充满着机遇与挑战。一方面，网络的跨文化性和草根性，提供了与众不同的平台，使得传统文化能够焕发新生，以更多元的形态及更广阔的渠道传播到世界各地；但另一方面，网络文化的去中心化、碎片化及消费性又很可能破坏了传统文化的经典性特征。在此语境下，如何重新认识各类优秀文化的跨媒介再造和国际传播，总结其中的成果经验，迎接其潜在挑战，为促进我国优秀传统文化的对外

---

① 李怀亮：《优秀现实题材剧扬帆"出海"》，《人民日报》2022 年 5 月 19 日。

传播提供策略建议，便显得尤为重要。

综上，新时期我国文学作品的影视改编经历了从文学的启蒙式再经典化、世俗市场化、资本工业化及网络跨媒介等浪潮。当前，电影、电视和相关网络平台是人民群众接触文化产品最重要的媒介渠道。但正如上述历史所呈现的那样，影视作品的通俗化对文学的影响是双向的，在提高普及度的同时，也时刻面临消费通俗性对优秀经典文化的消解。如何在其中趋利避害，是之后思考文学影视改编的重要议题。

五、小结

本雅明在其著名论作《机械复制时代的艺术作品》中指出，资本工业时代艺术品灵光的消失具有解放性[①]，因为文化在很大程度上突破了精英特权阶层对艺术的垄断。在文化大众化的时代，如果我们还执着于持有文字文学高于视觉作品的观念，无疑是保守的。这似乎也暗示了整个20世纪，特别是20世纪后三十年中国文学影视改编的历史必然性。然而与此同时，正如法兰克福学派其他学者对文化工业所做出的批判那样，文学经典的影视通俗化改编却也时常面临着被文化工业的世俗性、庸俗感所侵蚀的危机。这里需要警惕的地方在于，文化工业以通俗化的"民主"假面出现，看似以轻松的方式推广经典文化，但这一推广却实则兜售了庸俗价值观，让普罗大众逐渐沉溺于娱乐化的消费主义文化中，而不再具有任何反思性。上述理论反思一直贯穿着对近四十年的中国文学影视改编趋势的探讨。鉴于此，我们在学习和研究的过程中，需要从个案及历史语境出发，对其中的矛盾、复杂性进行甄别与批判性的考察。

---

① ［德］瓦尔特·本雅明：《机械复制时代的艺术作品》，瓦尔特·本雅明：《迎向灵光消逝的年代——本雅明论艺术》，广西师范大学出版社2005年版，第60—66页。

◎学习要点

1. 关键术语：跨艺术研究；文化工业。

2. 理论基础：现代文学的跨媒介特征；文学跨艺术研究的历史必然性；马克思主义文化理论视野中的文化工业批判。

3. 重要观点：当代中国文学影视改编大致经历了从精英作家对文化大众性的启蒙式诉求到大规模文化工业生产的历史进程，学习了本章，我们需要了解并思辨性地思考中国当代文学影视改编的积极意义与困境。

◎思考讨论

1. 理论思考：近四十年中国文学影视概念见证了文学跨媒介的历史变革，也提示我们从跨艺术的视角探索文学作品的新方法，同时，也不可避免地带来了许多问题困境。学习了本章，我们是否能够初步掌握文学跨艺术研究的基本对象和基本问题？又如何理解影视改编究竟是对文学大众化的促进，还是对经典文化的损害？在学习了本章之后，你如何理解这一议题的复杂性？尝试选择个案来进行分析。

2. 资料搜集与整理：请尝试选择上述任一阶段的文学影视改编阶段，梳理这一阶段的艺术作品和基本改编状况。以此为基础进行进一步理论探讨。

◎拓展阅读

1. 张一玮：《从名著到电影：中国现代文学经典作品的当代电影改编本研究》，中国广播影视出版社2021年版。

2. 岳凯华：《百年中国影视文学改编研究书目引论》，知识产权出版社2019年版。

3. 侯怡：《中国网络文学改编的电视剧研究》，上海人民出版社2018年版。

4. 章颜：《文学与电影改编研究》，社会科学文献出版社2018年版。

5. 阮青：《"十七年"文学经典的影视改编研究》，中国社会科学出版社2016年版。

6. 李欧梵：《文学改编电影》，三联书店（香港）2010年版。

◎作者简介

张颖，现任广州大学人文学院副教授，硕士生导师。研究领域为西方文化理论、电影史与电影理论、视觉艺术研究等。其论文刊登于《文艺研究》《当代电影》《文化研究》等国内外期刊。出版早期中国电影史专著一部。

【第十二章】
跨媒介文艺思潮

不同时代有不同的文学主潮，如唐诗、宋词、元曲等。21世纪后，网络数码、人工智能等高科技媒介激发新艺术创造，产生出如"文学+X""N合一牌"跨媒介创意，这挑战了传统的文学、艺术、文化、传播理论，形成了新思潮。跨媒介叙事日益兴盛，有望成为新时代的文学主潮。

第一节
为什么跨媒介文艺思潮会兴起并快速发展？

跨媒介文艺指文学、艺术、科技与媒介之间互相吸取创意灵感。从内部而言，文学叙事吸取图像、声音、影像、舞蹈、音乐叙事的灵感，创造新内容形式。从外部而言，文学艺术作品从一媒介向另一媒介改编、变异，实现不同媒介载体的转化，异质符号交互作用引发全新的指涉与再现。文学和影视、图画、音乐等艺术媒介共同完成叙述，因各门艺术都有叙事性、共情性，融合因此而生。就综合而言，文艺作品集听、说、写、读、音、像、文于一身，以数字化平台为基础，整合多种媒介手段，完成事件叙述，新和旧、同质和异质媒介越过自身边界，经横向、纵向或斜向整合，实现渗透融合，成为综合媒介。跨媒介文艺打通文学艺术媒介的内与外界限，跨界融合拓展，实现从相加到相融、从破圈到融圈的创新；融合言辞文本与非言辞文本如影视、美术、音乐、戏剧、晚会等；整合虚构与非虚构纪实文本，实现新文艺创意。

跨媒介现象古已有之，如张旭从公孙大娘的剑舞中悟出草书灵感，杜甫见其弟子李十二娘献技，写下名诗，这是文学艺术之间微妙的转化与挪移。然而，这些跨界多偶尔为之，属于不自觉打通。当今社会是高度综合的时代，跨媒介创意更讲究有心有意，全盘整合，多元互补，连锁效应，生化反应，水乳交融。

跨媒介文艺思潮已历经近百年的发展流变。最初，是比较文学视野的跨艺术研究，即文学、音乐、绘画之间的平行对比研究。其次，是叙事学和符号学拓展，从经典叙事学发展到后经典叙事学，从内部语言和语法研究转向外部研究，将各种学科纳入整体解剖范围，涵盖门类越来越广，日益具有跨界特性。然后，随着网络数码媒介技术的飞速发展，媒介形式和载体产生了巨大变化，跨媒介文艺顺应时代发展，有了更丰富的创意可能性。

跨界创意需要文化环境的孕育。亨廷顿认为，移民城市较富创造力。奈斯比《大趋势》也发现，美国发明多集于五州，因为这些前驱州的移民人种组合丰富。中国盛唐也因国度开放，生成文化混血氛围，气象恢宏。20世纪后，上海长三角、粤港澳珠三角、京津冀等大型城市群的移民渐增，经济自由，得天独厚，中西合璧，日渐具有世界主义气质，这些优势都不经意间营造出创造力爆发的强大气场，越是国际化大都市，跨媒介文艺越别具一格，越具有范式意义。

时下有三股力量推动着跨媒介文艺的多元发展，一是全球化的移民流动，二是科学与文艺的融合趋势，三是电脑数码的技术跃进。在强调混拌杂糅的后现代文化语境下，文艺只有转型，才能在新时代中取得新的生存空间。阿帕杜说全球化有五种图景——跨国人种、资金、观念、媒体图像、技术流动[①]，跨媒介要把握人流、物流、信息流、货币流、文化流，在流动之河中打捞文化宝藏。当今社会日益错综复杂，新问题层出不穷，在单一学科中越来越难以找到解决之道，于是，学科交叉、跨界融通应时而生。"文学地理学、小说电影学、数理文学"等新学科兴起。诺贝尔奖项也愈来愈倾向于颁给全球的跨学科研究成果。新中华文化谋求打通南北、贯穿东西，以融通思路研究跨媒介文艺，恰逢其时。跨媒介文艺思潮研究创造者如何以跨学科、跨艺术、跨媒介视野，实验媒介、艺术、文类混合，再现日益纷繁复杂的社会文化现象；建构新文艺，开拓文化整合创意。

[①] [美] Arjun Appadurai：*Disjuncture and Difference in the Globle Culture Economy. Theorizing Diaspora.* 转引自张松建：《文心的异同——新马华文文学与中国现代文学论集》，中国社会科学出版社2013年版，第175页。

第二节
为什么跨媒介以跨艺术与后经典叙事学为根基?

比较文学理论经历了影响研究、平行研究、跨文化研究三大发展阶段,其实,比较文学的学科立足点不是比较,而是关系,关注多重关系跨越:国家、民族、语言、学科、文化。杨乃乔的《比较文学概论》依照跨民族、跨语言、跨文化、跨学科来阐述。如今跨艺术更成为比较文学发展新思路。

20世纪中叶,西方学界兴起平行比较"跨艺术"研究。1944年,韦勒克在《文学与艺术的平行研究》中论述文学与美术、音乐的关系。1976年,现代语言学会(MLA)设立文学与艺术组,出版论文集《文学研究的关系》《文学的相互关系》。此后有卡西尔、罗兰·巴特、麦茨等艺术符号学,利奥塔对比分析话语与图形,妮可林的《观看的政治:论十九世纪艺术与社会》、布莱森《视觉理论:绘画与诠释》收录《符号学与视觉理论》《女人、艺术与权力》等,都涉及文学艺术比较研究。莱辛的《拉奥孔》认为,诗是时间艺术,画是空间艺术,诗画异大于同,难以融合。但是反驳此观点的有不少,如白璧德《新拉奥孔》指出,浪漫主义是媒介表现性能打乱后的结果[1]。台港地区、海外华人学者比大陆学者更早开始从事跨艺术研究,如诗歌的音乐美、散文的绘画性、爵士乐音乐形象接受、佛经文学与六朝小说母题等研究,多受西方思潮影响。1983年,叶维廉专研"超媒体美学",指一种媒介超越自身的表现性能,进入另一种媒介表现的状态[2],出位之思即诗画

---

[1] 刘纪蕙:《文学与艺术八论——互文·对位·文化诠释》,三民书局1994年版,第126—127页。

[2] 叶维廉:《"出位之思":媒体及超媒体的美学》,收入《比较诗学》,东大图书有限公司1983年版,第195—234页。

各有跳出本位的企图①，现代诗画、音乐舞蹈多突破媒介，迫使接受者要从其他媒介表现角度去欣赏，才能明了艺术活动的全部意义，如庞德的《诗章》、艾略特的《荒原》，再现视觉经验，打破空间透视定位，进入立体画作的时间活动感；借助交响音乐结构，母题——反母题——变异母题——重复母题，呈现反因果律。1994年刘纪蕙论著《文学与艺术八论》②，不采取传统的影响或平行类同研究，而讨论不同艺术形式交集的符号学诠释，研究跨艺术（interart）的"异质符号系统交集"，研究清唱剧、歌剧、安魂曲、电影等综合艺术，分析文字符号、音乐符号与视觉符号等多重系统的并呈互动如何产生指涉过程转化的辩证动力。探究中国跨艺术文化方面，有钱钟书、程抱一等研究诗画一体；巫鸿探讨图文考古和绘画的重屏媒介表现；周宪、赵宪章、陈平原等研究语图视觉文化。

西方叙事学理论从经典发展到后经典叙事。1969年，托多罗夫首次提出叙事学术语。经典叙事学代表作有法国托多罗夫的《〈十日谈〉语法》、热拉尔·热奈特的《叙事话语》，英美则有布斯的《小说修辞学》、马丁的《当代叙事学》等。经典叙事学重点研究如何讲故事，而不在于研究故事讲什么。聚焦于故事叙述，探究叙事时态、时间、语态、语式、人物话语、叙事人称、角度、结构、隐含作者和真实作者、叙事距离与制造、叙事与伦理等课题，研究作品的构成成分、结构关系和运作规律，着重对叙事文本做技术分析，建构叙事语法诗学，具有科学性和系统性。

跨媒介叙事研究属于后经典叙事学，两者的外延和内涵都不断扩大，从神话民间寓言发展到小说，再发展到图形文叙述文本，将研究触角伸向所有文化、社会、国家和人类历史所有时期。后经典叙事学开创出"叙事学+X"模式。戴卫·赫尔曼指出，叙事学借鉴女性主义、巴赫金对话理论、

---

① 钱钟书：《中国画与中国诗》，收入《七缀集》，上海古籍出版社1994年2版，第1—32页。
② 刘纪蕙：《文学与艺术八论——互文·对位·文化诠释》，台北三民书局1994年版，第1—8页。

解构主义、读者反应批评、精神分析学、历史主义、修辞学、话语分析、电影理论、计算机科学及（心理）语言学等方法论，使得单数的经典叙事学（narratology）变成复数的后经典叙事学（narratologies）[①]。唐伟胜认为，后经典叙事学家整合句法、语义、话语和语用的叙事语法，出现新变[②]：一是从静态转为动态研究，关注故事各因素的动态配置规律；二是从叙事规律转为语境研究，如叙述者与事件的位置推断、叙述者可靠性推断、叙事如何引起性别反应、读者如何回应文本价值等；三是从关注作者转向关注读者，研究作者、文本、读者与社会语境交互作用，从共时转向历时结构。

21世纪初，后经典叙事学在大陆广为传播，以申丹主编北大未名译库系列为标志，包括马克·柯里的《后现代叙事理论》、戴卫·赫尔曼的《新叙事学》、苏珊·兰瑟的《虚构的权威——女性作家与叙述声音》、希利斯·米勒的《解读叙事》、詹姆斯·费伦的《作为修辞的叙事》，涵括女性主义、修辞叙事、解构主义等领域。2007年，申丹又主持翻译《当代叙事理论指南》[③]，该书汇聚西方最新叙事学研究论文：梳理叙事理论历史；对叙事学顽题提出新解；对叙事学理论提出修正和创新；拓展研究领域，分析叙事形式与历史、政治、伦理的关系；尤其关注不同媒介和非文学领域的叙事研究。如多尔泽尔等借鉴语义学、人工智能的分析方法，来描述不同体裁叙事结构特征；玛丽·劳勒·莱恩受电脑编程启发，运用虚拟、递归、窗口和变形概念，解释文学隐喻、类比思维，文学批评与电脑术语融合，产生出奇思妙想；沃霍尔研究现实主义小说和电影怎样表达不可叙述之事；苏珊·弗里德曼以《微物之神》为例研究空间诗学；琳达·哈钦和迈克尔·哈钦研究歌剧和小说结局的死亡叙事。2010年，申丹和王丽亚合著《经典与

[①] ［美］戴卫·赫尔曼主编：《新叙事学》，马海良译，北京大学出版社2002年版。

[②] 唐伟胜：《国外叙事学研究范式的转移——兼评国内叙事学研究现状》，《四川外语学院学报》2003年第2期。

[③] ［美］詹姆斯·费伦（James Phelan）、彼得·J.拉宾诺维茨（Peter J. Rabinowitz）主编：《当代叙事理论指南》，申丹等译，北京大学出版社2007年版。

后经典》[1]，上篇八章介绍经典叙事诗学的基本概念和分析模式，下篇五章介绍后经典叙事学流派，如修辞学、女性主义、认知叙事学、非文字媒介叙事、叙事学与文体学的互补性，详尽梳理叙事学历史脉络，案例分析精细，既是理论史也是方法论著作。

跨媒介叙事研究不仅剖析文本内部，研究新媒介技术怎样催生出新的艺术内容形式、技巧结构；而且分析文本外部，文学如何受图像、声音、影像、舞蹈、音乐等影响，或整合多媒介，创造新叙事；探讨各艺术符号并置，碰撞出哪些化学反应。玛丽·劳勒·莱恩研究新旧传媒叙事关系，专研人工智能与叙事理论、可能世界与虚拟现实、电子媒介和文学的沉浸和互动，探究数码时代故事新讲法，钻研精深，成果丰富，在数码叙事研究领域占有重要一席[2]。此外还有艾里克的《跨媒介探索的文化功能》和Bignell J.的《后现代媒介文化》等，打破学科藩篱，揭示出新的文艺诠释角度，拓展了人文学科的研究领域。在新技术和新方法背景之下，叙事学走出文学，研究电脑时代的叙事、空间叙事、区域叙事学如中国叙事学等课题。

第三节
为什么跨媒介与学科跨越密切相关？

与跨媒介文艺密切相关的符号学也谋求跨越一切界限，拓展研究领域。

---

[1] 申丹，王丽亚：《西方叙事学：经典与后经典》，北京大学出版社2010年版。

[2] ［美］玛丽·劳勒·莱恩（Marie-Laure Ryan）先后出版了《可能世界、人工智能、叙事理论》（1991）、《作为虚拟现实的叙事：文学与电子传媒的沉浸与互动》（2001）、《故事的变身：新旧传媒的叙事模式》（2006）等专著，主编论文集《赛博空间的文本性》（1999）、《跨媒介叙事》（2004）、《劳德里奇叙事理论百科全书》（2005）、《跨媒介性与故事讲述》（2010）等。

曾任国际符号学会会长塔拉斯蒂的论著《存在符号学》[①]，将存在符号学理论运用于艺术和社会文化批评，如音乐、文艺美学、艺术哲学，拓展出阻力符号学、生物符号学、景观符号学、烹饪符码、后殖民符号、场所诗学、迪士尼文化与美国性、广告影片叙事、媒介信息传播等领地。李幼蒸大力推进中国符号学发展，出版和翻译了大批论著，如布洛克曼的《结构主义》、罗蒂的《哲学和自然之镜》、麦茨的《结构主义和符号学：电影理论文选》、胡塞尔的《纯粹现象学通论》、罗兰·巴特的《符号学原理》等。赵毅衡近年更是密集地推出《哲学符号学》《符号学原理与推演》《广义叙述学》《趣味符号学》《哲学符号》等论著，此前主要从事叙事学研究，2005年回国后在川大创立"符号学—传媒学研究所"，主编大批符号学系列丛书，广涉众多领域。符号学研究在中国方兴未艾。

跨媒介文艺的理论基础是叙事学、符号学、媒介学，三个学科交叉借鉴、补充渗透，都有视野扩大化趋势，研究范围越来越广阔，适应文化大融合的时代特点，随潮而动。叙事学最初研究语言文本符号，但日益转向非语言体系研究；符号学研究一切代号，研究符号系统如何叙述表意，类似于广义叙事学；媒介学在广义符号学基础上研究符号载体，如声音、图像、电子媒介等。三个学科都研究意义学和文化，日渐关注"作者、作品与受众群体、语境"的关系，建立"四位一体"的研究模式。符号学研究意义的产生、传送理解，媒介学也关心意义传播与接收的方式、途径效果。符号学将传播视为符号的流通，将媒介视为储存与传送符号的工具；而媒介传播学将符号视为传播的信息方式。符号学落实于具体的意义传播现象，媒介学经由符号学来提升学科的学理性。媒介学是符号学的子集，媒介存在大量符号，如网络图画表情、火星文等。在新媒介时代，叙事类型日益多样，后经典叙事学日渐关注现代传播媒介，如探究计算机、人工智能等新科技对文学的影响。叙事学与符号学都有共同的理论谱系基础，如形式主义理

[①] [芬]塔拉斯蒂：《存在符号学》，魏全凤等译，四川教育出版社2012年版。

论根基、索绪尔的《普通语言学教程》的语言学渊源，有共同的开拓者，如罗兰·巴特、格雷马斯等，都跟科技、科学关系密切，属于文科里的数学。文字符号以及其他符号都有隐性叙事，需要感觉、分解、拼合、理解，因此有必要建立叙述符号学理论，有利于建立公理系统来支撑叙述结构。如塔拉斯蒂分析菲泽巧克力广告，用符号学方法分析叙述程式。这三门学科层层递进，叙事学是基础入门；媒介学属于工具载体；符号学探究寰宇意义，涵括世上存在或不存在的一切，试图容纳整个文化体系。符号学家们认为，写诗是为了打破日常语言的符号性，打破语言的牢狱。建立于三个学科基础之上的跨媒介叙事，同样意在打破文学语言、形式乃至文学理论的僵化性。跨媒介研究范围广阔，既属于后现代文化、新媒介艺术的研究范畴，也是后经典叙事学的重要发展方向，还要运用符号学的相关理论，开阔视野，通过跨媒介而非语义学的解读，发现理解新叙事符号意义的新方式。经典和后经典叙事学理论是方法论、分析工具，点面结合，有利于解剖跨媒介叙事学：深入文本细部，又能超越文本，不局限于文学故事叙事方式的解析，而考察多种媒介符号元素的渗透。

第四节
为什么跨媒介与新媒介技术息息相关？

跨媒介文艺兴起与媒介技术发展息息相关，是新时代文化整合的产物。从古至今，人类文化传播媒介经历了口头文化、印刷文化、电子文化、数字网络文化等阶段。当代传播媒介换代速度加剧，仅20世纪前后的百多年间，已历经纸媒、广播、电视、网络、手机五个阶段。如今电子数字媒介日益丰富多元：计算机、手机、互联网、VCD、DVD、QQ、博客、微博、微信等，艺术创作工具从传统的口舌、纸笔、印刷过渡为计算机，传播方式发生巨变，这势必给文学书写带来变革，影响作者权威叙述、文学接受方式，自言自语写作方式也随之改变。本雅明早就说过:"口头文学讲故事的艺术日渐消亡,因为经验贬值。铺天盖地的新闻、奇闻逸事已经麻木了我们的神经,口口相传的经验不再那么有价值,讲故事者失去了灵感源泉。在此之前,讲故事艺术已经经历了一场重挫,那就是印刷术的发明,出版业的兴盛,长篇小说兴起。小说家闭门独处,离群索居,不再寻求对人教诲。写长篇,即是在人生呈现中将不可言诠和难以交流之事推向极致。"[①]中国现当代文学发生是媒介变化的结果,即现代报刊与现代印刷推动了中国现当代文学的产生。人类交流从口传到物媒、纸媒印刷交流,再到人机互动交流新技术,21世纪后,长篇小说的霸主地位已岌岌可危,电影也在走向衰颓,这可能让人重新发现口述口传的作用。传播媒介的发展变化能催生出新的文学样式。古代口耳相传的传播方式,产生出说书故事、口头文学。到近现代,印刷业发展,报业开始兴盛,长篇小说迅速发展。到了当代,报纸、杂志、广播、影视、数码网络发展,新旧传统传播媒介整合,随着传播方式的变异,叙事形式更有新变[②],合力推进文学和文化的发展。

麦克卢汉认为,媒介即讯息,一切媒介作为人的延伸,都能提供转换事物的新视野和新知觉[③]。机械媒介只是人体个别器官的延伸,如书籍是眼的延伸,广播是耳的延伸,车轮是脚的延伸,衣服和住宅是皮肤的延伸。而电子媒介则是中枢神经系统的延伸。显然,跨媒介艺术家不再只重逻辑思维、线性思维,不再是机械化、专门化的"非部落化人"[④],因劳动分工而被分裂切割,认识世界只偏重视觉、文字或线性结构;而多是"重新部

[①] [德]本雅明:《讲故事的人》,收入《启迪——本雅明文选》,牛津大学出版社1998年版,第77—100页。

[②] 凌逾:《现当代香港文学创意与媒介生态》,《中国现代文学研究丛刊》2013年第7期。

[③] [加]马歇尔·麦克卢汉:《理解媒介:论人的延伸》,何道宽译,商务印书馆2000年版,第33、96页。

[④] [加]马歇尔·麦克卢汉:《理解媒介:论人的延伸》,何道宽译,商务印书馆2000年版,第3页。

落化"时代的整体人。在电子时代,跨界者成为整体思维的"信息采集人",这不是印刷文化下的市民,而是电子文化下的游牧民,跨越国家疆土、个人知识、日常感情乃至各种无形的边界,在不同文化、文明的碰撞中催生出敏锐的跨媒介思维。科学史家萨顿说,各学科门类之间的关系,就像金字塔:在底层,学科边界相距较远,物理是物理,数学是数学,而音乐绘画、文学与数理根本不搭边;然而,愈靠近顶点,相距愈近,到达顶端,它们就完全是一回事了。显然,文艺与科学媒介的跨界整合是接近于塔尖的事业。

如果说,古代和中世纪关注事物,17至19世纪关注思想,20世纪关注词语,是为语言学转向,依据理查·罗蒂《哲学史》此观点,那么,21世纪关注视听新媒介,是为电子影像学转向。随着网络数字化和智能化新技术的飞速发展,人类社会的新术语层出不穷,如影像帝国主义、图像拜物教、视觉霸权、大数据、云计算、人工智能、数能革命、人机交互、技术拧合、数字化空间、AI母体、元宇宙等。印刷物的读者群随之流失,刷屏党剧增。新媒介层出不穷,因此要梳爬文学与其他新旧媒介的关系,才能弄清文学和文化发展走向。

国内与国外的媒介学研究,进展程度不一。西方媒介文化研究早期代表作有麦克卢汉的《理解媒介》(1964)、波德里亚的《象征交换与死亡》(1976)、尼葛洛庞帝的《数字化生存》(1995)等。美国媒介文化研究占尽先机,凯文·曼尼创设术语Mega-media大媒体。此外还有网络艺术、后现代媒介文化论著[1],如约斯·穆尔的《赛博空间的奥德赛:走向虚拟本土论与人类学》。跨媒介文化研究的重要学者有亨利·詹金斯,其2003年的论文《融合已是现实》、2006年的论著《融合文化》[2]均指出,融合是时代

---

[1] [美] Rachel Greene, *Internet Art*, Thames & Hudson Ltd, London, 2004. *Digital Arts*, Thames and Hudson, *World of Art*, London, 2004; Jonathan Bignell, *Postmordern Media Culture*, Edinburgh University Press, 2000.

[2] [美] Henry Jenkins, *Convergence Culture: Where Old and New Media Collide*, New York University Press, 2006.

新趋势,"横跨多种媒介平台、媒介内容流动、多种媒介产业之间的合作、寻找各种娱乐体验的媒介受众的迁移行为、相互竞争的媒体经济体系以及国家边界,所有这些都靠消费者的积极参与完成。融合不仅是技术过程,更是产业、文化以及社会领域的变迁"[①]。该书重点探究媒介融合、参与文化和集体智慧的关系。媒介融合即信息传输通道的多元化新模式,将报纸电视电台与互联网、手机等媒体结合,衍生出不同形式的信息产品,并通过不同的平台传播给受众。参与文化指邀请粉丝消费者积极参与到新内容的创作和传播中来。集体智慧指虚拟社区利用其成员的知识和技术专长的能力,通过大规模审议研究,实现合作。该书分析《幸存者》《美国偶像》《哈利·波特》《模拟人生》《星球大战》等案例,来探讨跨媒介融合策略和粉丝文化影响力。

跨入 21 世纪以来,大陆研究新媒介艺术势头远超台湾、香港及海外华人界,跨学科研究迅速兴起,队伍日益扩大,成果日新月异。总论书籍有《新媒体概论》《新媒体观》《新媒体导论》等,杨继红有《谁是新媒体》《新媒体融合与数字电视》《新媒体生存》。门类研究有《新媒体广告效果研究》《新媒体与广告》《电脑游戏的文化意义研究》《我聊故我在:IM,人际传播的革命》等。区域研究有《世界传媒产业评论》《当代台湾传媒》《全球化华文媒体的发展和机遇》等。研究新媒介艺术有《新媒体艺术史纲》《新媒体艺术》《非线性叙事:新媒体艺术与媒体文化》《数字化与现代艺术》《新媒体写作论》等。

从跨媒介角度研究中国当代文学的学术著作愈增。宏观研究数字传媒语境下文艺转型如王岳川、王一川、周宪、黄鸣奋、欧阳友权、南帆、蒋述卓、赵毅衡、严锋、陈定家、王福和、单小曦、龙迪勇、黄发有、金惠敏、张邦卫、李凤亮、王强等,研究跨媒介创意、广义叙述学、跨媒体诗学、空间叙事学、

[①] [美]亨利·詹金斯:《融合文化——新媒体和旧媒体的冲突地带》,杜永明译,商务印书馆 2012 年版,第 30—31 页。

网络文学互文性等，日益走向理论化建构。剖析网络写作具体创作，有金振邦、何坦野、聂庆璞。分析赛博文学空间，有铁马、曦桐、周志雄、张邦卫、苏晓芳。研究网络文学发展史，有马季、谭德晶。此外，杨林论网文禅意，李星辉谈网络语言，葛涛谈网络鲁迅和王小波。这些研究都很精当但从跨媒介的传播角度书写当代文学史是新突破，需要进一步考察怎么跨媒介传播，不仅是语言翻译印刷媒介传播，也借助图像影视、科技网络电游等新媒介手段转译广泛传播；不仅在国内境内传播，也向国外传播，如日、韩及东南亚、欧美、大洋洲等；还要思考中国当代文学跨媒介传播效果、有何重要意义、有何跨媒介传播理论建树等问题。

中国大陆较早研究新科技艺术的佼佼者黄鸣奋，自1998年起出版系列论著，有《电脑艺术学》《比特挑战缪斯》《超文本诗学》《数码戏剧学》《网络媒体与艺术发展》《互联网艺术产业》《新媒体与泛动画产业的文化思考》《泛动画百家创意》《西方数码艺术理论史》等，著作等身。《新媒体与西方数码艺术理论》探究人机共生、媒介融合新动向，指出非线性、数字编码电子媒介有参与性、流动性、智能性[1]。全书包括传播主体的电子人、传播对象的智能化、传播中介的交互性、传播手段的超媒体、传播内容的非传统、传播本体的织造化、传播方式的游牧化等内容。全书重点论述赛博艺术：以电子人为描写对象，如《神秘博士》《神经浪游者》；以赛伯媒体为依托创造，如万维网艺术；人机合作的机器作者、小说诗歌生成器，出现自动艺术创作、表演或鉴赏的机器。新媒介革命使得作者向开发者转化，鉴赏者向参与者转化，传播者向网络商转化。数码艺术更强调受众的创造性，交互性游戏、小说、戏剧和影视迅速发展，交互性叙事具有人物智能化、情节弹性化、作用体验化特点。还有超文本艺术，以对内容的多路径访问为基础，如链接数据加注、互见文献、多路径阅读、随意翻阅的百科全书等，相关理论研究链接的迷宫空间化隐喻、航行与导航，还有隐喻转喻提喻、

---

[1] 黄鸣奋：《新媒体与西方数码艺术理论》，学林出版社2009年版，第8页。

夸张反复、同一、顺序、因果、词语误用等链接修辞类型。全书论证全面，资料翔实，为集大成式论著。

　　文学跨媒介传播史需要传播学和接受美学理论的支撑。西方传播学诞生于20世纪初，研究新兴的大众媒体，研究人类传播行为和传播过程发生、发展规律以及传播与人和社会的关系，关注受众接受，研究社会信息系统及其运行规律。有影响的传播学者多在美国和德国，分经验学派和批判学派，从实用角度和人文关怀揭示了大众媒体的积极面和消极面。拉斯韦尔开发5W传播模式，卢因创设信息传播把关人概念，霍夫兰深化对传播效果成因的认识，施拉姆主编首批传播学教材如《传播学概论》，此外还有沃尔特·李普曼的《公众舆论》、约翰·维维安的《大众传播媒介》、童兵的《主体与喉舌：共和国新闻传播轨迹审视》、郭庆光的《传播学教程》、李彬的《传播学引论》、隋岩的《国际危机传播》《当代中国电视文化格局》、董天策的《网络新闻传播学》、杜骏飞的《弥漫的传播》、郭建斌的《独乡电视：现代传媒与少数民族乡村日常生活》、胡翼青的《传播学：学科危机与范式革命》、刘海龙的《大众传播理论：范式与流派》、关世杰的《国际传播学》、彭兰的《网络传播学》、王庚年的《国际传播探索与建构》、胡泳的《新媒介赋权及意义互联网的兴起》、张志安的《中国怎么样：驻华外国记者如何讲述中国故事》、刘涛的《环境传播：话语、修辞与政治》，以及袁勇麟主编的"中国高校新闻传播学书系"和"新媒体传播学"丛书等。媒体美学是传播理论和美学理论结合的边缘学科，从美学角度研究与媒体有关的审美活动，从传播角度研究审美对象与审美主体之间的交流。本雅明的媒体美学观认为，小说兴起归功于印刷术，电影技术发展了人机交互，机械复制时代导致艺术品原作的本真性灵韵消失。姚斯和霍拉勃的《接受美学与接受理论》分析传播接受美学的产生条件、基本理论、基本方法、发展过程、自身价值以及所发生的影响。接受理论认为，文学本文的意义是读者从本文中发掘出来的，作品未经阅读前，有许多空白或未定点，作品意义不是本文中固有的，而从阅读具体化活动中生成。传播学、接受美学与中国现当代文学研究结合已有范例,如研究狂人、阿 Q、韦小宝等人物形象的接受史,但研究中国当代文学的跨媒介传播史则是新课题。

第五节
跨媒介文艺有哪些形态与特色?

我们可从多个层面分析跨媒介叙事的各种创意可能、形态特色[①]。

第一,文学与电影在叙事时间、空间、人称和意旨等方面互启互鉴。香港电影兴起早占先机,根基扎实,扩张迅速。经百年发展,香港成为享誉世界的电影王国。得益于此,香港当代作家观影既多且广,又常参与影视编剧,因此有自觉的影像意识:不仅写及影视,更指作家们借鉴电影叙事法,开创出脚本式、比兴式、时间变形、空间快切等小说影像叙事;借鉴影视的二维、三维空间方式,创造出同时异地、异时异地、同时异地、异时同地的小说时空新叙事,体现出后现代时空观转型的范式革命。小说采用蒙太奇、多声道、特写等电影技巧,如李碧华小说的好莱坞电影叙事法,西西的《哨鹿》《候鸟》两部长篇小说采取"比""兴"蒙太奇手法,《感冒》在文本中加插括号诗文,形成异时异地的拼贴。

电影导演也经常从作家作品中吸取灵感,如以对倒符号为小说与电影的融合剂,借鉴欧化电影叙事法,开创对倒叙事法[②];如以神鬼想象,借鉴

[①] 凌逾出版了六部与跨媒介研究相关的书籍:《跨媒介叙事:论西西小说新生态》人民出版社 2009 年版)、《跨媒介:港台叙事作品选读》(广东高等教育出版社 2012 年版)、《跨媒介香港》(社会科学文献出版社 2015 年版)、《跨界网》(中国社会科学出版社 2018 年版)、《融媒介:赛博时代的文学跨媒介传播》(海峡文艺出版社 2021 年版)、《跨界创意访谈录》(花城出版社 2021 年版)。

[②] 凌逾:《对倒叙事:香港后现代电影和小说的融合剂》,《华南师范大学学报》2014 年第 1 期。中国人大复印报刊资料《影视艺术》全文转载,2014 年第 5 期。

好莱坞电影叙事法,开创轮回式小说电影叙事法。小说与影视可以实现对倒叙事创意,如连体相依的 223 和 663 警察、心事重重的镜子、感情丰富的毛巾,都可以成为王家卫艺术跨界的对倒串接点。小说改编电影,因作家和导演的性别视角差异,又产生出可叙述和不可叙述、性别身份建构、叙事声音力道、性别思想意旨等诸多差异,多是女性翻案、男性解构。在心理再现方面,后现代小说常用自由间接引语,电影改编对此不易把握到位,似乎少了些灵魂与思想。在叙事人称方面,香港电影常借鉴后现代小说的个人型和集体型叙述声音,小说借鉴后现代电影的叙事人称切换法等。总之,作家若有电影创作的思维和观念,更能创作有新意的作品。电影导演若是电影作者,具有作家式文学叙事原创力、感悟力、思想性,更容易成为电影大师,引导华人电影向心理电影、哲思电影冲刺。

第二,文学与图像、影像融合的作品越来越丰富[①]。早期,印刷、石印技术促进语图合体的连环画、插图本等勃兴,画师画图配文,若以图为主是连环画,以连续图画讲故事,明清章回卷头只画人物为"绣像",画每回故事为"全图",每回前附情节插图为"回回图";若以文为主则是插图、新视像读本。20 世纪初丰子恺儿童漫画、张乐平"三毛漫画"系列,蒋彝《伦敦画记》等都是名作。时下,网络数码技术推进三维动态图像诗、影文声整合的跨媒介文艺兴起,越来越多的作家与画家、导演同步合作创造文像合体艺术。中国文学与图画融合花样翻新,创造不断,从诗图融合逐渐走向散文小说与图画融合。仅西西一人,创作以来就拓展了多种图文互涉类型[②]。一是自画插图,如《宇宙奇趣》《依沙布斯的树林》,长篇小说《我城》用简单线条表象、慧童式语言表意,再现上升时期香港的阳光快乐。二是选配或组装插图,如专栏散文"画家与画"、散文集《剪贴册》《画/话本》《旋转木马》《拼图游戏》、小说《哀悼乳房》等。三是文配照片,

---

① 凌逾:《文像一体的融媒介叙事:从破圈到融圈》,《华南师范大学学报》2022 年第 5 期。
② 凌逾:《跨媒介叙事——论西西小说新生态》,人民出版社 2009 年版,第 131—198 页。

如散文集《看房子》《猿猴志》《缝熊志》等。四是看图讲故事，如西西的《哨鹿》以长卷连环图为基点，创编新图史故事，此外还有《鱼之雕塑》《看〈洛神赋图卷〉》《浪子燕青》等。五是以超现实画作激发新哲思故事，如《浮城志异》。

图文互涉文艺多数的样式是先文后图。2004年林白的《一个人的战争》第8个版本共238页，配李津画作212幅。董启章的《地图集》在1997年回归时以百余年香港地图讲当地故事，2011年杨智恒绘制的插图再版，其《V城繁胜录》（1998）、*The Catalog*（1999）、《贝贝的文字冒险》（2000）均有插图。图文互涉比较少见的样式是作家和画家联手合作，如董启章与利志达的《对角艺术》，文学与插图之间存在呼应对照、批驳颠覆、嘲讽反转等复杂关系。利志达有《黑侠》《刺秦》《草莓妹》《无间道》等漫画，还与乐手合作音乐漫画。漫画和动漫界后期请写手为图像、影像加配文字较常见，如董启章还与画手李智海合作《梦华录》（2011），与画手梁伟恩合作《博物志》（2012）、《美德：自然史三部曲前言后语》（2014）。

当代涌现出文像整体融合创意，不再只是古代的图文简单相加、偶尔出位如题画诗或图像诗[1]，而是图像、影像与文学有机融合。小说呈现画意不指咏画文或画赞，而指叙述生活具有绘画质感和美感，如唐睿的小说*Footnotes*，90后陈春成的《夜晚的潜水艇》颇有画面感：以图像形式显现《红楼梦》、对《茂林远岫图》等画作神游漫想，王德威分析其"藏与传"叙事迷宫有传统美学气质[2]。卡尔维诺的《时间和猎人》引导读者绘画鸟类，《命运交叉的城堡》以塔罗牌为叙事载体，在扑克方阵的图像符号基础上，运用晶体结构、迷宫叙事等手法，进行图文互涉、交融的跨媒介叙事实验。今世图像日益强调叙事能力，谋求像小说般打破时空区隔的铁律：连载图文不像古代说书要连续接受，而可停停看看、跳读逆读，获得时空感；意

---

[1] 刘君若：《画里乾坤：元代题画诗研究》，上海人民出版社2017年版。
[2] 王德威：《隐秀与潜藏——读陈春成〈夜晚的潜水艇〉》，《小说评论》2022年第1期。

识流图文呈现过去与现在交织的心理时间，不同于客观时间的时序，而属于空间化的时间。台湾的网络图像诗、数码诗在须文蔚、李顺兴、苏绍连、向阳推动下，有"新诗电电看""诗路：台湾现代诗网络联盟""电纸诗歌""妙缪庙""触电新诗网""歧路花园""现代诗岛屿"等网站，备受瞩目。图像诗歌《蚁呓》，将一行字排列得像一只蚂蚁进洞，中间有揉成一团的字，组成蚂蚁兵团的形象。2005年香港艺术中心向小说《我城》致敬，营造小说、漫画、动漫、话剧融通的跨艺术集体创意作品《i-城志》。手机时代的文影融合更多短小精悍的段子式图文，如台湾几米绘本、香港麦兜系列、北京的老树画画、广州林帝浣的小林漫画，都很能戳中当代人的心扉。

"图、影、文""言、意、象"融合，既指语言的画面感或文字显现的画意，也指文学与图像、影像的并置呈现以客观模仿现实，还指图文、语像叙事结构的借鉴相生、深层融合。前两者有较多研究，后者关注较少。图文此消彼长，并非势不两立，而是有交织融合可能，相得益彰。福柯指出，视觉和语言经验有鳞状重叠可能，两者相容与不相容性之间有各种可能世界。普通符号学认为，若按交流、象征行为、表达和意指的语用学来论，语言和图像影像相差无几；但按符号类型、形式、再现的物质和制度传统来论，语言和形象视觉媒介迥然有别。周宪指出，从美学角度来说，图像以直观性和具体性见长，文字以抽象性和联想性著称，抽象的文字与直观的图像互为阐发，使得阅读带有游戏性，图文转换将阅读理解变成视觉直观[1]。尽管文学与图像、影像媒介有别，但有才智者还是能找到水乳交融之道，语言再现与视觉呈现彼此激发，突破图文言说困境，寻求叙事新意、文体结构和语言风格的融合创意。20世纪的肤色问题转为21世纪的形象问题，文像融合进入高速发展新赛道，打通小说与绘画、电影和戏剧叙事法，借鉴中国手卷的空间视点移动策略架构小说，从影视、建筑、雕塑等灵活多样的时空并置中获得空间启迪。融媒介文艺向文学理论提出挑战，引发新命题。

---

[1] 周宪：《"读图时代"的图文"战争"》，《文学评论》2005年第6期。

融媒介的其中一法为整合文学、图像和影像的叙事，即"图、影、文"融合：这既指语言画意或图像叙事的时空互渗；也指文影合体对现实进行模仿、隐喻、双关呈现；更指图文、语像叙事结构借鉴相生。中国当代文像融合叙事结构开拓出对比比兴、对倒对角等新法，前两者较传统，后两者较现代和后现代，成为当前文艺创作和学术研究的新热点，能发展出中国特色的融媒介新理论话语。

　　第三，文学空间叙事取法于后现代文化地理观、建筑术、缝制法，在跨艺术、跨学科视野中寻求创意。跨媒介创意研究万物世界最根本的元素——空间和时间，如何展开运作。时间话语是一维空间，主要以历史发展脉络架构理论，各部分呈线性关系；空间话语则是三维空间，以 x 轴、y 轴、z 轴的架构理论，长宽高，各部分呈立体相交的关系。跨界思维要培养对时间和空间的觉知，进行形而上的哲学思辨。跨媒介研究，讲究时间与空间维度的深度结合，论著《跨媒介叙事》分析"西西影像叙事与略萨结构写实的空间叙述"、《浮城志异》的"时间零"论述；论著《跨媒介香港》论述"轮回叙事：时空穿越、东西符号与性别转世"，分析"各类跨界式的空间叙事创意"等。两书都紧密结合文学时间与文学空间话语来展开论述，对跨界文本进行叙事分析。港人时间意识强，追求速度效率，寸时寸金；空间意识也强，地理身份意识敏感，人均居住空间小，寸土寸金。香港当代作家游历中西，视野广阔，兴趣广泛。香港这块独一无二的土壤赐予他们灵感。作家们既结合后殖民香港处境，挖掘多元文化杂空间意涵；又从后现代城市空间概念出发，自后现代建筑空间、文化地理空间中吸取灵感，挖掘共通的叙事形式，全方位为香港空间绘像，创造多种后现代空间叙事法。或以香港百年地图为主角，开创地图叙事学，进行空间文化考古探源，建构香港本土第三空间叙事[1]。或以全球饮食为主角，开创味觉地理叙事学，感悟饮食环球流转与后现代香港的复杂互动网络。以游历为主角，对比全球与本土空间叙事，

---

[1] 凌逾：《后现代的香港空间叙事》，《文学评论》2009 年第 6 期。

开拓后现代的游牧跨界叙事,既渡人也自渡[①]。或以建筑、大厦、电梯为主角,开拓建筑空间叙事:分层分进地搭建文学空间,对比反思港史、英史、人类史;扫视电梯的动静脉生态状况,链接人事,反思现代建筑大厦的人性与反人性的悖逆。或以布偶为主角,串联手工布艺符号与文学叙事符号,创设"缝制体"叙事,书写古今服饰毛熊、猿猴生态布偶,缝制中西文化符码,省思人类生态困境[②]。这些叙事实验未必能结成共同的完整话语,多是各自修行,纷纭不一,但差异能更有效地反思香港文化意义[③]。香港作家书写城市空间,角度独特多元:香港地图历史空间、现代与后现代交织的建筑空间、离散状态下的流动空间等,既找到了恰切的本土元素,也见出对人类未来空间发展和生存的忧思。这些空间创意反叛传统文学,甩脱叙事情节要求,融入后现代解构法、新符号元素,为文学空间叙事增添全新创意。

第四,开创赛博空间叙事、新符码、或然叙事、互动叙事。有些作家只是将网络当成文字容器,为印刷纸张替代品。但新生代作家充分运用网络新元素,化用网络的图像、色彩、声音、互动等优势:设计伊托邦时代的新符码,如苹果符号学、电子卡符号学、未来符号学;打造压缩人、数字人、异次元人、正直人、扭曲人、拟真人等新人学;建构"电邮体、集邮体"叙事;创造或然、应然、实然世界的空间化合术,开辟多文本多世界多故事的全新叙事法;在叙事者、受述者、实然人物、或然人物、真实和隐含作者、真实和隐含读者之间,尝试横向、纵向、斜向交错叙事,实现新的互动可能,如人物向作者要自由权。各种多元创意,启迪后来者。印刷和网络世界互通,激发作者与读者的互动想象。激发读者从所读之书中寻找灵感,自主创作,如西西《永不终止的大故事》;富有想象色彩的寓言和幻想化的增殖文体,

---

[①] 凌逾:《味觉地理学的后现代叙事》,《华文文学》2013年第2期。

[②] 凌逾:《创设"缝制体"跨媒介叙事:文学与手工符号的联姻》,《暨南学报》2013年第6期。

[③] 朱耀伟:《小城大说:后殖民叙事与香港城市》,《方法论与中国小说研究》,香港大学亚洲研究中心2000年,第403—424页。

开放性结局，留给读者更多自由的想象空间，如西西的《飞毡》；激励读者改写传统典籍，如西西的《故事里的故事》。自由越界、伸缩度强的灵活叙述，更有互动扩充的可能，自由突破时空的次序，叙述人称频繁转换，打破线性时间顺序，频繁地切割场景，如西西的《我城》、黄碧云的《血卡门》《媚行者》等。再如，《一千零一夜》大故事嵌套小故事；西西的《肥土镇灰阑记》《苹果》的多层叙述，可随时扩充出多重叙述层次。故事套盒，好比电影的层级套盒，镜像层次越丰富，实景虚景、前景中景等重重叠叠，镜像叙事层次越多则越深刻，如李安的电影《少年派的奇幻漂流》，结尾揭示出海难漂泊故事其实有很多个版本。未来可能拓展出更新型的互动艺术，例如，受众可以随意穿越参与的互动戏剧，故事性更强的新式电子游戏，网络世界的受众互动将会更加丰富。

第五，文学与展演艺术在叙事灵感和表现形式方面实现跨界整合。艺术家们创造出多艺术、多媒介融合的新可能。后现代文学、戏剧、电影跨界整合，港台京三地戏剧家各有绝活。港派麦兜与台派几米在跨媒介艺术和产业整合方面，共辟蹊径。香港流行曲跨界打通：词与曲、歌手与写手、听觉与视觉、生产与传播一体化、一条龙，技高一等。舞者与写手集于一身，文舞共振，与文共舞，开辟出独一无二的舞文叙事法[①]。跨媒介叙事既有集体创作，也有个人独创，整合音乐、文字、绘画、戏剧、动漫；词像互动，图文互涉，舞之热烈与文之静默交织，有形动感舞蹈为捕捉无形波动的文字带来灵感。跨媒介促使人开放视觉、嗅觉、听觉思维、旋律节奏想象：文学原来可以如此表达。

跨媒介文艺的典范代表，香港作家西西算一个。论著《跨媒介叙事》专研其怎样开拓跨媒介创意体系，弘扬多才多艺、兴趣广泛、创意盎然的优势，穷一生之力跨越叙事符号领域。西西创作开端关键期是 1963 年，先研究电影绘画，有《画家与画》《电影与我》《开麦拉眼》等专栏，并拍制实

[①] 凌逾：《文拍与舞拍共振的跨界叙事》，《文艺争鸣》2011 年 5 月号。

验电影；随后才写《东城故事》《我城》等小说。20世纪80年代起，研究音乐、体育、绘画、中西文学经典，有《随耳想》《耳目书》《剪贴册》《画/话本》《西西看足球》等系列。21世纪之交，西西将重心转向建筑和手工艺品，凝结出阶段性生命结晶：散文《旋转木马》（2001）、《拼图游戏》（2001）、《看房子：西西的奇趣建筑之旅》（2008）、小说《我的乔治亚》（2008）、《缝熊志》（2009）、《猿猴志》（2011），均为图文并茂、装帧精美、情趣盎然的好书。西西有计划地分期分段实验艺术与文学的打通，跨界的整体脉络清晰，为文学带来新气象。西西开辟跨媒介叙事，持之以恒，足足50多年，锐意创新，在各艺术符码间谋求交融之道，创造出"西西体"系列长篇：1975年《我城》的"手卷影像体"；1980年《哨鹿》和1981年《候鸟》的"比兴影像体"；1986《浮城志异》的"图文体"；1996年《飞毡》的"蝉联编织体"[①]；以及21世纪的"建筑体、缝制体、织巢体、科幻体"等体式。西西体独树一帜，其跨媒介叙事具有范式意义，影响了当代香港的大批作家。

不单个别香港作家开拓跨媒介叙事，香港整体文化也明显具有跨媒介特性。论著《跨媒介香港》研究香港文艺如何受现代电影和绘画的影响，切准影视和网络传媒的发展脉搏，在话语与图像、空间叙述与曲式、建筑之间发现本同规律，超越语言的表现性能，吸纳视觉艺术的表现状态，以多元符号摧毁传统边界，开创混杂艺术、相互艺术。香港文艺内在发展应时而动。近百年来，香港发展为国际化大都市，成为举世闻名的金融中心，获得世界城市美誉，具有世界主义气质。香港的城市和文化发展具有范式意义。考察香港文学和文化，可将之置于全球语境，分析其对亚洲和西方文化的影响互动，在世界文化中扮演的角色。当代香港中西文化交汇，特色浓郁，具有丰富性和多元性，信息网络高科技发展迅猛，成为新潮文化的生产基地，引领时代风潮；也不乏传统流风遗韵，香港隶属于岭南文化，早在近代，岭南文化已是中国思想的先导。香港作为滨海港口，易得风气

---

① 凌逾：《跨媒介叙事——论西西小说新生态》，人民出版社2009年版。

之先，接受外来先进思潮迅速，先内地一步。不可否认，民众普遍对香港文化有一定误解：在热衷经济效应、迎合市场的思想驱动下，忽视香港严肃文化、精英文化、小众文化，而错爱通俗文化。倘若抛却成见，潜心阅读优秀香港文艺家的先锋作品，将发现，不同于内地当代文化气象，香港文化另成格局，呈现出全新的跨媒介性。

香港作家多具有跨行业从职的丰富阅历，新锐文艺家多精通双语、多语，闯荡于全球各国，有比较文化视野，有敏锐的跨媒介思维，擅长跨界创作，多道融合，这些都是文学和艺术变革动力的重要源泉。如也斯留美，出身于比较文学专业，能写能评能教能编剧，擅长舞台剧创作，董启章和罗贵祥与也斯相似。黄碧云留学巴黎，赴西班牙习舞，当过记者、做过律师、在TVB当编剧、任议员助理。李碧华留日，做过记者、影视编剧、舞剧策划，尤擅将自己的小说改编为影视剧，是成功的触电者。西西曾任英文老师，毕生研究绘画、电影、音乐、体育和建筑，文学与艺术互相滋养。潘国灵自称是知识杂食动物，最初学电脑，后转为文化研究硕士，师从李欧梵，当过报刊记者、网站策划、音乐节目策划，写过电影评论，为《解码》杂志写过赛博文化专栏，不安于位，游走于各行业与各国度之间。罗贵祥认为："香港作家要么曾在大众消费刊物上撰写专栏及发表连载小说，或从事过电影、电视等大众传播媒介工作，对文化产品的生产过程有更多切身的参与经验，这些思考和经验成为创作中最具体的写作素材。香港作家与大众文化的牵连，也证明香港文学缺乏西方现代文艺所独享的独立自主地位，本地的文学工作者往往要寄生在商业文化体制下，寻找生存的空间与发展的可能，这也是他们在恶劣环境下的一种生存策略。"① 尽管跨媒介可能是委曲求全的权宜策略，因香港艺术家多跨界任职，因此不把跨界当作多么了不起的事情；但无心插柳柳成荫，因跨界是产生文学和艺术变革的动力源泉，他

---

① 罗贵祥：《几篇香港小说中表现的大众文化观念》，张美君、朱耀伟编：《香港文学·文化研究》，牛津大学出版社2002年版，第489—490页。

们因此有了意外的收获。香港都市具有鲜明后现代性，处于新媒介前沿阵地。后现代作家因中西文化碰撞，催生出新思维。不管是刘以鬯、西西、陶然、也斯、李碧华、黄碧云、钟晓阳、钟玲、陈宝珍、陈慧，还是董启章、潘国灵、王贻兴、唐睿、谢晓虹、韩丽珠、葛亮、王贻兴、廖伟棠等，新老作家都有跨界实验，都善于贯通文学与电影、建筑空间、文化地理、赛博空间、表演艺术等，在风马牛不相及的艺术媒介间挖掘交叉点，以发散思维方式，突破领域壁垒，出人意表地组合不同艺术，自创一体。这些先锋作家执着于小说叙事的千变实验，每一部均谋求新的跨界创意，改写文学格局；都善于将科幻、高新科技、后现代符码写进小说。有这种自觉意识的香港作家越来越多，都力求开辟跨媒介叙事的个人王国，逐渐形成了跨媒介文化的整体体系。

第六节　如何实现跨媒介创意？

实现跨媒介创意是复杂的系统工程，要经历从"一变多"后到"多变一"的动态变化过程：先有"一变多"的创意思路、方向指引、方法策略；然后在具体创意实践过程中，实现"多变一"目标，不管是形式还是内容创意都凝结为一，为创意目标意旨服务。这些创意实践要考虑受众的接受层次问题，能打动受众的内心，然后引导提升受众的创意能力，营造全民创意的氛围。

一、文学跨界之道

文学是一切艺术的母体。叙事述情、言志载道、兴观群怨，这是文学乃至跨媒介艺术的根基。如果从文学角度考察，跨媒介叙事有几种方法。

其一，文本内部的跨界整合法：文体文风混搭交织，古今文本互涉改写。

20世纪初，文言文变为白话文后，诗文退居二线，小说独占鳌头，兼收并蓄。传统文学功底深厚如梁启超、鲁迅者，融入大量非小说笔法，如日记、书信、笑话、轶闻、游记、答问、诗词、史传等文类，促进文体变化，小说不仅"可作风俗通读、可作兵法志读"，甚至"可作唐宋遗事读、可作齐梁乐府读"[①]。到了21世纪之交，文体创意则更丰富，如西西的《哀悼乳房》综合数学体、对话体、词典体、蝉联体、互动体等；董启章的《贝贝的文字冒险》串接电邮体、书信体、魔法体、儿童文学体、书面体与口语体，深入浅出化用叙事学，在游戏练习中激发写作创意；董启章还创设地图体、文献体、物件体等写法，如《梦华录》不以人为中心，而书写99种物件，生成99个短篇，以共时法再现香港史，以物物关系看尽香港的繁华与孤寂[②]。除了文类活用，还有主题、人物、情节的挪用转化等，如鲁迅、刘以鬯、西西、李碧华、陶然等都是故事新编高手。陶然晚近微型小说实现创作自我突破，对经典小说《三国演义》《水浒传》《西游记》等进行跨越时空的故事新编[③]，穿行于抒情与魔幻[④]，这恰似朱利安·克里斯蒂娃说的互文性，即文本都是对过去引文的重新组织。香港文学善于纳旧迎新，在技巧、结构、语言、美学风格上再造活血，通经活络。

其二，文本外部的跨媒介借用法：以文学为主体叙事，吸纳其他艺术或媒介技术，互借互鉴。纸上电影，如杜拉斯、张爱玲、西西、李碧华小说化用电影语言，营造蒙太奇镜头感；采取电影化时空修辞法，时间浓缩，空间错接；运用电影化结构，串联不同时地的人事；采用电影化心理描写，

[①] 无名氏：《读新小说法》，录自《新世界小说社刊》，1906年第6、7期，选自《中国近代文学大系·文学理论集》第2卷，上海书店1994年版，第278—279页。

[②] 董启章：《梦华录》，台北联经出版社2011年版，该书原名为 The Catalog，三人出版社1999年版。

[③] 黎湘萍：《跨越时空的故事新编——论陶然的故事新编小说》，《香港文学》2006年7月号。

[④] 赵稀方：《陶然小说：穿行于抒情与魔幻的迷墙》，北京《中华读书报》2005年2月2日。

内心世界外化、外景展现内心、全知全能视点间杂内聚集式意识呈现。李碧华还从戏曲中吸取养分,重述白蛇传、霸王别姬等故事。陶然从热门电视节目《百万富翁》获取灵感,写成《认人,你肯定》[1],化用知识竞猜游戏,但人物不是挣扎于百万大奖,而是犹豫将凶手擒拿归案大快人心,还是放生凶手以免招致更大的灾祸。全文书写受害者认奸的心理较量、内心煎熬惊心动魄。印度电影《贫民窟里的百万富翁》是竞猜节目的现实人生版,流浪儿参加《百万富翁》节目,一夜暴富却被警察拷打逼问,以为其作假,于是其逐一追忆、申诉为何能答对题背后的惨痛人生际遇。数学对角关系用于艺术创作,《对角艺术》开辟出图文互涉创意,言不尽意则辅以图示,意蕴更加多元。又如,服装设计与文学叙事交织,《古董衣情缘》(A Vintage Affair, 2009)以各款古董衣设计法,来安排情节人物,叙事结构类于缝制方式,与西西"缝制体"式的触觉符号学如出一辙[2]。黄碧云《血卡门》展现文学吸收佛朗明戈舞蹈魂魄的非凡生命力,开创新的跨媒介创意[3]。

其三,通感(Synaesthesia)整合:各种感觉彼此打通,各官能领域不分界线。乌尔曼指出,感官渠道由低级推向高级、简单推向复杂,依次为触觉、温觉、嗅觉、味觉、视觉、听觉。除了这些与外部感官相联的感觉,还有与内部器官相联的平衡觉、运动觉、饥饿觉等,符号修辞学认为此即全感官通感[4]。佛家有言:声、色、香、味、触、法,为六尘,即眼、耳、鼻、舌、身、意认识的六种境界,六根互用,让人脑洞大开。五官加意,感觉比喻成意觉,感觉与非感觉融合,即超感官通感、概念通感,如"秀色可餐、大饱眼福"等。钱钟书列举过古今中外的大量文句论证通感,如苏轼"小星闹若沸"的听觉修饰视觉、杜甫"晨钟云外湿"的触觉修饰视觉等[5]。心理学或语言

---

[1] 凌逾:《跨媒介:港台叙事作品选读》,广东高等教育出版社2012年版,第177—179页。
[2] 凌逾:《创设"缝制体"跨媒介叙事》,《暨南学报》2013年第6期。
[3] 凌逾:《文拍与舞拍共振的跨界叙事》,《文艺争鸣》2011年第5期。
[4] 胡易容、赵毅衡:《符号学—传媒学词典》,南京大学出版社2012年版,第196、20页。
[5] 钱钟书:《通感》,收入《七缀集》,上海古籍出版社1994年2版,第65页。

学称之为感觉挪移或交感,对身体某部分的刺激引起其他部分反应,像交感幻觉。英国音乐家马利翁说,声音是听得见的色彩,色彩是看得见的声音。赵毅衡更进一步细加区分:通感是跨越渠道的符号表意,出位之思是跳出媒介体裁的冲动[①]。

过去文人多局部使用通感,用于诗句。后现代文人的跨媒介通感融合,用于整体创作,全盘驾驭。也斯的长篇《后殖民食物与爱情》[②]即是典型:打通味觉、视觉、触觉、意觉,设计出各种口味的爱情:黑帮马仔的爱情是咸虾酱味的,难以与情人共进正餐;玛利安的爱情是法国味的,与史提芬因禾花雀美食而结缘,却因鹅肝不能配米通饼而分离。美食符号见出情色符号,食物坐标凸显人物性格,中派西派,老派新派,男派女派,雅派俗派;全书巧设点心回环转盘叙事法,应对受众们、食客们的众口难调。符号学美学认为,饮食蕴含着食材的好味、美味、鲜味诉求;为跨地域、跨媒介符号,渗透着民族性、地方性、阶级性。也斯营造通篇通感叙事,由味觉而探触香港深层意蕴,逼视文化危机,追求宽容、平等意识,由食物流动见出世界性与本土性,以味觉开启跨界文化大门,开拓出味觉地理学的跨媒介大法。十几年来,其执着书写味觉诗文,晚近散文集《人间滋味》[③]跨界烹调食事的人情、风景、电影、哲学,滋味独家。其还曾与各类艺术家合作,举办《食事地域志 Foodscape》《衣想 clothing》等视听嗅触觉融合的艺术展,美文美食、市声图像、摄影服饰等同步呈现,以饮食切中人心,感悟人生哲理,蕴含力道。德国帕特里克·聚斯金德的《香水》(1985)书写格雷诺耶一生以嗅觉寻找自我,"I smell, therefore I am"。汤姆·提克威将之改编为电影,运用"视觉+嗅觉+听觉"通感法,传达不可捉摸的气味感受,再现个人的气味王国,如主角闻树枝时,配乐为温暖的合成金属声;嗅叶片时,配乐为低沉的女声;

[①] 赵毅衡:《符号学原理与推演》,南京大学出版社 2011 年版,第 134 页。
[②] 也斯:《后殖民食物与爱情》,牛津大学出版社 2009 年版。
[③] 也斯:《人间滋味》,中国人民大学出版社 2012 年版。

闻苹果，则出现小提琴演奏高音，非视觉化的嗅觉因通感产生出诗意[①]。通感通过符号衍义而形成，一如皮尔斯式的符号运作机制；并借助非语言文字符号得到表达，修辞艺术更新于艺术媒介中，跨符号系统表意摆脱语言限制。就跨媒介通感而言，书面媒介影响视觉，使感知变成线状结构；视听媒介、触屏操纵影响触觉，使感知变成三维结构，为传统通感法再添异彩。

二、媒介艺术跨界之道

跨媒介在文学艺术与科技、媒介之间跨越边界，谋求水乳交融的整合，而不是简单的主辅关系。如果从整体考察，跨媒介也有多种路径。

其一，再媒介转译：一媒介向他媒介的跨界改编改写、变形转译、转化变异，这是较常见的媒介再造，《理解新媒介》[②]称之为再媒介(remediation)，指一媒介在另一媒介基础上蔓生发展、再创造。麦克卢汉指出：一媒介的内容都是另一项媒介[③]，如文字的内容是言语，文字是印刷内容，印刷又是电报内容。新媒介都会挪用旧媒介的技术、型态、社会情境，如印刷挪用书写文化形体、电话挪用口语、摄影挪用绘画、电影挪用摄影、电视挪用广播、网络同时挪用报纸与电视。再媒介种类多多，如电影改编小说，作家描画图画或照片，美术家在网上艺术馆展示作品。张爱玲《红玫瑰与白玫瑰》改编话剧，以透明过道分饰两房，隐喻佟振保的两心房，住着红玫瑰和白玫瑰；两演员又分饰振保，再现自我与本我的辩白、独白，再现矛盾个体人格分裂式的内心挣扎。林奕华的舞台剧《贾宝玉》，何韵诗主演，借用《红楼梦》

---

① 何一杰：《嗅觉通感的视听传达——以电影〈香水〉为例》，《符号与传媒》第7辑，2013年秋季号。

② [美] Bolter, Jay David and Richard Grusin. *Remediation: Understanding New Media.* The MIT Press, 2000. 该书尚未有中译本。

③ [加] 马歇尔·麦克卢汉：《理解媒介——论人的延伸》，何道宽译，商务印书馆2000年版，第376页。

人物符号，古今对比，诠释现代情感与社会面貌。戏曲电影，或原样呈现戏曲表演，如《定军山》1905）再现京剧老生谭鑫培的拿手片段，梅兰芳的《游园惊梦》《贵妃醉酒》等戏曲电影；或再现戏剧人物传奇，如陈凯歌的电影《梅兰芳》；或将戏曲元素嵌入小说电影结构，戏中有戏，如陈凯歌、李碧华的《霸王别姬》。新媒介不是颠覆铲除旧媒介，而是再造重构，成为新的艺术品种。

其二，跨界增生：颠覆"一文本一世界一故事"的传统公式，产生出"增生的美学"[①]。一是叙事增生：多故事一世界，如大卫·米歇尔原著的改编电影《云图》（2012），组接六段独立又关联的故事，再现同一地球世界的不同历史时刻，暗示一个灵魂的前世今生。其实，李碧华小说改编电影早已娴熟地运用此类轮回法。二是本体增生：多世界一故事，一故事N结局，刘以鬯的短篇《打错了》（1983）、基耶斯洛夫斯基的电影《盲打误撞》（1987）、韦家辉的电影《一个字头的诞生》（1996）；德国电影《罗拉快跑》（1998），女友救男友命，一次不成，再来一次，直至满意为止，成三种结局；美国电影《蝴蝶效应》（2004）四种结局，一次次给人反悔机会，人生重来。至今，全球已有80多部此类电影，叙述聚焦于某个关键事件点，以此将剧情推向多个分叉方向，人称分叉情节叙述。这恰似电子游戏，抵达某关键情境后，玩家反复选择重来，以多选择法，进入各种可能世界。三是整体增生，多文本多世界多故事，如董启章的"自然史三部曲"。所有这些叙事都热衷于对可能世界的探索和发现。

其三，多媒介雪球：围绕某题材，整合多媒介完成一个或多个叙事作品，电光影画、图文声色多元整合，化用最新科技，创造印刷、音频、视频、互动数字媒介联盟，多功能一体化，整合不同艺术，实现多方位、深层次的跨媒介盛宴，属于最有生命力的前沿领域。这不是概括、改编、翻译故事，而是将故事从语言中解放出来，以不同媒介演绎重构、延伸拓展，滚动成

---

① ［美］玛丽-罗尔·瑞安：《文本、世界、故事：作为认知和本体概念的故事世界》，第四届叙事学国际会议暨第六届全国叙事学研讨会大会主题发言稿，2013年11月7日。

跨媒介雪球，既是再媒介，也是多媒介。正如网络世界的超链接，一网页连接另一目标，如网页、图片、电视、电影、文件、应用程序等，环环相扣，形成错综交叉的网状关系，各模块组成可执行的整体，资源优势互补，传统与新兴媒介融合。跨媒介作品不再是单一符号系统的产物，而是各种符号的多重交织。因各符号分属不同的话语体系，因此只有研究叙事和语义互动而形成的意义总和，才能了解作品全貌。

三、跨媒介的跨越与化合

跨媒介文艺组合关联度极低的元素，越风马牛不相及，越有创意。天才的比喻也如是，譬喻越不相关，越出人意表。但是，知易行难，知道奥妙，操作起来却甚难。首先难在跨越。创意有三毒：经验、习性、动机。如何突破固定思维，慧眼取舍，找到合适的跨媒介创意组合？新媒介爆炸式发展，跨界选择可能性越来越多，却带来更多难题：如何转，如何借，如何培养创新意识、问题意识，发现跨界的无穷可能性，满足不同人的情感需求？创意多存在于临界点之间：矛盾的左右、善恶的边缘等。

不少艺术家善于挖掘临界点，突破定见，逆转假设，穿越于多重体验之间，从多个角度看问题，组合越随兴，越能捕捉到神奇交叉点，创作过程和结果越有创造性。如流水能否飞扬起舞？因此有迪拜的顶级音乐喷泉；屋子飞翔？生成3D电影《飞屋历险记》；边走边听音乐？有了随身听；火与冰相融？有了油炸、火烧冰淇淋；洋人拍中国武侠？《功夫熊猫》就此诞生；MTV，听觉加视觉，互相增势。余华由坠楼青年牛仔裤有破洞的新闻，构想出小说。创造者敏锐地发现符号、媒介、艺术间的微妙相容性，让互不相干的人事耦合对倒碰撞，电光火石般碰撞出新奇物。跨媒介的跨只是手段，最终要将创意思维付诸实践，产生出有创意的作品。

其次难在化合，在相斥中找到意义的沸点与熔点。如何把握媒介与媒介、艺术与艺术、艺术与媒介跨界的互通点？怎样搭才能激发化学反应？万物皆有灵,如何让"通"形成系统?有些跨界组合能成为佳偶,如西西实验跨媒介叙事[①],穷一生精力,打通文学与绘画、电影、建筑、音乐的关节点,具有纯净的洞察力,精于挖掘联结潜力,找到美第奇点,创造力饱满。作家朱天文小说与侯孝贤电影共生,既有同质因素的回声,如文学修养、审美情趣、成长主题,都关注个人与社会历史;也有异质因素的差异,体现于个人经历、性别视角、职业身份等,朱天文有古意与诗味,侯孝贤富有野性,善于根据演员和环境特色,即兴修改剧本。

有些跨界则成为怨偶,像功能失常的庞大家庭,像十三烂麻将的不搭不靠。媒介与媒介也有对抗性,跨界若只是大杂烩,会水火不容,会导致相互削弱,就像器官移植、植物嫁接等处理不好,会产生排异现象;各媒介不般配协调,会导致重复叙事,互相拖累,无法实现主题升华、结构创新。因此,跨媒介联结要找出意义的交融性、精神的相通性:考察主题是否需要通过不同媒介来表现,载体是否具有包容性,提供发挥空间;吃透各媒介符号叙事特性,并加以放大,而不是掩盖;把握不同媒介异同,弄清相斥和相融点,同中求异,异中求同,打通可叙述和不可叙述,把握叙述张力,需要智慧。

跨媒介叙事扬弃工业时代的机械复制力,而求熟能生巧、凭心悟道的手艺原创力,时时处处要求创新不断。创意即点子,为灵机一动的随机闪电,独立于时空,无因果,不延续,碎片化。创意需要联结:"潜意识和意识的联结,目的与方法的联结,个人与社会的联结,演出和观众的联结,以及这一切联结后的化学作用……大师毫不费力地找到所有的联结,达成转化……一切都是一个流畅的动作。"[②]创意需要跳跃式思维、顿悟性、直觉性、非线性、非理性,类于混沌学、禅宗学,这不可预测、天才式思维方式,并不源于逻辑推理,不走理性逻辑常轨。逻辑思维忌讳推移法,而这正是

---

① 凌逾:《跨媒介叙事——论西西小说新生态》,人民出版社2009年版。
② 赖声川:《赖声川的创意学》,台北天下杂志股份有限公司2006年版,第283—284页。

形象思维的有效手段，跨媒介研究要另建形象逻辑话语。赖声川从自身的戏剧创作出发，建构创意金字塔理论：创意运行时，创作者的内在像金字塔，吸取来自底座的创意营养，穿越屏障，去除障碍，上下打通，向上提升，经过精炼过程，提炼出创意的精髓，从顶端吐出创意产品。其用立体图、立面图、俯瞰平面图示意：左右两端是"生活与艺术"两个场域，进行两种性质不同但功能相连的学习，"智慧与方法"，联结到底层更大的神秘泉源，创意的泉源[①]。

第七节 跨媒介文艺思潮有何意义？

跨媒介文艺挖掘人类的创意能力，开辟新文艺的拓展可能性，发现网络化、数字化时代的文学新形态，探究跨媒介创意的化学反应，而不仅仅是物理式连锁反应。其目标在于创造美第奇效应（The Medici Effect），15世纪意大利美第奇家族资助不同领域的艺术家、不同学科的专家打破壁垒，场域碰撞，开拓不同凡响的创新思维，开创文艺复兴时代。其关键在于找到不同范畴契合的焦点，即交叉点，以会通组合、求异创新的思维策略，新创意混合旧观念，跳脱单一惯性、本色当行的联想障碍，催生出创造发明。弗朗斯·约翰松从经济管理角度研究美第奇效应[②]，如何用创意谋职挣钱、发展企业。文艺的美第奇创意探讨文学、音乐绘画艺术门类、学科范畴、文化领域找到交叉点，创造出新艺术文化想象。

跨媒介文艺有利于提升创意思维，主要体现在以下几个层面。

[①] 赖声川：《赖声川的创意学》，台北天下杂志股份有限公司 2006 年版，第 96 与 97 页之间的插图。

[②] [美] 弗朗斯·约翰松：《美第奇效应》，刘尔铎、杨小庄译，商务印书馆 2010 年版。*The Medici Effect: What Elephants and Epidemics Can Teach Us About Innovation Paperback*, by Frans Johansson, Harvard Business Review Press; First Trade Paper Edition edition, October 1, 2006.

第一，滚动孕育。跨媒介运作过程中，维度和层级世界会产生变化。一是从文字一维转向图文二维，例如，绘本文字、手卷小说、脚本文学更注重画面的衔接度、突出描写对象的层次感。二是从图像二维转向影像三维，如转向电影、舞蹈、建筑等，建造更立体的空间架构，如《蒙娜丽莎》的背景色使用熔技法，使得人像同时具有上升、下降趋势。三是从立体三维转向更高维的世界，如4D电影、5D电影、虚拟现实游戏、大型的奥运会开幕式等。跨媒介创意最初多从文学跨越到绘画，后来，日益从文学跨越到动画、电视、电影、游戏等，从静态文字到静态图画，再到二维平面动画，最后到三维立体动画，呈现出由静到动、由线到面，再到立体的循序渐进过程。维度越高，层次越多，意涵越丰富。如《秦时明月》，从小说文本改编成漫画，再改编成动画连续剧，然后是动画大电影，再到真人电视剧。跨媒介，既要吸取前文本精华，用好典故，化好传统；也要在原著原作这些先文本的基础上，进一步跨越。这当然难以一蹴而就，而要不断地创造跨越基础和契机。

第二，动态求变。跨界创意强调动态的过程、双向甚至多向的联系。跨媒介，并非从一处跳跃到另一处，而是架起一座横跨双方的桥梁，在保有双方特色的同时，处理好双方的互动和磨合。在创作的过程中，原媒介和新媒介共同创造一个新故事，原故事与新故事相互影响、相互补充，共同完成具有延续性和创新性的跨媒介叙事创意。这需要用联系的、动态发展的眼光去思考、判断、选择，方能看得透彻，看得全面。

第三，媒介联动。跨媒介创意的内在驱动力在于，原媒介已无法承载作品的延伸主题或深层主旨，需要整合新媒介来完成作品的创意性表达。一个叙事文本，借助媒介来多重呈现，实现听觉、视觉、嗅觉等多层次的同时绽放。如笔者的本科生小组将王菲歌曲《单行道》改编成MV小视频，加插自绘图画，使原作品更具有画面感和动态化观感，从听觉和视觉两方面，对作品中蕴含的人生体验、玄妙哲理进行深层次和创意性的阐述，图文乐三合一，给予作品新的生命力。

第四，通疆化域。跨媒介意味着破限、去蔽和跨越，从符号到文本、从传统到现代、从虚拟到真实……开阔视野，在接地气的生活现象和高深的理论建构之间游走，实现有趣的"跨越"。一部成功的创意作品，往往不限于单一媒介的承载，多元化的主旨和可供挖掘的空间凝聚成通疆化域的叙事张力。不同的媒介即是不同的土壤，一个故事在不同的土壤落地生根，衍生出诸多具有创意性的新故事。创意产品寻求与受众的互动和共鸣。而学术研究，亦需打破前人视角、理论成果、学科类属等诸多域限，方能一窥潜藏的精华要义。

新术语转化为大众文化理念，需经过共同理解、共识达成、理念共享阶段。"跨媒介"话语受内外部环境变化而生，时代赋予其特定的意涵和意义。（1）跨媒介认为世界就是包罗万象的文本。文影能融合互文还是存在曲解撕扯的张力，图像是否挤压文字将思想平面化，端看作家和画家导演的合作是佳偶还是怨偶，才智是否配套，不同艺术之间的能指和所指是否共振合拍。（2）跨媒介讲究新旧融合：印刷媒介是以距离、深度和地域性为内涵的现代精神形式；而电子媒介更讲究"趋零距离、图像增殖、球域化"。新旧科技融合，流行语言日益变得形象化和符号化，如表情包和网络流行语融合——深圳卫健委公众号受年轻人追捧；严肃文学更靠诗人和哲人的"思"，揭示"躲藏背后的事物自身"[1]。（3）跨媒介讲究中西合璧：正如中式毛笔讲究泼墨粗细浓淡刚柔形意，像文人诗画的写意意念；西式铅笔和油画讲究线与光影，像电影摄影，中西文化融合恰似多副笔墨混溶。（4）跨媒介注重多维追求。西洋画的焦点透视强调固定视角的客观如实精准把握；而中国画的散点透视强调多视角的移动把握，如北宋范宽山水画《溪山行旅图》分上、中、下三段，采取仰视、俯视、平视视角，呈现高远、深远、平远的三维世界，瞬间给人咫尺千里之感，并隐喻人生历程的三重境界。文像融合的对比叙事可谓平远，对角为高远，比兴对倒则可谓深远，

---

[1] 金惠敏：《媒介的后果——文学终结点上的批判理论》，人民出版社2005年版。

把时间凝固在空间里。长卷《韩熙载夜宴图》记人记事，巧以屏风来分场分幕，此画为皇帝考察人事而作，有谍中谍的影画叙事意味。中国叙事长卷如20世纪西方立体主义绘画，在二维画作呈现三维的世界。如今的数码网络诗歌更由原来印刷世界的二维诗变为网络世界的三维诗、立体诗、动态诗。文影合一，空间性与时间性统一，元宇宙文艺将创造出更有机融合的四维宇宙。（5）文影互相阐释、互相激发叙事结构灵感，为思想深度阐释增加更多可能性，有两个特征。一是多元化。今世文学、图像、影像都求变，从传统的相似性符号转向能指自我指涉的仿像新结构，对相似性质疑，具有后设性的图文或影文叙事、递归式语像叙事，远比《一千零一夜》套盒叙事复杂，如卡尔维诺和博尔赫斯的迷宫套盒小说，《盗梦空间》梦中梦叠加的螺旋式前进的语像叙事。二是动态化，网络大数据绘画和大数据影像强调在动态中展示文图影。（6）各门艺术唱和共享的历史脉络次第花开：从简单到复杂，从单线到多线，由一而多，由统一至无穷，从个人到团队。融媒介日益强调团队合作，集体创作，集体智慧，集中打造。（7）跨媒介叙事实现"文艺＋科技"革新，跨媒介文艺催生新形态，文艺从传统书斋品读走向综合文化景观，一线城市图书馆、博物馆都在想方设法激发民众的品赏兴趣。中国古诗名画如《洛神赋》《清明上河图》《韩熙载夜宴图》被融媒介活化为影像化、3D立体化、电子游戏、歌舞剧、戏曲、影视剧、园林工艺、文创设计等作品。2022年，舞绘《千里江山图》的舞剧《只此青绿》选段在央视春晚惊艳展演，引起国人共鸣。北京冬奥开幕式从2008年奥运开幕式人海战术转向"数字科技＋美学创新"，渗透燕山雪花大如席、黄河之水天上来、二十四节气等中华传统元素，好评如潮。央视《诗画中国》以高科技融合诗画、音舞、剧曲、影像等文艺，展现诗画合璧的全新样态，瞄准年轻人吸粉。这些"文艺＋科技"的成功范例、文艺新形态，将更激发传统文化的融媒介复兴再造风潮。元宇宙时代更将出现空间升维、时间重构的新时空观，创造出更丰富的跨界可能。在数字、智能时代，人人都可成为作家、导演，那么怎样设计有创意的游戏让大众来集体实验文像合一创作，激发交互性创意，让游戏改变世界；中国文化如何从来料加工的"中国制造"转型为打造融媒介文化创意、提升文化软实力的"中国智造"，若以时间望远镜观测，未来这些创新领域都大有可为，有望发展成艺术创作和学术研究的热点。

◎ **学习要点**

1. 关键术语：跨媒介。

2. 理论基础：后经典叙事学、符号学、媒介传播学理论。

3. 重要观点：网络数码等新媒介激发出新艺术，产生出"文学+X"的创意，"N合一"跨媒介创意，如何挑战传统的文学、艺术、文化、传播理论，形成了新思潮。

◎ **思考讨论**

1. 从一个细小的事例出发，分析怎样融合文学、艺术、媒介和科技等各种元素。

2. 关注所在城市的本土跨媒介文艺作品，分析哪种社会语境适合跨媒介文化的生根发芽、开花结果。分析不同地区的跨媒介文艺如何取长补短，互相促进发展。

3. 讨论近期有哪些新的跨媒介文艺理论。

◎ **拓展阅读**

1. 亨利·詹金斯：《融合文化：新媒体和旧媒体的冲突地带》，杜永明译，商务印书馆2012年版。

2. 黄鸣奋：《西方数码艺术理论史》，学林出版社2011年版。

3. 凯瑟琳·海勒：《我们何以成为后人类：文学、信息科学和控制论中的虚拟身体》，刘宇清译，北京大学出版社2017年版。

4. 玛丽－劳尔·瑞安：《故事的变身》，张新军译，译林出版社2014年版。

5.唐娜·哈拉维：《类人猿、赛博格和女人：自然的重塑》，陈静译，河南大学出版社 2017 年版。

6.詹姆斯·费伦（James Phelan）、彼得·J.拉宾诺维茨（Peter J. Rabinowitz）主编：《当代叙事理论指南》，申丹等译，北京大学出版社 2007 年版。

7.赵毅衡：《哲学符号学：意义世界的形成》，四川大学出版社 2017 年版。

8.凌逾：《跨媒介香港》，社会科学文献出版社 2015 年版。

◎ **作者简介**

凌逾，华南师范大学教授，博士生导师。高校千百十人才工程省级培养对象。中国社科院博士后，中山大学比较文学博士。主要研究方向为中国现当代文学、比较文学与世界文学、世界华文文学、跨媒介叙事和融界文化等。出版书籍《融媒介：赛博时代的文学跨媒介传播》《跨界网》《跨媒介香港》《跨媒介叙事》《跨媒介：港台叙事作品选读》《跨界创意访谈录》6 部，在海内外重要学术刊物发表论文 150 余篇。国家社科基金重大项目首席专家，任国社基金重大项目的子课题负责人 2 项，主持国家社科基金重点项目与后期资助项目各 1 项。主持省级、校级科研和教学项目十余项。中国世界华文文学学会副秘书长。中国中外文艺理论学会文化与传播符号学分会理事。广东青年社会科学工作者协会常务理事。华南师范大学粤港澳大湾区跨界文化研究中心主任，主持学术公众号"跨界经纬"（原名为"跨界太极"）。